KB085885

소오강호 3

笑傲江湖
The Smiling Proud Wanderer by Jin Yong

Copyright ⓒ 1963, 1980, 2006 by Louis Cha.
Korean translation copyright ⓒ 2018 by Gimm-Young Publishers, Inc.
All rights reserved.

1963, 1980, 2006 Original Chinese Edition Written by Dr. LOUIS CHA 查良鏞傳士 known as Jin Yong 金庸.
All rights of Dr. Louis Cha vested in the Chinese language novel are reserved and any infringement thereof
is strictly prohibited.

Original Chinese Edition Published by MING HO PUBLICATIONS CORPORATION LIMITED, HONG
KONG.
Korean translation copyright is held by Gimm-Young Publishers, Inc.
This Korean edition is published by arrangement of JIN YONG & Gimm-Young Publishers, Inc.
Illustrations ⓒ Wang Si Ma (王司馬)

이 책의 한국어판 저작권은 저자와의 독점 계약으로 김영사에 있습니다.
저작권법에 의해 한국 내에서 보호를 받는 저작물이므로 무단전재와 무단복제를 금합니다.

소오강호 3 – 사라진 자하비급

1판 1쇄 발행 2018. 10. 15.
1판 4쇄 발행 2022. 3. 26.

지은이 김용
옮긴이 전정은
발행인 고세규
편집 조은혜 | 디자인 윤석진
발행처 김영사
등록 1979년 5월 17일 (제406-2003-036호)
주소 경기도 파주시 문발로 197(문발동) 우편번호 10881
전화 마케팅부 031)955-3100, 편집부 031)955-3200 | 팩스 031)955-3111

값은 뒤표지에 있습니다. ISBN 978-89-349-8331-6 04820
                              978-89-349-8337-8 (세트)

홈페이지 www.gimmyoung.com   블로그 blog.naver.com/gybook
인스타그램 instagram.com/gimmyoung   이메일 bestbook@gimmyoung.com

좋은 독자가 좋은 책을 만듭니다.
김영사는 독자 여러분의 의견에 항상 귀 기울이고 있습니다.

소오강호

笑傲江湖

김용 대하역사무협

전정은 옮김

사라진 자하비급

3

3권

사라진 자하비급

주요 등장인물

6

영호충 令狐沖

화산파 대사형. 어렸을 때 부모를 잃어 화산파 장문인 부부 손에서 자랐다. 강호의 의리와 예의를 중요하게 여겨 이협심이 강하지만, 술을 좋아하고 거침없는 성정을 가졌다. 타고난 호방함으로 많은 이들의 총애를 받아, 여러 사람들의 도움으로 절체절명의 위기도 잘 헤쳐 나간다. 규율이나 관습에 얽매이지 않고 자유롭게 사는 삶을 추구하는 인물이다.

임평지 林平之

복주 복위표국 소표두. 집안에 전해져 내려오는 〈벽사검보〉를 노리고 가문을 몰살한 청성파에게 복수하기 위해 화산파에 입문했다. 무공 실력이 뛰어나지 않고, 소심한 인물이었으나 집안 멸문에 얽힌 비밀을 알게 된 뒤 변하게 된다.

악불군 岳不羣

화산파 장문인. 영호충의 아버지 같은 인물로 군자검이라는 별호를 갖고 있을 정도로 점잖고 고상하다. 무공 또한 뛰어나 당대 무림에서 손꼽히는 고수였지만, 위선적인 태도와 탐욕이 드러난다.

악영산 岳靈珊

악불군과 영중칙의 딸. 어렸을 때부터 영호충과 함께 놀고, 무공을 익히며 자랐다. 털털하고 솔직한 성격으로 다소 천방지축같은 모습도 보인다. 영호충이 짝사랑하는 인물로, 악영산 또한 영호충에게 마음이 있었지만 임평지를 만난 뒤 그에게 마음을 뺏긴다.

막대 莫大

형산파 장문인. 꾀죄죄한 차림새로 다니는 신출귀몰한 인물로, 언제나 호금을 지닌 채 자유롭게 강호를 누비며 다닌다. 매사에 흔들림 없고 당당한 대장부의 면모를 가진 영호충에게 호의적인 태도를 보이며, 영호충이 위험에 처할 때 도움을 주기도 한다.

의림 儀琳

불계 화상의 딸이자 항산파 정일 사태 제자. 처음에는 본인이 고아인 줄 알았으나 우연한 계기로 아버지를 만나게 됐다. 좌중을 사로잡는 빼어난 외모를 가진, 출가한 승려로 순수한 심성을 가진 인물이다. 영호충의 도움을 받아 목숨을 구한 이후로, 줄곧 그에게 연정을 품는다.

유정풍 劉正風과 곡양 曲洋

형산파 고수와 일월신교 장로, 유정풍과 곡양은 각각 정파와 사파에 속해 있기 때문에 교우해서는 안 되지만 음악에 대한 뜻이 같아 우정을 키워나갔다. 두 인물은 어렵게 완성한 통소와 금 합주곡 〈소오강호곡〉을 영호충에게 건넨 뒤 죽는다.

풍청양風清揚

화산파가 검종과 기종으로 나뉘어 분쟁이 있기 전, 화산파에 있던 태사숙. 화산에 은거하며 모습을 드러내지 않지만, 뛰어난 무림 고수로 영호충에게 '초식이 없는 것으로 초식이 있는 것을 깨뜨리는' 비결과 독고구검을 전수했다.

도곡육선桃谷六仙

정파 없이 강호를 떠도는 여섯 형제로 이름은 도근선桃根仙, 도간선桃幹仙, 도지선桃枝仙, 도엽선桃葉仙, 도화선桃花仙, 도실선桃實仙이다. 서로 쉴 새 없이 떠들며 웃음을 주는 인물들이지만, 화가 나면 간담이 서늘해질 정도로 사람을 처참하게 죽인다.

임영영任盈盈

일월신교 교주였던 임아행의 딸. 많은 강호 호걸의 존경과 사랑을 받지만 수줍음이 많은 인물로, 우연한 계기로 영호충에게 깊은 정을 느껴 그를 물심양면으로 돕는 조력자다. 악한 성정을 갖고 태어났지만 아버지처럼 독선적이거나 권력에 눈 먼 인물은 아니다.

상문천向問天

일월신교 광명좌사. 목표를 위해서는 물불 가리지 않는 오만하고 고집스러운 사람이지만, 현명하고 의리를 중요하게 여기며 강호를 제패할 야심은 없는 인물이다. 동방불패에게 일월신교 반역자로 찍혀 도망을 다니다 영호충의 도움으로 위기에서 벗어난 뒤, 영호충과 생사를 함께 하기로 약속한다.

임아행任我行

동방불패 이전에 일월신교 교주. 타인의 진기를 빨아들이는 흡성대법을 연마한 독선적인 인물로 지모와 지략이 뛰어나다. 동방불패에게 교주 자리를 뺏긴 후, 10여 년간 깊은 지하 감옥에 갇혀 살았다. 상문천과 영호충의 도움을 받아 감옥을 탈출한 뒤 교주 자리를 탈환하려 한다.

좌냉선左冷禪

숭산파 장문인. 오악검파인 화산파, 숭산파, 태산파, 형산파, 항산파를 오악파로 통합해 오악파 장문인이 되려 한다. 목표를 위해서는 협박과 살인 등 간악한 짓도 일삼는 인물이지만, 악불군과 겨루다 두 눈을 잃고 만다.

동방불패東方不敗

일월신교 교주. 일월신교에 전해져 내려오는 《규화보전》의 무공을 연성한 유일한 사람으로, 임아행에게서 교주 자리를 찬탈하고 10년 동안 천하제일 고수라 불려왔다. 함께 지내는 양연정을 끔찍하게 여겨, 양연정의 일이라면 오랜 벗이라도 죽일 수 있는 헌신적이면서도 잔인한 인물이다.

笑傲江湖

박산傅山의 〈산수山水〉

박산(1607-1684)은 산서 양곡 사람으로, 자는 청주靑主이다. 협의심이 많아 사람들은 그를 의사義士라 불렀다. 청나라가 들어선 후에는 주의도인朱衣道人이라는 호를 짓고 도 복을 입어 변발을 피했고, 의술로 생업을 삼았다. 강희제가 입경入京을 명했으나 박산 은 칭병하고 끝내 청나라에 사사하지 않았다. 그 글과 그림은 당당하고 남다른 기상이 있으며 풍격이 넘친다.

황신黃愼의 〈인금도人琴圖〉

황신(1687-1766)은 '양주팔괴揚州八怪' 중 한 사람으로 술을 좋아하고 방종한 성품이었다. 회소懷素(당나라 서예가 – 옮긴이)의 초서草書를 배운 뒤로 깨달음을 얻어 광초체狂草體 필법을 그림에 녹여 넣었는데, 몇 안 되는 필획으로 날아갈 듯한 생동감을 자아냈다. 그림 속 노인은 요금을 응시하며 깊은 사색에 잠겨 있다. (이 그림의 제서는 '사람의 마음을 바꾸어 놓는다'이다) 소오강호에 나오는 마교의 곡 장로와 닮았으며, 영영의 사질인 녹죽옹도 이런 풍치를 지녔을 것이다.

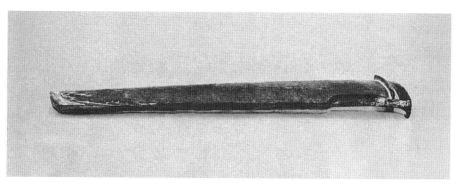

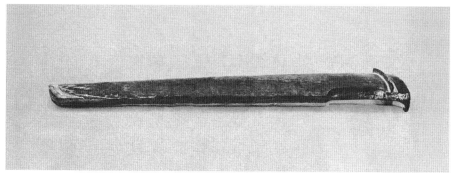

송나라 고금

이름은 '천풍해도금天風海濤琴'으로, 웅장한 음색이 바람과 파도의 소리를 닮았다 하여 이런 이름
이 붙었다.

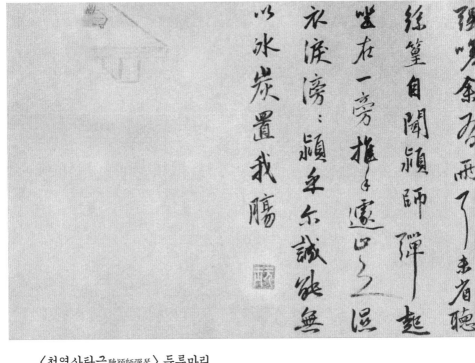

〈청영사탄금聽穎師彈琴〉두루마리

명나라 금종金琮이 쓰고 두근杜菫이 그렸다. 금종은 남경 사람이고 두근은 강소성 진강 사람이다. 이 두루마리는 중국의 시가와 음악, 서법, 회화 등의 예술을 포괄하고 있다. 실린 시는 부드러웠다가 단단해지고, 높았다가 낮아지는 금 소리와 청자의 감동을 묘사하는 한유韓愈의 유명한 작품이다.

聽頴師彈琴

暱暱兒女語恩怨相爾汝劃

然變軒昂勇士赴敵塲

浮雲柳絮無根蒂天

地闊遠隨飛揚喧啾百鳥

羣忽見孤鳳凰躋攀分

寸不可上失勢一落千仞

금의 곡보

고금의 곡보는 간필로 지법指法을 기술하는데 모두 뜻을 알기 힘들고 이상한 글자로 되어 있다. 이 금의 곡보는 〈삼재도회三才圖會〉에 기록된 것으로 곡보 옆에 가사가 있다. 〈소오강호〉 곡보에도 제대로 된 글자가 없었기에, 거친 무인인 낙양 금도 왕가의 조손祖孫은 이를 벽사검법의 검보라고 의심했다.

是意考之商數七十有二麓陽中之純陽也位於二絃
導之而爲商調有情款之意曲如只賢横客窓夜話後
鶴雙清端去來兮對月兮聖德頌志機之類皆商調也

三才圖會 【人事一本】 【西】

禁韻
幾何
角意

東風楊柳日舒長 匝芳草斜
送燕泥香畫屏看
陽落花畫屏看
榮遙瀟湘對芳晨無限思量

減月長

角意數有六十四麓陰中之少陽清濁之間也位於三
絃事之而爲角調有清寂之妙曲有烈子御風凌虛吟
之類皆角意也

三才圖會 【人事二卷】 【西】

商角意

渭水溫秋風落日征鴻問從
來幾簡英雄南陽東海總成
功臥龍不滅飛熊霸業也却

徵意

是意有半商半角之声嘆英雄之遺恨嗟世事之浮漚
慨古傷今之情

상나라 때 청동 술잔

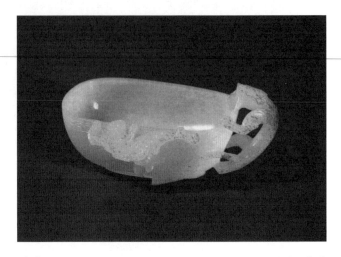

이이螭耳(잔의 귀가 용 모습으로 꾸며진 것을 의미 - 옮긴이) 옥배

홍마노 반도세蟠桃洗

모양은 붓을 씻는 필세筆洗 같으나 조천추 손에 들어가면 술잔으로 쓰여졌음직 하다. 도곡육선도 복숭아 모양을 한 이 그릇만은 부정을 탈까 두려워서 차마 망가뜨리지 못했을 것이다.

쇠뿔잔

명나라 때 명가가 조각했다.

수정 시굉兕觥(코뿔소 모양 술잔 - 옮긴이)

시兕는 닮을 '사似'와 발음이 같으며, 전설에 따르면 소와 닮은 독각수를 말한다. 시굉은 커다란 술잔이다.

笑傲江湖

내상

11

영호충은 몽롱한 의식 속에서도 가슴이 답답해지고 기혈이 뒤집히는 느낌이
들어, 견딜 수 없을 만큼 피로웠다. 한참이 지나고 차차 정신이 들자 마치 활
활 타오르는 화로 위에 누워 있는 것 같았다.
그가 저도 모르게 신음을 흘리자 누군가 외쳤다.
"소리 내지 마!"

영호충이 들여다본 대청에는 키 크고 마른 노인이 객좌의 상석에 앉아 있었다. 오악검파의 영기를 오른손에 꽉 쥐고 있는 것으로 보아, 이 노인이 바로 숭산파의 선학수 육백인 듯했다. 그 아래 자리에 앉은 중년의 도사와 예순 살가량의 노인은 차림새로 미루어 태산파와 형산 파 사람임을 알 수 있었다. 그들보다 좀 더 아래쪽에 세 사람이 더 있었다. 모두 쉰에서 예순쯤 되는 나이에 허리에는 화산파의 검을 차고 있었는데, 그중에서 누렇게 뜬 얼굴에 시퍼렇게 날을 세운 사람이 육 대유가 말한 봉불평인 것 같았다. 사부와 사모는 주인석에 앉아 손님들을 접대하는 중이었고, 탁자에는 다과가 놓여 있었다.

형산파의 노인이 입을 열었다.

"악 형, 이는 귀 파의 내부 문제인 만큼 우리 같은 외부인이 끼어들 일은 아니나, 우리 오악검파가 기쁨과 고난을 함께하고자 결맹을 맺은 이상, 한 문파가 변변치 못한 일처리로 비웃음을 사면 나머지 네 문파도 똑같이 수치를 당하게 되오. 방금 악 부인은 숭산파와 태산파, 형산파가 공연한 참견을 한다 했으나 이는 옳지 않소이다."

황달이라도 앓는지 눈동자가 누르게했다.

영호충은 다소 안심했다.

'아직도 같은 논쟁 중이군. 사부님께서 자리를 내놓으시지는 않았

구나.'

악 부인의 목소리가 들려왔다.

"노 사형, 우리 화산파가 일처리를 잘못하여 귀 파의 명예에 누를 끼쳤다는 말입니까?"

노씨라고 하는 형산파 노인은 보일 듯 말 듯 냉소를 지었다.

"화산파 영 여협이 장문인 뒤에서 수렴청정을 한다고는 들었지만, 그동안 내 믿지 않았소이다. 한데 오늘 보니 소문이 틀리지 않았구먼."

악 부인은 노해 얼굴을 굳혔다.

"노 사형께서는 화산파의 손님이시니 오늘은 참겠습니다만, 이름 높은 형산파의 영웅이 그런 얼토당토않은 말을 입에 담으시다니 믿을 수가 없군요. 다음에 막대 선생을 뵈면 똑똑히 전해야겠습니다."

그래도 노인은 냉소를 지우지 않았다.

"손님이라 참겠다고? 허, 이곳이 화산이 아니었다면 검으로 내 머리라도 베었겠구려?"

"그럴 리가요. 우리 화산파가 어찌 귀 파의 내부 문제를 두고 감 놔라 배 놔라 하겠습니까? 귀 파의 고수가 마교와 결탁해도 숭산파의 좌맹주께서 모두 알아서 처리해주시는데 다른 사람이 끼어들 필요도 없지요."

형산파 유정풍과 마교 장로 곡양이 형산성 밖에서 나란히 시체로 발견되자, 강호 사람들은 하나같이 숭산파 소행이라고 믿었다. 악 부인이 이 일을 꺼낸 이유는 형산파의 아픈 곳을 찌르는 한편, 죽은 사형의 원한조차 잊고 배알도 없이 숭산파 사람과 나란히 나타나 남을 괴롭히는 저 노인을 비꼬기 위해서였다. 노인은 대번에 안색이 변해 이를 부득부득 갈았다.

"예로부터 어느 문파에나 불초 제자들이 있었소이다. 우리가 이렇게 화산을 찾은 까닭 또한 사실을 공정히 밝히고 봉 형이 화산의 간악한 무리를 제거할 수 있도록 돕기 위해서요."

악 부인은 검자루를 움켜쥐며 살벌하게 대꾸했다.

"간악한 무리라고요? 나의 부군인 악불군은 '군자검'이라는 별호를 가진 영웅인데, 그리 말하는 당신의 별호는 어찌 되시던가요?"

그 말에 노인의 얼굴이 벌게졌다. 그는 누르께한 눈동자에 노여움을 담고 악 부인을 노려보았지만 아무런 대꾸도 하지 못했다.

이 노인은 막대 선생, 유정풍과 동문으로 형산파에서 제법 지위가 높았으나 강호에서는 그다지 이름을 날리지 못했다. 그의 내력을 알지 못하는 영호충이 노덕낙을 돌아보며 물었다.

"저자가 누군가? 별호는 무엇이고?"

젊었을 때 다른 문파에 투신했던 노덕낙은 화산파에 들어오기 전 강호를 떠돌며 보고 들은 것들이 많았다. 예상대로 그가 소리를 낮춰 대답했다.

"저 노인은 노정영魯正榮이라는 사람입니다. 정식 별호는 '금안조金眼鵰'인데 귀찮을 정도로 말이 많아 뒤에서는 모두들 까마귀라고 부릅니다."

영호충은 피식 웃었다.

'그런 민망한 별호를 대놓고 부른 사람은 없겠지만, 결국에는 돌고 돌아 저자의 귀에도 들어갔을 거야. 사모님께서도 금안조가 아니라 까마귀라는 별호를 빌미로 저런 말씀을 하셨겠지.'

노정영이 버럭 외쳤다.

"흥, 군자검은 무슨? '군자' 앞에 '위僞' 자를 덧붙인다면 모를까."

거리낌 없이 사부를 모욕하는 말을 듣자 영호충은 화가 폭발해 더는 참을 수가 없었다.

"눈에 뵈는 것이 없는 이 까마귀야! 입으로만 조잘대지 말고 썩 나와라!"

그러잖아도 밖에서 영호충과 노덕낙의 목소리를 들은 악불군은 영호충이 어떻게 나타났는지 어리둥절하던 차에 그의 외침을 듣자 크게 꾸짖었다.

"충아, 무례하게 굴지 마라. 어찌 멀리서 오신 손님께 아래위도 없이 막말을 하느냐?"

대로한 노정영의 눈이 이글이글 타올랐다. 그는 화산파 대제자 영호충이 형산성에서 저지른 일을 들어 알고 있던 터라 앙갚음을 하려고 비웃으며 말했다.

"누군가 했더니 형산성에서 기녀를 끼고 놀던 꼬마로구나! 과연 화산파 문하에는 인재가 즐비하구먼!"

"말 잘했다. 내가 형산성 기루에 있을 때 만난 기녀도 성이 노씨였으니 네 딸이겠지!"

"저… 저…! 또 허튼소리를!"

악불군이 노한 목소리로 꾸짖자 영호충도 어쩔 수 없이 입을 다물었다. 그러나 대청에 있던 육백과 봉불평 등은 웃음을 참지 못했다. 노정영이 획 돌아서며 왼발을 힘껏 차자 창문 한 짝이 우당탕 소리를 내며 떨어져나갔다. 영호충을 본 적이 없는 그는 도열한 화산파 제자들에게 삿대질을 하며 외쳤다.

"방금 떠든 놈이 누구냐?"

화산파 제자들은 모두 벙어리처럼 아무 말이 없었다. 노정영은 길길이 날뛰었다.

"빌어먹을 놈들, 방금 떠들어댄 짐승이 누구냐고 묻지 않느냐!"

영호충이 싱글싱글 웃으며 대답했다.

"방금 떠든 사람은 당신밖에 없는데, 당신이 무슨 짐승인지 우리가 어찌 알겠소?"

노정영은 괴성을 지르며 영호충에게 달려들었다. 기세가 제법 사나워, 영호충은 맞서지 않고 뒤로 훌쩍 뛰어 물러났다. 그 순간 눈앞이 번쩍하며 누군가 대청에서 튀어나왔다. 챙챙챙 하는 소리와 함께 허공에 은광을 수놓으며 노정영과 검을 맞댄 사람은 다름 아닌 악 부인이었다. 대청에서 나와 검을 뽑고, 노정영의 공격을 막은 뒤 반격하는 일련의 동작들은 마치 일필휘지一筆揮之로 써내려간 글처럼 막힘이 없었고, 자세 또한 전혀 흐트러지지 않아 무척 우아했다. 덕분에 움직임 역시 비할 데 없이 빨랐지만 그 속도보다는 아름다움이 눈에 들어왔다.

악불군의 목소리가 울렸다.

"모두 한집안 사람이니 할 이야기가 있으면 말로 합시다. 어찌 손부터 쓰시오?"

그는 천천히 밖으로 걸어나오며 옆에 선 노덕낙의 허리춤에서 자연스레 검을 쑥 뽑아 획획 흔들었다. 노정영과 악 부인의 검은 그 가벼운 움직임에 턱 막혔다. 팔에 내공을 쏟아 악불군의 검을 힘껏 쳐내려 했던 노정영은, 뜻밖에도 검이 꼼짝도 하지 않자 얼굴이 시뻘게져 다시 내공을 끌어올렸다.

악불군이 웃으며 말했다.

"우리 오악검파는 한집안이나 마찬가지인데 어찌 어린아이들과 똑같이 다투려 하시오?"

그리고 고개를 돌려 영호충을 엄히 꾸짖었다.

"어서 노 사백께 죄를 청하지 못하겠느냐?"

영호충은 사부의 명에 따라 허리를 숙이고 예를 갖췄다.

"사백님, 제가 눈이 삐었습니다. 앞뒤 모르고 까마귀처럼 깍깍거리며 무림 선배의 명성을 더럽히다니 실로 짐승만도 못한 짓이었습니다. 부디 화를 푸십시오. 저는 사백님을 모욕한 것이 아닙니다. 천박한 까마귀 한 마리가 무어라 울어대든 그저 어리석은 짐승의 짓이려니 하고 모른 척하시지요."

까마귀니 짐승이니, 누가 봐도 노정영을 비꼬는 말이었다. 사람들은 억지로 웃음을 참았지만, 끝내 참지 못한 악영산이 쿡쿡 소리 내어 웃기 시작했다.

악불군은 검을 떨쳐내려는 노정영의 시도가 세 번 이어진 뒤에야 빙그레 웃으며 검을 거둬 노덕낙에게 건넸다. 검을 누르던 힘이 사라지자 노정영의 팔은 쏜살같이 위로 올라갔고, 땡그랑 하는 소리와 함께 부러진 검 조각 두 개가 바닥에 나뒹굴었다. 그와 악 부인의 손에는 반쪽만 남은 검이 들려 있었다. 악불군의 검을 밀어내기 위해 내공을 한껏 끌어올린 바람에 하마터면 부러진 그의 검이 자신의 이마를 찍을 뻔했다. 다행히 팔심이 세고 제때 힘을 거둬 다치는 것만은 피했지만, 넋이 나가고 민망해 귀까지 시뻘겋게 달아올랐다.

그는 쉰 목소리로 따졌다.

"다, 당신들…! 둘이서 한 사람을 공격하다니, 부끄럽지도 않소?"

그러나 악 부인의 검 역시 악불군의 내력에 부러졌으니 이런 주장은 설득력이 없었다. 게다가 때마침 밖으로 나온 육백과 봉불평 일행도 악불군이 싸움을 말리려 했을 뿐 부인을 편들지 않았다는 것을 똑똑히 목격하지 않았던가. 남편에게 당한 악 부인이야 아무렇지 않을지 몰라도, 노정영 자신은 이런 치욕을 당하고는 도저히 참을 수 없었다.

"이… 이…!"

그는 노여움을 이기지 못해 발을 쿵쿵 구르다가 부러진 검을 움켜쥔 채 씩씩거리며 산을 내려가버렸다.

두 사람의 검을 부러뜨린 악불군은 그때쯤 영호충 뒤에 선 도곡육선을 발견했다. 그들의 남다른 행색에 어딘지 의심쩍었지만, 그는 두 손을 포개들며 예의 바르게 인사했다.

"여섯 영웅들께서 화산을 찾아주셨는데 멀리 나가 맞지 못해 송구하오. 부디 널리 이해해주시오."

도곡육선은 그를 빤히 응시하며 반례도, 대답도 하지 않았다. 영호충이 나섰다.

"이분은 내 사부님이신 화산파 장문인 악 선생…."

그의 말이 끝나기도 전에 봉불평이 끼어들었다.

"자네 사부는 맞네만, 화산파의 장문인인지는 두고 보아야 하네. 악 사형, 방금 보여준 자하신공은 과연 훌륭했소. 허나 그 기공만으로 화산을 다스릴 수는 없다오. 삼척동자도 화산파가 오악검파 중 하나라는 사실을 아오. 오악검파! 검파에서는 무엇보다 검이 먼저여야 하오. 한데 악 사형은 오로지 기공에만 몰두했으니 마도魔道에 빠진 것이지, 본파의 정통이라 할 수 없소."

"봉 형, 말씀이 지나치시구려. 오악검파가 검을 쓰는 문파임은 사실이나, 어느 문파든 추구하는 것은 하나, '이기어검以氣取劍'이오. 검술은 밖을 다스리는 것이고, 기공은 안을 다스리는 것이오. 안팎을 겸비해야만 비로소 무학에서 얼마간의 성취를 이루었다 할 수 있건만, 봉 형의 말대로 검술만 익힌다면 내가 고수와 부닥쳤을 때 밀릴 수밖에 없지 않겠소?"

봉불평은 냉소를 터뜨렸다.

"꼭 그렇지는 않소. 세상의 좋은 점이란 바로 삼교구류三敎九流(다양한 분야의 다양한 갈래)와 점성술, 사서오경, 십팔반무예가 제각각 그 쓰임과 오묘한 이치를 가지고 있다는 것이오. 도법이든 창법이든 나름의 출중한 구석이 있기 마련이라오. 허나 사람의 수명은 정해져 있으니 그 모든 것을 다 익히기에는 역부족이오. 평생 검법만 익혀도 정수를 깨우치기 어려운데, 다른 것까지 배우라니 그게 말이나 되오? 기공을 익히는 것이 나쁘다는 말이 아니라, 우리 화산파의 정통 무학은 검술이라는 말이오. 악 사형이 보통 사람이라면 마도에 빠진다 하여 대수로운 일도 아니오. 심지어 마교의 흡성대법吸星大法을 익힌다 해도 아무도 말리지 않을 터인데, 하물며 기공을 익힌다고 누가 무어라 하겠소? 그러나 보통 사람이 욕심을 부려 길을 어긋나면 자신만 망칠 뿐이지만, 화산파를 책임지는 악 사형이 잘못된 길에 들어서면 문파 전체에 그 화가 미칠 것이오."

그 말을 들은 영호충은 흠칫했다.

'풍 태사숙께서도 연검만 시키셨는데… 그렇다면 그분도… 그분도 검종이셨구나. 그분께 검을 배운 것이… 잘못일까?'

갑자기 모골이 송연해지고 등에서 식은땀이 흘렀다.

그러는 동안 악불군은 미소를 지으며 대답했다.

"문파 전체에 화를 미친다… 꼭 그런 것 같지는 않소만."

봉불평 옆에 있던 난쟁이가 별안간 소리를 꽥 질렀다.

"아니긴 뭐가 아니란 말이오? 뒷간에 던져놔도 쓸모 하나 없는 제자들을 무더기로 길러놓고도 그런 말이 나오쇼? 방문좌도의 무공을 익혀 화산파의 장문인이 될 자격이 없다는 말이 하나도 틀리지 않지! 알아서 물러날 테요, 아니면 더러운 꼴을 보고 질질 끌려내려올 테요?"

그때쯤 정기당에 도착한 육대유는 궁금한 눈길로 그 난쟁이를 쳐다보는 대사형을 발견하고 그 귀에 속삭였다.

"저자들이 사부님과 이야기를 나눌 때 들었는데, 저 난쟁이의 이름은 성불우成不憂예요."

악불군의 대답이 들려왔다.

"성 형, 검종은 25년 전에 더 이상 화산파의 제자가 아니라 선언하고 본 파를 떠났소. 그런데 이제 와서 어찌 이러시오? 여러분의 무공이 그리 뛰어나다면 친히 문파를 세우시오. 그 이름이 무림에 드날려 화산파를 능가하게 된다면 이 악불군도 자연히 경의를 표할 것이오. 여기서 언쟁을 해봐야 서로 마음만 상할 뿐 무슨 득이 있겠소?"

성불우는 목청 높여 소리를 쳤다.

"개인적으로 원한이 있는 것도 아니니 서로 마음 상할 필요도 없지!

하지만 당신이 화산파 장문 자리를 꿰차고 제자들에게 기공만 가르치는 바람에 화산파가 나날이 쇠하고 있으니 책임을 지쇼! 나도 화산파 제자다 보니 이런 꼴은 도저히 두고 볼 수 없다 이거요! 게다가 기종은 우리 검종을 밀어내는 데만 혈안이 되어 떳떳하지 못한 짓을 저질렀으니 검종 제자로서 결코 인정할 수 없소! 25년이나 참고 지냈지만 이제 그 케케묵은 빚을 청산해야겠소!"

"본 파 기종과 검종의 싸움은 역사가 기나, 결국 옥녀봉에서 비무를 벌여 승패를 결정지었고 옳고 그름도 명확히 밝혔소. 이미 25년이 지난 일이건만 이제 와 지난 이야기를 들추어 무슨 소용이 있겠소?"

"그때 비무의 승패를 목도한 사람이 누구요? 우리 세 사람은 검종 제자지만 그런 이야기는 듣도 보도 못했소! 다시 말해 당신은 수상쩍은 과정으로 장문 자리를 손에 넣었다는 말이오! 그렇지 않으면 오악검파의 수령인 좌 맹주가 무엇 하러 영기까지 내려 자리를 내놓으라 하겠소?"

악불군은 고개를 저었다.

"그 가운데에는 반드시 무슨 곡절이 있을 것이오. 좌 맹주는 공평무사하고 이치를 명확히 가리시는 분인데 난데없이 화산파 장문인을 교체하라는 영기를 내릴 까닭이 없소."

성불우는 오악검파의 영기를 가리키며 되물었다.

"그럼 저 깃발이 가짜란 말이오?"

"가짜는 아니오. 허나 영기는 말을 하지 못하오."

옆에서 듣고만 있던 육백이 마침내 입을 열었다.

"악 사형, 오악영기가 말을 할 수 없는 것은 맞지만, 설마하니 이 육백도 벙어리라는 말이오?"

"결코 그런 뜻은 아니오. 다만 중대한 사안이라 직접 좌 맹주를 찾아뵙고 이야기를 나눈 다음 결정하고자 하오."

육백이 불쾌한 목소리로 말했다.

"그 말인즉, 악 사형은 이 몸을 믿지 못한다는 뜻이구려?"

"오해 마시오! 설사 좌 맹주께서 정말 그리 결정하셨더라도 한쪽 말만 듣고 명을 내릴 수는 없는 법이니 필시 이쪽 이야기도 들으셔야 하오. 또한 좌 맹주께서는 오악검파의 맹주로서, 다섯 문파의 공통된 문제를 결정하시는 분이오. 그 외에 태산파와 항산파, 형산파, 화산파 자체의 대소사는 각 파의 장문인이 맡아 결정해야 하오."

성불우가 버럭 소리를 질렀다.

"빙빙 돌리지 말고 똑바로 말하쇼! 그러니까 결국 장문 자리를 내놓지 못하겠다, 이 말 아뇨?"

그는 '못하겠다'는 말과 함께 검을 뽑았고, '이 말 아뇨'라는 네 음절을 하나씩 뱉을 때마다 쉭쉭쉭쉭 검을 찔렀다. 그 짧디짧은 한마디에 도합 네 번이나 검을 찌른 것이었다.

그 움직임은 그야말로 신속무비했고, 초식 또한 날카롭고 변화무쌍했다. 첫 번째 검은 악불군의 왼쪽 소맷부리를, 두 번째 검은 오른쪽 소맷부리를 찔렀고, 세 번째 검은 왼쪽 옆구리 옷깃을, 네 번째 검은 오른쪽 옆구리 옷깃을 찢었다. 악불군의 옷에는 구멍이 여덟 개나 뚫렸고, 구멍마다 살을 아슬아슬하게 비껴가 있었다. 절묘한 초식과 민첩한 움직임, 그리고 무서울 정도의 정확성과 힘은 의심할 바 없는 일류고수의 솜씨였다.

영호충을 제외한 화산파 제자들은 얼굴이 하얗게 질렸다.

'저것이 본 파의 검법이라고? 사부님께서 저렇게 검을 쓰시는 것은 한 번도 본 적이 없는데…. 검종의 고수는 역시 다르구나.'

반면, 육백과 봉불평 등은 내심 악불군에게 감탄했다. 성불우의 검에는 살기가 묵직하게 실려 언제든지 그의 목숨을 앗아갈 수 있었지만, 악불군은 시종일관 미소를 띤 채 태연하게 서 있었던 것이다. 보통 사람이라면 상상조차 하지 못할 행동이었다. 봉불평과 성불우 등이 화산에 나타난 까닭은 뭐니뭐니 해도 장문 자리를 빼앗기 위해서였다. 아무리 후덕한 악불군이라도 상대가 거칠게 나올 것쯤 쉬이 짐작했을 터인데, 그는 놀라지도, 피하지도 않고 무덤덤하게 공격을 받아들였다. 이는 곧, 성불우가 조금이라도 위해를 가하려 했다면 반드시 막을 수 있다는 자신감의 발로이기도 했다. 생사를 결정짓는 그 짧은 순간, 어느 때건 내킬 때 적을 제압할 수 있으려면 적보다 무공이 월등히 뛰어나야 함은 말할 필요도 없는 일이었다. 비록 직접 검을 맞대 싸우지는 않았지만, 이런 행동만으로도 이미 상대를 이긴 것이나 다름이 없었다.

영호충은 성불우의 검법이 사과애 안쪽 동굴에 그려진 화산파 초식 중 하나라는 것을 알아차렸다. 성불우는 하나의 초식을 넷으로 나누고 약간의 변화를 더해 마치 네 가지 판이한 초식처럼 펼쳤지만, 기실 초식은 하나였다.

'검종의 초식이 기이하다 해도 결국 동굴 벽화의 범위를 벗어나지 못하는군.'

영호충이 이렇게 생각하는 사이 악 부인이 말했다.

"성 형께서 멀리서 오신 손님임을 감안하여 내 부군께서 재차 양보하신 겁니다. 그런 분의 옷에 몇 군데나 구멍을 뚫었으니, 계속 이렇게 눈치 없이 굴면 아무리 손님을 존중하는 화산파라도 더는 보아넘길 수 없습니다."

"뭐? 멀리서 오신 손님이라서 양보를 해? 방금 내가 펼친 초식을 깨뜨릴 수만 있다면 순순히 물러나, 살아평생 다시는 옥녀봉에 한 발짝도 들이지 않겠소!"

본디 그는 검법에 자못 자신이 있었으나 악불군이 눈 하나 깜짝하지 않자 함부로 도전할 용기가 나지 않았다. 하지만 악 부인은 아무리 명성을 얻었다 해도 결국은 여자였고, 방금 자신이 펼친 검법에 안색이 싹 변하기도 했으니 그녀를 들쑤시면 분명 제압할 수 있을 것 같았다. 그렇게만 되면 부인의 안위가 걱정된 악불군이 순순히 굴복하거나, 혹은 심기가 흐트러져 봉불평의 승산이 높아질 수도 있었다. 그래서 성불우는 검을 치켜들며 큰 소리로 외쳤다.

"영 여협이 화산파 기종 고수라는 사실은 세상이 다 아오! 검종 성불우가 영 여협의 기공에 가르침을 청하오!"

다시금 화산파 검종과 기종의 분쟁을 일으키겠다는 속셈을 대놓고 드러낸 것이었다.

악 부인은 성불우의 초식이 기발해 승리할 확신이 없었지만, 이런 식의 우격다짐을 더 이상 참아줄 수가 없었다. 그녀의 검집에서 검이 쌕 소리를 내며 뽑혔다.

그때 영호충이 끼어들었다.

"사모님, 길을 잘못 든 검종의 수련법이 본 파의 정통 무학에 견줄 수야 있겠습니까? 제가 먼저 저자와 싸워보겠습니다. 만약 제 기공이 부족해 이기지 못하면 그때 사모님께서 혼내주셔도 늦지 않습니다.”

그는 악 부인의 승낙을 기다리지 않고 그녀의 앞으로 나서며, 벽에 아무렇게나 세워진 낡은 빗자루를 들었다. 그리고 빗자루를 휘두르며 성불우에게 말했다.

“성 선생, 당신은 본 파 사람이 아니니 사숙이라고 부르지는 않겠소. 사도에 빠진 것을 뉘우치고 다시 화산파에 들어오려면 두 손이 발이 되도록 싹싹 빌어도 받아주리라는 보장이 없지만, 만에 하나 사부님께서 받아주신다 해도 본 파의 규칙상 입문 순서대로 서열을 정하니, 나를 사형이라고 불러야 할 거요. 자, 어디 솜씨 구경 좀 합시다!”

이렇게 말한 그는 빗자루를 빙글 돌려 자루로 성불우를 겨눴다.

화가 머리끝까지 치민 성불우가 대갈을 터뜨렸다.

“건방진 놈, 함부로 혀를 놀리는구나! 네놈이 방금 내가 보여준 네 초식만 막아도 기꺼이 사부로 모시겠다.”

영호충은 고개를 저었다.

“당신 같은 제자는 필요 없….”

“검을 뽑아라!”

성불우가 영호충의 말을 끊으며 노기등등하게 외쳤다. 영호충은 여전히 여유만만했다.

“진기眞氣를 불어넣으면 나뭇가지도 예리한 검이나 마찬가지요. 그깟 어린아이 장난 같은 초식을 상대하는 데 검까지 꺼낼 필요 있겠소?”

“좋다, 네놈 입으로 한 말이니 나를 원망 마라!”

영호충의 무공이 성불우보다 월등히 떨어진다는 사실을 누구보다 잘 아는 악불군 부부는 그가 빗자루 하나로 성불우를 막으려 하자 아연실색했다. 빈손으로 검을 상대하는 것은 그 누구라 해도 위험천만한 일이었다.

"충아, 물러나거라!"

두 사람이 입을 모아 외쳤으나 막을 틈도 없이 새하얀 검광이 공기를 갈랐다.

어느새 성불우가 검을 휘둘러 영호충을 찌르고 있었다. 약속한 대로 조금 전 악불군의 옷을 찢을 때와 똑같은 초식이었다. 이 초식이 그 평생의 절학이었을 뿐 아니라 똑같은 초식을 쓰겠다고 약속을 했기 때문이기도 했고, 한 번 보여준 초식을 사용하면 상대방이 대비를 할 수 있어 무기가 없는 불리함을 보완할 수 있으니 자못 공평하다 여겼기 때문이기도 했다.

그러나 영호충은 도전할 때부터 이미 그 초식을 깨뜨릴 방법을 생각해두고 있었다. 안쪽 동굴 벽에 새겨진 그림은 하나같이 각종 기문병기를 사용해 검을 깨뜨리는 방법들이었다. 독고구검을 연성하지 못한 지금은 검을 들어도 반드시 이긴다는 확신이 없지만, 낡은 빗자루는 뇌진당雷震鐺처럼 사용해 검의 파해법을 펼칠 수 있기 때문에 검이 아닌 빗자루를 들었던 것이다. 성불우의 검이 찔러오자 영호충은 비질을 하듯 그의 얼굴을 향해 빗자루를 휘둘렀다.

사실 이것은 어마어마한 모험이었다. 뇌진당은 정강精鋼으로 만든 튼튼한 무기라 정면으로 때리면 죽이지는 못해도 중상 정도는 입힐 수 있었다. 영호충이 든 것이 진짜 뇌진당이라면 상대방은 어쩔 수 없이 검을 거둬 막아야 했으나, 보기에도 흉한 낡은 빗자루가 무슨 위협이 될 것인가? 내공도 부족한 그가 '진기를 불어넣으면 나뭇가지도 검'이라 운운한 것은 흰소리에 불과했고, 그 빗자루로 성불우의 얼굴을 때려봤자 찰과상이나 입으면 다행이었다. 반면 성불우의 검은 손쉽게 그의 가슴을 꿰뚫을 수 있었다.

하지만 영호충의 생각은 달랐다. 그는 연륜과 이름이 있는 성불우가 먼지가 잔뜩 앉은 닭똥투성이 빗자루에 얼굴을 맞을 리 없다고 생각했다. 설사 단일검으로 그를 죽인다 해도 빗자루로 얼굴을 맞았다는 치욕을 입고 어떻게 고개를 들고 다닐 수 있겠는가?

놀란 비명이 터져나오는 가운데, 영호충의 예상대로 성불우는 얼굴을 살짝 돌리며 검을 거둬 빗자루를 때렸다.

영호충은 빗자루를 슬쩍 빼 공격을 피했다. 그가 단 1초로 자신의 검을 거두게 하자, 성불우는 화가 치밀어 얼굴이 벌게졌다. 영호충의 이 초식이, 사실은 마교 십장로가 그 초식을 깨뜨리기 위해 머리를 모아 고민을 거듭하고 심혈과 노력을 쏟아부은 끝에 탄생한 역작이라는 사실을 성불우는 전혀 알지 못했다. 그저 영호충이 아무렇게나 휘두르다 우연히 벌어진 일이라고만 여겨, 홧김에 깊이 생각하지 않고 두 번째 검을 찔렀다. 악불군을 공격할 때의 순서와 달리 제일 마지막에 썼던 초식이었다.

영호충은 검을 피하는 척 몸을 돌리며 빗자루를 왼손으로 넘기더니, 성불우의 가슴을 노리고 번개처럼 빗자루를 찔렀다. 빗자루가 검보다 길었기 때문에, 시작은 검보다 늦었지만 도착은 빨랐다. 성불우의 검이 되돌아오기도 전에 빗자루의 싸리 가닥 몇 개가 그의 가슴팍에 닿았다.

"맞았다!"

영호충의 외침이 끝나기 무섭게 검이 날아들어 빗자루 끝을 싹둑 베었다. 그러나 지켜보던 고수들은 성불우의 패배를 인정할 수밖에 없었다. 영호충이 빗자루가 아니라 쇠로 만든 뇌진당이나 쇠스랑, 월아산 같은 무기를 들고 있었다면 성불우는 가슴에 큰 상처를 입었을 것이었다.

상대방이 일류고수였다면 성불우는 검을 내던지고 순순히 패배를 시인했으리라. 그러나 영호충은 의심할 바 없이 그보다 실력이 낮은 후기지수後起之秀였고, 저딴 빗자루에 굴복하기에는 도저히 체면이 서지 않았다. 쉭쉭쉭 하는 날카로운 파공음과 함께 그의 검이 화산파의 절초 세 개를 잇달아 펼쳤다. 그중 두 개는 안쪽 동굴 벽에 그려진 초식이었고, 나머지 하나는 낯선 초식이었다. 그러나 독고구검의 파검식을 익힌 뒤로 세상의 그 어떤 검초라도 깨뜨릴 실마리를 찾을 수 있는 영호충이었다. 그는 몸을 날려 검을 피한 다음, 곤봉으로 검을 깨뜨리던 벽화를 흉내 내 빗자루를 곤봉 삼아 성불우의 검을 때려 방향을 살짝 돌린 뒤 곧바로 검끝을 향해 빗자루를 내질렀다.

그가 든 무기가 철곤이나 철봉이었다면, 부드러운 성질을 가진 검은 그 힘을 이기지 못해 부러지고 검을 든 상대방은 위태로운 상황에 빠질 수밖에 없었다. 그러나 급박한 상황에 처한 영호충은 자신의 무기가 고작 대나무로 만든 빗자루라는 사실을 간과하고 말았다. 대나무 빗자루로 날카로운 검을 때리면 파죽지세의 힘에 당하는 쪽은 검이 아니라 대나무가 될 터였다. 검은 우지끈 소리를 내며 자루만 남긴 채 빗자루에 깊숙이 박혔다. 영호충은 재빨리 생각을 바꿔 오른손으로 빗자루 손잡이를 내리쳤고, 빗자루는 검이 박힌 채로 날아가버렸다.

성불우는 분하고 부끄러워 왼손으로 장법을 펼쳐 퍽 하고 영호충을 때렸다. 그는 수십 년간 무공을 익힌 고수였고, 영호충은 고작 초식의 변화에 익숙한 신출내기였으니, 권각이나 무공으로는 결코 성불우의 상대가 아니었다.

영호충은 곧 벌렁 나동그라져 울컥 피를 토했다.

그때, 사람 그림자가 획획 날아들더니 성불우의 팔다리가 누군가에게 붙잡혀 허공으로 떠올랐고, 곧이어 날카로운 비명이 터지며 바닥에 시뻘건 피가 쏟아졌다. 끔찍하게도 성불우의 몸은 네 조각으로 갈가리 찢어져, 흉한 얼굴을 한 괴인들의 손에 찢어진 사지가 하나씩 들려 있었다. 다름 아닌 도곡사선이 성불우를 산 채로 찢어발긴 것이었다.

삽시간에 벌어진 일이라 모두들 얼이 빠졌다. 악영산은 피떡으로 얼룩진 참상에 놀라 눈앞이 까매지며 그 자리에서 혼절했고, 악불군과 육백같이 경험 많은 고수들도 경악에 빠져 한동안 꼼짝도 하지 못했다.

형제 네 명이 성불우를 찢어놓는 동안, 도화선과 도실선은 바닥에 쓰러진 영호충에게 달려가 한 사람은 몸을, 다른 한 사람은 다리를 잡고 신속하기 그지없이 산을 달려내려갔다. 악불군과 봉불평이 검을 뽑아 도간선과 도엽선의 등을 찌르자 도근선과 도지선도 각자 짧은 철봉을 꺼내 두 사람의 검을 밀어냈다. 그 후 도곡사선은 경공을 펼쳐 뒤도 돌아보지 않고 사라졌다.

그 짧은 순간, 여섯 괴인과 영호충은 순식간에 모습을 감춘 것이었다.

육백과 악불군, 봉불평 등은 놀라고 당황한 얼굴로 서로를 바라보았다. 괴인들의 속도가 너무 빨라 쫓아가려야 쫓아갈 수도 없었다. 바닥을 흥건히 적신 피와 성불우의 찢어진 육신으로 시선을 던진 그들은 등골이 서늘한 한편 부끄러움이 밀려왔다. 한참 뒤, 육백이 고개를 설레설레 저었고 봉불평 역시 한숨을 푹 쉬었다.

성불우의 일장에 중상을 입은 영호충은 도곡이선에게 붙잡혀 산을 내려오는 동안 정신을 잃었다. 다시 정신을 차려보니 말상의 얼굴 두 개가 그를 내려다보고 있었다. 뚫어져라 응시하는 눈동자에는 걱정이 그득했다.

영호충이 눈을 뜨자 도화선이 기뻐하며 말했다.

"깨어났다, 깨어났어. 아직 안 죽었어."

도실선이 퉁을 주었다.

"당연하지. 살짝 맞았다고 죽는 사람이 어디 있어?"

도화선은 반박했다.

"그야 너라면 그렇지. 하지만 이 녀석은 달라. 죽을 수도 있다고."

"봐, 멀쩡한 사람을 두고 왜 죽는대?"

"꼭 죽는다는 게 아니라, 혹시 죽을지도 모른다는 말이야."

"어쨌든 지금은 멀쩡하게 살아 있으니 혹시 죽을지도 모른다는 말도 틀렸어."

"내가 뭐라고 하든 네가 무슨 상관이야?"

"네가 눈이 삐었으니까 그러지! 아예 눈뜬장님일 수도 있고."

"그러는 너는 눈이 멀쩡해서 이 녀석이 죽지 않는다는 걸 알았어? 그런데 왜 조금 전까지는 한숨을 푹푹 쉬며 걱정했어?"

"첫째, 내가 한숨을 쉰 이유는 이 녀석이 죽을까 봐 걱정해서가 아니라 꼬마 여승이 이 녀석을 걱정할까 봐 그런 거야. 둘째, 우리가 꼬마 여승에게 이기고 화산에서 영호충을 데려오기로 했는데, 반죽음이 된 영호충을 데려가면 꼬마 여승이 좋아하지 않을 테니까 그랬지."

"이 녀석이 죽지 않는다는 것을 아니까 꼬마 여승에게 걱정 말라고 하면 되잖아? 그럼 꼬마 여승도 걱정하지 않을 텐데 무슨 걱정이야?"

"첫째, 내가 걱정하지 말란다고 꼭 내 말을 듣는다는 보장이 없으니까. 만약 듣는다 해도 겉으로는 아닌 척하면서 속으로는 걱정할지도 모르거든. 둘째, 이 녀석이 죽지는 않아도 상처가 무거워서 쉽사리 좋아질 것 같지 않잖아. 그래서 아주 조금 걱정한 거라고."

영호충은 끝이 날 것 같지 않은 두 형제의 입씨름이 우습기도 했지만, 두 사람이 진심으로 자신의 생사에 관심을 갖고 있다는 사실에 감동했다. 그들이 말하는 '꼬마 여승'이 항산파 의림 사매라는 것을 짐작한 그는 빙그레 웃으며 말했다.

"걱정 마시오. 나는 죽지 않소."

도실선은 기뻐하며 도화선을 툭툭 쳤다.

"들었지? 안 죽는다잖아. 너는 혹시 죽을지도 모른다고 했지만."

도화선이 다시 반박했다.

"그 말을 한 건 이 녀석이 말을 하기 전이었어."

"눈을 떴으니 당연히 말도 하겠지. 그것도 몰라?"

입씨름이 다시 시작되면 언제 끝날지 기약이 없었기 때문에 영호충은 웃으면서 끼어들었다.

"사실은 죽을 뻔했지만, 두 분이 내가 죽는 것을 바라지 않기에 살아났소. 도곡육선이 얼마나 유명하고, 강호에서… 강호에서… 쿨럭쿨

력, 알아주는 분들인데 내 어찌 그 말을 듣지 않을 수 있겠소?"

도화선과 도실선은 기뻐서 입이 헤벌어졌다.

"맞아, 맞아! 아주 맞는 말만 골라 하는군! 큰형에게도 알려주자."

두 사람은 약속이나 한 듯 달려나갔다.

영호충은 그제야 자신이 침상 위에 누워 있다는 것을 알아차렸다. 머리 위로 늘어진 휘장은 몹시 낡았고 이곳이 어디쯤인지도 짐작이 가지 않았다. 살며시 고개를 돌려보았지만 가슴에 난 상처가 찢어질 듯 아파서 꼼짝도 할 수가 없었다.

잠시 후, 도근선 등이 방으로 들어오더니, 너 한마디 나 한마디 하며 쉴 새 없이 떠들어댔다. 자기 공을 치켜세우는 사람도 있고, 영호충이 살아나 다행이라는 사람도 있었다. 영호충을 구하느라 숭산파 늙은이를 혼쭐내지 못해 아쉽다는 사람도 있었다. 그 늙은이의 사지를 찢어발겨도 도곡육선을 개미처럼 눌러 죽일 수 있는지 궁금하다는 것이었다. 영호충은 어렵사리 정신의 끈을 부여잡고 그들을 칭찬했으나, 끝내 다시 기절하고 말았다.

의식이 몽롱한 가운데 가슴이 답답해지고 기혈이 뒤집히는 느낌이 들어, 영호충은 견딜 수 없을 만큼 괴로웠다. 한참이 지나 차차 정신이 들자 마치 활활 타오르는 화로 위에 누운 것 같아 저도 모르게 신음을 흘렸다. 누군가 이 소리를 듣고 소리쳤다.

"소리 내지 마!"

영호충이 눈을 떠보니, 탁자 위에 콩알만 한 등잔이 켜져 있고, 자신은 벌거벗은 채로 바닥에 누워 있었다. 두 팔과 두 다리는 도곡사선이 단단히 움켜쥐어 움직이지 못하게 하고, 남은 두 사람 중 한 명은 손바닥으로 배를 누르고, 다른 한 명은 이마의 백회혈百會穴을 누르고 있었다. 영호충은 깜짝 놀랐지만, 곧 왼쪽 발바닥에서부터 뜨거운 기운이 밀려와 왼쪽 다리와 배, 가슴, 오른팔, 오른 손바닥까지 전해지고, 또 왼손 손바닥에서부터 들어온 또 다른 기운이 왼팔, 가슴, 배, 오른쪽 다리를 거쳐 발바닥까지 퍼지는 것이 느껴졌다. 두 개의 기운이 서로 교차하며 몸을 휘돌자 절로 땀이 차오르고 몸이 타는 듯이 뜨겁게 달아올랐다.

도곡육선이 상승의 내공으로 상처를 치료하는 중임을 깨달은 그는 매우 감격하여 암암리에 사부에게 전수받은 화산파 내공 심법을 운용해 힘을 보탰다. 그러나 단전에 내공이 모이는 순간, 뜻밖에도 날카로운 칼이 배를 찌르는 듯한 통증이 느껴지며 저도 모르게 입에서 피를 토했다.

"큰일 났다!"

도곡육선이 입을 모아 소리쳤다.

도엽선이 영호충의 머리를 때려 다시 기절시켰다.

그 후 영호충은 줄곧 혼수상태였다. 몸이 차가워졌다 뜨거워졌다를 반복하고, 두 줄기의 기운은 끊임없이 몸속 구석구석을 훑었다. 때로는 뜨거운 기운들이 충돌해 견딜 수 없이 고통스럽기도 했다.

그렇게 얼마쯤 시간이 지났을까, 마침내 머리가 맑게 개고 도곡육선의 말싸움 소리가 들려왔다. 그가 눈을 뜨자 도간선이 말했다.

"봐, 땀이 멈췄고 눈도 떴잖아. 내 방법이 먹혔지? 내 진기가 중독혈中瀆穴에서 풍시혈風市穴, 환도혈環跳穴을 거쳐서 연액혈淵液穴로 나왔으니 내상을 다 치료했을 거야."

도근선이 반박했다.

"허풍 떨기는… 그저께 내가 족궐음간경足厥陰肝經(엄지발가락에서 머리까지 이어지는 열두 경맥 중 하나) 혈도에 진기를 불어넣지 않았으면 이 녀석은 벌써 죽었을 거야. 네가 치료할 틈도 없었을걸?"

도지선도 끼어들었다.

"맞아, 하지만 큰형이 내상을 치료했다 해도 그것만으로는 두 발로 걷지 못했을 테니 옥에 티나 마찬가지야. 결국 내 방법이 좋았지. 이 녀석의 내상은 심장까지 미쳐서 반드시 진기로 삼초三焦를 뚫어주어야 해."

도근선은 버럭 화를 냈다.

"네가 이 녀석 몸에 들어가본 것도 아닌데 내상이 심장까지 미쳤는지 어떻게 알아? 헛소리 작작 해!"

세 사람은 이러쿵저러쿵 쉴 새 없이 떠들어댔다.

갑자기 도엽선이 제안했다.

"연액혈로 진기를 주입하는 건 잘못이야. 역시 족소음신경足少陰腎經(새끼발가락에서 신장으로 이어지는 열두 경맥 중 하나)부터 뚫어야 해."

그는 형제들의 동의도 구하지 않고 영호충의 왼쪽 무릎 음곡혈陰谷穴을 붙잡아 진기를 주입했다. 뜨거운 기운이 혈도로 흘러들기 시작했다. 대로한 도간선이 외쳤다.

"어쭈, 또 트집이야? 대체 누가 옳은지 어디 해보자!"

그 역시 내력을 끌어올려 진기를 쏟아붓기 시작했다. 영호충은 속이 울렁거리고 피를 토할 것 같아 속으로 비명을 질러댔다.

'아이쿠, 큰일 났군! 치료해주려는 마음은 고맙지만 서로 의견이 달

라 제멋대로 치료를 해대니 정말 끝장이다.'

그는 그만하라고 소리치고 싶었지만 목소리가 나오지 않았다.

도근선이 말했다.

"가슴에 일장을 맞아 내상이 생겼으니, 응당 수태음폐경 手太陰肺經(손에서 폐로 이어지는 열두 경맥 중 하나)부터 시작해야지. 진기로 중부中府, 척택尺澤, 공최孔最, 열결列缺, 태연太淵, 소상少商을 뚫는 것이 제일 좋아."

도간선이 나섰다.

"형, 다른 건 몰라도 진기로 치료하는 솜씨는 나보다 못하잖아. 이 녀석의 몸이 펄펄 끓는 것은 양기陽氣가 너무 과하다는 뜻이니 수양명대장경手陽明大腸經(식지에서 코로 이어지는 열두 경맥 중 하나)부터 해야 한다고. 무슨 일이 있어도 상양商陽, 합곡合谷, 수삼리手三里, 곡지曲池, 영향迎香을 뚫어야 해."

도지선이 고개를 저으며 끼어들었다.

"틀렸어, 틀렸어. 완전히 틀렸어!"

도간선은 버럭 화를 냈다.

"네가 뭘 안다고 나서? 무슨 근거로 내가 완전히 틀렸다는 거야?"

도근선은 기분 좋은 얼굴로 히죽거렸다.

"셋째가 의술에 밝으니 너는 틀리고 내가 옳다고 하는 거야."

이번에는 도엽선이 나섰다.

"둘째 형은 확실히 틀렸고, 큰형 말도 다 맞지는 않아. 이 녀석이 눈은 동그랗게 뜨면서도 입은 꾹 다물고 있는 걸 보라고. 말을 하기 싫다는 거야…"

45

영호충은 속으로 욕을 퍼부었다.

'누가 말을 하기 싫다는 거야? 진기로 내 몸을 마구 들쑤셔대는데 무슨 수로 말을 하라고?'

도엽선의 말이 이어졌다.

"그 말인즉 머리가 어지럽고 정신이 혼미하다는 뜻이니, 족양명위경 足陽明胃經(코에서 두 번째 발가락까지 이어지는 열두 경맥 중 하나)을 치료해야 해."

'대체 누가 머리가 어지럽고 정신이 혼미하다는 거야?'

영호충이 분통이 터지든 말든 도엽선은 기합을 넣으며 진기를 끌어올렸다. 눈언저리 움푹 들어간 곳에 자리한 사백혈 四白穴이 따끔하더니 입가의 지창혈 地倉穴과 뺨의 대영혈 大迎穴, 협거혈 頰車穴, 머리의 두유혈 頭維穴, 하관혈 下關穴 등이 찌르는 듯 아프고 시큰하게 쑤시기 시작했다. 얼굴 근육도 마구 펄떡이고 뒤틀렸다.

지켜보던 도실선이 말했다.

"아무리 해봐도 아직 말이 없잖아. 이건 머리가 문제가 아니라 혀가 딱딱해져서 그런 거야. 한기 때문에 허해져서 생긴 증상이지. 내가 내력으로 은백혈 隱白穴, 태백혈 太白穴, 공손혈 公孫穴, 상구혈 商丘穴, 지기혈 地機穴을 치료해볼게. 하지만… 하지만 치료하지 못해도 탓하지 마."

도간선이 끼어들었다.

"치료하지 못하면 죽을지도 모르는데 탓하지 말라니?"

"그렇다고 가만히 내버려두면 혀가 굳잖아. 알면서도 어떻게 내버려둬?"

도지선이 나섰다.

"하지만 치료를 잘못해도 큰일이야."

도화선도 말했다.

"치료를 잘못해도 큰일이지만 치료하지 못해도 큰일이야. 이렇게 오랫동안 손을 써봤지만 치료하지 못한 걸 보면 심장을 다친 것이 분명해. 수소음심경手少陰心經(심장에서 새끼손가락으로 이어지는 열두 경맥 중 하나)부터 시작하는 게 옳아. 소해혈少海穴, 통리혈通里穴, 신문혈神門穴, 소충혈少衝穴이 관건이라고."

도실선이 퉁을 주었다.

"어제는 족소양담경足少陽膽經을 치료하자더니, 오늘은 수소음심경이라고? 소양은 양기가 솟아나는 곳이고, 소음은 음기가 솟아나는 곳이니 완전히 상반되는 방법이라고. 대체 어느 쪽이 맞는 거야?"

"음으로부터 양이 나는 법이라 했으니 음과 양은 똑같은 물건의 양면인 거야. 하나가 둘이 된 거지. 태극太極이 양의兩儀를 낳고, 양의는 다시 태극으로 돌아간다고 했으니 때로는 둘이 되었다가 다시 하나가 되기도 하지. 소양과 소음은 겉과 속이기 때문에 하나씩 따로따로 논할 수 없는 거라고."

영호충은 비명을 내질렀다.

'으아악! 내 목숨을 가지고 저런 허무맹랑한 논리로 장난을 치다니!'

도근선이 나섰다.

"너희 말을 듣고 이것저것 해봤지만 아무 소용이 없었으니 이제 내 마음대로 해야겠어."

도간선 등 나머지 다섯 명이 눈을 동그랗게 뜨며 물었다.

"마음대로 어떻게?"

"이 녀석의 증상은 확실히 무척 기괴해. 기괴한 증상이라면 응당 기혈奇穴을 손봐야지. 능허점혈법凌虛點穴法으로 인당혈印堂穴, 금율혈金律穴, 옥액혈玉液穴, 어요혈魚腰穴, 백로혈百勞穴과 십이정혈十二井穴을 짚는 거야."

다섯 형제가 입을 모아 외쳤다.

"큰형, 안 돼! 너무 위험해!"

도근선이 버럭 소리를 질렀다.

"왜 안 돼? 이대로 두면 이 녀석은 죽어!"

곧이어 영호충의 인당혈과 금율혈 등에 지독한 통증이 찾아왔다. 처음에는 마치 날카로운 칼로 푹푹 찌르는 것 같더니, 나중에는 통증이 너무 심해서 어느 부분이 아픈지조차 구분할 수 없게 되었다. 그는 입을 벌리고 비명을 질렀지만 아무 소리도 나지 않았다. 바로 그때, 족태음비경足太陰脾經에 자리한 혈도를 따라 뜨거운 기운이 급격하게 퍼져나가고, 수소음심경에서도 또 다른 기운이 나타나 몸을 휘감았다. 얼마 지나지 않아 각기 다른 경맥에서 또다시 세 줄기의 진기가 흘러들었다.

영호충은 너무나 괴롭고 고통스러웠다. 도곡육선이 함부로 치료를 시작했을 때는 인사불성이라 아무것도 몰라 그랬다지만, 정신이 멀쩡한 지금도 저들이 몸을 마구잡이로 다루는 것을 막을 방도가 없으니 더욱더 괴로웠다. 여섯 갈래의 진기는 그의 몸 구석구석을 헤집고 간, 쓸개, 콩팥, 허파, 심장, 비장, 위, 대장, 소장, 방광, 심막, 삼초 곳곳을 뒤흔들었다. 그의 오장육부 곳곳마다 그들의 진기가 이르는 즉시 내공을 겨루는 장소로 변모했다.

영호충은 분노를 참을 길 없어 속으로 외쳐댔다.

'내가 죽지 않고 살아난다면 네놈들을 갈기갈기 찢어놓고 말겠다!'

물론 도곡육선이 오로지 자신을 살리고자 하는 마음에 이렇게 한다는 것을 그도 모르지는 않았다. 더욱이 진기 치료는 내력 소모가 극심해 무척 가까운 사이가 아니고서야 쉽게 해주는 일도 아니었다. 하지만 펄펄 끓는 불에 달달 볶이는 고기처럼 고통스러운 지금은, 소리만 낼 수 있다면 세상에 존재하는 욕이란 욕을 송두리째 쏟아낼 수 있을 것 같았다.

도곡육선은 진기를 운용해 자기 나름대로 영호충을 치료하는 한편, 쉬지 않고 말다툼을 해댔다. 그 치료 중에 영호충의 경맥이 뒤죽박죽 망가져버렸다는 사실은 전혀 인지하지 못했다. 어려서부터 화산파의 상승 내공을 익혀온 영호충은 비록 그 내공은 깊지 않지만 기본은 튼튼해, 선무당 같은 도곡육선의 치료에도 가까스로 목숨을 부지할 수 있었다.

애를 쓰면 쓸수록 영호충의 심박이 약해지고 호흡이 가라앉아 당장이라도 숨이 끊어질 것 같자 도곡육선도 슬며시 걱정이 되기 시작했다.

간이 작은 도실선이 제일 먼저 물러났다.

"난 안 할래. 계속하면 이 녀석을 죽일지도 몰라. 원귀가 되어 복수하겠다고 쫓아오면 어떡해?"

그의 손이 영호충의 혈도에서 떨어지자 도근선이 버럭 화를 냈다.

"이 녀석이 죽으면 네 탓이야! 원귀가 되면 평생 네 뒤를 쫓아다닐 거라고!"

도실선은 비명을 지르며 창문을 넘어 달아났다. 도간선과 도지선

등도 차례차례 손을 거두고는 어쩔 줄 몰라 눈을 찌푸리거나 고개를 가로저었다.

도엽선이 말했다.

"아무래도 이 녀석은 틀렸어. 이제 어쩌지?"

도간선이 대답했다.

"꼬마 여승에게는 이렇게 말하자. 난쟁이 놈에게 한 대 맞더니 픽 쓰러져서 죽었고, 우리가 그 복수로 난쟁이를 찢어발겼다고 말이야."

도근선이 물었다.

"진기로 치료했다는 이야기는 할까, 말까?"

도간선이 또 대답했다.

"절대 하면 안 돼!"

"하지만 왜 치료하지 않았느냐고 꼬마 여승이 물으면 어떡하지?"

"치료는 했는데 낫지 않았다고 해."

"아무짝에도 쓸모없는 개 같은 놈들이라고 욕하지는 않겠지?"

도간선이 씩씩거렸다.

"우리더러 개 같다고? 꼬마 여승이 그런 말을 해?"

"꼬마 여승이 한 말이 아니라 내가 한 말이야."

도간선은 그래도 화를 냈다.

"꼬마 여승이 그런 말을 한 것도 아닌데 형이 어떻게 알아?"

"아마 욕을 할 테니까."

"안 할지도 모르지. 헛짚었어!"

"저 녀석이 죽으면 꼬마 여승은 단단히 화가 나 욕을 할 가망성이 아주 높아."

"아니야, 분명 엉엉 울기만 하고 욕은 안 할 거야."

"꼬마 여승이 얼마나 귀여운데…. 차라리 개 같다는 욕을 듣는 게 낫지, 우는 건 보고 싶지 않아."

"꼭 개 같다는 욕이 아닐 수도 있어."

"그럼 무슨 욕을 할까?"

"우리가 개를 닮기나 했어? 전혀 안 닮았잖아. 어쩌면 고양이 같다고 할지도 몰라."

도엽선이 끼어들었다.

"어째서? 설마 우리가 고양이를 닮았다는 거야?"

도화선도 가세했다.

"욕을 하는데 반드시 닮은 것을 댈 필요는 없어. 우리는 사람인데, 꼬마 여승이 우리더러 사람 같다고 하면 그건 욕이 아니잖아."

도지선이 물었다.

"하지만 멍청한 사람이나 나쁜 사람이라고 하면 욕이지."

도화선이 고개를 끄덕였다.

"그래도 개 같다는 것보다는 나아."

"만약 그 개가 총명하고 재주 많고 멋진 영웅 같은 개라면? 사람이 나을까, 개가 나을까?"

겨우 숨만 붙은 채 누워 있던 영호충은 그들의 계속되는 입씨름에 웃음이 났다. 그러자 어찌 된 영문인지 진기 한 줄기가 사르르 솟아나며 목이 탁 트였다.

"개들이 당신들보다 훨씬 낫소!"

도곡육선은 화들짝 놀랐다. 그들이 정신을 차리기도 전에 창밖에서 도실선의 목소리가 들려왔다.

"어째서 개가 우리보다 낫다는 거야?"

남은 도곡오선도 입을 모아 따졌다.

"그래, 어째서 개가 우리보다 나아?"

영호충은 욕을 퍼부어주고 싶었으나 기운이 딸려 겨우 이렇게만 말했다.

"나… 나를 화산으로 데려가주시오. 사부… 사부님만이 나를… 나를 치료할 수 있소….."

도근선은 눈을 동그랗게 떴다.

"뭐? 너희 사부만 너를 치료할 수 있다고? 그럼 우리 도곡육선은 널 치료할 수 없다는 거야?"

영호충은 고개를 끄덕이고 입을 열었지만 더 이상 소리가 나오지 않았다.

도엽선은 분노했다.

"그럴 리가? 네 사부가 그렇게 대단해? 우리 도곡육선보다 더?"

도화선이 끼어들었다.

"흥, 어디 누가 이기나 싸워보자!"

이번에는 도간선이었다.

"우리 넷이 네 사부의 팔다리를 잡고 쭉 당기면 그놈도 쫘악 하고 네 동강이 날걸!"

도실선이 방으로 뛰어들었다.

"화산에 있는 사람들은 남녀 가리지 말고 모두 팔다리를 붙잡아 네 동강 내자!"

"개나 고양이, 돼지, 닭, 거북이, 물고기도 가리지 말고 팔다리를 붙잡아 네 동강 내자!"

도화선의 말에 도지선이 물었다.

"물고기에게 팔다리가 어디 있어? 어떻게 팔다리를 잡아?"

도화선도 멈칫하다가 대답했다.

"꼬리와 머리, 양쪽 지느러미를 잡으면 되잖아?"

"머리는 팔다리가 아니야."

"그게 무슨 상관이야? 팔다리면 어떻고 아니면 어때?"

"당연히 상관이 있지. 그게 팔다리가 아니면 네 첫마디가 틀렸다는 뜻이니까."

단단히 약점을 잡힌 도화선은 끝까지 뻗댔다.

"내 첫마디가 어때서?"

"너는 '개나 고양이, 돼지, 닭, 거북이, 물고기도 가리지 말고 팔다리를 붙잡아 네 동강 내자'라고 했어, 안 그래?"

"그랬지. 하지만 그건 내 첫마디가 아니야. 오늘 하루 종일 수천 마디를 했는데 어째서 그게 내 첫마디라는 거야? 엄마 배 속에 있을 때부터 따지면 더더욱 아니고."

도지선은 반박하려 했으나 할 말이 없었다.

도간선이 나섰다.

"방금 거북이라고 했지?"

"그래. 하지만 거북이는 앞다리 뒷다리가 있으니까 팔다리라고 볼 수 있지."

"거북이의 앞다리와 뒷다리를 잡아당긴다고 네 동강으로 찢어발길 수 있을까?"

"왜 못해? 거북이가 무공 고수도 아닌데 우리 형제의 힘을 어떻게 이겨내겠어?"

"거북이 몸이야 찢어발길 수 있겠지. 하지만 껍데기는? 거북이 다리를 잡아당겨 껍데기까지 네 동강 낼 수는 없잖아? 껍데기를 동강 내지 못하면 그건 네 동강이 아니라 다섯 동강이라고."

"껍데기는 한 동강이라 하지 않고 한 판이라고 하는 거야. 그러니 다섯 동강이라는 말도 틀렸어."

도근선이 끼어들었다.

"거북이 등껍데기에는 격자가 열세 개 있으니 네 동강도 아니고 다섯 동강도 아니야."

도간선이 대꾸했다.

"찢어발긴 결과물을 말한 거지, 등껍데기의 격자를 말한 게 아니야. 형은 왜 이렇게 말귀를 못 알아들어?"

"거북이 몸을 네 동강 내고 껍데기는 동강 내지 못하니, '네 동강과 찢어발길 수 없는 껍데기'라고 해야 맞아. 그러니 '거북이를 다섯 동강 내자'는 말은 어폐가 있다고. 단순한 어폐가 아니라 본래부터 틀려먹은 말이야."

도엽선이 나섰다.

"큰형, 그 말도 틀렸어. 어폐가 있으면 틀린 것이 아니고, 본래부터 틀렸다면 어폐가 있을 수 없어. 이 둘은 완전히 다른데 한데 섞어 따지면 어떡해?"

끊임없이 서로 쏘아대는 그들의 이야기에 영호충은 몹시 우스웠다.

생사가 달린 위급한 상황만 아니었다면 아마 큰 소리로 웃었을 것이다. 도곡육선의 언행이 우습기 그지없다 해도 지금 상태에서는 들을수록 정신만 사나워졌다. 물론 세상에 다시없을 괴인들, 그것도 이렇게 재미있는 괴인들을 만나는 일이 아무에게나 주어지는 기회는 아니었으니, 좋게 보면 죽기 전에 이런 사람들을 만났다는 사실만으로도 인생이 아깝지 않다는 생각도 들었다. 이런 생각으로 흥이 솟구친 영호충은 큰 소리로 외쳤다.

"수, 술을 마시고 싶소!"

도곡육선은 희색을 띠며 입을 모아 외쳤다.

"좋아, 아주 좋아! 술을 마시고 싶은 걸 보니 죽지는 않겠구나."

영호충은 신음을 흘렸다.

"죽으면 어… 어떻고 죽지… 않으면 또… 어떻소? 어… 어쨌거나 수, 술부터 마십시다."

도지선이 냉큼 대답했다.

"그래, 그래! 내가 술을 가져올게."

잠시 후 큼직한 술병 하나가 방으로 들어왔다. 술향기를 맡자 영호충은 정신이 번쩍 들었다.

"먹여주시오."

도지선은 술병 입구를 그의 입으로 가져가 천천히 흘려넣었다. 술한 병을 깨끗이 비우고 나자 머리가 더욱 맑아졌다.

"사부님께서 평소 말씀하시기를… 천하의 대… 대영웅 중 가장 무서운 사람은 바로 도… 도… 도…."

그가 힘이 부쳐 말을 잇지 못하자 애가 탄 도곡육선이 입을 모아 거들었다.

"도곡육선!"

"그렇소. 사부님께서는… 도곡육선과 술 한잔 나누며 벗으로 삼고자 하시며 여섯… 여섯 분의 대… 대… 대…."

도곡육선이 이번에도 입을 모아 외쳤다

"대영웅!"

"그렇소. 여섯 분의 대영웅을 청해 제자들 앞에서 절, 절기를 시… 시연해주십사… 하셨소."

여기까지 말하자 도곡육선은 저마다 한마디씩 떠들어댔다.

"그거 괜찮은데!"

"우리가 이렇게 대단하다는 걸 어떻게 알았지?"

"화산파 장문인은 아주 좋은 사람이야. 화산파 것은 나뭇가지 하나도 건드리지 말자고."

"당연하지. 누구든 화산파 나뭇가지 하나라도 건드리면 절대 가만두지 않을 테야."

"우리도 너희 사부와 벗이 되고 싶어. 자, 화산으로 가자!"

영호충이 즉각 그 말을 받았다.

"그렇소. 바로 화산으로 갑시다!"

도곡육선은 이내 영호충을 떠메고 달리기 시작했다. 한참을 달리다가 도근선이 불쑥 소리쳤다.

"으악, 이게 아니야! 꼬마 여승이 이 녀석을 데려오라고 했는데 화산으로 가면 어떡해? 이 녀석을 데려가지 않으면 또… 또… 또 한 번 이기는 거잖아? 내리 두 번을 이기면 재미없다고."

도간선도 찬동했다.

"이번에는 형 말이 맞아. 우선 꼬마 여승에게 데려갔다가 화산에 가는 게 낫겠어. 그래야 한 번 더 이기지 않지."

여섯 형제는 방향을 바꿔 남쪽으로 달려갔다. 초조해진 영호충이 물었다.

"꼬마 여승이 보고 싶어 하는 이가 산 사람이오, 죽은 사람이오?"

도근선이 대답했다.

"그야 물론 산 사람이지, 죽은 사람을 누가 보고 싶어 해?"

"화산에 데려가지 않으면 내 스스로 경맥을 끊어 죽어버리겠소."

도실선은 히죽히죽 웃었다.

"좋아, 좋아. 스스로 경맥을 끊는 무공을 내게도 가르쳐줘."

도간선이 퉁을 주었다.

"그 무공을 익혀서 할 수 있는 거라곤 죽는 것밖에 없는데 무슨 쓸모가 있어?"

영호충이 씩씩거리며 대답했다.

"당연히 쓸모가 있소. 예를 들어… 협박을 당해 죽느니만 못한 고통을 겪을 때 경맥을 끊으면… 차라리 통쾌하게 죽을 수 있지 않소?"

도곡육선의 안색이 일제히 싹 변했다.

"꼬마 여승이 나쁜 짓을 하려고 너를 데려오라는 건 아니야. 우리도 너를 협박하는 것이 아니고."

영호충은 한숨을 쉬었다.

"물론 여러분은 좋은 뜻에서 찾아왔을 거요. 하지만 사부님께 허락을 받기는커녕 보고도 드리지 않고서는 결코 따라갈 수 없소. 게다가 사부님과 사모님은 늘 여… 여러분을… 당세… 당세 최고의 대…
대… 대….”

“대영웅!”

도곡육선이 입을 모아 말하자 영호충은 고개를 끄덕였다.

도근선이 결정을 내렸다.

“좋아! 일단 화산으로 데려가줄게.”

몇 시진 후 일행은 다시 화산에 도착했다.

그들을 본 화산파 제자가 나는 듯이 달려가 악불군에게 보고했다.
악불군 부부는 괴인들이 영호충을 다시 데려왔다는 말에 놀라 제자들
을 이끌고 밖으로 나왔다. 도곡육선의 걸음이 워낙 빨라 악불군 부부
가 정기당 문턱을 넘기 무섭게 그들은 벌써 청석길을 따라 올라오고
있었다. 여섯 명 중 두 명이 들것을 들었고 그 위에 영호충이 누워 있
었다.

악 부인이 황급히 달려가 살펴보니, 영호충은 두 뺨이 움푹 들어가
고 얼굴은 누렇게 떠 몹시 초췌해 있었다. 맥도 들쑥날쑥해 목숨이 위
태로운 상태였다.

“충아! 충아!”

악 부인이 놀란 목소리로 부르자, 영호충은 눈을 뜨고 낮은 소리로
대답했다.

“사… 사… 모님!”

악 부인은 눈물을 글썽이며 속삭였다.

“충아, 내가 복수를 해주마.”

쐐액 하는 날카로운 소리와 함께 그녀의 검이 검집에서 뽑혀 들것을 든 도화선에게 날아들었다.

"잠깐!"

악불군이 만류하며 도곡육선을 향해 두 손을 포개 들며 인사했다.

"여섯 분께서 화산까지 오셨는데 멀리 마중하지 못했으니 양해해주시기 바라오. 여러분의 존성대명은 어찌 되시오?"

그 한마디에 도곡육선은 실망과 동시에 화가 치밀었다. 영호충의 말만 듣고 악불군이 자신들을 몹시 존경하는 줄 알았는데, 이름을 묻는 것을 보면 도곡육선에 대해 깜깜하게 모르는 것이 분명했다. 도근선이 대꾸했다.

"당신은 우리 형제들을 몹시 존경한다고 들었는데 아닌가 보네? 이렇게 견문이 얕아서야, 원!"

도간선도 거들었다.

"천하영웅 중에서도 가장 뛰어난 사람이 바로 도곡육선이라 했다면서? 아하, 알겠다! 우리 도곡육선의 명성은 귀가 아프도록 들었지만 만난 적이 없어서 우리가 도곡육선인지 몰랐구나? 그럼 이해해줘야지."

도지선이 물었다.

"어쩐지… 저자가 우리와 술 한잔하며 벗이 되고 싶다고 했다면서 우리가 찾아와도 좋아하는 기색도 없고 술 한잔 내올 생각도 안 해서 이상하다 싶었는데, 이제 보니 우리 이름만 듣고 직접 보지 못해서 그런 거구나. 하하하, 재미있다, 재미있어!"

영문을 모르는 악불군은 냉랭하게 대답했다.

"여러분은 자칭 도곡육선이라고 하는 것 같으나, 이 악불군은 평범한 속인이라 신선과 벗이 될 자격이 없소."

단순한 도곡육선은 그가 신선이라고 부르자 금세 얼굴이 환해졌다. 도지선이 재빨리 말했다.

"괜찮아, 괜찮아. 우리 도곡육선은 벌써 당신 제자와 친구가 되었으니 당신과 친구가 되어도 상관없어."

이번에는 도실선이었다.

"당신 무공이 우리보다 좀 떨어지긴 하지만, 그걸로 놀리지는 않을 테니 안심해."

도화선도 말했다.

"무공을 익히다 모르는 것이 있으면 언제든 물어봐. 우리가 상세히 가르쳐줄게."

악불군은 빙그레 웃으며 대답했다.

"그것 참 고마운 말씀이구려."

도간선이 말했다.

"고마워할 것까지야. 우리 도곡육선과 친구가 된 이상 못할 말이 어디 있어?"

도실선이 으스대며 나섰다.

"당신네 화산파 제자들 눈 좀 뜨이게 바로 절기를 보여줄까?"

천진난만하고 세상 물정 모르는 도곡육선의 본성을 알 리 없는 악부인은 순전히 호의에서 비롯된 그 말이 거만하고 방자하게 들려 화가 머리끝까지 치솟았다. 참다못한 그녀가 검으로 도실선의 가슴을 겨누며 카랑카랑하게 외쳤다.

"좋소, 어디 한번 잘난 무기를 꺼내보시오!"

도실선은 웃으며 대답했다.

"우리 도곡육선은 싸울 때 무기를 거의 쓰지 않아. 우리를 존경한다면서 그것도 몰라?"

악 부인은 이 역시 비꼬는 말로 받아들였다.

"내 알 바 아니오!"

그녀의 검이 공기를 가르며 앞으로 찔러나갔다. 속도도 빠르고 기세 또한 날카롭기 그지없었다. 눈곱만치도 적의가 없던 도실선은 그녀가 정말로 공격해올 줄은 꿈에도 생각지 못해 검끝이 가슴팍에 닿을 즈음에야 겨우 사태를 파악했다. 그의 무공이라면 충분히 막을 수 있는 거리였지만, 워낙 간이 작은 그는 번뜩이는 검날에 겁을 집어먹고 꼼짝도 하지 못했다. 악 부인의 검이 그의 가슴을 푹 찔렀다.

도지선이 황급히 달려가 악 부인의 어깨를 후려치자 악 부인은 몸을 훌쩍 날려 뒤로 물러나며 검을 놓았다. 도실선의 가슴에 박힌 검이 반탄력으로 파르르 떨렸다. 도근선 등 다섯 형제는 일제히 비명을 질렀다. 도지선이 도실선을 안고 급히 물러났고, 나머지 네 사람은 우르르 달려가 눈 깜짝할 새 악 부인의 팔다리를 잡고 들어올렸다. 그들이 이대로 팔다리를 잡아당기면 악 부인의 몸이 갈기갈기 찢어지리라는 것을 잘 아는 악불군은 즉각 검을 뽑아 도근선과 도엽선을 찔러갔다. 무슨 일이 벌어져도 침착을 유지하던 악불군이지만 이 순간만큼은 검을 든 손이 부르르 떨리고 있었다.

들것에 누워 있던 영호충은 위험천만한 광경을 보고 억지로 몸을 일으키며 외쳤다.

"사모님을 해치지 마시오! 그랬다간 이 자리에서 자결하겠소!"

가까스로 이 말을 내뱉은 그는 더는 참지 못하고 시뻘건 피를 토하며 정신을 잃었다.

도근선이 악불군의 검을 피하며 외쳤다.

"저 녀석이 죽으면 큰일이야. 여자는 놓아주자!"

악 부인을 내려놓은 네 사람은 도실선의 목숨이 걱정스러워 도지선과 도실선에게 후다닥 달려갔다.

악불군과 악영산도 악 부인 곁으로 달려갔다. 두 사람이 부축하자 악 부인은 겨우 몸을 가눴지만, 놀람과 분노가 교차해 얼굴은 하얗게 질리고 몸도 바들바들 떨리고 있었다. 악불군이 소리 죽여 말했다.

"너무 노하지 마시오, 사매. 우리가 반드시 복수를 하겠소. 상대하기 어려운 적이었는데 다행히도 사매가 한 명을 죽였구려."

성불우의 몸이 도곡육선의 손에 찢겨나가던 장면이 떠오르자 악 부인의 심장은 더욱 무섭게 쿵쾅거리기 시작했다. 그녀가 떨리는 목소리로 입을 열었다.

"저… 저…."

몸이 바들바들 떨려 차마 말이 나오지 않았다.

악불군은 큰 충격을 받은 부인을 보고 딸에게 말했다.

"산아, 어머니를 모시고 들어가거라."

영호충은 얼굴과 옷 앞자락이 피투성이가 된 채 얕은 숨만 내쉬고 있었다. 들숨보다 날숨이 많아 살아나기는 틀린 것 같았다. 악불군은 등에 자리한 영대혈에 손을 대고 깊은 내공을 불어넣어 목숨을 연장하고 기운을 보충해주려 했으나, 갑자기 기괴하기 그지없는 내공이 요동을 치며 손을 밀어냈다. 악불군은 놀라고 의아했지만 곧 기괴한 내공이 영호충의 몸속에서 끊임없이 서로 충돌하며 맞서고 있다는 사실을 깨달았다.

다시 가슴 쪽 단중혈에 손을 올려보았더니 손바닥이 격렬하게 떨리며 가슴께가 무지근하게 아파왔다. 악불군은 더욱더 놀랐다. 영호충의 몸을 휘저어대는 진기들은 방문좌도 중에서도 손꼽는 내공으로, 한 갈래씩 겨루면 그의 자하신공보다 약간 못하지만 두 갈래가 합쳐지거나 양쪽에서 협공하면 자하신공으로도 막아내기 어려웠다. 좀 더 자세히 살피니 영호충의 몸속에 있는 진기는 모두 여섯 갈래로, 하나같이 기괴하고 예측 불가한 것들이었다. 악불군은 어쩔 수 없이 손을 떼며 생각했다.

'모두 여섯 갈래인 것을 보니 저 괴인들의 짓이구나. 지독한 놈들, 각자의 내력을 주입해 충이에게 고통을 주고 살지도 죽지도 못하게 하다니.'

그는 눈살을 찌푸린 채 고개를 젓고는, 고근명과 육대유를 시켜 영호충을 침실로 데려가게 한 뒤 부인의 방으로 향했다.

악 부인은 여전히 놀란 가슴을 진정시키지 못해 창백한 얼굴로 딸의 손을 꽉 쥔 채 침상 가장자리에 앉아 있었다. 악불군이 들어오자 그녀가 물었다.

"충이는 어떻게 되었나요? 몸은 괜찮나요?"

악불군은 그의 몸속에서 여섯 갈래의 진기가 서로 충돌하고 있다는 사실을 알려주었다. 악 부인도 걱정스러운 표정으로 물었다.

"그 진기들을 하나하나 제거해야 할 텐데, 아직 너무 늦지는 않았겠지요?"

악불군은 입을 꾹 다물고 고민하다 한참 만에야 말했다.

"사매, 저 괴인들이 충이를 괴롭히는 이유가 무엇이라 생각하오?"

"충이를 굴복시키거나 아니면 본 파의 비밀을 캐내려는 것이겠지요. 충이가 말을 듣지 않으니 잔인한 형벌을 가한 거예요."

악불군은 고개를 끄덕였다.

"일리 있는 추측이오. 허나 본 파에는 비밀 같은 것도 없고, 저 괴인들은 우리와 일면식도 없는 사이라오. 충이를 잡아갔다가 다시 돌아온 까닭은 또 무엇이겠소?"

"아마…."

악 부인은 자신의 추측이 합당하지 않다는 것을 깨닫고 고개를 저었다.

"제 생각이 틀렸군요."

두 사람은 눈을 찡그린 채 말없이 생각에 잠겼다. 이를 본 악영산이 끼어들었다.

"본 파에 비밀은 없지만, 우리 화산파의 무공이 대단하다는 것은 세상이 다 알아요. 저 괴인들이 우리 기공과 검법의 비결을 얻기 위해 대사형을 사로잡은 것인지도 몰라요."

"나도 그리 생각해보았다. 허나 저 괴인들이라면 충이의 내공이 그리 높지 않다는 것을 단번에 파악했을 것이다. 외공外功 또한 마찬가지다. 저 괴인들의 무공은 화산검법과 통하는 부분이 전혀 없으니 애써 비결을 캐내려 할 까닭이 없다. 설령 캐낼 생각이 있었다 해도 화산에서 멀리 달아난 뒤 천천히 고문하며 캐낼 수도 있는데 무엇 하러 다시 돌아왔겠느냐?"

확신에 찬 악불군의 말에 오랫동안 부부로 살아온 악 부인은 그가 이미 해답을 찾았다는 사실을 알아차렸다.

"그렇다면 대체 무슨 까닭일까요?"

악불군은 진지한 얼굴로 차분하게 대답했다.

"충이에게 내상을 입혀 나의 내공을 소모시키려는 것이오."

악 부인이 벌떡 일어나며 외쳤다.

"그렇군요! 충이를 살리려면 내공을 사용해 저 여섯 갈래의 진기를 밀어내는 수밖에 없어요. 그 일이 끝날 때쯤 저 괴인들이 들이닥치면 손쉽게 우리 목숨을 취할 수 있겠군요."

그녀는 잠시 망설이다 다시 말했다.

"다행히도 이제 다섯 명만 남았어요. 그런데 사형, 저들은 분명 저를 붙잡았는데 어째서 충이의 한마디에 순순히 놓아주었을까요?"

그 위험했던 순간을 떠올리자 아직도 소름이 끼쳐 절로 목소리가 떨려 나왔다.

"그 상황도 헤아려보았소. 당신이 저들 중 한 명을 죽였으니 틀림없이 원한에 사무쳤을 터인데, 충이가 자결하겠다고 하자 즉시 놓아주지 않았소? 생각해보시오. 엄청난 음모가 숨어 있지 않고서야 저들이 충이의 목숨을 저리 아낄 리 있겠소?"

"음험한 놈들… 악랄하기도 하지…!"

악 부인은 혼잣말로 중얼거리며 그간의 일을 떠올려보았다.

'저 괴물들이 성불우를 갈가리 찢어발기던 광경은 무림에서 찾으려야 찾을 수 없을 만큼 잔인한 장면이었다. 꼬박 하루가 지났는데도 그 일을 떠올리기만 하면 이렇게 심장이 두근거리는구나. 저들이 소란을 피우는 바람에 장문 자리를 노리던 봉불평의 계획은 수포로 돌아갔으니 저 괴인들이 화산파의 골칫거리를 제거해준 셈이라고 볼 수도 있지만, 다시 찾아와 싸움을 거는 것을 보면 사형의 추측대로 다른 목적이 있겠구나.'

그녀는 남편을 바라보며 말했다.

"사형이 직접 충이를 치료해서는 안 돼요. 제 내공은 사형만 못하지만 잠시 동안 충이를 지켜줄 만은 하겠지요."

그녀가 일어나 방문 쪽으로 걸어가자 악불군이 황급히 불렀다.

"사매, 잠깐!"

악 부인이 돌아보자 악불군은 고개를 저으며 말했다.

"소용없소. 저 괴인들의 진기는 실로 강력했소."

"사형의 자하신공으로만 제거할 수 있다는 말씀인가요? 그럼 어쩌지요?"

"이제 상황을 보아 움직이는 수밖에 없소. 우선 충이의 목숨부터 살리고 봅시다. 그 정도에는 내공을 많이 소모할 필요는 없을 것이오."

세 사람은 영호충이 누워 있는 방으로 향했다. 실낱같은 숨만 붙어 있는 영호충을 보자 악 부인은 눈물을 글썽이며 맥을 짚으려고 손을 뻗었다. 악불군이 그런 그녀의 손을 붙잡으며 고개를 저었다. 그는 부인의 손을 놓고 두 손을 펼쳐 영호충의 손바닥에 맞댄 후 천천히 내공을 밀어보냈다. 그의 내공이 영호충의 몸속에 있는 진기와 부딪치는 순간, 악불군은 얼굴이 보랏빛 기운에 뒤덮인 채 몸을 부르르 떨더니 한 걸음 물러났다.

별안간 영호충이 입을 열었다.

"임… 임 사제는…?"

악영산이 의아한 듯 되물었다.

"소림자는 왜 찾아요?"

영호충은 두 눈조차 뜨지 못한 채 대답했다.

"임 사제의 아버지께서 임종 전에 남긴 말씀을… 전해야 해. 지금까지… 이야기할 시간이…. 나는 이제 틀렸어. 어서… 어서 임 사제를… 불러줘."

악영산은 눈물이 그렁그렁한 눈으로 얼굴을 가리고 뛰쳐나갔다.

화산파의 제자들은 모두 문밖을 지키고 있었다. 악영산의 전갈을 들은 임평지는 급히 영호충에게 달려왔다.

"대사형, 부디 몸을 보중하십시오."

"임… 임 사제인가?"

"그렇습니다."

"영… 영존께서 세상을 뜨시기 전에 내가… 내가 곁에 있었네. 영존께서는 내게… 내게 이 말을 전해달라고…."

여기까지 말하자 숨이 점점 잦아들었다. 모두들 숨을 죽이고 귀를 기울이느라 방 안은 쥐죽은 듯 고요했다.

한참이 지난 다음에야 영호충이 겨우 숨을 가다듬고 말을 이었다.

"복주 향양… 향양항… 옛 저택에… 있는 물건을 잘… 잘 보관하되… 절대… 절대 펼쳐보면 안 된다고 하셨다네. 펼치면… 무궁한 후환이 따를 것이라고…."

임평지는 의아한 목소리로 물었다.

"향양항 옛 저택 말입니까? 그곳은 아무도 살지 않은 지 한참 되었고, 중요한 물건도 없습니다. 아버지께서 무얼 펼쳐보지 말라고 하셨을까요?"

"나도 모르네. 영존께서는… 그 말… 그 말을 자네에게… 전해달라 하셨네. 다른 말은 없… 없으셨어. 그 말씀만 하시고 돌… 돌아가셨네…."

그의 목소리가 다시금 잦아들었다.

악불군 등 네 사람은 한참을 기다렸지만 영호충은 더 이상 아무 말도 하지 않았다. 악불군은 한숨을 푹 쉬고 임평지와 악영산에게 말했다.

"여기서 대사형을 지키다가 상태에 변화가 있으면 즉시 내게 알리거라."

임평지와 악영산이 대답하자, 악불군은 악 부인과 함께 안방으로 돌아갔다. 영호충의 상처를 치료하기 어렵다는 사실에 두 사람 다 마음이 무거웠다. 꿋꿋이 견디던 악 부인의 눈에서도 끝내 눈물이 방울방울 쏟아져 뺨을 타고 흘렀다.

악불군이 위로했다.

"너무 슬퍼 마시오. 우리가 충이의 원한을 갚아줍시다."

"저런 잔인한 짓을 한 이상 놈들은 반드시 다시 찾아올 거예요. 전력을 다해 싸우면 이기지는 못하더라도 지지는 않을지도…."

악불군은 고개를 저었다.

"지지 않는 것이 어디 그리 쉽겠소? 우리 부부가 저들 중 세 사람과 싸워도 평수를 이룰까 말까 하고, 네 사람과 싸우면 질 가망성이 높소. 그러니 다섯이 한꺼번에 덤비면…."

그는 말을 끝맺지 못하고 고개를 가로저었다.

악 부인도 그들의 적수가 못 된다는 생각은 했으나, 남편이 최근 연성한 자하신공 공력이 크게 증진해 내심 요행을 바랐는데 이런 대답이 돌아오자 애가 탔다.

"그럼… 이제 어쩌지요? 가만히 앉아서 당하는 수밖에 없을까요?"

"낙담할 필요 없소. 대장부란 무릇 나아갈 때와 물러설 때를 알아야 하는 법이오. 승부는 한순간에 정해지는 것이 아니며, 군자의 복수는 10년이 걸려도 늦지 않다 하였소."

악불군의 말에 악 부인이 눈을 찡그리며 물었다.

"달아나자는 말씀인가요?"

"달아나는 것이 아니라 잠시 몸을 피하는 것이오. 적의 수가 많고 아군은 우리 부부뿐인데 무슨 수로 다섯 명을 당해내겠소? 하물며 당신이 한 명을 죽인 덕에 승세를 탄 쪽은 우리라오. 그러니 잠시 피한다고 해서 화산파의 체면이 깎일 일은 없소. 더군다나 우리가 입을 다물면 다른 사람들이 어찌 속사정을 알겠소?"

악 부인은 목멘 소리로 대답했다.

"제가 비록 적 하나를 죽였지만 충이가 다 죽어가니, 결국… 결국에는 비긴 셈이에요. 아아, 충아…."

그녀는 북받치는 슬픔을 억누르느라 잠시 입을 다물었다가 다시 물었다.

"사형 말씀은 충이를 데리고 이곳을 떠나 천천히 치료하자는 뜻이군요?"

악불군이 즉각 대답하지 않자 악 부인이 다급하게 채근했다.

"충이를 데려가지 않을 생각이신가요?"

"충이는 상처가 위중하오. 그런 아이를 데리고 길을 재촉하면 반 시 진도 못 되어 목숨을 잃을 것이오."

"그… 그럼 어떻게 해야 하나요? 정말 그 아이를 구할 방법이 없는 건가요?"

악불군은 한숨을 내쉬었다.

"아아, 내 본시 그 아이에게 자하신공을 전수할 생각이었는데 그 아이가 어쩌다 마음을 어지럽혀 검종의 마도에 들었는지…. 그때 충이가 그 비급을 받았다면 한두 장만 익혔어도 지금쯤 스스로 운기조식해 저 방문좌도의 진기들을 밀어낼 수 있었을 것이오."

악 부인이 벌떡 일어났다.

"아직 늦지 않았어요. 어서 충이에게 자하신공을 전수해주세요. 중상을 입어 완전히 깨우칠 수야 없겠지만 익히지 않는 것보다는 낫지 않겠어요? 아니, 차라리 자하신공 비급을 그 아이에게 주어 우리가 없어도 스스로 익힐 수 있게 해주세요."

악불군은 부인의 손을 잡고 부드럽게 말했다.

"사매, 나 또한 당신 못지않게 충이를 아낀다오. 허나 잘 생각해보시오. 상처가 저리 위중한데 내가 전수하는 구결이나 법문이 귀에 들어가겠소? 자하신공 비급을 넘겨주고 정신이 들 때 읽어보라고 했다가 만에 하나 그 괴인들이 나타나면 어찌 되겠소? 충이는 맞서 싸울 힘이 없으니 우리 화산파의 보물인 내공 심법만 그들에게 갖다 바치는 형국이 아니겠소? 저 방문좌도의 무리가 본 파의 정통 내공 심법을 얻으면 호랑이에게 날개를 달아준 것이나 다름없으니, 천하에 두루 화가 미쳐 돌이킬 수 없게 되오. 그리되면 이 악불군은 천고의 죄인이 되는 것이오.”

남편의 말이 구구절절 옳다는 것을 잘 아는 악 부인은 말없이 눈물만 뚝뚝 흘렸다.

악불군이 말했다.

“저 괴인들의 움직임은 예측할 수가 없으니 더 이상 지체할 수 없소. 당장 떠납시다.”

“충이가 괴인들에게 무슨 짓을 당할지도 모르는데, 정말 혼자 이곳에 남기자는 말씀인가요? 차라리 제가 같이 남겠어요.”

충동적으로 한 말이었지만, 악 부인 스스로도 ‘화산 여협’이라 불리는 자신의 신분에 맞지 않는 동네 아낙 같은 생각이라는 것을 잘 알고 있었다. 그녀 혼자 남아봤자 공연히 목숨 하나만 더 버릴 뿐 영호충을 보호할 수도 없고, 더욱이 그녀가 남으면 남편과 딸이 떠나려 할 리도 없었다. 초조함과 슬픔을 이기지 못한 악 부인의 눈에서 눈물이 샘물처럼 솟았다.

악불군은 고개를 설레설레 저으며 장탄식을 하더니, 베개를 뒤집어 아래에 숨긴 평평한 철합을 꺼내 뚜껑을 열었다. 그리고 안에서 비단으로 싼 서책을 꺼내 품에 잘 갈무리하고는 문을 열고 밖으로 나갔다.

문밖에는 악영산이 기다리고 있었다.

“아버지, 대사형이… 대사형이 큰일 날 것 같아요.”

악불군은 깜짝 놀랐다.

“무슨 소리냐?”

“자꾸 헛소리를 하고 정신도 흐려져요.”

"무슨 헛소리를 하더냐?"

그 물음에 악영산은 얼굴을 붉히며 대답했다.

"무슨 소린지는 저도 모르겠어요."

사실 영호충은 도곡육선의 여섯 갈래 진기에 시달려 정신이 몽롱한 상태에서 악영산의 모습이 보이자 무심결에 속을 털어놓고 말았다.

"소사매, 정… 정말 보고 싶었어! 이제 임 사제가 좋아져 나는 거들 떠보지도 않겠지?"

그가 임평지 앞에서 이런 말을 하리라곤 생각조차 못했던 악영산은 얼굴을 빨갛게 물들이며 부끄러워 어쩔 줄 몰라 했다. 영호충은 그런 줄도 모르고 계속 말했다.

"소사매, 우리는 어려서부터 함께 자라면서 같이 놀러 다니고 같이 연검을 했어. 나… 나는 도무지 내가 뭘 잘못했는지 모르겠어. 내게 화가 난 일이 있으면 때리고 욕하고… 검으로 찔러도 좋아. 절대 원망하지 않겠어. 제발 그렇게 냉담하게… 모른 척하지는 마…."

몇 달 동안 수없이 속으로 되뇌었던 말이었다. 정신이 멀쩡할 때였다면, 악영산과 단둘이 있다 해도 결코 입 밖에 내지 않았을 말이건만, 정신이 흐려지고 자제력을 잃은 지금 마음속에 담아둔 말이 절로 쏟아져나온 것이었다.

임평지가 민망했던지 조용히 속삭였다.

"잠시 나가 있겠습니다."

"아니, 아니야! 여기서 대사형을 지켜보고 있어!"

악영산은 황급히 말하고는 문을 박차고 나와 부모님의 방으로 달려갔다. 그런데 마침 부모님이 자하신공으로 영호충을 치료하는 이야기를 나누는 중이어서, 함부로 뛰어들지 못하고 밖에서 기다릴 수밖에 없었다.

악불군이 말했다.

"가서 모두들 정기당에 모이라고 전하거라."

"알겠어요. 대사형은요? 누구더러 돌보라고 할까요?"

"대유에게 돌보라 하거라."

악영산이 대답하고 물러갔다.

잠시 후, 화산파 제자들이 모두 정기당에 모여 순서대로 섰다.

악불군은 중앙의 의자에 앉았고 악 부인은 그 옆에 앉았다. 영호충과 육대유를 제외한 제자들이 모두 모였음을 확인한 악불군이 입을 열었다.

"본 파의 선배들 중에는 연공 중에 길을 잘못 들어 오로지 검법만 익히고 기공을 소홀히 하신 분도 있었다. 천하의 상승 무공 중에 기공이 뒷받침되지 않는 무공이 없다는 사실을 간과하신 것이다. 기공을 연성하지 못하면 아무리 정묘한 검법도 끝내 등봉조극登峰造極에 이르지 못하는 법. 안타깝게도 그 선배들께서는 잘못을 깨닫지 못하고 계속 그 길로 나아가 새로운 종파를 만들었고, 스스로를 화산검종이라 칭하며, 본 파의 정통 무공은 화산기종이라 칭했다. 기종과 검종의 다툼은 수십 년간 이어져 본 파의 발전을 저해했으니, 그 일만 생각하면 탄식을 금할 수가 없다."

그는 여기까지 말한 뒤 길게 한숨을 내쉬었다.

악 부인은 속으로 의아하게 생각했다.

'괴인들이 언제 들이닥칠지 모르는데 한가롭게 옛이야기를 하다

니….'

그녀는 남편을 살짝 흘기면서도 감히 끼어들지 못하고 시선을 돌려 '정기당'이라는 편액을 올려다보았다.

'내가 화산파에 입문했을 때만 해도 이곳 편액에는 '검기충소劍氣沖霄'라는 글이 쓰여 있었지. 지금은 '정기당'이라고 되어 있는데 원래 있던 편액은 어디로 갔을까? 아아, 그때 나는 겨우 열세 살 먹은 계집아이에 불과했는데 지금은….'

악불군의 목소리가 상념에 빠진 그녀를 깨웠다.

"허나 무엇이 정도고 무엇이 사도인지는 명확히 밝혀졌다. 25년 전, 검종은 일패도지하여 화산파에서 모습을 감췄고, 너희 사조께서 문호를 정비하여 나에게로 이어진 것이다. 그런데 며칠 전 본 파에서 버림받은 봉불평과 성불우 등이 무슨 수를 썼는지 오악검파의 좌 맹주를 속이고 영기를 받아 이 장문 자리를 빼앗으려 나타났다. 내 장문 자리를 물려받은 이래 잡다한 일이 많고 오악검파의 모임에서도 이런저런 말들이 있어, 일찍이 현명한 사람에게 이 자리를 넘기고 마음 편히 본파의 상승 기공 심법을 연구하고자 했으니, 누군가 이 수고를 대신 해준다면 그보다 더 기쁜 일이 없다."

여기까지 말한 후 악불군은 잠시 말을 멈췄다.

고근명이 말했다.

"사부님, 검종의 봉불평은 이미 사악한 길에 빠져 마교 무리와 다를 것이 없습니다. 다시 본 파에 입문하고 싶다 해도 결코 받아들일 수 없는데, 어찌 감히 장문 자리를 노린단 말입니까?"

노덕낙과 양발, 시대자 등도 입을 모아 동조했다.

"그런 대담한 악당들의 음모를 그냥 두어서는 안 됩니다."

악불군은 격앙된 제자들을 둘러보며 허허 웃었다.

"내가 장문 자리를 유지하느냐 아니냐는 작은 일이다. 허나 사도인 검종이 본 파를 이끌게 되면 수백 년간 이어져온 우리 화산파의 정통 무학이 하루아침에 무너질 터인즉, 무슨 낯으로 죽어서 본 파 역대 선조 들을 뵐 수 있겠느냐? 우리 화산파의 명성도 강호에서 사라질 것이다."

"맞습니다! 그렇게 놔둘 수는 없습니다!"

노덕낙 등이 큰 소리로 외쳤다.

악불군의 말이 이어졌다.

"봉불평과 같이 쫓겨난 검종뿐이라면 우려할 필요가 없으나 그들이 오악검파의 영기를 얻어 숭산파, 태산파, 형산파의 인물들과 손을 잡 았으니 이는 가볍게 볼 일이 아니다. 하여⋯."

그의 시선이 제자들을 하나하나 훑었다.

"다 함께 즉시 숭산으로 가서 좌 맹주를 만나 시비를 가리려 한다."

그 말에 제자들은 흠칫 놀랐다. 숭산파는 오악검파의 수령이요, 숭 산파 장문인 좌냉선은 당금 무림에서 손꼽는 인물로, 무공이 출신입 화의 경지에 이르렀음은 물론 지모가 뛰어나고 계략에 능해 강호에는 '좌 맹주'라는 이름만 들어도 놀라지 않는 사람이 없었다. 제자들은 하 나같이 고개를 갸웃했다.

'사부님의 무공이 아무리 높아도 좌 맹주를 이길 정도는 아니다. 하 물며 숭산파에는 숭산 십삼태보十三太保라 불리는 좌 맹주의 사제들이 버티고 있다. 대숭양수 비빈은 실종되었지만 여전히 열두 명이 남아 있고 죄다 절륜한 고수들이니, 우리 화산파 제자들의 적수가 아닌데,

함부로 숭산에 올라가 따지는 것은 너무 경솔한 행동이 아닐까?'

그러나 누구도 이런 생각을 소리 내 말하지 못했다.

반면 악 부인은 남편의 말을 듣고 속으로 찬탄을 금치 못했다.

'묘계로구나. 그 괴인들을 피하기 위해 근거지인 화산을 떠났다가 훗날 소문이라도 나면 화산파의 체면이 땅에 떨어질 것이다. 그렇지만 시비를 밝히러 숭산에 간다는 말이 전해지면 오히려 담력이 있다고 칭찬하겠지. 좌 맹주는 말이 통하지 않는 사람이 아니니, 숭산에 가더라도 큰 위험은 없을 테고 변통할 방법이 생기겠구나.'

이렇게 생각한 그녀가 큰 소리로 말했다.

"그렇다. 봉불평이 오악검파의 영기를 들고 화산을 찾았지만, 훔친 것일지도 모르지 않느냐? 설사 좌 맹주가 직접 내린 영기라 해도 화산파의 일에 숭산파가 관여할 수는 없다. 숭산파에는 사람이 많고 좌 맹주 역시 무공이 높으나, 어찌 그 때문에 굴복하겠느냐? 죽음이 두려운 겁쟁이들은 이곳에 남도록 해라."

이런 판국에 누가 죽음이 두려운 겁쟁이가 되고 싶겠는가? 제자들은 입을 모아 외쳤다.

"사부님과 사모님의 명이라면, 섶을 지고 불로 뛰어들라 해도 마다하지 않겠습니다!"

악 부인이 고개를 끄덕였다.

"그렇다면 다행이구나. 지체할 일이 아니니 어서 짐을 싸도록 해라. 반 시진 후에 하산하겠다."

명령을 내린 그녀는 곧장 영호충의 방으로 갔다. 가까스로 숨을 쉬며 목숨이 끊어질 듯 말 듯한 그를 보자 그녀의 가슴은 다시금 비통함으로 가득 찼다. 그러나 도곡육선이 언제 다시 올지 모르는데 영호충한 사람 때문에 화산파 전체를 무너뜨릴 수는 없었다. 그녀는 마음을 다잡고 육대유에게 영호충을 뒤채 작은 방으로 옮기게 한 다음 잘 보살피라고 당부했다.

"대유야, 우리는 본 파의 백년대계를 위해 숭산파 좌 맹주를 만나러 가야 한단다. 몹시 위험한 일이나 네 사부의 지도 아래 정의를 되찾고 무사히 돌아올 수 있기를 바랄 뿐이야. 충이는 상처가 위중하니 네가 잘 보살펴다오. 적이 쳐들어와도 함부로 목숨을 던지지 말고 가능한 꾹 참고 피하거라."

육대유는 눈물을 머금고 고개를 끄덕였다.

그는 산어귀까지 사부와 사모, 사형제들을 배웅한 다음 불안한 마음으로 영호충이 누워 있는 작은 방으로 돌아왔다. 드넓은 화산 꼭대기에 정신을 잃은 대사형과 단둘이 남았다는 사실이 뼈저리게 외로웠다. 뉘엿뉘엿 해가 지고 산이 어둠에 잠기자 공연히 등골이 서늘하고 두려움이 밀려왔다.

그는 주방으로 나가 죽을 끓인 뒤 한 그릇 퍼담아 영호충에게 돌아왔다. 영호충을 부축해 일으키고 두어 모금 떠먹였지만, 세 번째가 되자 영호충이 울컥 죽을 토했다. 피가 섞여 나왔는지 하얀 쌀죽이 분홍빛으로 물들어 있었다.

육대유는 허둥지둥 그를 도로 눕히고 그릇을 내려놓은 뒤, 어두컴컴한 창밖을 멍하니 바라보았다. 멀리서 들려오는 부엉이 울음소리가 헛헛한 그의 마음을 더욱 오그라들게 했다.

갑자기 길 쪽에서 가벼운 발소리가 들려왔다. 육대유는 재빨리 등을 불어 끄고 검을 뽑아 영호충의 머리맡에 섰다. 발소리는 점점 가까워지더니 곧바로 작은 방으로 다가왔다. 육대유는 너무 놀라 심장이 목구멍으로 튀어나올 것만 같았다.

'적이 대사형이 여기 있다는 것을 아는구나. 큰일이다, 내가 무슨 수로 대사형을 지키지?'

그때 여자의 목소리가 속삭였다.

"육후아, 안에 있어요?"

놀랍게도 악영산의 목소리였다.

육대유는 몹시 기뻐하며 대답했다.

"소사매야? 나… 나 여기 있어."

서둘러 화접자로 등불을 켜는데 흥분한 나머지 등유를 쏟고 말았다.

악영산이 문을 열고 들어왔다.

"대사형은 좀 어때요?"

"또 피를 토했어."

악영산은 침상으로 다가와 영호충의 이마를 만져보았다. 펄펄 끓는 물처럼 뜨거워 저도 모르게 눈이 찡그려졌다.

"왜 또 피를 토했담?"

갑자기 영호충이 신음하듯 입을 열었다.

"소… 소사매…?"

"그래요, 나예요, 대사형. 몸은 좀 어때요?"

"그… 그저 그래…."

악영산이 품에서 보따리를 꺼내며 나지막이 말했다.

"대사형, 이건《자하비급紫霞秘笈》이에요. 아버지께서….”

"《자하비급》?”

"그래요. 아버지께서는 대사형의 몸에 방문좌도의 내공이 들어 있어 본 파의 지고무상한 내공 심법으로만 해소할 수 있다고 하셨어요. 육후아, 이걸 대사형에게 차근차근 읽어주세요. 육후아가 직접 익히면 절대 안 돼요. 혹여 아버지께서 아시면 어떻게 되는지 알죠?”

육대유가 뛸 듯이 기뻐하며 말했다.

"내가 무슨 용기가 있어서 몰래 본 파의 지고무상한 내공 심법을 익히겠어? 마음 푹 놓으라고, 소사매. 사부님이 대사형을 구하기 위해 파격적으로 비급까지 내주시다니… 이제 대사형은 살았어.”

악영산이 소리를 죽였다.

"이 일은 아무에게도 말하면 안 돼요. 내가 아버지 몰래 훔친 비급이란 말이에요.”

육대유는 눈을 휘둥그레 떴다.

"사… 사부님의 내공 비급을 훔쳤다고? 그러다 들키면 어쩌려고?”

"어쩌긴 뭘 어째요? 설마 나를 죽이시겠어요? 그래봤자 야단 좀 치고 몇 대 때리시겠죠. 이렇게 해서 대사형이 살아나면 아버지와 어머니도 기뻐서 크게 혼내지는 않으실 거예요.”

"맞아, 맞아! 사람 목숨 구하는 것보다 중요한 게 어디 있어?”

듣고 있던 영호충이 불쑥 끼어들었다.

"소사매, 사부님께… 돌려드려.”

악영산은 눈을 찡그렸다.

"왜요? 어렵사리 훔쳐내 이 깜깜한 밤에 산길을 30리나 달려왔다고요. 그런데 왜 다시 가져가라는 거예요? 이건 남의 무공을 훔치는 것이 아니에요. 목숨을 구할 치료법이라고요."

육대유도 거들었다.

"맞아요, 대사형. 다 익힐 필요도 없고 그 괴물들의 진기를 없앨 만큼만 익힌 다음 사부님께 돌려드리면 돼요. 그러면 아마 사부님도 대사형에게 비급을 전수해주실 거예요. 대사형은 우리 화산파의 대제자잖아요. 대사형이 아니면 누구에게 이 신공을 전수하겠어요? 조금 빨리 익힌다고 해서 큰 문제가 되지는 않을 거예요."

영호충은 그래도 고개를 저었다.

"나… 나는 죽어도 사부님의… 명을 어길 수 없다. 사부님께서는 아직… 아직 자하신공을 익힐 수 없다고 하셨어. 소… 소사매…."

그는 말을 끝맺지 못하고 또다시 정신을 잃었다.

악영산이 코끝으로 손을 가져갔다. 느낄 수 없을 만큼 미약했지만 아직 숨은 쉬고 있었다. 그녀는 한숨을 푹 쉬고 육대유에게 말했다.

"당장 돌아가야 해요. 날이 밝을 때까지 돌아가지 않으면 부모님께서 걱정하실 거예요. 육후아, 어떻게든 대사형을 달래 이 비급을 익히게 하세요. 이… 이렇게…."

그녀는 말하다 말고 얼굴을 새빨갛게 물들였다.

"밤길을 무릅쓰고 달려온 내 정성을 저버리지 말아줘요."

"반드시 그렇게 할게. 소사매, 다들 어디에 묵고 있어?"

"오늘 밤은 백마묘白馬廟에서 쉬고 있어요."

"백마묘라면 여기서 30리나 떨어진 곳이잖아. 소사매가 하룻밤 새 60리를 뛰어다닌 일, 대사형은 영원히 잊지 않을 거야."

악영산의 눈시울이 빨개지고 목이 메었다.

"대사형이 건강을 되찾기만 하면 충분해요. 영원히 기억하든 말든 그게 뭐 중요해요?"

그녀는 두 손으로 《자하비급》을 받쳐 영호충의 머리맡에 내려놓은 뒤 그를 가만히 바라보다가 휙 돌아섰다.

또다시 몇 시진이 흐르고 영호충이 서서히 깨어났다. 그는 눈도 뜨지 않은 채 악영산부터 찾았다.

"소사매, 소… 사매…."

"소사매는 떠났어요."

육대유가 대신 대답했다.

"떠났다고?"

영호충은 버럭 소리를 지르며 몸을 일으켜 육대유의 멱살을 잡았다. 육대유는 화들짝 놀랐다.

"예, 소사매는 하산했어요. 날이 밝기 전에 돌아가지 않으면 사부님과 사모님이 걱정하실 거래요. 대사형, 제발 누워서 쉬세요."

영호충은 그의 말을 전혀 듣지 않는 것 같았다.

"소사매가… 소사매가 떠나다니… 임 사제와 함께 떠났느냐?"

"사부님과 사모님이 함께 가셨어요."

영호충은 눈을 부릅떴다. 얼굴 근육이 파들파들 떨렸다. 육대유가 조용히 말했다.

"대사형, 소사매는 대사형에게 관심을 많이 쏟고 있어요. 백마묘에서 밤새도록 달려 여기까지 왔잖아요. 여자 혼자 하룻밤에 60리를 달렸으니 누가 봐도 대사형에게 정이 깊은 게 분명해요. 떠나면서도 제게 신신당부했어요. 어떻게든 대사형이 《자하비급》을 익히도록 만들어… 자기 정성을 저버리지 말아달라고요."

"소사매가 그런 말을 했다고?"

"그럼요. 설마 제가 거짓말을 하겠어요?"

영호충은 더 이상 버티지 못하고 뒤로 벌렁 쓰러졌다. 뒤통수가 구들장에 세게 부딪혔지만 아픔조차 느끼지 못했다. 도리어 육대유가 화들짝 놀라 황급히 그의 머리를 살폈다. 그가 무사한 것을 확인하자 육대유는 비급을 꺼내며 말했다.

"대사형, 읽어드릴게요."

그가 《자하비급》 첫 번째 장을 펼쳐 읽기 시작했다.

"천하의 무공은 기氣를 연마하는 것으로부터 비롯된다. 호연정기浩然正氣는 본디 타고나는 것이나 보통 사람들은 이를 배양하는 법을 알지 못하여 기를 망가뜨리게 된다. 무부武夫의 근심은 경솔하고 교만하고 잔혹하고 난폭한 성정에 있다. 경솔함은 정신을 어지럽혀 기를 흩뜨리고, 교만함은 진리를 잊어 기를 허하게 하고, 잔혹함은 너그러움을 잊어 기를 잃게 하며, 난폭함은 마음을 독하게 하여 기를 거칠게 한다. 이 네 가지가 모두 기를 끊어내는 톱날 같은 것이니…."

"지금 무얼 읽고 있느냐?"

영호충이 물었다.

"《자하비급》 첫 번째 장이에요. 그다음은…."

육대유는 계속 읽어내려갔다.

"이 네 가지 성정을 버리고 부드럽고 선한 것으로 돌아가, 경솔함과 잔혹함에 고삐를 당기고 정기를 길러야 한다. 천고天鼓를 울리고, 옥장玉漿을 마시며, 화지華池에 몸을 씻고, 금량金梁을 두드리니(천고를 울리는 것은 두 손으로 귀를 막고 손가락으로 뒷목을 두드리는 것이며, 금량을 두드리는 것은 아래윗니를 마주치는 것을 말한다. 옥장과 화지는 전설에 나오는 신선의 음료와 연못으로, 모두 도가의 양생법을 의미한다), 이를 꾸준히 하면 약간이나마 성취를 얻을 수 있다.”

영호충이 버럭 화를 냈다.

“함부로 전하지 않는 본 파의 비급을 낭송하다니 이게 무슨 짓이냐? 어서 덮어라!”

육대유는 쉽게 물러서지 않았다.

“대사형, 대장부라면 위기에 처했을 때 임기응변할 줄 알아야 한다고요. 어째서 작은 일에 얽매이세요? 우리 두 사람의 목숨이 걸린 일이에요. 자, 다시 읽을게요.”

그는 계속해서 천고를 울리고 옥장을 마시는 것이 어떤 것인지, 화지에서 몸을 씻고 금량을 두드리는 것은 무엇인지 그 상세한 수련법을 읽어내려갔다.

“닥쳐라!”

영호충이 큰 소리로 외치는 바람에 육대유는 어리둥절했다.

“대사형, 대체… 대체 왜 이러세요? 어디가 불편하세요?”

영호충은 화난 목소리로 대꾸했다.

“사부님의… 내공 비급을 함부로 읽어대니 온몸이 불편하다. 나를… 나를 불충불의한 놈으로 만들 셈이냐?”

육대유는 입을 떡 벌리며 도리질을 쳤다.

“아니, 아니에요. 이게 왜 불충불의한 짓이에요?”

"지난번 사부님께서 그 비급을 내게 전수해주시려고 사과애에 오르셨다. 하지만 내가 잘못된 길로 빠지고, 자질도… 부족하여 마음을 바꾸셨다…."

여기까지 말한 영호충은 몹시 힘겨운 듯 숨을 헐떡였다.

"하지만 이건 연공이 아니라 목숨을 구하기 위해서예요. 완전히… 완전히 다르다고요."

"제자로서 내 목숨이 귀중하겠느냐, 사부님의 명이 귀중하겠느냐?"

"사부님과 사모님은 대사형이 살아나기를 원하시고, 그게 제일 중요한 거예요. 하물며… 하물며 소사매가 밤길을 달려와 건네준 비급인데 그 정성을 이렇게 저버릴 수는 없잖아요."

순간 영호충은 가슴이 쓰라리고 눈시울이 젖어들었다.

"바로 그 때문이다. 소사매가 가져온 것이기 때문에…. 당당한 남아 대장부인 내가 동정 따위를 받을 것 같으냐?"

한마디 한마디 할 때마다 온몸이 부르르 떨렸다.

'내 본래 작은 일에 얽매이지 않는 사람이니 목숨을 구하기 위해 사문의 내공을 약간 익힌들 대수로운 일도 아니다. 그런데도 끝끝내 자하신공을 익히지 않으려는 것은 소사매에게 화가 났기 때문이지. 속으로는 임 사제와 가까이 지내며 나를 냉담하게 대하는 소사매가 원망스러웠던 거야. 영호충, 이 멍청아! 어째서 이리도 옹졸한 거냐?'

날이 밝으면 악영산은 임평지와 함께 숭산으로 떠날 것이다. 두 사람이 어깨를 나란히 하고 걸으며 도란도란 이야기를 나누고 그 자신은 알지 못하는 노래를 부르는 모습을 상상하면, 영호충의 마음은 찢어지는 듯 아팠다. 결국 눈물이 뚝뚝 떨어졌다.

육대유가 달랬다.

"대사형, 잘못 생각하신 거예요. 소사매는 대사형과 함께 자랐잖아요. 두 사람은… 친남매나 다름없는 사이인데 동정이라니요?"

영호충은 속으로 소리를 질러댔다.

'나는 소사매와 남매가 되고 싶지 않아!'

하지만 이 말을 입 밖에 낼 수는 없었다. 그의 속을 아는지 모르는지 육대유가 말했다.

"계속 읽을 테니 잘 들으세요. 한 번에 외우지 못할 테니 몇 번이고 읽어드릴게요. 천하의 무공은 기를 연마하는 것으로부터 비롯된다. 호연정기는 본디 타고나는 것이나…"

"그만!"

영호충이 분노에 찬 목소리로 외쳤지만 육대유는 꿋꿋이 대답했다.

"알았어요, 알았다고요. 하지만 대사형, 저는 무엇보다 대사형이 빨리 나으시길 바라니 오늘만큼은 명을 따를 수가 없어요. 사부님의 명을 어긴 죄는 저 혼자 감당하겠어요. 무슨 말을 해도 듣지 않으시지만 저 역시 무슨 말을 하셔도 읽어야겠어요. 대사형은 이 《자하비급》에 손가락 하나도 대지 않았고, 여기 적힌 글을 단 한 자도 읽지 않았는데 무슨 죄가 있겠어요? 그저 마음대로 움직일 수가 없어 침상에 누워 있기만 했는데, 이 육대유가 억지로 익히게 만든 거라고요. 천하의 무공은 기를 연마하는 것으로부터 비롯된다. 호연정기는 본디 타고나는 것이나…"

그는 끊임없이 비급을 읽어내려갔고, 영호충은 듣지 않으려고 버텼지만 한 글자 한 글자가 귀에 쏙쏙 들어와 견딜 수가 없었다. 별안간 영호충이 신음을 내지르자 육대유는 깜짝 놀랐다.

"대사형, 왜 그러세요? 어디가 불편하세요?"

"베… 베개를 좀… 좀 더 높여다오."

"알겠어요."

육대유가 두 손으로 베개를 잡는 순간, 영호충은 남은 기운을 모조리 끌어올려 번개같이 손가락을 뻗어 육대유의 단중혈을 찔렀다. 육대유는 신음 소리조차 내지 못하고 맥없이 온돌 위로 쓰러졌다.

영호충은 쓴웃음을 지으며 중얼거렸다.

"여섯째 사제, 미안하다. 따뜻한 온돌 위에서 푹 자고 나면 혈… 혈도가 풀릴 게다."

그는 힘겹게 침상에서 일어나 《자하비급》을 뚫어져라 응시했다. 한참 동안 그렇게 바라만 보던 그가 마침내 한숨을 쉬며 문가로 걸어가, 빗장을 풀어 지팡이로 삼고 느릿느릿 밖으로 걸어나갔다.

다급해진 육대유가 소리를 쥐어짜내 그를 불렀다.

"어… 어… 디… 로… 가… 가… 시는… 거… 거… 예요…?"

단중혈을 짚이면 온몸이 마비되어 한마디도 못하는 것이 정상이지만, 영호충의 기력이 쇠잔해져 고작 팔다리만 마비시켰던 것이다.

영호충은 육대유를 돌아보며 말했다.

"가능한 한 저 《자하비급》에서 멀어질 것이다. 그래야 누군가 내 시체 옆에 저 비급이 떨어져 있는 것을 발견하고, 내가 몰래 신공을 배우려다 실패해서 죽었다고 떠드는… 일이 없을 테니까…. 임 사제의 비웃음을 사고 싶지는 않다…."

여기까지 말한 다음 그는 또다시 왁 하고 선혈을 토했다.

잠시라도 지체하면 기력이 다해 움직일 수 없게 될까 봐, 그는 빗장으로 땅을 짚고 헉헉거리며 다시금 걸음을 옮겼다. 오로지 굳센 용기와 억센 마음만으로, 그의 몸은 느릿느릿하면서도 점차 멀어져 갔다.

笑傲江湖

포위

12

━━ 열다섯 명의 복면인들은 느린 속도로 슬금슬금 다가왔다.
뚫린 구멍을 통해 형형하게 번쩍이는 열다섯 명의 눈동자는 마치 맹수처럼
흉악하고 잔인한 빛을 띠고 있었다.

간신히 정기당에서 벗어난 영호충은 빗장을 짚고 서서 숨을 돌렸다. 온 힘을 다해 반 시진 만에 반 리 넘게 걸었더니 눈앞에 별이 반짝이고 하늘이 펑펑 도는 것 같아 금시라도 쓰러질 것 같았다. 그런데 저 앞 수풀 속에서 신음 소리가 들려와 퍼뜩 정신이 들었다.

　"누구냐?"

　영호충이 묻자 수풀 속에서 누군가 큰 소리로 대답했다.

　"영호 형이오? 나 전백광이오. 아이고, 아이고!"

　목소리로 보아 통증이 이만저만하지 않은 것 같았다.

　"전… 전 형, 어떻게 된 거요?"

　"나는 이제 죽었소. 영호 형, 제발 좋은 일 해주는 셈 치고, 아이고… 아야… 어서 나를 죽여주시오."

　신음과 비명이 뒤섞였지만, 말소리만은 또렷했다.

　"다… 다쳤소?"

　영호충은 그 말을 끝내기 무섭게 무릎이 꺾여 털썩 쓰러진 채 바닥을 데굴데굴 굴렀다. 전백광이 놀란 목소리로 물었다.

　"영호 형도 다쳤소? 아이고, 아이고… 누구 짓이오?"

　"설명하기 어렵소. 전 형, 전 형은 누구에게 다쳤소?"

　"아이고, 모르겠소!"

"모르다니?"

"길을 가던 중에 갑자기 누군가 내 팔다리를 잡고 번쩍 들어올리지 뭐요? 그만한 신통력을 가진 자가 누군지 제대로 보지도 못했소…."

영호충은 웃음을 터뜨렸다.

"이번에도 도곡육선이군. 아니, 전 형! 그들과 한패가 아니었소?"

"한패? 누가 말이오?"

"전 형도 나를 의림 사매에게 데려간다고 하지 않았소? 그들도 똑같은 말을…."

영호충은 숨이 가빠 더 이상 말을 잇지 못했다.

전백광이 수풀 속에서 기어나오며 욕을 퍼부었다.

"무슨 개방귀 같은 소리요? 당연히 한패일 리가 없지! 그들은 누군가를 찾아왔다면서 그 사람이 여기 있느냐고 물었소. 내가 누구를 찾느냐고 하자 그들은 자기들이 나를 잡았으니 질문은 자기들만 하고 나는 할 수 없다는 거요. 만약 내가 자기들을 잡았다면 자기들은 절대 묻지 않았을 거라나. 그들은… 아이고… 나더러 자신 있으면 자기들을 잡아보라고 했소. 그럼… 그럼 질문을 할 수 있다고 말이오."

영호충은 큰 소리로 웃음을 터뜨렸다. 그러나 두어 번 웃고 나자 숨이 막혀 더는 웃을 수가 없었다. 전백광이 계속 말했다.

"그때 나는 공중에 뜬 채 바닥을 바라보고 있었는데 날고 기는 재주가 있다 한들 무슨 수로 그자들을 잡겠소? 빌어먹을 개소리지."

"그래서 어쨌소?"

"별수 있소? 나는 묻고 싶은 것이 없다, 물으려는 사람은 너희니 어서 내려놓으라고 소리쳤지. 그랬더니 그중 한 명이 '너를 잡고도 네 동

강으로 찢어발기지 않으면 우리 여섯 영웅들의 체면이 말이 아니지'
하더구려. 그러자 또 다른 사람이 '네 동강으로 찢어발기면 말을 할 수
있을까?' 하고 묻더군."

전백광은 욕설을 퍼부으며 숨을 골랐다.

영호충이 위로했다.

"그 사람들은 억지가 심하고 말꼬리를 물고 늘어지길 좋아하오. 그
리 깊이 생각할 것 없소."

"흥, 빌어먹을 놈들. 그중 한 명이 '네 동강을 내면 당연히 말을 못
하지. 우리 여섯 형제가 찢어발긴 사람이 못해도 800명은 될 텐데, 말
을 한 적 있었어?'라고 했소. 그러니 또 한 사람이 '찢어발긴 뒤에 말
을 하지 않은 것은 우리가 묻지 않았기 때문이야. 물었으면 겁이 나서
대답할 수밖에 없었을걸'이라고 하더구려. 그랬더니 다른 사람이 또
말했소. '네 동강으로 찢어진 판국에 더 겁날 게 어디 있어? 설마 여덟
동강으로 찢어발길까 봐?' 그랬더니 그 앞에 말했던 사람이 대답했소.
'여덟 동강을 내다니 어마어마한 무공이야. 우리도 예전에는 할 줄 알
았지만 지금은 잊어버렸잖아.'"

영호충은 탄식했다.

"그 사람들은 세상에 보기 드문 기인이지. 나도 그들에게 당했소."

전백광은 깜짝 놀랐다.

"아니, 영호 형도 그놈들 손에 그 꼴이 난 거요?"

영호충이 다시 한번 탄식하며 대답했다.

"왜 아니겠소!"

"솔직히 허공에 대롱대롱 매달렸을 때 정말 겁이 났다오. 그래서 큰

소리를 쳤지. '나를 네 동강 내면 절대로 말을 하지 않겠다. 설령 입을 움직일 수 있어도 기분이 상하면 입도 벙긋하지 않을 테다.' 그러자 한 사람이 물었소. '네 동강이 나면 네 입과 가슴은 따로따로 떨어질 텐데 기분이 상하는 걸 입이 어떻게 알아?' 그래서 더욱더 혼란스럽게 해주었소. '질문이 있으면 어서 해라. 계속 이렇게 잡고 있으면 독기를 뿜어내겠다!' 예상대로 누군가 묻더군. '독기를 뿜어내? 어떻게?' 나는 이렇게 대답했소. '내 방귀 냄새는 무척 지독해서 살짝만 맡아도 사흘 밤낮 밥이 넘어가지 않고 사흘 전에 먹은 것까지 죄다 토해내게 된다. 미리 경고했으니 나중에 원망 마라!'"

영호충은 웃음을 터뜨렸다.

"아주 재미있는 말이구려."

"당연하오. 그놈들도 그 말을 듣더니 약속이나 한 듯 비명을 지르며 나를 바닥에 패대기치고는 멀찌감치 물러났소. 벌떡 일어났더니, 놈들은 내가 정말 방귀라도 뀔까 봐 코를 막고 서 있더구려. 영호 형, 그놈들 이름이 도곡육선이라고 했소?"

"그렇소. 아아, 나도 전 형처럼 똑똑했더라면 방귀… 전략을 써서 그들을 물러나게 했을 텐데…. 전 형의 계략은 지난날… 제갈량이 사마의를 놀라 달아나게 한 공성계空城計 못지않구려."

"빌어먹을, 계략은 무슨 계략."

전백광이 마른 웃음을 흘리며 투덜투덜 욕을 했다.

"그놈들이 보통이 아니라는 것도 알고, 무기는 사과애에 두고 떠나왔으니 내 무슨 방도가 있겠소? 그저 발바닥에 기름칠한 듯 내빼는 수밖에. 그런데 놈들은 코를 막고 담장처럼 나란히 늘어서서 내 앞을 가로막더구려. 흐흐, 하지만 차마 뒤를 가로막지는 못했소. 놈들의 담을 뚫고 나갈 수 없다는 걸 알고 나는 재빨리 돌아섰소. 그랬더니 놈들이 무슨 묘수를 부렸는지 귀신같이 금세 내 앞을 가로막지 뭐요? 몇 번이나 방향을 바꿨지만 결국 달아나지 못하고 한 발 한 발 밀려 끝내 구석으로 몰리고 말았소. 그 괴물들은 아주 신이 나서 낄낄거리며 묻더구려. '그자는 어디 있어? 어디 있는 거야?' 내가 다시 물었소. '찾는 사람이 누구요?' 그랬더니 여섯 놈이 일제히 떠들어댔소. '우리가 너를 포위했고 너는 달아날 길도 없어. 그러니 우리가 묻는 말에나 대답해.' 그들 중 한 놈이 말했소. '네가 우리를 포위해서 달아나지 못하게 한다면 그땐 네가 묻는 말에 순순히 대답할게.' 또 한 놈이 끼어들었소. '이 녀석은 혼자잖아. 무슨 수로 우리 여섯 명을 포위해?' 먼저 말한 놈이 대꾸하더구려. '이 녀석 실력이 무시무시해서 혼자서 여섯을 상대할 수 있다면 어쩔래?' 그러자 또 다른 놈이 끼어들었지. '그건 이기는 거지 포위하는 게 아니잖아.' 앞에 말한 자는 '우리를 동굴에 밀어넣고 문을 막아서 나가지 못하게 하면 포위한 거 아니야?' 하고 따지자, 또 다른 사람이 '그건 막은 거지 포위한 게 아니야'라고 반박했소. 먼저 말한 사람이 '팔을 활짝 벌려 우리를 한 번에 끌어안으면 포위한 거 아니야?'라고 또 물었고 다른 사람이 반박했소. '첫째, 세상에 그만큼 팔이 긴 사람은 없어. 둘째, 그런 사람이 있다 해도 최소한 저 녀석은 아니야. 셋째, 게다가 팔로 우리를 끌어안으면 그건 끌어안은 거지 포위한 게 아니야'라고 말이오. 먼저 말한 사람은 울상을 지었소. 반박할 말은 없지만 지고 싶지도 않은지 한참 동안 꾸물거리더니 갑자기 껄껄 웃어대며 말하더구려. '있다, 있어. 저 녀석이 방귀를 뀌어서 우리를 도망치지 못하게 하면 그건 방귀로 포위한 것이니 포위가 맞지?' 나머지 사람들이 박수를 치며 웃어댔소. '맞아. 저 녀석이 우리를 포위할 방법이 있긴 있구나.' 그 말에 나는 좋은 생각이 나, '너희를 포위하겠다!' 하고 소리치며 냉큼 내뺐소. 그런데 그놈들이 어찌나 빠른지 두어 걸음 가기도 전에 붙잡히고 말았소. 놈들은 나를 커다란 바위 위에 바짝 눌러 앉혀 설사 방귀를 꿰어도 새어나갈 틈이 없게 단단히 막아버리더구려."

영호충은 배꼽을 잡고 웃어댔다. 그러나 다시 피를 토할 것처럼 가슴이 뜨끈해지자 더는 웃을 수가 없었다.

전백광의 이야기는 계속되었다.

"그놈들은 나를 붙잡아놓고 물었소. '방귀가 어디에서 나와?' 다른 사람이 말했소. '당연히 장에서 나오니 수양명대장경과 이어질 거야. 상양혈, 합곡혈, 곡지혈, 영향혈을 눌러야지.' 그 사람은 말을 하기 무섭게 내 혈도를 짚었는데, 내 평생 본 적 없을 만큼 빠르고 정확한 솜씨였소. 혀를 내두를 정도더구려. 혈도를 막고 나자 놈들은 겨우 근심에서 벗어난 듯 안도의 숨을 쉬었소. '이 더… 더러운 방귀쟁이도 더이상 냄새나는 방귀를 꿰지는 못하겠지.' 혈도를 짚은 사람이 다시 내게 물었소. '이봐, 그 사람은 대체 어디 있어? 말하지 않으면 영원히 혈도를 풀어주지 않을 거야. 방귀를 꿰지 못하면 네 장도 버티지 못할걸.' 그때 나는 그놈들의 무공이 무척 높으니 평범한 사람을 찾기 위해 화산을 방문하지는 않았으리라 생각했소. 영호 형의 존사이신 악 선생 부부는 부재중인 데다 설사 화산에 있다 해도 정기당에 머물고 있으니 찾기가 어려울 것 같지는 않고, 곰곰이 생각해보니 아무래도 영호 형의 태사숙이신 풍 노선배를 찾아온 것 같더구려."

영호충은 깜짝 놀라 황급히 물었다.

"그래서… 계신 곳을 알려주었소?"

전백광은 몹시 기분 상한 얼굴로 화를 냈다.

"젠장, 이 전백광을 뭘로 보는 거요? 내 이미 풍 노선배의 행적을 알리지 않겠다고 약속하지 않았소? 당당한 대장부가 한 입으로 두 말을 하겠소?"

영호충은 그제야 안도했다.

"아아, 내가 실언을 했군. 너무 나무라지 마시오, 전 형."

"또 한 번 나를 얕보는 말을 하면 다시는 친구로 대하지 않겠소!"

영호충은 속으로만 중얼거렸다.

'무림인들이 치를 떠는 채화음적과 친구가 될 수는 없지. 하지만 몇 차례나 나를 죽일 수 있었는데도 살려주었으니 빚을 진 셈이다.'

어둠 속이라 그의 낯빛을 볼 수 없는 전백광은 그 침묵을 묵인으로 받아들이고 이야기를 계속했다.

"그 괴인들이 계속 채근하기에 나는 소리를 질렀소. '그자가 어디 있는지 알지만 말하지 않겠소. 화산에는 봉우리가 숱하고 숨은 동굴도 셀 수 없이 많소. 내가 말해주지 않으면 평생 동안 뒤져도 찾지 못할 거요.' 그랬더니 그놈들이 화가 났는지 갖은 고문을 가했소만 나는 거들떠보지도 않았다오. 영호 형, 그놈들의 무공은 무척 괴이했소. 어서 풍 노선배께 전해드리시오. 노선배께서 아무리 검술이 높으셔도 대비는 해야 하지 않겠소?"

그는 지나가는 투로 '갖은 고문을 가했다'고 짧게 말했지만, 영호충은 그 한마디에 얼마나 무시무시한 형벌과 말로는 표현하기 힘든 고통이 담겨 있는지 뼈저리게 느낄 수 있었다. 호의에서 비롯된 괴인들의 치료 때문에 그 자신도 여태 괴로움을 겪고 있는데, 입을 열기 위해 고문을 했다면 그 끔찍함은 상상도 하기 싫었다. 영호충은 공연히 미안한 마음이 들어 말했다.

"그런 상황에서도 태사숙님의 행적을 밝히지 않았다니 정말 신의가 깊구려. 하지만… 사실 그 도곡육선이 찾는 사람은 풍 태사숙님이 아니라 나요."

전백광은 충격을 받은 듯 몸을 부르르 떨었다.

"당신이라고? 그놈들이 무슨 연유로 영호 형을 찾는단 말이오?"

"전 형과 똑같은 이유요. 의림 사매의 부탁을 받고 나를… 그녀에게 데려가려는 거요."

전백광은 놀라움에 입만 딱 벌린 채 신음을 흘렸다.

한참이 지난 다음에야 비로소 정신을 가다듬은 그가 중얼거렸다.

"그놈들이 영호 형을 찾는 줄 알았으면 냉큼 일러바쳤을 텐데. 그들이 영호 형을 데려갈 때 나도 뒤를 따르면 극독이 발작해 화산에 묻히는 일은 없었겠지. 한데 영호 형, 그놈들에게 잡혔는데 어떻게 끌려가지 않고 버텼소?"

영호충은 장탄식을 했다.

"말하자면 끝도 없소. 전 형, 지금 독이 발작했다고 했소?"

"누군가 내 사혈을 짚고 극독을 먹였다고 이미 말하지 않았소? 그자는 한 달 안에 의림 스님에게 영호 형을 데려가면 혈도를 풀어주고 해약을 주겠다 했으나, 영호 형이 권해도 듣지 않고, 힘으로 끌고 가려 해도 역부족이니 도리가 있소? 그 괴인들에게 붙잡혀 몸은 만신창이가 되었고, 해약을 얻을 기한은 채 열흘도 남지 않았소."

"의림 사매는 어디 있소? 여기서 며칠이나 걸리겠소?"

영호충이 묻자 전백광이 눈을 동그랗게 떴다.

"가줄 거요?"

"전 형은 몇 차례나 나를 놓아주었소. 비록 품행이 방정하지는 않아도 내 목숨을 살려준 사람이 죽어가는 것을 어찌 가만히 보고만 있겠소? 지난번에는 억지로 끌고 가려 해서 버텼지만, 이제 상황이 달라졌소."

"스님은 산서성에 있소. 휴… 몸만 멀쩡하면 쾌마를 타고 엿새면 갈 수 있는 거리지만, 우리 둘 다 이 모양 이 꼴인데 기한 안에 갈 수 있겠소?"

"아무튼 나도 죽음만 기다리는 몸이오. 밑져야 본전인데 한번 가봅시다. 혹시 천지신명께서 보살피시어 기슭에서 마차나 말을 구할 수 있을지도 모르지 않소? 그렇게만 되면 열흘 안에 도착할 수 있소."

전백광은 웃음을 터뜨렸다.

"이 전백광은 살아생전 나쁜 짓만 하고 애꿎게 죽인 사람도 셀 수 없이 많은데 천지신명께서 무엇 하러 나를 보살피겠소? 눈이 멀었으면 모를까."

"눈이 먼 천지신명이라… 하하, 그… 그럴 수도 있겠지. 이러나저러나 어차피 죽을 목숨, 일단 해봅시다."

전백광이 손뼉을 쳤다.

"옳은 말씀! 가는 길에 죽으나 이곳 화산에서 죽으나 무슨 차이가 있겠소? 일단 산을 내려가서 먹을 것을 구하는 것이 급선무요. 여기 늘어져 매일같이 생밤만 먹었더니 신물이 올라올 지경이오. 한데 일어날 수 있겠소? 내가 부축해주리다."

말은 부축하겠다고 했지만 전백광 자신도 휘청거리며 똑바로 일어서지 못했다. 영호충이 팔을 뻗었지만 남을 일으켜줄 형편이 아니었다. 두 사람은 한참을 버둥거렸지만 끝내 일어서는 데 실패하고 말았다. 그들은 약속이나 한 듯 폭소를 터뜨렸다.

전백광이 웃음 섞인 소리로 말했다.

"이 전백광은 친구 한 명 없이 홀로 강호를 떠돌았소. 한데 영호 형과 같이 죽을 수 있다니 기분이 퍽 좋구려."

영호충도 웃으며 대답했다.

"나중에 사부님께서 같은 자리에 쓰러져 죽은 우리를 발견하시면 분명 악전고투를 벌이다 동귀어진同歸於盡한 줄 아실 거요. 우리 두 사람이 죽기 전에 형제처럼 지낸 사실을 그 누가 짐작이나 하겠소?"

전백광이 그를 향해 손을 내밀었다.

"영호 형, 우리 손을 맞잡고 죽읍시다."

이는 곧 생사지교生死之交를 맺자는 의미였으므로 영호충은 저도 모르게 머뭇거렸다. 전백광은 악명을 떨치는 채화음적이고 그는 명문정파의 대제자였다. 판이하게 다른 길을 걸어온 두 사람이 어떻게 친구를 맺을 수 있겠는가? 지난번 사과애에서 몇 차례 전백광을 이기고도 놓아준 이유는 전백광 역시 그에게 그런 아량을 보여주었기 때문일 뿐, 그런 이유로 생사지교까지 맺는 것은 아무래도 과하다는 생각이 들었다. 때문에 그는 팔을 반쯤 뻗다 말고 우뚝 멈췄지만, 전백광은 그가 상처가 심해서 팔을 움직일 수 없나 보다 여기고는 낭랑하게 외쳤다.

"영호 형, 당신은 이 전백광의 친구요. 영호 형이 중상을 이기지 못해 먼저 죽는다면 나 또한 결코 혼자 살아남지 않겠소!"

진심이 묻어나는 그의 말에 영호충도 마음이 흔들렸다.

'저자는 역시 친구로 삼을 만한 인물이다.'

그는 결심을 하고 팔을 뻗어 전백광의 오른손을 꽉 쥐었다.

"전 형, 이렇게 함께 가면 저승길이 외롭지 않겠구려."

그 말이 끝나기도 전에 누군가 등 뒤에서 음침하게 냉소를 터뜨렸다.

"화산파 기종의 수제자가 강호의 삼류 음적과 친구가 되다니… 쯧쯧쯧."

"누구냐?"

전백광은 대뜸 소리를 질렀고, 영호충은 속으로만 쓴웃음을 지었다.

'나야 이대로 죽으면 그만이지만, 사부님의 명성에 누를 끼쳤으니 정말 큰일 났구나.'

어둠 속에서 희미한 사람 그림자가 걸어나와 그들 앞에 섰다. 손에 든 검이 빛을 받아 반짝였다.

"영호충, 지금이라도 마음을 돌리고 이 검으로 저 음적을 죽여라. 그렇게만 하면 아무도 저놈과 친구가 되었다고 따지지 않을 것이다."

그자의 검이 챙그랑 소리를 내며 바닥에 떨어졌다.

폭이 넓은 것으로 보아 숭산파의 검이 분명했다.

"오신 분은 숭산파의 누구시오?"

"제법 안목이 있군. 나는 숭산파 적수다."

"아아, 적 사형이셨구려. 오랜만이오. 어쩐 일로 이 화산까지 왕림하셨소?"

"장문 사백께서 화산을 순찰하며 그 제자들이 정말 소문처럼 엉망인지 살펴보라 하셨다. 흥, 아니나 다를까 도착하자마자 저 음적과 살갑게 구는 네놈을 발견하고 말았구나."

영호충보다 앞서 전백광이 소리쳤다.

"개 같은 놈! 숭산파랍시고 으스대는 너희 같은 놈이나 단속할 것이지, 남의 일에 무슨 말이 그리 많으냐?"

적수가 발로 전백광의 머리를 세게 걷어찼다.

"죽음을 목전에 두고도 더러운 말만 골라 하는구나!"

그럼에도 불구하고 전백광은 핏대를 세워 온갖 상스러운 욕을 퍼부어댔다. 그런 그를 죽이는 것은 식은 죽 먹기였으나 적수는 영호충을 좀 더 모욕하고 싶었다.

"영호충, 차마 네 손으로는 저 더러운 놈을 죽이지 못하겠다는 것이냐?"

영호충은 얼굴을 굳히며 분노에 찬 목소리로 대꾸했다.

"내가 저자를 죽이건 말건 무슨 상관이냐? 자신 있거든 그 검으로 나를 찌르고, 못하겠거든 순순히 꼬리를 말고 화산에서 썩 꺼지시지."

"저놈을 못 죽이겠다는 말은 저 음적과 친구라는 뜻이겠지?"

"누구와 친구가 되건 너를 친구로 삼는 것보다 훨씬 낫다!"

영호충의 말에 전백광이 갈채를 보냈다.

"암, 그렇지! 백번 옳은 말이오!"

적수가 눈을 찡그렸다.

"나를 부추겨 단칼에 너희를 죽이게 만들려는 모양인데, 그리 쉽지 않을 것이다. 너희를 발가벗겨 한데 묶고 아혈啞穴을 짚은 뒤 강호인들 앞에 끌고 나가 이 텁석부리와 계집같이 곱상한 놈이 추잡스러운 짓을 하려다 들켜 내 손에 잡혔다고 공개하겠다. 하하하, 무슨 도덕 선생이라도 되는 양 혼자 의로운 척하는 악불군이 과연 그 후에도 군자검이라는 별호를 쓸 수 있을까?"

영호충은 화가 머리끝까지 솟아 혼절하고 말았다.

"제기랄 놈, 감히…!"

전백광이 그를 대신해 욕설을 했으나, 적수가 발길질로 허리춤의 혈도를 짚어 꼼짝 못하게 한 다음 음흉하게 웃으며 영호충의 옷을 벗기기 시작했다.

그때, 등 뒤에서 맑고 아름다운 여자의 목소리가 들려왔다.

"이봐요, 무얼 하시는 거예요?"

적수가 화들짝 놀라 돌아보니, 부연 밤빛 아래로 여자의 그림자가 희끄무레하게 보였다.

"당신은 누구요?"

그가 되묻는데, 여자의 목소리를 알아들은 전백광이 기쁨에 찬 얼굴로 외쳤다.

"스… 스님, 잘 왔소! 저 제기랄 놈이 나… 당신의 영호 사형을 해치려 하고 있소!"

본래 하려던 말은 '저 제기랄 놈이 나를 해치려고 한다'였지만 '나'라고 해봤자 의림이 눈 하나 깜짝할 것 같지 않아 재빨리 '당신의 영호 사형'으로 바꾼 것이다.

쓰러진 사람이 영호충이라는 말에 의림은 황급히 그쪽으로 달려왔다.

"영호 사형, 정말 사형이세요?"

그녀가 아무 경계심도 없이 오로지 영호충에게만 관심을 쏟는 것을 보자, 적수는 슬그머니 왼팔을 내밀어 둘째 손가락으로 그녀의 옆구리 쪽 혈도를 짚으려 했다. 그러나 손가락이 옷에 닿는 순간, 갑자기 뒷덜미가 확 당기는 듯하더니 두 발이 붕 떠올랐다. 깜짝 놀란 그가 오른쪽 팔꿈치로 힘껏 뒤를 가격했지만 때린 것은 손에 잡히지 않는 공기뿐이었다. 왼발을 쭉 뻗어 뒤를 걷어차보았지만 역시 허사였다. 질겁한 그가 두 손으로 황망히 금나수를 펼쳤으나, 어느새 커다란 손이 목을 꽉 조여 숨이 막히고 온몸에서 힘이 빠졌다.

그때 영호충은 차차 정신을 차리고 귓가에서 울리는 초조한 여자의 목소리를 들었다.

"영호 사형, 영호 사형!"

어슴푸레하지만 의림의 목소리임을 알고 눈을 뜨자, 희미한 별빛 아래 눈처럼 새하얗고 계란처럼 갸름한 얼굴이 눈에 들어왔다. 이렇게 곱디고운 얼굴을 가진 여자가 의림 말고 또 있을까?

그가 입을 열기도 전에 우렁찬 목소리가 귀를 때렸다.

"림아, 그 병든 닭 같은 녀석이 영호충이냐?"

영호충은 소리 나는 쪽을 돌아보고는 흠칫 놀랐다. 피둥피둥 살이 오르고 덩치가 산만 한 화상和尚이 탑처럼 우뚝 서 있었던 것이다. 그 화상의 키는 적어도 일곱 척은 돼 보였고, 앞으로 쭉 뻗은 큼직한 왼손에는 적수가 대롱대롱 매달려 있었다. 적수는 살았는지 죽었는지, 사지를 축 늘어뜨린 채 손가락 하나 까딱하지 않았다.

의림의 고운 목소리가 들려왔다.

"아버지, 이… 이분이 바로 영호 사형이에요. 하지만 병든 닭은 아니에요."

말하는 동안에도 그녀의 시선은 영호충의 얼굴에 달라붙어 떨어지지 않았고, 눈동자에는 애정이 담뿍 담겨 있었다. 그녀는 손을 뻗어 영호충의 뺨을 쓰다듬고 싶었지만 용기가 나지 않았다.

영호충은 그녀의 입에서 나온 말에 눈이 휘둥그레졌다.

'여승이 화상을 아버지라고 불러? 화상에게 딸이 있다는 사실도 어처구니가 없는데 딸마저 출가한 승려라니, 정말 괴상하기 짝이 없는 일이군.'

뚱뚱한 화상이 껄껄 웃으며 대답했다.

"네가 자나깨나 영호충 생각만 하기에 대단한 영웅호걸인 줄 알았더니, 벌러덩 누워 죽은 척하며 나 잡아잡수 하는 개털이었구나. 이런 쓸모없는 놈을 사위로 삼을 생각 없다! 내버려두고 그만 가자!"

의림은 부끄러워 골이 난 목소리로 말했다.

"누가 자나깨나 생각했다는 말씀이에요? 터… 터무니없는 말씀 그만하시고 가시려면 혼자 가세요. 이… 이런…"

'이런 사위가 싫으시면'이라는 말이 목구멍까지 올라왔지만 도저히 입이 떨어지지 않았다.

'병든 닭'도 모자라 '개털' 소리까지 들은 영호충은 화가 부글부글 끓었다.

"말리는 사람 없으니 가고 싶거든 가시오!"

"가면 안 되오, 가지 마시오!"

전백광이 다급히 외치자 영호충은 의아한 얼굴로 그를 돌아보았다.

"무슨 말이오?"

"내 사혈을 짚은 사람이 저자고 해약을 가진 사람도 저자요. 저자가 가버리면 나는 꼼짝없이 여기서 죽는단 말이오."

"내가 같이 죽기로 했는데 무엇이 두렵소? 전 형이 독으로 죽으면 내 그 자리에서 혀를 깨물어 따라 죽겠소."

뚱보 화상이 와하하 웃음을 터뜨렸다. 어찌나 큰 소린지 골짜기가 드르르 흔들리는 것 같았다.

"좋아, 좋아, 아주 좋아! 녀석, 제법 패기가 있군. 림아, 아비는 저 녀석이 마음에 꼭 든다. 하지만 한 가지는 짚고 넘어가야지. 저 녀석이 술을 좀 마시느냐?"

의림이 대답하기도 전에 영호충이 패기만만하게 대답했다.

"두말하면 잔소리, 그 좋은 술을 왜 안 먹는단 말이오? 이 어르신은 낮이고 밤이고 심지어 꿈에서도 술을 마시는 사람이오. 내가 술 마시는 모습을 보면, 장담하건대 화상같이 술이건 고기건 침만 뚝뚝 흘려야 하는 계율의 종복들은 시샘이 나서 분통이 터질 거요!"

뚱보 화상은 개의치 않고 너털웃음을 지었다.

"림아, 저 녀석에게 아비의 법명을 알려주어라."

의림이 생긋 웃으며 말했다.

"영호 사형, 저희 아버지 법명은 '불계不戒'예요. 비록 불문에 계시지만 불문의 각종 계율들을 하나도 지키시지 않아 불계라는 법명을 얻으셨죠. 부끄럽지만 아버지는 술과 고기도 드시고, 살인과 도둑질까지 꺼리시는 일이 없고, 또… 또… 저를 낳기도 하셨어요."

여기까지 말한 의림은 '풋' 하고 웃음을 터뜨렸다.

영호충도 큰 소리로 웃었다.

"그런 화상이 있다니 듣기만 해도… 속이 시원하구려!"

그는 다시금 몸을 일으키려 했으나 역시 마음대로 되지 않았다. 의림이 재빨리 그를 부축해주었다.

"어르신, 계율에 얽매이지 않으신다면 차라리 환속을 하시지, 어째서 화상 노릇을 계속하십니까?"

불계는 고개를 가로저었다.

"너는 모른다. 내 계율에 얽매이지 않기 때문에 화상이 될 수 있는 것이야. 나도 너처럼 아리따운 여승을 사랑했는데…."

"아버지, 또 허튼 말씀을 하시는군요."

의림이 얼굴이 새빨개진 채 말을 끊었다. 다행히 깜깜한 밤중이라 아무도 그녀의 변화를 알아차리지 못했다. 불계는 아랑곳하지 않고 대답했다.

"대장부라면 정정당당하게 맞으면 맞다 인정할 줄 알아야 해! 남들이 비웃든, 욕지거리를 퍼붓든 나만 당당하면 되는 것이야! 당당한 남아대장부인 이 불계가 그깟 것을 두려워하겠느냐?"

"옳소!"

영호충과 전백광이 약속이나 한 듯 갈채를 보냈다. 칭찬을 들은 불계는 더욱 신이 나 떠들었다.

"내 오래전 어여쁜 여승과 사랑에 빠졌는데, 그 여자가 바로 이 아이 어미라네."

'이제 보니 의림 사매의 아버지는 화상이고, 어머니는 여승이었군.'

영호충이 이런 생각을 하는 사이 불계는 이야기를 계속했다.

"그때 나는 푸줏간 백정이었지. 어여쁜 여승을 보고 한눈에 반했는데 그 여승은 눈길조차 주지 않지 뭔가? 무슨 짓을 해도 소용이 없자 나는 화상이 되기로 결심했네. 화상과 여승은 같은 불문 제자니 백정은 모른 척해도 화상은 눈에 차리라 생각했던 거지."

의림이 다시 끼어들었다.

"아버지, 그만하세요. 연세가 이리 드셨는데도 말은 꼭 어린아이처럼 하시는군요."

"아니, 내가 틀린 말이라도 했느냐? 그때만 해도 나는 화상이 되면 여인을 가까이하지 못한다는 사실을 몰랐지. 하다못해 여승이라도 말이야. 덕분에 애 어미와 친해지기가 더욱 어려워졌고 화상 노릇에도 흥미를 잃었다네. 한데 사부님께서는 나한테 무슨 혜근_{慧根}인가 뭔가가 있어서 불문 제자가 될 운명을 타고났다며 환속을 허락하지 않으셨지. 그래서 그냥 머물렀는데 어찌어찌 하다 보니 애 어미도 점점 내게 마음이 기울어 결국 이 아이를 낳았다네. 뭐, 그렇다 해도 자네는 편한 대로 하게. 내 딸아이와 잘 지내고 싶어도 꼭 화상이 될 필요는 없어."

영호충은 겸연쩍은 표정을 지었다.

'나는 의림 사매가 전백광에게 괴롭힘 당하는 것을 우연히 보고 도왔을 뿐이야. 의림 사매는 항산파에서 오래 수련을 한 여승인데 속인과 인연을 맺다니, 황당무계한 생각이군. 나를 데려오라고 전백광과 도곡육선을 보낸 것도 오해에서 비롯된 일이겠지. 어서 빨리 이 자리를 피해야겠다. 화산파와 항산파의 명예가 실추되기라도 하면 죽어서도 사부님과 사모님의 책망을 들을 것이다. 소사매에게도 멸시를 당할 테고.'

의림이 불안한 듯 쭈뼛거리며 말했다.

"아버지, 영호 사형은 이미… 마음에 둔 사람이 있으니 다른 이를 쳐다볼 리 없어요. 자꾸 그런 말을 하면 남들이 비웃을 거예요."

불계는 대뜸 화를 냈다.

"이 녀석에게 벌써 연인이 있다고? 에잇, 그 말이 사실이냐?"

그가 오른팔을 뻗어 파초선같이 넓적한 손으로 영호충의 멱살을 움켜쥐었다. 똑바로 서 있지도 못하는 영호충이 무슨 수로 그 손을 피하겠는가? 그는 반항 한 번 못하고 불계의 손에 대롱대롱 매달렸다. 왼손으로 적수의 뒷덜미를 잡아 들고 있던 불계가 오른손으로 영호충을 붙잡아 양팔을 넓게 벌리자 마치 사람을 매단 멜대 같았다.

꼼짝할 힘도 없는 영호충은 허공에 매달린 채 맥없이 축 늘어졌다. 의림이 다급히 외쳤다.

"아버지, 어서 영호 사형을 내려놓으세요. 안 그러면 정말 화를 낼 거예요!"

화를 낸다는 말이 도깨비라도 되는지, 불계는 화들짝 놀라 영호충을 내려놓았다.

"그래, 이 녀석이 예쁘장한 다른 여승을 마음에 두었단 말이지? 에 잇, 분통 터지는군!"

자신이 아름다운 여승을 사랑했기 때문인지, 그는 세상에 사랑할

만한 사람은 아름다운 여승밖에 없다고 생각했다.

의림이 고개를 저으며 대답했다.

"영호 사형이 마음에 둔 분은 사매인 악 소저예요."

"뭐라고? 이런 빌어먹을! 예쁘장한 여승이 아니라 다른 사람이란 말이지? 그런 여자가 어디 예쁜 구석이 있단 말이냐? 내 눈에 띄면 그 못난 계집애를 짓이겨버리겠다!"

별안간 불계가 마구 고함을 치는 바람에 귀가 얼얼했다. 영호충은 식은땀이 흘렀다.

'이 화상은 도곡육선과 하등의 다를 바 없는 거친 무부다. 한다면 하는 성품일 텐데 정말 소사매를 해치면 어쩌지?'

의림은 아버지의 으름장보다는 영호충의 몸이 더욱 걱정이었다.

"아버지, 영호 사형이 중상을 입었으니 어서 치료해주세요. 다른 이야기는 그다음에 해도 늦지 않잖아요."

불계는 딸의 말이라면 껌뻑 죽는 사람이었다.

"그럼, 그럼, 치료해야지. 그깟 것 뭐 어렵겠느냐?"

그는 적수를 휙 던지며 큰 소리로 영호충에게 물었다.

"어디를 어떻게 다쳤느냐?"

혈도가 막혀 움직일 수 없는 적수는 비명 한 번 지르지 못하고 땅에 곤두박질친 뒤 언덕을 데굴데굴 굴렀다.

영호충이 대답했다.

"가슴에 일장을 맞았으나 큰 지장은 없고…."

"가슴에 일장을 맞았으면 임맥任脈(배에서 아래턱에 이르는 경맥)이 상했을 터…."

불계는 그의 말을 되풀이하며 고개를 끄덕였다.

"사실은 도곡….'

"임맥 중에 도곡이라는 혈은 없다. 쯧, 화산파 내공이 별 볼일 없다 보니 아는 것도 없군. 합곡이라는 혈도는 있지만, 수양명대장경에 속하는 혈도고 엄지손가락과 집게손가락의 교차점에 있어서 임맥과는 하등 관계가 없다. 자, 내가 임맥을 치료해주마."

"아, 아닙니다. 저는 도곡육….'

"도곡육이건 도곡칠이건 그런 건 없다지 않느냐? 사람 몸에는 오로지 수삼리, 족삼리足三里, 음릉천陰陵泉, 사죽공絲竹空 경혈뿐이고, 그중에 도곡이니 하는 혈도는 없다. 이상한 소리 마라."

불계는 대뜸 영호충의 아혈을 짚었다.

"내 정순한 내공으로 임맥에 있는 승장혈承漿穴, 천돌혈天突穴, 단중혈, 구미혈鳩尾穴, 거궐혈巨闕穴, 중완혈中脘穴, 기해혈氣海穴, 석문혈石門穴, 관원혈關元穴, 중극혈中極穴을 뚫으면 틀림없이 기력이 솟고 상처가 나을 게다. 한 여드레 푹 쉬고 나면 팔팔한 젊은이로 돌아올 테지."

불계가 큼직한 두 손을 쑥 내밀어 오른손은 영호충의 턱 부근 승장혈을, 왼손은 배 부근 중극혈을 누르자, 두 갈래 진기가 양쪽 혈도를 통해 영호충의 몸으로 서서히 흘러들었다. 그러나 그의 진기와 도곡육선이 남긴 여섯 갈래 진기가 부딪치는 순간, 그 충격에 손이 부르르 떨리며 뒤로 튕겨날 뻔했다. 깜짝 놀란 불계가 비명을 지르자 의림이 황급히 다가갔다.

"아버지, 왜 그러세요?"

"이 녀석 몸에 괴상한 진기가 들어 있다. 하나, 둘, 셋, 넷… 모두 네 갈래구나. 엇? 하나 더 있는데? 그럼 합쳐서 다섯… 다섯 갈래 진기가… 허, 또 있구먼. 에잇, 빌어먹을! 여섯 갈래나 되다니! 내가 주입한 진기 두 갈래가 빌어먹을 여섯 진기와 싸우고 있구나! 오냐, 누가 더 강한지 보자! 설마 또 있는 건 아니겠지? 으하하하, 지독스럽게 덤비는군! 이거 참 재미있구나! 어서 오너라, 이놈들! 흥, 벌써 끝이냐, 응? 제기랄, 고작 여섯 갈래 따위에 이 불계 화상이 겁이라도 먹을 줄 알았느냐?"

두 손으로 영호충의 혈도 두 곳을 꾹 누르는 그의 머리 위로 하얀 김이 솟아나기 시작했다. 처음에는 보란 듯이 떠들었지만 점점 더 많은 내공을 끌어올리면서 말수도 크게 줄었다. 하늘이 희뿌옇게 밝아오고 있었지만, 그의 머리 위로 솟아오르는 하얀 김은 갈수록 짙어져 안개처럼 그의 커다란 머리를 휘감았다.

아주 한참 후에야 불계가 손을 떼며 껄껄 웃었다. 그러나 그것도 잠시, 갑자기 웃음이 뚝 그치더니 그의 육중한 몸이 우당탕하며 바닥으로 나동그라졌다. 의림이 대경실색해 달려갔다.

"아버지! 아버지!"

그녀가 외치며 아버지를 부축해 일으키려 했으나, 그의 몸이 워낙 무거워 끙끙거리며 들어올리다 함께 쓰러지고 말았다. 불계의 승복은 땀으로 축축하게 젖어 있었고 입에서는 가쁜 숨이 쏟아져나왔다.

"내… 내가… 빌어먹을… 내가… 내가… 이런 제기랄…."

그가 더듬더듬 욕을 하자 의림은 도리어 안심하는 얼굴이었다.

"아버지, 왜 그러세요? 많이 힘드셨어요?"

"빌어먹을, 저 녀석 몸에 든 개망나니 같은 진기 여섯 갈래가 이…

이 몸에게 덤비더구나. 에잇, 빌어먹을! 내가 진기를 끌어올려 그 괴상한 진기들을 억눌렀으니 안심해라. 허허, 녀석은 죽지 않는다."

마음 졸이던 의림은 위안이 되었는지 평온한 얼굴로 영호충을 돌아보았다. 과연 영호충이 천천히 일어나는 것이 보였다.

전백광이 웃으며 말을 건넸다.

"대화상의 진기는 역시 으뜸입니다. 이 짧은 시간에 영호 형의 중상을 치료하시다니요!"

칭찬을 들은 불계는 몹시 기뻤다.

"네놈은 악한 짓을 많이 해서 잡아 죽이려 했다만, 앞뒤야 어찌 되었건 네가 영호충을 찾아냈으니 그 공로를 인정해 목숨만은 살려주겠다. 썩 꺼지거라."

전백광이 안색을 싹 바꾸며 화를 냈다.

"누구더러 꺼지라는 거냐, 이 빌어먹을 화상아! 지금 그게 말이냐, 방귀냐? 한 달 안에 영호충을 찾아내면 사혈을 풀고 해약을 주겠다더니, 이제 와서 모른 척해? 혈도를 풀고 해약을 주지 않으면 너는 개돼지만도 못한 삼류 화상이다!"

전백광이 길길이 날뛰며 욕을 하는데도 불계는 노하기는커녕 웃으며 말했다.

"허, 녀석. 죽음이 두려워 아주 미쳐가는구나. 그래, 이 불계 대사님께서 약속을 어기고 해약을 주지 않을까 봐? 제기랄 놈 같으니. 자, 여기 있다."

그는 해약을 꺼내려고 품에 손을 넣었지만, 방금 내공을 너무 많이 소모해 손이 덜덜 떨리는 바람에 몇 번이나 해약병을 놓쳤다. 의림이 대신 해약병을 받아 마개를 뽑았다.

"저 녀석에게 세 알 주어라. 지금 한 알 먹고, 사흘 후에 한 알, 그로부터 엿새 후에 또 한 알 먹으면 효과가 있을 것이다. 아흐레가 지나기 전에 누군가의 손에 맞아 죽더라도 내 탓은 말아라."

전백광은 의림의 손에서 해약을 받으며 물었다.

"대화상, 내게 억지로 독을 먹이고 이제야 해약을 주었으니 욕이나 듣지 않으면 다행이라 생각하시오. 감사 인사 따위는 하지 않겠소. 그리고 사혈은 어찌할 거요?"

불계는 허허 웃었다.

"내가 짚은 혈도는 이레가 지난 뒤 자연스레 풀렸을 게다. 이 대화상께서 정말 사혈을 짚었다면 네놈이 여태껏 살아 있을 것 같으냐?"

일찍부터 혈도가 풀렸다고 느꼈던 전백광은 그 말을 듣자 마음이 푹 놓여 싱글거리며 욕지거리를 내뱉었다.

"이런 빌어먹을 화상 같으니, 나를 속였군!"

그는 영호충을 돌아보며 말했다.

"영호 형, 스님과 할 말이 많을 테니 나는 이만 가오. 다음에 봅시다."

그는 두 손을 포개 인사한 뒤 산을 내려가는 큰길로 저벅저벅 걸어갔다. 영호충이 그를 만류했다.

"전 형, 잠깐 기다리시오."

"무슨 일이오?"

"전 형은 나를 죽일 수 있었음에도 수차례나 살려주었기에 이렇게 친구가 되었으나 이 말만은 해야겠소. 전 형이 행실을 고치지 않으면 우리 사이는 오래가지 못할 거요."

전백광은 싱긋 웃었다.

"말하지 않아도 아오. 나더러 앞으로는 양가 부녀자들을 희롱하지 말라는 말 아니오? 좋소, 영호 형의 말대로 하지. 세상에는 돈만 내면 살 수 있는 아리따운 기녀가 부지기수라오. 내 아무리 호색한이라지만 구태여 양가의 부녀자를 핍박할 필요는 없지. 하하하, 영호 형, 형산 군옥원의 풍광이 아주 훌륭하지 않았소?"

'형산 군옥원'이라는 말에 영호충과 의림은 약속이나 한 듯 얼굴을 붉혔다. 전백광은 시원하게 껄껄 웃으며 다시 걸음을 옮겼으나 그만 다리가 풀려 고꾸라지더니 비탈진 산길을 한참 동안 데굴데굴 굴러갔다. 겨우 균형을 잡고 일어나 앉아 해약 한 알을 입에 넣었지만, 이번에는 배 속을 할퀴는 듯한 고통에 석상처럼 뻣뻣하게 굳었다. 그래도 그는 해독에 꼭 필요한 현상이라는 것을 알기에 당황하기는커녕 독이 제거되는 사실에 기뻐했다.

영호충은 불계가 주입한 강력한 진기가 도곡육선의 여섯 갈래 진기를 억누른 덕분에 가슴이 답답하던 것이 가시고 다리에도 힘이 솟아나는 것을 느끼자 몹시 기뻐하며 불계에게 공손히 읍하면서 말했다.

"목숨을 구해주셔서 감사합니다, 대사님."

불계는 벙긋거리며 대답했다.

"감사는 무슨… 이제부터 한 가족이지 않은가. 자네는 내 사위고 나는 자네 장인인데 감사 인사가 다 무슨 소용인가?"

의림이 얼굴을 붉히며 끼어들었다.

"아버지, 또… 또 그런 허튼 말씀을…."

"응? 이게 왜 허튼소리냐? 낮이나 밤이나 이 녀석 생각만 하던 것이

이 녀석에게 시집가려고 그런 것이 아니냐? 아니지, 시집은 가지 못한다 해도 최소한 예쁘장한 꼬마 여승은 낳아야지!"

의림이 입을 삐죽였다.

"늘 이렇게 단정치 못하시니! 제가… 제가 언제….'

그러나 말을 끝맺기 전에 산길 쪽에서 발소리가 들리며 두 사람이 나란히 모습을 드러냈다. 바로 악불군과 악영산이었다. 그들을 본 영호충은 뛸 듯이 기뻐하며 황급히 달려가 맞았다.

"사부님, 소사매, 돌아오셨군요! 사모님은 어디 계십니까?"

며칠 전만 해도 숨이 겨우 붙어 있던 영호충이 원기왕성해진 모습을 보자 악불군은 무척 기뻤다. 그러나 옆에 사람이 있어 캐묻지 못하고 불계를 향해 두 손을 포개 들며 인사했다.

"대사의 법명이 어찌 되십니까? 무슨 일로 이 누추한 곳에 왕림하셨는지요?"

"나는 불계 화상이라 하오. 이 누추한 곳에 왕림한 이유는 바로 내 사위를 찾기 위해서요."

불계가 대답하며 영호충을 가리켰다. 백정 출신이라 우아한 문자에는 익숙지 않은 그였기에 악불군이 예를 갖춰 '누추한 곳'이라는 표현을 쓰자 똑같이 따라 한 것이다. 그의 내력을 알지 못하는 악불군은 그가 사위를 찾으러 왔다는 말로 자신을 모욕하는 것이라 생각해 내심 화가 치밀었지만 겉으로는 표정 하나 바꾸지 않고 말했다.

"대사께서 농을 하시는군요."

마침 의림이 나와 인사를 하자 그는 그녀를 돌아보며 물었다.

"의림 사질, 그렇게 예를 갖출 것 없네. 존사의 명을 받고 화산에 왔

의림은 살며시 얼굴을 붉혔다.

"아닙니다. 저… 저는….'

악불군은 그녀에게서 시선을 거두고 전백광을 돌아보았다. 그러자 전백광은 그가 묻기도 전에 두 손을 모으며 외쳤다.

"악 선생, 이 몸은 전백광이라 하오!"

악불군이 대뜸 노성을 터뜨렸다.

"전백광! 실로 대담무쌍하구나!"

전백광은 낄낄 웃었다.

"악 선생의 제자 영호충과 마음이 아주 잘 맞아서, 함께 신나게 마시려고 술 두 동이를 짊어지고 산에 올라왔을 뿐이오. 이 정도는 별로 대담무쌍한 일도 아니지.'

악불군의 안색이 점점 싸늘해졌다.

"술은 어찌했느냐?"

"벌써 사과애에서 깨끗이 마셔 없앴소이다.'

악불군이 영호충을 홱 돌아보았다.

"저 말이 사실이더냐?"

"사부님, 이야기가 기니 나중에 자초지종을 보고드리겠습니다.'

영호충이 말했지만 악불군은 물러나지 않았다.

"전백광이 화산에 온 지 며칠이나 되었느냐?"

"보름쯤 되었습니다.'

"보름 동안 내내 화산에 머물렀다는 말이냐?"

"그렇습니다.'

악불군이 무시무시한 음성으로 따져물었다.

"어찌하여 내게 알리지 않았느냐?"

"그때 사부님과 사모님께서 정기당을 비우셨기 때문입니다."

"나와 네 사모가 어디에 갔었는지 아느냐?"

"예, 전 형을 추살하기 위해 장안 부근으로 가셨습니다."

악불군은 코웃음을 쳤다.

"전 형? 흥, 전 형이라고? 저자가 저지른 악행이 산을 쌓아도 넘칠 만큼 많거늘, 그 사실을 잘 아는 네가 어찌하여 단칼에 죽이지 않았느냐? 이기지 못하겠거든 깨끗이 죽임을 당할 것이지, 목숨을 부지하려고 교분까지 맺었다는 말이냐?"

앉아 있던 전백광이 일어나려고 버둥거리며 말했다.

"내가 죽이지 않는데 무슨 재주로 내 칼에 죽을 수 있겠소? 설마하니 내 손에 패했다고 자결이라도 하란 말이오?"

"네놈이 감히 내 앞에서 입을 열다니?"

악불군이 노해 외치며 영호충에게 명했다.

"당장 저자를 죽여라!"

보다못한 악영산이 끼어들었다.

"아버지, 대사형은 중상을 입었어요. 싸움을 할 수가 없다고요."

"다친 것은 저자도 마찬가지 아니더냐? 걱정 말아라. 내가 여기 있는데 저 악당이 제자를 해치는 것을 두고 보기야 하겠느냐?"

악불군은 꾀가 많고 악을 원수처럼 미워하는 영호충의 성품을 잘 알고 있었다. 그런 그가 지난날 전백광의 칼에 상처를 입기까지 했으니 교분을 맺었다는 것은 결코 있을 수 없는 일이었다. 악불군은 영호충의 성품으로 보아 힘으로 이기지 못하자 지혜를 써서 친구가 되는 척하고 몰래 상처를 입혔을 것이라고 생각했다. 기실 그가 화를 낸 까닭은 두 사람이 친구가 되었다는 말을 믿었기 때문은 결코 아니었다. 단지 영호충의 손으로 전백광을 죽여 강호의 해악을 제거함으로써 그의 명성을 알리려는 마음에 짐짓 화를 내는 척했을 뿐이었다. 전백광도 상처를 입었으니 만에 하나 영호충을 당해내더라도 악불군 자신의 검은 막지 못할 것이 분명했다.

그런데 영호충의 입에서는 예상과 다른 말이 나왔다.

"사부님, 전 형이 이제 개과천선하여 다시는 양가의 부녀자들을 괴롭히지 않겠다고 제게 약속했습니다. 전 형은 한 말을 반드시 지키는 사람이니…."

악불군의 목소리가 싸늘해졌다.

"그 말을 어찌 믿느냐? 만 번 죽어도 모자랄 저런 악당을 두고 신의를 논해? 저 칼로 죄 없는 사람을 얼마나 많이 베었더냐? 저런 악당을 죽이지 않으면 무학을 익히는 의미가 무엇이냐? 산아, 네 검을 대사형에게 주어라."

"예!"

악영산이 차고 있던 검을 뽑아 검자루를 영호충에게 내밀었다.

영호충은 몹시 난처했다. 사부의 명이라면 한 번도 어긴 적이 없었지만, 죽음을 눈앞에 두고 전백광과 손을 잡으며 친구가 된 일이 눈앞에 어른거려 마음이 내키지 않았다. 하물며 전백광은 행실을 고치겠다고 약속했고, 비록 과거는 더러움으로 얼룩졌으나 한 번 입 밖에 낸 말은 반드시 지키는 사람이니, 이 자리에서 죽이는 것은 의로운 일이 아니라는 생각이 들었다.

그는 악영산에게서 검을 받아들고 비틀비틀 전백광에게 다가가다, 갑자기 상처가 도져 다리에 힘이 빠진 척 왼쪽 무릎을 홱 꺾으며 앞으로 쓰러졌다. 들고 있던 검이 그의 왼쪽 종아리를 푹 찔렀다.

누구도 예상하지 못한 사태에 지켜보던 사람들의 입에서 비명이 터져나왔다. 의림과 악영산이 동시에 그를 향해 달려갔지만, 의림은 두어 걸음 만에 주춤 멈췄다. 불문의 제자로서 젊은 남자에게 관심을 기울이는 모습을 보이면 안 된다는 생각이 들었던 것이다.

하지만 입장이 다른 악영산은 망설임 없이 영호충을 부축하며 물었다.

"대사형, 괜찮아요?"

눈을 감은 영호충은 대답이 없었다. 악영산이 검자루를 움켜쥐고 힘껏 뽑자 상처에서 새빨간 피가 뿜어져나왔다. 품에서 금창약을 꺼내 상처에 바른 뒤 고개를 들어보니, 마침 이쪽을 바라보는 의림의 얼굴이 보였다. 핏기 하나 없고 걱정과 근심으로 가득한 의림의 얼굴을 본 악영산은 흠칫 놀랐다.

'저 여승은 대사형에게 관심이 무척 많구나!'

그녀는 속으로 도리질을 치며 일어나 악불군에게 말했다.

"아버지, 저 악당은 제가 죽이겠어요."

"네가 저자에게 손을 대면 이름을 더럽히게 된다. 검을 이리 다오!"

전백광이 유명한 음적이라는 사실은 천하에 모르는 사람이 없었다. 그가 악영산이라는 여자 손에 죽었다는 소문이 전해지면, 호도하는 무리들이 두 사람의 관계에 대해 입방아를 찧어댈 것이 분명했다. 악영산은 어쩔 수 없이 아버지가 시키는 대로 검자루를 내밀었다.

그러나 악불군은 검을 받지 않고 오른쪽 소매를 휘저어 검을 휘감았다.

"어이쿠!"

이 광경을 본 불계가 비명을 지르며 신발 두 짝을 벗어 손에 들었다. 악불군이 소매를 휙 떨치자 검은 10여 장 밖에 있는 전백광을 향해 화살처럼 날아갔고, 불계는 그럴 줄 알았다는 듯이 곧장 좌우로 신발을 휙휙 던졌다.

검은 무거운 반면 신발은 가벼웠고, 날아간 순서도 검이 먼저였는데 희한하게 나중에 날아간 불계의 신발이 더 빨랐다. 좌우로 에둘러 검을 앞지른 신발은 양쪽에서 검자루를 눌러 붙잡은 뒤 방향을 바꿔 빙글빙글 돌다가 다시 몇 장을 더 날아간 후에야 겨우 힘이 다해 땅에 떨어졌다. 검이 거꾸로 바닥에 꽂힌 뒤에도 신발 두 짝은 여전히 검자루에 붙어 대롱거리고 있었다.

"망했다, 망했어! 림아, 아비가 사위를 치료하느라 내공을 소모하지만 않았어도 저 검은 훨씬 더 멀리 날아갔을 게다. 사실은 사위의 사부 바로 눈앞에 쾅 떨어뜨려 놀래주려 했건만…. 에잇! 부끄러워서 고개를 못 들겠구나."

불계의 한탄에 악불군의 표정이 굳어지는 것을 보자, 의림이 재빨리 속삭였다.

"아버지, 그만하세요."

그녀는 종종걸음으로 다가가 신발을 떼어내고 땅에 박힌 검을 뽑아냈지만, 그다음에 어떻게 해야 좋을지 몰라 망설였다. 영호충은 전백광을 죽일 뜻이 없는 것이 분명한데, 이 검을 악영산에게 돌려주었다가 악영산이 전백광을 공격하기라도 하면 영호충의 기분이 상할 것 같아서였다.

한편 악불군은 검이 전백광의 심장을 꿰뚫으리라 믿어 의심치 않았지만, 뜻밖에도 불계의 신발에 가로막히자 당황하지 않을 수 없었다. 신발에 실린 공력은 실로 강력하고 신비로웠다. 걸핏하면 소리를 지르면서 여승을 딸, 영호충을 사위라며 허튼소리를 해대는 것을 보면 필시 미치광이가 분명했지만, 그 무공만큼은 혀를 내두를 정도였다. 더욱이 영호충을 치료하느라 내공을 소모했다고 했으니, 본래 내공은 지금보다 더 뛰어나지 않겠는가? 물론 악불군도 소매로 검을 날릴 때 자하신공을 쓰지 않았다. 만에 하나 자하신공으로 겨뤘다면 승패가 어떻게 되었을지는 모르는 일이지만, 강호에서 이름을 날리는 고수로서 단판 승부의 패배를 받아들이지 못해 물고 늘어질 수는 없는 노릇이었다. 그는 두 손을 모으며 말했다.

"훌륭한 무공이오. 대사께서 저 악당을 보호하시니 내 오늘은 물러나겠소."

악불군이 전백광을 죽이지 않겠다고 선언하자 의림은 그제야 두 손으로 검을 받쳐들고 악영산에게 다가가 살짝 허리를 숙였다.

"사저, 여기…."

악영산은 '흥' 코웃음을 치며 검을 받아 고개도 돌리지 않은 채 검집에 철컥 넣었다. 깔끔하고 우아한 솜씨였다.

불계가 껄껄 웃으며 칭찬했다.

"좋구나, 아주 보기 좋은 솜씨다."

그는 영호충을 돌아보았다.

"이보게, 사위. 그만 가세. 자네 사매가 워낙 예쁘장해서 같이 두기에는 마음이 영 불안하구먼."

"대사께서 아무리 농담을 좋아하셔도 부디 항산파와 화산파의 명예를 더럽히는 그런 말씀은 그만하십시오."

영호충의 말에 불계는 어리둥절했다.

"뭐라고? 겨우 자네를 찾아 목숨까지 살려놓았더니, 그래, 내 딸을 맞아들이지 못하겠다는 거냐?"

영호충은 정색하며 대답했다.

"대사께서 살려주신 은혜는 죽을 때까지 잊지 않겠습니다. 허나 의림 사매는 항산파의 제자고 항산파에는 엄연히 문규가 있습니다. 대사께서 계속 재미없는 농담을 하신다면, 정한 사태와 정일 사태께서 가만 계시지 않을 겁니다."

불계는 머리를 긁적였다.

"림아, 도대체… 도대체 저 녀석은 어찌 된 거냐? 이거 참… 뭐가 뭔지…."

의림은 두 손으로 얼굴을 가리며 부르짖었다.

"아버지, 그만하세요, 그만! 저분은 저분이고 저는 저예요. 무슨… 대체 무슨 관계가 있다는 말씀이세요?"

그러고는 왁 울음을 터뜨리며 산길을 달려갔다.

불계는 더욱 아리송해져 한참 동안 우두커니 서 있다가 중얼거렸다.

"이상하군, 이상해! 저 녀석을 못 만날 때만 해도 보고 싶어 시름시름 앓더니, 막상 만나게 해주니까 도리어 달아나? 허, 저런 점도 제 어미를 쏙 빼닮았다니까. 어린 여승들의 마음은 정말이지 알다가도 모르겠구먼."

그는 고개를 갸웃하며 멀어져가는 딸을 뒤쫓아 사라졌다.

전백광이 억지로 일어나 영호충에게 말했다.

"청산은 유구하니 언젠가 다시 만날 거요!"

그는 미련 없이 돌아서서 비틀거리며 산을 내려갔다.

그의 모습이 저 멀리 사라지자 악불군이 입을 열었다.

"충아, 저 악당에게 참으로 의리가 깊구나. 네 다리를 찔러서라도 살려주려고 하다니."

영호충은 얼굴 가득 부끄러운 빛을 띠며 고개를 숙였다. 아무리 자연스러운 척해도 예리한 사부의 눈은 속이지 못한 것이었다.

"사부님, 저 사람은 악한 짓을 많이 했으나 고치겠다고 약속했고, 또한 수차례나 저를 제압하고도 죽이지 않았으니 그 은혜를 저버릴 수가 없었습니다."

악불군은 냉소를 지었다.

"양심이라고는 털끝만큼도 없는 악당과 도의를 논하다니, 평생 동안 쓴맛을 보게 될 것이다."

본디 그는 이 대제자를 무척 아꼈기 때문에 중상을 입고도 살아나자 속으로는 기쁨을 감출 수가 없었다. 어려서부터 궤계가 많고 영리했던 영호충의 성품을 익히 알기에, 제자가 일부러 쓰러진 척하며 자기 다리를 찔렀을 때도 속임수라는 것을 뻔히 알았지만 화를 내지 않은 이유도 여기 있었다. 특히 불계 화상에게 또박또박 뜻을 밝히는 모습도 무척 마음에 들어 전백광 일은 잠시 덮어두기로 했다.

그는 손을 내밀며 물었다.

"비급은 어찌하였느냐?"

영호충은 사부가 비급이 사라진 것을 알고 되찾기 위해 사매와 함께 돌아왔다는 것을 이미 짐작하고 있었다. 그러잖아도 돌려주고 싶었던 그는 얼른 대답했다.

"여섯째 사제가 가지고 있습니다. 소사매가 저를 구하기 위해 좋은 마음으로 저지른 일이니 너무 책망하지는 말아주십시오. 제가 아무리 대담해도 어찌 감히 사부님의 허락도 없이 무공을 익히겠습니까? 저는 비급에 손도 대지 않았고 그 속에 적힌 단 한 글자도 보지 않았습니다."

악불군이 굳었던 얼굴을 풀며 빙그레 웃었다.

"마땅히 그래야지. 나도 네게 전수할 뜻이 없었던 것은 아니다. 다만 본 파가 어려움에 처하고 상황이 긴박해 가르칠 틈이 없었을 뿐이다. 네가 마음대로 익혔다면 잘못된 길에 빠져 도리어 화를 입었을지도 모른다."

그는 고개를 끄덕이다가 다시 물었다.

"불계 화상의 성품은 다소 괴상했으나 내공은 무척 고명하더구나. 그가 네 몸속에 있는 진기들을 제거해주었느냐? 상태는 좀 어떠냐?"

영호충이 공손히 대답했다.

"답답증이 가시고, 뜨거워졌다 차가워졌다 하던 증상도 사라졌습니다. 하지만 여전히 힘이 없습니다."

"증상에서 막 벗어났으니 힘이 없는 것은 당연한 일이지. 불계 화상의 은혜는 반드시 갚아야 한다."

"예."

악불군은 화산에 오르며 도곡육선과 마주치지 않을까 걱정했으나, 그들은 어디로 갔는지 보이지 않았다. 덕분에 마음이 놓이기는 했으나 그렇다고 해서 이곳에 오래 머물 수는 없었다.

"대유를 찾아 다 함께 숭산으로 가자. 먼 길인데 갈 수 있겠느냐?"

영호충은 기쁜 표정으로 연신 고개를 끄덕였다.

"예, 예! 당연히 갈 수 있지요!"

일행은 정기당 옆 작은 방으로 향했다. 제일 먼저 달려간 악영산이 문을 열더니 갑자기 '꺄악' 하고 비명을 질렀다. 놀람과 두려움이 가득한 비명이었다. 악불군과 영호충이 서둘러 달려가 안을 들여다보니 육대유가 꼼짝도 하지 않고 바닥에 똑바로 누워 있었다. 영호충이 웃으며 말했다.

"소사매, 놀라지 마. 내가 혈도를 짚어서 그래."

"깜짝 놀랐잖아요. 왜 육후아를 쓰러뜨렸어요?"

"내가 비급을 보지 않으려고 했더니 여섯째 사제가 비급의 경문을 읽어주기에 막기 위해서는 쓰러뜨릴 수밖에 없었어. 그런데…"

악불군의 표정이 이상했다. 그는 육대유의 코앞에 손을 대보고 맥을 짚더니 놀란 숨을 들이키며 말했다.

"이미… 죽었다. 충아, 무슨 혈도를 짚었느냐?"

육대유가 죽었다는 말에 영호충은 충격에 빠져 넘어질 듯 휘청거렸다.

"그… 그런…."

떨리는 손으로 육대유의 얼굴을 만지자 얼음처럼 차가운 기운이 전해졌다. 죽은 지 한참 지난 사람의 차가움이었다. 그는 참지 못하고 통곡하며 외쳤다.

"여… 여섯째 사제, 정말… 정말 죽은 거냐?"

"비급은 어디 있느냐?"

악불군이 매섭게 묻자 영호충은 눈물로 흐려진 시선으로 방 안을 둘러보았다. 《자하비급》은 어디에도 보이지 않았다.

"비… 비급이…."

그는 황급히 육대유의 시신을 뒤졌지만 책 같은 것은 전혀 없었다.

"제가 여섯째 사제를 쓰러뜨릴 때 비급은 탁자 위에 펼쳐져 있었습니다. 그런데 어디로 갔을까요?"

악영산이 온돌과 탁자 옆 문가, 의자 밑까지 샅샅이 살폈으나 《자하비급》은 나타나지 않았다.

화산파 내공 중 최고의 심법인 《자하비급》이 사라지자 악불군은 초조하기 이를 데 없었다. 그는 다시 한번 육대유의 시신을 꼼꼼히 뒤져 치명적인 상처가 없다는 것을 알아냈다. 더욱이 건물 앞뒤와 지붕을 살펴도 누군가 왔다간 흔적조차 없었다.

'왔다간 사람이 없다면 도곡육선이나 불계 화상의 짓은 아니다.'

이렇게 생각한 그는 눈을 찡그리며 매섭게 질타했다.

"충아, 대체 무슨 혈도를 짚었느냐?"

영호충은 무릎을 굽히고 사부 앞에 엎드렸다.

"사부님, 그때 저는 중상을 입어 손에 힘이 없었기 때문에 실패하지 않으려고 단중혈을 짚었습니다. 그런데… 그런데 실수로 여섯째 사제를… 죽일 줄은 정말… 정말 몰랐습니다."

말을 마친 그가 육대유의 허리춤에서 검을 뽑아 자기 목을 찔렀다. 악불군이 재빨리 손가락을 퉁기자 검은 그의 손아귀에서 빠져나와 힘없이 날아가버렸다.

"죽더라도《자하비급》은 내놓고 죽거라! 대체 비급을 어디에 숨겼느냐?"

영호충은 가슴 한편이 싸늘해지는 것을 느꼈다.

'내가《자하비급》을 숨겼다고 의심하시다니….'

그는 멍한 얼굴로 대답했다.

"사부님, 누군가 비급을 훔쳐간 것이 분명합니다. 제가 무슨 수를 써서든 비급을 되찾아서 한 장도 빠짐없이 사부님께 돌려드리겠습니다."

악불군은 마음이 몹시 어지러워 다급하게 말했다.

"누군가 그 비급을 베끼거나 외기라도 하면 한 장도 빠짐없이 돌아온다 한들 무슨 소용이 있겠느냐? 본 파의 상승 내공도 이제 더 이상 우리만의 것이 아니게 된다."

그는 잠시 생각하다가 목소리를 누그러뜨려 물었다.

"충아, 네가 가져갔다면 어서 내놓거라. 내 결코 나무라지 않으마."

영호충은 멍하니 육대유의 시신을 내려다보다가 굳게 외쳤다.

"사부님, 제자 목숨을 걸고 맹세합니다. 만약 사부님의《자하비급》을 본 사람이 있다면, 열 명이든 백 명이든 반드시 주살하겠습니다. 그래도 제가 훔쳤다고 의심하신다면 차라리 이 자리에서 저를 때려죽이십시오."

악불군은 고개를 저었다.

"일어나거라! 네가 아니라고 하면 아니겠지. 너와 대유는 사이가 좋았는데 네가 어찌 그 아이를 죽였겠느냐? 그렇다면 대체 누가 비급을 훔쳐갔을까?"

그는 창밖으로 시선을 던지며 멍하니 생각에 잠겼다. 악영산이 눈물을 뚝뚝 흘리며 말했다.

"아버지, 다 제 탓이에요. 제가… 제가 앞뒤 모르고 아버지의 비급을 훔쳐서… 대사형의 내상을 치료하고 싶어 그랬는데, 대사형은 보지도 않았고 공연히 여섯째 사형만 목숨을 잃었어요. 제가… 제가 어떻게든 비급을 되찾을게요."

"다시 주변을 잘 찾아보자꾸나."

악불군의 말에 일행은 작은 방 구석구석을 이 잡듯이 뒤졌다. 그러나 비급은 물론이고 자그마한 단서 하나 찾아낼 수가 없었다. 악불군은 딸에게 말했다.

"이 일은 결코 남들이 알아서는 안 된다. 네 어머니에게는 내가 말하겠지만, 다른 사람들에게는 말도 꺼내지 마라. 우선 대유를 묻고 이곳을 떠나자."

영호충은 죽은 육대유의 얼굴을 바라보며 비통함을 참지 못해 고개를 숙였다.

'동문 사형제 중에서 여섯째 사제가 나와 가장 정이 두터웠어. 그런 사제를 실수로 죽이다니…. 이런 일이 있으리라고는 꿈에서도 생각하지 못했어. 몸이 멀쩡했다면 혈도를 짚은 것만으로 죽이지는 않았을 텐데… 몸속에 있는 도곡육선의 방문 진기가 지력指力을 이상하게 만들었을까? 그리고 《자하비급》은 어디로 사라졌을까? 분명 곡절이 있을 텐데 지금은 알 수가 없구나. 사부님께서 나를 의심하시니 변명해도 소용없겠지. 어떻게든 이 일을 명확히 밝혀 누명을 벗어야 해. 그다음에 혀를 깨물고 죽어 여섯째 사제에게 사죄하는 수밖에 없어.'

그는 눈물을 닦고 곡괭이를 꺼내 육대유를 묻을 구덩이를 파기 시작했다. 아직 몸이 완전히 낫지 않아 온몸에 땀이 뻘뻘 흐르고 숨도 턱턱 막혔지만 다행히 악영산이 도와줘 겨우 무덤을 만들고 육대유를 매장할 수 있었다.

백마묘에 이르자 악 부인은 건강을 회복한 영호충을 보고 무척 기뻐했다. 그러나 악불군이 조용한 목소리로 육대유가 죽고 《자하비급》이 사라졌다는 소식을 전하자 그녀 역시 슬픔에 빠져 눈물을 흘렸다. 그녀에게 있어 《자하비급》을 잃은 일은 그리 중요한 문제가 아니었다. 남편이 경문을 모조리 꿰고 있으니 비급이 없어도 익히거나 전수하는 데는 아무 상관이 없었다. 하지만 화산파에 들어온 지 오래되어 정이 깊고 성미도 유순한 편인 육대유가 죽은 일은 너무나도 슬프고 마음이 아팠다. 영문을 모르는 다른 제자들은 사부와 사모, 대사형, 소사매의 울적한 얼굴에 차마 큰 소리로 웃고 떠들지 못했다.

악불군은 노덕낙에게 마차 두 대를 빌리게 해, 한 대에는 악 부인과 악영산을 태우고 다른 한 대에는 영호충을 태워 휴식을 취하게 했다. 일행은 마차를 몰아 숭산을 향해 동쪽으로 출발했다.

위림진葦林鎭에 도착할 즈음 날이 어둑어둑해지기 시작했다. 마을에 단 하나뿐인 객잔은 이미 손님들로 북적거려 여제자들을 데리고 투숙하기가 거북했다.

"좀 더 서둘러 다른 마을에 묵는 것이 좋겠다."

악불군의 제안으로 일행은 마을을 떠났지만, 3리쯤 갔을 때 악 부인이 탄 마차의 바퀴가 빠져 움직일 수 없게 되었다. 악 부인과 악영산은 별수 없이 마차에서 내려 걸었다. 시대자가 북동쪽 구석을 가리키며 말했다.

"사부님, 저쪽 숲에 사당이 한 채 있습니다. 그곳에 묵는 것이 어떨까요?"

"여자들이 있어 꺼리지 않겠니?"

악 부인이 걱정스레 말하자 악불군은 시대자에게 명했다.

"대자야, 네가 가서 물어보아라. 거절하더라도 우기지 말고 돌아와야 한다."

명을 받고 달려간 시대자는 얼마 지나지 않아 다시 돌아오며 멀리서 외쳤다.

"사부님, 폐허가 된 사당입니다. 지키는 사람도 없고요."

쉴 수 있다는 생각에 사람들은 몹시 기뻐했다. 도균과 영백라, 서기 등 나이 어린 제자들이 제일 먼저 달려갔다.

악불군과 악 부인이 사당 밖에 도착했을 때는 동쪽 하늘 위로 먹구름이 켜켜이 쌓이고 날이 칠흑처럼 어두워졌다.

"무너진 사당이라도 있어 다행이군요. 하마터면 폭우를 만날 뻔했어요."

악 부인은 안도하며 대전으로 들어갔다. 대전 정면에 푸른 얼굴의 신상神像이 우뚝하니 앉아 있었다. 몸에 풀잎을 덕지덕지 붙이고 손에 시든 풀을 들고 있는 모습으로 보아 모든 풀을 맛본다는 약왕보살 신농씨神農氏가 분명했다. 악불군이 제자들을 이끌고 신상에 절을 올린 뒤 이부자리를 준비하는데, 번갯불이 번뜩번뜩하고 벼락이 하늘을 쩍쩍 가르더니 콩알만 한 빗방울이 기와를 때리는 소리가 요란하게 들려왔다.

절 곳곳에 물이 새 일행은 이부자리는 펴지도 못한 채 마른 곳을 골라 앉아야 했다. 양발과 고근명이 여제자 세 명과 함께 밥을 지었다.

"올봄에는 우레가 빨리도 찾아왔군요. 올해 작황이 좋지 않겠어요."

악 부인이 한숨을 쉬며 말했다.

영호충은 전각 구석의 종틀에 기대앉아 처마 끝으로 좔좔 쏟아지는 비를 바라보았다. 가느다란 폭포처럼 이어지는 물줄기를 보며 그는 구슬프게 생각했다.

'여섯째 사제가 살아 있었다면 다 함께 웃고 떠들며 즐겁게 시간을 보냈을 텐데….'

오는 동안 그는 악영산과 거의 이야기를 나누지 않았고, 이따금씩 임평지와 함께 있는 그녀를 볼 때마다 더욱 멀리 피했다.

'소사매는 사부님께 야단맞을 것을 각오하고 나를 치료하려고 《자하비급》을 훔쳤어. 그것만 봐도 나를 얼마나 생각하는지 알 수 있어. 나는 소사매가 평생 행복하게 살기를 바랄 뿐이야. 비급을 되찾은 후 여섯째 사제에게 사죄하기 위해 자결하기로 결심했으니 더 이상 소사매를 흔들면 안 돼. 소사매와 임 사제는 천생연분이야. 내가 죽어도 눈물 한 방울 흘리지 않도록 나를 깨끗이 잊어버렸으면….'

속으로는 이렇게 생각하면서도, 악영산이 임평지와 나란히 걸으며 재미나게 이야기하는 모습을 볼 때마다 가슴이 미어지는 것 같았다.

약왕묘 밖에서는 마치 하늘이 무너진 듯 폭우가 쏟아지고 있었다. 악영산이 전각 안을 요리조리 왔다갔다 하며 밥 짓는 사람들을 돕는 것이 보였다. 옆을 지나가다가 임평지와 눈이 마주칠 때면, 두 사람의 얼굴에는 친밀하기 그지없는 미소가 피어올랐다. 남들은 아무도 두 사람에게 신경 쓰지 않았지만, 영호충만은 단 한 번도 그 모습을 놓치지 않았다. 두 사람이 마주 보고 웃을 때마다 영호충의 심장은 칼로 난도질당하는 듯했지만, 고통을 참기 힘들어 고개를 돌리려고 해도 악영산이 지나가면 저도 모르게 시선이 그쪽으로 향하곤 했다.

저녁 식사가 끝나자 사람들은 각자 자리를 잡고 잠을 청했다. 비는 쏟아졌다가 잦아들기를 반복하며 꾸역꾸역 내렸고, 심란하고 마음이 아픈 영호충은 빗소리에 쉽사리 잠들지 못했다. 다른 사람들은 하나둘 잠에 빠져 대전 여기저기서 코 고는 소리가 울렸다.

그때 남동쪽에서 말발굽 소리가 어렴풋이 들려왔다. 10여 기 정도 되는 말들이 큰길을 따라 달려오고 있었다.

'이 캄캄한 밤에 비를 맞으며 달리는 사람이라…? 설마 우리를 찾는 것일까?'

그가 슬며시 몸을 일으키자 악불군이 나지막한 목소리로 말했다.

"모두들 소리 내지 마라."

얼마 지나지 않아 10여 기의 말은 사당에 거의 도착했고, 화산파 사람들은 모두 깨어나 각자 검을 움켜쥐며 단단히 방비했다. 다행히 말발굽 소리는 사당을 지나 점점 멀어져갔다. 사람들이 안도의 숨을 내쉬며 다시 누우려는데, 떠나갔던 말들이 다시 돌아오는 소리가 들려왔다. 말발굽 소리는 사당 밖에서 완전히 멈췄다.

맑은 목소리가 낭랑하게 울려 퍼졌다.

"화산파 악 선생께서 안에 계시오? 드릴 말씀이 있소."

화산파의 대제자로서 항상 외부인을 맞이하는 역할을 했던 영호충은 곧장 일어나 사당 문을 열며 물었다.

"야심한 밤에 어느 분께서 이곳까지 찾아오셨습니까?"

둘러보니 밖에는 말 열다섯 필이 나란히 서 있었다. 말 탄 사람 중 예닐곱 명이 들고 있던 공명등孔明燈으로 일제히 영호충의 얼굴을 비 췄다.

어둠 속에서 갑작스레 불빛이 쏟아지자 눈이 부셔 고개를 똑바로 들 수가 없었다. 몹시 무례한 행동이었고, 이것만 봐도 그들이 적의에 가득 차 있다는 사실을 알 수 있었다. 영호충은 눈을 부릅뜨고 그들을 찬찬히 살폈지만, 모두 눈만 내놓고 검은 복면으로 얼굴을 단단히 가린 채였다.

'내가 아는 얼굴이라 가렸거나 아니면 신분을 밝히기 싫어 숨겼구나.'

영호충이 이런 생각을 하며 눈을 찡그리는데, 왼쪽 끝에 있는 사람이 말했다.

"악불군 선생을 불러주시오."

"귀하는 누구요? 먼저 존성대명을 밝혀주셔야 사부님께 아뢰지 않겠소?"

"우리가 누군지는 물을 필요 없소. 가서 존사께 이렇게 전해주시오. 화산파에서 복위표국의 〈벽사검보〉를 얻었다기에 구경하러 왔다고 말이오."

영호충은 화가 폭발했다.

"화산파에도 전승되는 무공이 있는데 남의 검보가 왜 필요하겠소? 그런 것은 얻은 적도 없거니와 설령 얻었다 해도 이렇게 무례하게 나오는 까닭이 뭐요? 우리 화산파를 얕보는 거요?"

그 사람이 껄껄 웃음을 터뜨리자 나머지 열네 명도 따라서 큰 소리로 웃었다. 쩌렁쩌렁한 웃음소리가 들판에 메아리치는 것이, 확실히 보통 내공을 가진 사람들은 아니었다. 영호충은 속으로 흠칫 놀랐다.

'아무래도 강적을 만났구나. 열다섯 명 모두 힘깨나 쓰는 고수인 것 같은데 도대체 누굴까?'

끊임없이 이어지는 웃음소리를 뚫고 누군가 낭랑하게 외쳤다.

"복위표국의 꼬마가 화산파 제자가 되었다지? 화산파의 군자검 악선생의 검술이 신통하고 무림에서 독보적이라는 소문은 익히 들었소. 그런 사람에게 〈벽사검보〉 따위야 일고의 가치도 없을 터이니, 우리 같은 무명소졸들에게 빌려주십사 청하러 온 것이오."

쩌렁쩌렁한 웃음소리에도 묻히지 않는 또렷한 목소리로 보아 이 사람의 내공은 다른 사람들보다 한 수 위인 것 같았다.

영호충이 다시 물었다.

"귀하는 대체 누구시오? 무슨…."

하지만 그 목소리는 웃음소리에 묻혀 자신의 귀에도 제대로 들리지 않았다. 그는 깜짝 놀라 입을 다물었다.

'설마… 10여 년 동안 기른 내공이 송두리째 사라진 건가?'

화산을 떠난 이후 몇 차례 화산파 심법에 따라 내공을 연마하려 했으나, 진기를 움직일 때마다 호흡이 흐트러져 제어하기가 힘들었다. 억지로 제어하려 하면 견딜 수 없을 만큼 가슴이 답답해졌고 멈추지 않으면 기절하기 일쑤였다. 몇 차례 반복해도 똑같은 현상이 벌어지자 그는 곧 사부에게 가르침을 청했지만, 악불군은 냉랭한 시선만 던질 뿐 아무런 해답도 가르침도 주지 않았다. 그때 영호충은 괴롭고 마음이 몹시 아팠다.

'사부님께서는 내가 《자하비급》을 훔쳐 남몰래 익히고 있다 생각하시는 거야. 이제 와서 변명할 것도 없지. 어쨌거나 나는 곧 죽을 목숨이니 내공을 연마하지 못한들 무슨 상관이람?'

그 후로 그는 다시는 운기행공을 하지 않았다. 그러니 이제 와서 기운을 끌어올려 말을 해보려 한들 상대방의 웃음소리에 깡그리 묻혀 소리가 전혀 들리지 않았던 것이다.

사당 안에서 악불군의 맑은 목소리가 흘러나왔다.

"여러분은 모두 무림에서 손꼽는 인물들이건만 어찌 무명소졸이라 자칭하시오? 내 손에 임가의 〈벽사검보〉는 없소이다. 이 악불군, 살아오면서 단 한 번도 거짓말을 한 적이 없는 사람이오."

자하신공을 운용해 소리친 덕분에 사당 밖 10여 명의 웃음소리에도 불구하고 그의 목소리는 안팎으로 또렷하게 울려퍼졌지만, 평소 이야기를 할 때와 다름없이 담담한 말투였기에 진기를 써서 큰 소리를 치는 다른 사람들보다 훨씬 자연스러웠다.

바깥에 있던 사람 중 한 명이 거칠게 노성을 터뜨렸다.

"당신이 아니면 누가 갖고 있단 말이오?"

"귀하께 무슨 증거라도 있으시오?"

"세상일은 세상 사람이 다 안다 했소!"

악불군은 냉소를 터뜨릴 뿐 대답하지 않았다. 그러자 그 사람은 길길이 날뛰며 소리를 질렀다.

"악가 놈아, 내놓을 테냐 안 내놓을 테냐? 주는 술은 안 마시고 기어이 벌주를 마시려는구나! 당장 내놓지 않으면 우리가 들어가 수색할 테다!"

악 부인이 조용히 명령했다.

"여제자들은 다 함께 등을 맞대 서고, 남제자들은 검을 뽑아라!"

화산파 제자들이 검을 뽑는 소리가 챙챙챙 하고 날카롭게 들려왔다.

문가에 선 영호충도 검자루에 손을 가져갔지만, 채 뽑기도 전에 적 두 명이 말에서 뛰어내려 그에게 달려들었다. 영호충이 몸을 옆으로 피하며 검을 뽑자 그중 한 명이 대뜸 외쳤다.

"꺼져라!"

그자의 발길질에 영호충은 맥없이 수 장 밖으로 날아가 수풀 속에 처박혔다. 그는 혼란에 빠졌다.

'저자의 발길질이 그리 강하지도 않았는데 왜 이렇게 힘없이 당했을까?'

억지로 일어나 앉았지만 배 속에서 열기가 끓어오르고 일고여덟 갈래 진기가 어지러이 몸속을 맴돌며 서로 충돌하는 바람에 손가락 하나 까딱할 수가 없었다.

그는 깜짝 놀라 소리를 지르려고 했지만 목소리조차 나오지 않았다. 정신은 멀쩡한데 몸이 말을 듣지 않으니 마치 악몽을 꾸는 것 같았다. 그러는 동안에도 귓가에는 챙그랑챙그랑 무기 부딪치는 소리가 끊임없이 들려왔다. 사부와 사모, 둘째 사제가 사당 밖으로 달려나와 일고여덟 명의 복면인과 어우러져 싸움을 벌였고, 나머지 복면인들은 대전으로 뛰어들었는지 안에서 무시무시한 호통 소리가 흘러나오고 있었다. 여제자들의 외침도 간간이 섞여 있었다.

비가 다시 기세 좋게 쏟아지기 시작했고, 바닥을 뒹구는 공명등의 노란 불빛 속으로 어지러운 검광과 사람 그림자가 희미하게 비쳤다. 얼마 지나지 않아 사당 안에서 여자의 참혹한 비명 소리가 터졌다. 영호충은 애가 타 견딜 수가 없었다. 적은 모두 남자였으니 저 비명은 의심할 바 없이 사매들 중 누군가가 상처를 입었다는 뜻이었다. 사부는 검을 춤추듯 휘두르며 적 네 명을 상대하고 있었고, 사모 역시 그 옆에서 두 사람과 싸우는 중이었다. 사부와 사모는 검술이 워낙 높아 너끈히 여러 사람을 상대할 수 있었다. 둘째 사제인 노덕낙은 크게 기합을 지르며 홀로 두 사람을 맞아 싸웠다. 적들의 무기는 칼이었는데, 칼과 검이 부딪칠 때마다 들리는 소리로 보아 팔심이 무척 강한 상대여서, 시간이 길어지면 노덕낙이 버텨내지 못할 것 같았다.

세 사람이 여덟 명을 맡아 싸우는 것도 몹시 위험했지만, 사당 안의 상황은 그보다 더욱 위태로울 것이었다. 사제와 사매들이 머릿수는 많아도 이렇다 할 고수가 없었고, 비명이 잇달아 터져나오는 것을 보면 벌써 많은 사람들이 해를 입은 것 같았다. 초조하면 할수록 몸은 더욱 말을 듣지 않았다. 위기에 처한 영호충은 저도 모르게 간절히 기도를 올렸다.

'하느님, 신령님, 제발 반 시진 동안만이라도 기력을 회복하게 해주십시오. 당장 저 안으로 달려가 온 힘을 다해 소사매를 구할 수만 있다면 적의 손에 갈가리 찢겨 잔인하게 목숨을 잃어도 결코 원망하지 않겠습니다.'

억지로 발버둥치고 내공을 끌어올리자 별안간 여섯 갈래 진기가 일제히 가슴으로 모여들고 곧이어 다른 두 갈래 진기가 아래로 내려와 여섯 갈래 진기를 내리누르기 시작했다. 그의 몸은 순식간에 펄펄 끓듯이 뜨거워져, 마치 오장육부가 타들어가고 피부와 몸속 피까지 바싹 마르는 것만 같았다. 그 순간 그는 어떻게 된 일인지 깨달았다.

'끝장이다, 끝장이야! 그렇게 된 노릇이었구나!'

도곡육선이 그를 치료한답시고 서로 다른 경맥을 통해 진기를 불어넣는 바람에 내상은 낫지 않고 도리어 여섯 갈래 진기가 몸속을 휘휘 돌며 가슴을 답답하게 만든 것은 이미 아는 사실이었다. 그 후 내공이 깊고 성품은 거칠기 짝이 없는 불계 화상이 억지로 진기를 밀어넣어 도곡육선의 진기를 억누름으로써 일시적으로는 내상이 치료된 것처럼 보였지만, 사실은 몸속에 진기 두 갈래가 더해진 것에 불과했다. 서로 다른 진기들이 충돌하고 저항하는 동안 오랫동안 연마해온 화산파의 내공은 소리도 없이 사라져 그를 완전히 폐인으로 만들어버린 것이었다. 그는 억울하고 괴로워 가슴을 마구 두드리며 외치고 싶었다.

'아아, 이럴 수가! 열심히 쌓아온 무공을 잃은 것도 모자라 사문이 어려움에 처했는데 아무런 힘도 되지 못하다니…. 화산파의 대제자로서 여기 이렇게 누워 사부님과 사모님이 적에게 당하고, 사제와 사매들이 해를 입는 것을 지켜보기만 한다면 사람이라고 할 수도 없어. 그래, 차라리 가서 소사매와 같이 죽자!'

약간이라도 운기를 하면 몸속의 진기가 요동쳐 움직일 수 없다는 것을 알게 된 영호충은 기를 단전에 모아 가만히 내버려두었다. 예상대로 팔다리가 서서히 움직여지자, 그는 천천히 일어나 검을 쥐고 한 걸음 한 걸음 사당으로 향했다. 사당 문을 지나자 짙은 피비린내가 코를 찔렀다. 신단 위에는 공명등 두 개가 놓여 있었고, 양발과 시대자, 고근명 등이 아군과 적군의 피로 몸을 흠뻑 적신 채 고전을 치르고 있었다. 다른 사제와 사매들은 죽었는지 살았는지 바닥에 축 늘어져 있었고, 악영산과 임평지는 어깨를 맞댄 채 복면인 한 명과 싸우는 중이었다.

악영산은 묶어올린 머리가 흐트러졌고 임평지는 오른손을 다쳤는지 왼손에 검을 쥐고 있었다. 그들과 싸우는 복면인은 단창短槍을 썼는데, 창법이 교묘하고 빨라 임평지가 창송영객을 연달아 세 번 펼친 다음에야 겨우 그의 공세를 막을 수 있었다. 하지만 아무래도 입문한 지 오래되지 않은 그는 적이 창을 들어 창끝에 매단 붉은 술을 마구 흔들어 눈앞을 어지럽히자 정신을 차리지 못하고 금세 오른쪽 어깨를 찔리고 말았다. 악영산이 재빨리 검을 두 번 찔러 적을 밀어내며 외쳤다.

"소림자, 어서 상처를 싸매!"

"괜찮습니다!"

임평지는 이를 악물고 다시 검을 휘둘렀지만 걸음이 휘청휘청했다. 복면인은 껄껄 웃으며 창자루로 악영산의 허리를 퍽 때렸다. 악영산은 통증을 견디지 못해 들고 있던 검을 놓치며 쓰러졌다.

깜짝 놀란 영호충은 즉각 검을 들고 달려들었다. 저도 모르게 진기를 끌어올려 검을 찌르자, 검이 똑바로 뻗어나가기도 전에 오른팔이 힘없이 아래로 처졌다. 복면인도 날아드는 검을 발견하고, 옆으로 피한 다음 창을 찌르려고 했으나 뜻밖에도 검이 반쯤 오다 말고 사라지자 어리둥절했다. 그러나 그는 깊이 생각할 틈이 없어 왼쪽 다리를 빙그르르 돌리며 영호충을 걷어차 문밖으로 날려보냈다.

힘없이 날아간 영호충은 사당 바깥 연못에 풍덩 빠졌다. 여전히 비가 억수같이 내리고 입과 눈, 코, 귀로 흙탕물이 쏟아져들어와 정신을 차릴 수가 없었다. 그사이 노덕낙이 쓰러지고 그를 공격하던 적들은 악불군 부부를 포위했다. 얼마 지나지 않아 대전에서도 적 두 명이 나와 악불군은 홀로 일곱 명을, 악 부인은 세 사람을 맞아 싸우는 상황에 처했다.

악 부인과 적 한 사람이 동시에 다리에 상처를 입고 비명을 질렀다. 다친 적이 물러가자 악 부인과 싸우는 적의 수는 줄었지만, 그녀 역시 다리의 상처가 깊어 몇 초 버티지 못하고 또다시 어깨에 칼을 맞아 털썩 쓰러졌다. 복면인들은 낄낄 웃으며 그녀의 등에 있는 몇 군데 혈도를 눌렀다.

대전 안의 제자들 역시 잇따라 상처를 입고 하나둘 제압당했다. 적들은 무슨 음모를 꾸미는지 제자들을 기절시키거나 혈도를 짚기만 하고 목숨은 해치지 않았다.

마침내 열다섯 사람이 악불군을 사방으로 포위했다. 그중 여덟 명이 악불군과 싸우고 나머지 일곱 명은 공명등으로 악불군의 눈을 비춰 악질적으로 싸움을 방해했다. 화산파 장문인의 내공은 예측할 수 없을 만큼 깊고 검술 또한 정묘하기 이를 데 없었으나, 여덟 명의 고수와 눈을 찌르는 일곱 개의 공명등을 당해낼 수는 없었다. 오늘 이 약왕묘에서 화산파가 무너지게 되리라는 사실을 잘 알면서도 악불군은 끝까지 검을 휘두르며 버텨냈다. 끊임없이 솟아나는 내공과 정묘한 검법

덕에, 불빛이 비치면 눈을 내리뜨고 싸웠는데도 적들은 시종일관 그를 쓰러뜨리지 못했다.

복면인 중 한 명이 소리 높여 외쳤다.

"악불군, 투항하지 않을 테냐?"

악불군은 낭랑하게 대답했다.

"이 악불군은 죽을망정 모욕을 당하지 않는다. 죽일 테면 죽여라!"

"투항하지 않으면 먼저 네 부인의 팔을 자르겠다!"

그자가 날이 얇은 귀두도鬼頭刀를 쳐들었다. 공명등의 환한 불빛 아래 푸르스름하게 번쩍이는 칼날이 악 부인의 어깨에 닿았다.

'사매의 팔을 자르도록 내버려둘 수는 없다.'

악불군은 잠시 멈칫했지만 곧 마음을 바꿨다.

'여기서 검을 버리고 투항하면 저들에게 무슨 모욕을 당할지 모른다. 수백 년 동안 이어져온 화산파의 이름을 어찌 내 손에서 더럽힐 수 있단 말인가?'

별안간 그의 얼굴이 보랏빛으로 물들더니 검이 어지럽게 날아올라 왼쪽에 있는 복면인을 내리쳤다. 그자는 칼을 들어 막았지만, 뜻밖에도 자하신공이 실린 악불군의 검은 어마어마하게 강해 칼은 하릴없이 밀려날 수밖에 없었다. 칼과 검이 동시에 그의 오른팔을 찍자 팔이 무처럼 잘려나가고 시뻘건 피가 분수처럼 솟았다. 그자는 참혹한 비명과 함께 바닥으로 쓰러졌다.

단 1초로 적을 벤 악불군의 검은 또다시 쐐액 하고 날아올라 또 다른 적의 왼쪽 허벅지를 찔렀다. 그자는 욕지거리를 내뱉으며 뒤로 물러났다. 싸우던 사람은 둘이나 줄었지만, 형세는 조금도 나아지지 않왔고, 어디선가 날아든 연자추가 픽 하는 소리와 함께 그의 등을 때렸다. 그는 연거푸 세 번 검을 찔러 적을 물리친 뒤 참지 못하고 울컥 선혈을 토했다. 적들이 입을 모아 환호했다.

"악불군이 상처를 입었다. 제풀에 지쳐 죽게 하자!"

그와 싸우던 여섯 사람도 승리를 확신한 듯 포위를 느슨하게 풀었다. 이 때문에 악불군의 상황은 더욱 어려워졌다.

복면인들은 모두 열다섯 명이었고, 그중 악불군 부부 손에 다쳐 쓰러진 사람은 셋이었다. 팔을 잘린 사람은 상처가 무거웠지만, 다른 두 사람은 다리만 다쳐 목숨에는 큰 지장이 없었기 때문에 오히려 공명등을 비추며 악불군을 조롱했다.

그들의 말씨는 남북 사투리가 골고루 섞여 있고 무공도 제각각이어서 한 문파인 것 같지는 않았으나, 들고 남이 질서정연하고 움직임이 조화로워 결코 갑작스레 모인 무리라고 볼 수도 없었다. 움직임만 봐서는 어디서 무엇을 하다 온 사람들인지 실마리를 찾기가 어려웠다. 가장 이상한 점은 열다섯 명 중에 약한 사람이 하나도 없다는 사실이었다. 반평생 강호를 경험한 악불군이 열다섯 명이나 되는 고수 중에 단 한 사람도 알아보지 못한다는 것은 있을 수 없는 일인데, 지금 눈앞에서 그런 일이 벌어지고 있는 것이다. 결국 악불군은 이들이 만나본 적 없는 자들이라고 결론 내렸다. 아무런 원한도 없는 자들이라면 정말로 〈벽사검보〉 때문에 이렇게 몰려온 것일까?

그는 곰곰이 생각하면서도 손은 잠시도 늦추지 않았다. 자하신공이 실린 검은 은은한 광채를 흩뿌리며 눈부시게 날아올랐다. 10여 초가 지나자 또 한 명이 어깨를 맞고 들고 있던 강편을 떨어뜨렸고, 구경하던 사람 중 한 명이 역할을 바꿔 거치도鋸齒刀를 휘두르며 뛰어들었다. 이 무기는 무척 무겁고 끝이 갈고리처럼 휘어져 끊임없이 악불군의 검을 옭아맸다. 하지만 내력이 충만한 악불군은 싸우면 싸울수록 정신이 맑아져 전혀 흐트러짐이 없었다.

별안간 그가 왼손을 뒤집어 적 한 명의 가슴을 때리자 우두둑 하는 소리와 함께 적의 늑골이 부러졌다. 그자의 두 손에 들렸던 빈철회장鑌鐵懷杖이 덩그렁 소리를 내며 바닥으로 떨어졌다.

그러나 그자는 어찌나 용맹한지, 늑골이 부러져 견딜 수 없이 고통스러운데도 엉금엉금 기어 두 팔로 악불군의 왼쪽 다리를 움켜쥐었다. 놀란 악불군이 검으로 등을 내리찍으려 했으나 양쪽에서 칼 두 자루가 날아들어 가로막았다. 악불군은 검을 거두며 오른발로 그자의 머리를 걷어찼다. 그러나 그자는 금나수의 고수인지 왼팔을 뻗어 악불군의 오른쪽 다리마저 부둥켜안고 데굴데굴 굴렀다. 악불군의 무공이 아무리 높아도 이런 상황에서 똑바로 서 있을 수는 없었다. 그가 쓰러지자 순식간에 칼과 단창, 연자추, 검 등 갖가지 무기가 그의 머리와 목을 단단히 겨눴다.

악불군은 탄식을 터뜨리며 검을 놓고 눈을 감았다. 허리와 옆구리, 뒷목, 왼쪽 가슴 등의 혈도가 눌리고 두 복면인이 그를 붙잡아 일으켜 세웠다.

노쇠한 목소리가 들려왔다.

"군자검 악 선생의 무공이 절륜하다 들었는데 과연 명불허전이구려. 우리 열다섯 사람이 힘을 합쳤음에도 다섯이 다치고 나서야 겨우 잡았으니, 허허허, 실로 탄복할 일이오. 대단하시오! 이 늙은이 혼자 나섰다면 악 선생을 이기지 못했을 거요. 허나 굳이 따지자면 우리는 열다섯 명이고 악 선생의 제자들은 스무 명이 넘으니 머릿수에서는 화산파가 앞선다오. 적은 수로 많은 수를 이기는 것은 쉬운 일이 아니지. 아니 그렇소?"

다른 복면인들도 고개를 끄덕였다.

"아무렴, 절대 쉬운 일이 아니지."

노인이 말을 이었다.

"악 선생, 우리는 악 선생과 아무런 원한도 없소이다. 오늘 이렇게 결례를 범한 것도 단지 〈벽사검보〉를 한번 보고자 하는 마음 때문이오. 그 검보로 말하자면 본디 화산파의 것도 아닌데, 어떻게든 손에 넣으려고 백방으로 술수를 부려 복위표국의 꼬마를 제자로 삼지 않았소? 결코 정정당당한 방법이라 할 수 없으니, 그 소식을 들은 무림동도들은 분노를 감추지 못하고 있소. 이 늙은이의 충고를 받아들여 그만 내놓으시오!"

악불군은 격노했다.

"이 악불군은 이미 당신 손에 떨어졌소. 죽이려면 죽이지 무슨 쓸데없는 말이 그리 많으시오? 내 성품이 어떤지는 강호인 모두가 알거늘, 이 몸을 죽이는 것은 쉬워도 명예를 깎아내리기는 결코 쉽지 않을 것이오!"

또 다른 복면인이 껄껄 웃어댔다.

"네 명예를 깎아내리기가 어렵다고? 흐흐, 네 부인과 딸, 그리고 여제자 몇 명이 제법 반반하게 생겨먹었던데 우리들이 한 명씩 나눠가지는 게 어떤가? 그러면 우리 악 선생의 이름이 무림을 크게 뒤흔들

텐데."

복면인들이 와자그르르 웃음을 터뜨렸다. 음란하고 저질스러운 웃음이었다.

악불군은 분노에 몸을 부르르 떨었다. 복면인 몇 명이 대전으로 들어가 남녀 제자들을 끌고 나왔다. 혈도가 막힌 것은 모두가 똑같았지만 그중에는 얼굴이 피투성이가 된 사람도 있었고, 다리를 다쳤는지 나오자마자 픽 쓰러지는 사람도 있었다.

복면 노인이 말했다.

"악 선생, 지금쯤 우리가 어떤 사람인지 3푼쯤 파악했겠지만, 우리는 무림에서 협객이라 자칭하는 영웅호한들이 아니니 꺼릴 일이 없소이다. 형제들 중에는 호색하는 자들도 있어서 존부인이나 영애에게 무슨 짓을 할지도 모르는데, 그리되면 악 선생의 체면이 어찌 되겠소?"

"그만하시오! 그렇게 내 말을 믿지 못하겠거든 차라리 내 몸을 뒤져 〈벽사검보〉인지 무언지가 있는지 확인해보란 말이오!"

악불군이 소리를 지르자 한 복면인이 낄낄거리며 웃었다.

"순순히 내놓는 것이 좋을 거야. 하나하나 뒤지다 보면 네 마누라와 딸의 몸도 샅샅이 살펴봐야 하는데, 썩 좋은 광경은 아닐 테니까."

듣고 있던 임평지가 버럭 소리를 질렀다.

"모두 이 임평지 때문에 벌어진 일이오! 분명히 말하지만 우리 복건 임가에 〈벽사검보〉 같은 것은 눈을 씻고 찾아봐도 없소! 믿든 안 믿든 마음대로 하시오!"

말을 마친 그는 땅에 떨어진 빈철회장을 주워 자기 이마를 힘껏 때렸다. 하지만 어깨 혈도를 짚여 팔에 힘이 들어가지 않았던지라 빈철회장에 맞은 이마는 피부만 살짝 벗겨지고 피 한 방울조차 흐르지 않았다. 그럼에도 불구하고 이런 행동을 한 것은 화산파가 〈벽사검보〉를 가지고 있지 않다는 것을 명확하게 선언하기 위해서였다.

복면 노인이 허허 웃으며 말했다.

"임 공자는 실로 의기충천한 남아대장부구려. 우리는 공자의 죽은 아버지와 교분이 있었소이다. 악불군이 공자의 아버지를 해치고 공자 집안의 비전인 〈벽사검보〉를 훔쳐 따지러 온 것이오. 공자의 사부라고 하는 저 작자는 군자라는 별호를 가졌지만 군자다운 데는 요만큼도 없소. 차라리 내 문하에 들어오는 것이 어떻겠소? 반드시 강호를 종횡하는 고수로 만들어주리라 약속하오."

"내 아버지와 어머니는 청성파 여창해와 새북명타 목고봉에게 해를 입어 돌아가셨는데 사부님께 무슨 죄가 있단 말이오? 당당한 화산파 제자인 내가 목숨을 구하려고 의리를 저버릴 것 같소?"

양발이 갈채를 보냈다.

"좋다, 아주 잘했다! 당당한 화산파 제자가…."

그 말이 끝나기도 전에 한 복면인이 일갈했다.

"너희 화산파 제자가 무엇이 어떻단 말이냐?"

칼빛이 허공을 가르고 양발의 머리가 툭 떨어졌다. 그의 목에서 시뻘건 피가 철철 흐르자 화산파 제자 10여 명은 일제히 비명을 질렀다.

악불군의 머릿속에 갖가지 생각들이 떠올랐다 사라졌지만, 시종일관 적들의 출신 내력을 알아낼 수 없었다. 노인의 말을 들어보면 대부분 흑도의 고수거나 악행을 일삼는 방파의 수령 같은데, 이곳 일대에서 활동하는 집단의 유명 인물이라면 설사 직접 만나본 적은 없어도 소문은 들었어야 마땅한데도 저 많은 고수들이 포진한 방파나 산채가 있다는 말은 지나치는 말로도 들은 적이 없었다. 단칼에 양발의 머리를 벤 것은 방문좌도 중에서도 보기 드문 악랄한 짓이었다. 강호에서 싸움을 하다 사람을 해치는 일은 흔하지만, 이미 붙잡은 적에게 칼을 휘둘러 목을 베는 사람은 드물었던 것이다.

그러나 양발을 벤 그자는 아무렇지도 않은 듯 미친 듯이 웃어대며 악 부인에게 다가가 양발의 피가 뚝뚝 흐르는 칼을 마구 휘둘렀다. 윙윙대는 칼이 악 부인의 머리에서 채 한 뼘도 떨어지지 않은 허공을 베었다.

"어… 어머니를 해치지 말아요!"

놀란 악영산은 그렇게 비명을 지르고 혼절해 고꾸라졌으나, 여중호걸인 악 부인은 추호도 두려워하지 않았다. 그녀는 모욕을 당하느니 단칼에 죽는 것이 훨씬 명예롭다 여겨 고개를 들고 당당하게 말했다.

"머저리 같은 놈, 어서 죽여라!"

바로 이때, 북동쪽에서 말발굽 소리가 요란하게 들려왔다. 수십 마리의 말이 이쪽으로 달려오고 있었다.

"누구지? 가서 확인해라!"

복면 노인이 명령하자 복면인 두 명이 큰 소리로 대답하고 말에 올랐다. 말발굽 소리는 점점 가까워지더니 챙챙챙 하는 무기 부딪는 소리로 바뀌었고 곧이어 날카로운 비명이 들렸다. 나타난 사람들이 복면인들과 싸우기 시작했고 누군가 상처를 입은 모양이었다.

악불군 부부와 화산파 제자들은 구원군이 왔다는 것을 알고 저마다 기뻐하며 서로를 바라보았다. 희끄무레한 등불이 비추는 길 쪽으로 30여 마리의 말이 흙탕물을 튀기며 질주해오는 것이 보였다. 기수들은 사당 밖에 이르러 말고삐를 당긴 후 사당을 빙 둘러섰다. 그들 중 한 명이 외쳤다.

"화산파 친구들이구려. 아니, 악 형 아니오?"

그 사람의 얼굴을 본 순간 악불군은 난처한 표정을 지을 수밖에 없었다. 며칠 전 오악영기를 가지고 찾아왔던 숭산파 제2태보 선학수 육백이었던 것이다. 육백의 오른쪽에 선 몸집이 우람한 사람은 숭산파 제1태보 탁탑수 정면이요, 왼쪽에 선 사람은 다름 아닌 화산파 검종 출신 봉불평이었다. 그날 함께 화산으로 왔던 태산파와 형산파 고수들의 얼굴도 보였고, 그 외에도 많은 사람들이 무리에 합류해 있었으나 희미한 공명등 불빛에 어른거리는 그림자만 봐서는 단박에 알아볼 수가 없었다.

육백이 말을 건넸다.

"악 형, 악 형이 좌 맹주의 영기를 거부해 좌 맹주께서 몹시 불쾌해하셨소. 해서 이렇게 정 사형과 탕 사제까지 모시고 다시 화산을 찾은 거요. 한데 참으로 뜻밖이구려, 한밤중에 이런 데서 만날 줄이야."

악불군은 묵묵부답이었다.

복면 노인이 포권하며 말했다.

"이제 보니 숭산파 정 이협, 육 삼협, 탕 칠협이셨구려. 만나뵙게 되어 실로 영광이로소이다."

숭산파 제6태보 탕영악湯英鶚이 대답했다.

"천만의 말씀이오. 귀하의 존성대명은 어찌 되시오? 어째서 얼굴을 가리셨소?"

"우리 형제들은 흑도의 무명소졸이오. 듣기에 썩 좋지도 않은 도적의 이름을 밝혀봐야 무림 고수분들의 귀만 더럽힐 뿐이니 입에 담지는 않겠소. 여러분께서 오셨으니 우리도 악 부인과 악 소저에게 무례한 짓은 하지 않겠소만, 단 한 가지만은 여러분께서도 명백히 밝혀주시기 바라오."

"무슨 일이오? 자세히 말해보시오."

복면 노인은 목소리를 가다듬고 말했다.

"이 악불군 선생은 군자검이라는 별호로 불리며, 항상 인의도덕을 부르짖고 무림의 규칙을 따르기로 정평이 나 있다 들었소. 한데 최근에 보인 행동은 우리 같은 자들도 고개를 설레설레 젓게 만들었다오. 복주 복위표국이 무너지고 총표두 임진남 부부가 해를 당해 죽은 사실은 여러분도 익히 아시리라 생각하오."

탕영악은 고개를 끄덕였다.

"그렇소. 사천의 청성파가 한 짓이라더구려."

노인은 연신 고개를 가로저었다.

"강호에는 그리 알려졌으나 실상은 다르오. 내 여기서 공개적으로 밝히겠소이다. 복위표국 임가에는 조상으로부터 내려오는 〈벽사검보〉가 있는데, 이 비급에는 오묘하기 그지없는 검법이 기재되어 한번 익히면 천하무적이 된다 알려져 있소. 임진남 부부가 해를 당한 것은 누군가 그 〈벽사검보〉를 탐냈기 때문이오."

"그래서 어쨌다는 거요?"

"임진남 부부가 대관절 누구에게 살해당했는지 제삼자는 자세히 알지 못하오만, 듣자니 여기 계신 군자검께서 계략을 꾸며 임진남의 아들을 낭떠러지로 몰아 화산파에 들어오게끔 만들었고, 〈벽사검보〉 또한 자연스레 화산파 손에 들어갔다고 하더구려. 가만히 생각해보면 악불군은 강제로 빼앗기 힘들다는 것을 알고 마음을 공략하는 수법으로 교묘하게 비급을 얻은 것이오. 저 임가의 꼬마는 아직 어리디어린 나이인데 세상일을 알면 얼마나 알겠소? 화산파에 들어간 뒤로는 늙은 여우의 손바닥에서 놀아나다가 순순히 〈벽사검보〉를 바쳤을 것이오."

탕영악은 고개를 저었다.

"꼭 그렇게 볼 수는 없소. 화산파의 검법은 비할 데 없이 정묘하고, 악 선생의 자하신공도 무림에서 독보적인 위치를 차지하는 신비한 내공이오. 그런데 왜 다른 문파의 검법을 탐내겠소?"

복면 노인은 고개를 젖히고 껄껄 웃었다.

"탕 대협께서는 군자의 마음으로 소인의 마음을 헤아리시는구려. 악불군의 검법이 정묘하다니? 화산파는 기종과 검종이 분리되어 기종이 화산을 떡하니 차지한 뒤로 오로지 내공만 연마하여 검법은 어린애 장난이나 다름없소이다. 강호에서는 화산파라는 이름 때문에 제법 실력이 있는 것처럼 알려졌으나, 사실은 말이외다. 흐흐흐…."

그는 냉소를 지으며 뜸을 들인 뒤 말을 이었다.

"사실 악불군은 화산파의 장문인입네 하고 있지만, 검술은 보잘것없소. 여러분도 친히 보셨다시피 우리 같은 무명소졸들에게 이리 잡히지 않았소? 우리는 독약을 쓴 것도 아니고 암기를 쓰지도 않았소. 더욱이 머릿수도 저들이 많은데, 진짜 실력으로 싸워 이렇게 화산파의 무리들을 잡아 꿇린 것이오. 화산파 기종의 무공이 어느 정도인지는 이제 다들 아셨을 거요. 물론 악불군 자신도 이를 잘 알기에 〈벽사검보〉를 손에 넣어 검법 수준을 높임으로써 허명을 벗고자 했으나, 그 중요한 순간에 이렇게 마각이 드러난 것이외다."

탕영악이 고개를 끄덕였다.

"일리 있는 말이군."

"우리 같은 흑도 무명소졸들의 무공은 여러 고수들 앞에서 입에 담기도 부끄러울 수준이니 감히 〈벽사검보〉를 탐낼 생각은 없소. 허나 10여 년 동안 복위표국 임 총표두는 매년 우리에게 두터운 선물을 보냈고, 우리 역시 복위표국의 표차가 지나갈 때면 임 총표두의 얼굴을 보아 손가락 하나 까딱하지 않으며 좋은 관계를 유지해왔소. 〈벽사검보〉 때문에 임 총표두의 집안이 무너지고 목숨까지 잃었다는 소식에 우리 모두 공분을 금치 못하여 이렇게 악불군에게 따지러 온 것이오."

여기까지 말한 다음 그는 말 탄 사람들을 휘휘 둘러보았다.

"이렇게 오신 분들은 모두 무림에서 쟁쟁한 이름을 날리는 영웅호한들이시고, 화산파와 결맹한 오악검파의 고수들도 함께 계시오. 그러니 이 일을 어떻게 처리하면 좋을지는 여러분께서 결정해주시오. 우리는 그저 따를 뿐이오."

탕영악이 고개를 끄덕였다.

"형제께서 무척 예의 바르고 훌륭하시니 우리도 기꺼이 그 정을 받아들이겠소. 정 사형, 육 사형, 어찌하면 좋겠습니까?"

정면이 입을 열었다.

"좌 맹주의 말씀에 따르면, 화산파 장문 자리는 응당 봉 선생께서 맡아야 한다. 악불군이 저지른 천인공노할 짓이 훤히 밝혀졌으니 봉 선생께서 문호를 정리하는 수밖에!"

말 위에 있던 사람들이 일제히 찬동했다.

"정 대협의 말씀이 옳소. 화산파 일은 화산파 장문인이 처리하는 것이 마땅하오. 강호의 친구들은 쓸데없이 참견하지 맙시다."

봉불평이 말에서 뛰어내려 사람들을 향해 깊이 읍했다.

"여러분께서 이 몸의 체면을 세워주시니 실로 감격을 감출 수가 없소. 악불군이 본 파 장문 자리를 차지했을 때 하늘이 노하고 사람들은 땅을 치며 원망했으며, 강호에서 본 파의 명성은 씻은 듯 사라졌소이다. 이제 그는 아비를 죽이고 그 아들을 꼬드겨 검보를 훔치는 등 천인공노할 짓을 저질렀소. 본디 이 몸은 덕도 없고 재주도 없어 화산파를 다스릴 만한 재목이 아니나, 조종들께서 어렵게 일으킨 화산파가 저 불초한 악불군의 손에 무너지는 것을 두고 볼 수가 없어 부득이하게 장문 자리를 받아들이게 되었소이다. 여러 친구들께서 많이 가르쳐주시고 지켜봐주시기 바라오."

말을 마친 그는 다시 한번 주위를 둘러싼 사람들에게 읍했다.

그때, 말 탄 사람들 중에서 일고여덟 명이 횃불을 켰다. 비는 아직 완전히 그치지 않았지만 지금은 가랑비로 변해 불을 피우기가 어렵지 않았다. 횃불에 비친 봉불평의 얼굴은 무척 득의만만해 보였다. 그가 자신 있게 말을 이었다.

"악불군의 죄는 헤아릴 수 없을 만큼 크니 용서할 수 없소. 당장 문규를 집행해 즉결 처형하겠소! 총 사제, 본 파의 문호를 정리하기 위함이니 반도 악불군 부부의 목을 베어라!"

쉰 살가량 되는 남자가 말 위에서 뛰어내리며 대답했다.

"예!"

그는 검을 뽑아 들고 악불군 앞으로 다가가 음흉하게 웃었다.

"악가 놈아, 본 파를 함부로 망친 대가를 치르거라!"

악불군은 한숨을 내쉬었다.

"그래, 좋다! 검종이 장문 자리를 편취하기 위해 꾸민 독계毒計로구나. 총불기叢不棄, 이렇게 나를 죽이면 훗날 저승에서 무슨 낯으로 화산파 조종들을 대하려느냐?"

총불기는 껄껄 웃음을 터뜨렸다.

"네 손으로 그 많은 악행을 저지르지 않았느냐! 남의 손에 죽는 것보다 내 손에 깔끔하게 죽는 것이 훨씬 나을 것이다."

지켜보던 봉불평이 재촉했다.

"총 사제, 그만 떠들고 어서 죽여라!"

"예!"

총불기가 검을 높이 쳐들었다. 빨간 횃불 빛이 그의 검을 비춰 검날 위로 불그스름하고 푸르스름한 빛이 뒤섞였다.

"잠깐!"

악 부인이 날카롭게 외쳤다.

"〈벽사검보〉가 대체 어디에 있느냐? 도적을 잡을 때는 장물을 먼저 찾아야 한다고 했다. 명확한 증거 없이 억울한 사람을 해친다면 그 누가 순순히 따르겠느냐?"

"오냐, 말 한번 잘했다!"

총불기가 악 부인에게 두어 걸음 다가가 히죽거리며 말했다.

"〈벽사검보〉는 네 몸에 숨겨두었겠지! 억울하다는 말을 못하게 내

샅샅이 뒤져보아야겠다."

오래전 동문수학할 때부터 충불기는 사매인 영중칙의 미색에 반했었기 때문에 기회가 오자 냉큼 손을 뻗어 그녀의 몸을 함부로 만지려 했다. 다리에 상처를 입고 혈도까지 짚인 악 부인은 뼈마디가 앙상한 충불기의 징그러운 손이 다가오는데도 속수무책이었다. 그의 손이 몸에 살짝 닿기만 해도 크나큰 치욕이라 여긴 그녀가 갑자기 소리를 질렀다.

"숭산파 정 사형!"

정면은 갑작스러운 부름에 놀라 물었다.

"응? 무슨 일이오?"

악 부인이 당당하게 말했다.

"사형이신 좌 맹주께서는 오악검파의 맹주고 무림인들의 모범이시오. 우리 화산파 역시 좌 맹주의 깃발 아래 의탁한 몸인데, 부끄러움도 모르는 소인배들이 부녀자를 능멸하도록 내버려두는 것이 오악검파의 규칙이오?"

"으음, 그건…."

정면은 즉각 대답하지 못하고 망설였다. 악 부인이 재차 몰아붙였다.

"머릿수로 밀어붙이지 않았다는 저 악당들의 허튼 주장을 믿으시오? 저 반도들이 정정당당하게 내 남편과 싸워 이긴다면 누가 말하지 않아도 공손히 장문인 자리를 바치고 원 없이 죽을 것이오. 그렇지 않고서야 무림을 떠받드는 천만 영웅호한들의 입을 결코 막을 수 없을 것이오!"

이렇게 말한 그녀가 충불기의 얼굴에 침을 탁 뱉었다. 워낙 가까이

서 있던 총불기는 갑작스러운 공격에 미처 피하지 못하고 두 눈에 정통으로 침을 맞고 말았다.

"이 계집이!"

그가 길길이 날뛰었지만 악 부인은 조금도 움츠러들지 않았다.

"더러운 검종의 반도들, 너희 정도의 저열한 무공이라면 내 남편이 나설 필요도 없이 나 혼자서도 거뜬히 막아낼 수 있다. 혈도만 짚이지 않았다면 너희 같은 놈들을 죽이는 것은 식은 죽 먹기다!"

"좋소!"

정면이 말 옆구리를 살짝 걷어차자 그가 탄 검은 말이 앞으로 따각따각 걸어갔다. 그는 악 부인의 뒤로 돌아가 고삐를 당긴 후 살짝 몸을 숙여 말채찍 손잡이로 악 부인의 혈도 세 곳을 눌렀다. 악 부인은 몸이 부르르 떨리며 막힌 혈도가 풀리는 것을 느꼈다.

몸이 자유로워진 악 부인은 정면이 자신과 총불기를 대결시키려 한다는 것을 알아차렸다. 이 싸움은 일가족의 목숨이 달린 마지막 기회이자 화산파의 흥망성쇠를 결정지을 열쇠였다. 여기서 총불기를 쓰러뜨린다고 해서 위험이 사라지는 것은 아니지만, 최소한 형세를 바꿀 발판은 마련할 수 있었다. 물론 패배했을 때의 결과는 말할 필요도 없었다. 그녀는 이를 악물고 바닥에 떨어진 검을 주워 가슴 앞에 가로세우며 문 입구에 섰지만, 상처 입은 왼쪽 다리에 힘이 들어가지 않아 비틀거리며 쓰러질 뻔했다. 상처가 워낙 무거워 조금만 힘을 써도 지탱하기가 어려웠던 것이다.

총불기는 보란 듯이 웃어댔다.

"부녀자가 어쩌고 약한 척하더니 이제 다리를 저는 척까지 하는구

나. 이렇게 비검을 해보았자 너를 이겨도 내 무슨 소리를 들을지 모르 겠구먼!"

악 부인은 그의 말을 들은 척도 하지 않고 앙칼지게 소리쳤다.

"받아라!"

쉭쉭쉭, 세 번 검이 날아갔다. 검신에 내력이 실려 웅웅거리는 소리 가 귀를 때렸다. 그녀의 검끝에서 펼쳐지는 세 개의 초식은 눈부시게 빨랐고 모두 총불기의 급소만 노리고 있었다. 총불기는 두어 걸음 물 러서며 외쳤다.

"오냐, 좋다!"

악 부인은 승세를 타고 밀어붙여야 했지만 다리가 불편해 걸음을 옮길 수가 없었다. 그 틈을 타 총불기가 검을 위로 쳐올리며 반격했다. 챙챙챙 하는 맑은 소리가 울리고 불꽃이 번쩍번쩍 튀었다. 지독하고 무시무시한 초식이었지만 악 부인은 모두 막아낸 뒤 마지막에는 공세 로 전환해 총불기의 배를 노리고 검을 찔렀다.

악불군은 다른 쪽에서 부인이 상처를 입은 채 강적을 맞아 싸우는 광경을 지켜보고 서 있었다. 총불기의 검초는 정묘하기 그지없고 살아 있는 듯 변화무쌍해 악 부인보다 한 수 위임이 자명했다. 10여 초가 지나자 악 부인은 다리가 저릿저릿 마비되어 움직임이 더욱 무뎌졌 다. 화산파 기종은 본시 내공으로 적을 막는 데 중점을 두는데, 상처를 입어 호흡이 고르지 못한 그녀는 점차 총불기에게 밀릴 수밖에 없었 던 것이다. 악불군은 초조한 마음으로 눈 한 번 깜빡이지 못하고 비무 를 응시했다. 악 부인의 초식이 점점 빨라지자 더욱더 걱정스러웠다.

'검종의 장기는 바로 검법에 있다. 검초로 저자를 막으려는 행동은

단점으로 장점을 상대하는 셈이니 패배를 피할 수 없겠구나.'

그 사실을 악 부인이라고 모를 리 없었다. 다만 상처가 가볍지 않은 데다 칼을 맞은 뒤로 혈도가 막혀 치료할 틈이 없었기 때문에 상처가 아물기는커녕 여태껏 피가 흐르고 있어 마음대로 내공을 쓸 수가 없었을 뿐이었다. 오로지 정신력만으로 검초가 흐트러지지 않도록 다잡고 있었으나 급속도로 힘이 빠졌다. 또다시 10여 초가 지나자 총불기는 그녀의 약점을 간파했다. 그는 속으로 히죽 웃으며 서두르지 않고 그녀가 자멸하도록 단단히 수비만 했다.

영호충 역시 두 눈 빤히 뜨고 두 사람의 싸움을 지켜보고 있었다. 검을 휘두를 때 오로지 초식만 펼칠 뿐 내공은 전혀 쓰지 않는 총불기의 검법은 사부와는 판이하게 달랐다.

'과연 본 파의 기종과 검종의 무공이 지향하는 바는 사뭇 다르구나.'

그는 천천히 몸을 일으키며 손을 더듬어 떨어진 검을 주웠다.

'우리 화산파가 이대로 무너지더라도 저 간악한 놈들에게 사모님과 사매의 순결을 더럽힐 수는 없다. 사모님은 저자를 당해낼 수 없을 것 같으니 차라리 내 손으로 사모님과 사매를 죽이고 자결해 명예를 지키자.'

예상대로 악 부인의 검법은 점점 흐트러졌다. 그러나 힘이 빠져나가던 그녀의 검이 별안간 힘차게 휘돌며 날카롭게 공기를 찢었다. 바로 '무쌍무대 영씨일검'을 펼친 것이다. 무척 매서운 검초기 때문에 중상을 입었음에도 그 기세는 산이라도 무너뜨릴 듯 위맹했다.

총불기는 화들짝 놀라며 황급히 뒤로 내빼 겨우 피했다. 악 부인의 다리가 멀쩡했더라면 바짝 쫓아 적을 완전히 제압했을 테지만, 얼굴에 핏기마저 가신 위급한 상태로는 기운이 이어지지 않아 쫓을 수가 없었다.

총불기가 히죽거리며 물었다.

"기력이 다한 것 같은데 순순히 수색을 받는 게 어떠냐?"

그가 징글맞게 왼손을 뻗으며 한 걸음 한 걸음 다가서자, 악 부인은 막기 위해 검을 찌르려고 했다. 하지만 오른팔이 천근만근 무거워 똑바로 드는 것조차 쉽지 않았다. 그때 영호충이 큰 소리로 외쳤다.

"멈춰라!"

그는 온 힘을 다해 느릿느릿 악 부인 앞으로 걸어갔다.

"사모님!"

영호충은 그녀를 부르며 검을 들었다. 사모를 죽여 순결을 지켜주기 위함이었다. 악 부인도 그 뜻을 알았는지 눈동자에 반가운 빛을 띠며 고개를 끄덕였다.

"착한 녀석!"

이 한마디를 끝으로 그녀는 더 이상 버티지 못하고 진흙 위로 털썩 쓰러졌다.

"저리 비켜라!"

총불기가 버럭 외치며 영호충의 목을 향해 검을 찔렀다. 검이 날아드는 것을 보자 영호충은 기운 없는 몸으로 검을 막아봤자 공연히 들고 있던 검만 날려버릴 뿐이라 여기고 막는 것을 포기한 채 똑같이 그의 목을 향해 검을 내밀었다. 동귀어진하려는 수법이었다. 그 움직임이 빠르다고는 할 수 없었으나 노리는 방향은 실로 교묘했다. 다름 아닌 독고구검 '파검식'의 절초였기 때문이었다.

진흙투성이 청년이 이런 초식을 펼칠 줄은 예상조차 못한 총불기는 당황한 나머지 황망히 몸을 숙여 데굴데굴 굴렀다. 한 장 정도 몸을 굴린 다음에야 겨우 피했지만 정말이지 아슬아슬한 상황이었다.

그가 낭패하게 바닥을 구르고 머리와 얼굴, 손, 발이 온통 진흙투성이가 되어 일어서자 구경하던 사람 중 몇몇이 참지 못하고 웃음을 터뜨렸다. 그러나 곰곰이 생각해보면, 저렇게 바닥을 구르지 않고서는 청년의 절묘한 공격을 피할 방도가 없다는 사실을 인정할 수밖에 없었다. 총불기는 그 웃음소리에 얼굴이 시뻘게져 괴성을 지르며 영호충에게 달려들었다.

영호충은 마음을 굳게 먹었다.

'내공을 쓸 수 없으니 태사숙께서 전수해주신 검법으로 싸우는 수밖에!'

아직 독고구검을 연성하지 못해 함부로 적과 싸울 수는 없지만, 생사의 결전을 눈앞에 두자 새삼스레 머리가 환하게 맑아지며 삽시간에 파검식의 갖가지 신비로운 변화들이 번뜩번뜩 떠올랐다. 총불기가 미친 호랑이인 양 서슴없이 달려드는 모습을 보자 초식의 허점이 한눈에 들어왔다. 그는 검끝을 비스듬히 세워 총불기의 배를 노렸다.

총불기로서는 이렇게 달려들면 상대가 피하거나 무기로 막으리라 생각해 배 쪽이 무방비하다는 것을 알면서도 굳이 수비하지 않았던 것인데, 영호충이 피하거나 막기는커녕 날카로운 검으로 배를 노리고 찔러올 줄은 상상조차 하지 못했다. 발을 굴러 힘껏 뛰어오른 총불기는 두 발이 땅에 닿기도 전에 위험에 처했다는 사실을 알아차리고 황망히 검을 휘둘러 영호충의 검을 내리쳤다. 영호충이 이미 예상한 듯 오른팔을 살짝 올려 검을 두어 뼘 위로 들어올렸다. 이번에는 검끝이 총불기의 가슴팍을 노리고 있었다.

총불기는 검으로 영호충의 검을 때려 위기를 타파하고자 했으나 뜻밖에도 상대가 최후의 순간에 검을 옮기는 바람에 그의 검은 하릴없이 허공만 후려쳤다. 공중에 뜬 몸을 돌이키기도 어렵고 검으로 적을 막아낼 수도 없자, 그는 '우아악' 비명을 지르며 그대로 영호충의 검에 부딪혀갔다. 봉불평이 몸을 날려 총불기의 뒷덜미를 향해 손을 뻗었지만, 끝내 한발 늦고 말았다. 픽 하는 소리와 함께 영호충의 검날이 총불기의 어깨를 꿰뚫었다.

총불기를 구해내지 못한 봉불평이 벼락같이 검을 뽑아 영호충의 목 뒤를 찔렀다. 이치대로라면 영호충은 몸을 날려 피한 후 기회를 보아 반격해야 마땅했지만, 체내에 잡다한 진기가 뒤엉키고 호흡이 흐트러져 내공을 전혀 쓸 수 없었기 때문에 몸을 날리기가 그 무엇보다 어려웠다. 그는 어쩔 수 없이 총불기의 어깨에서 검을 잡아 빼낸 다음 또다시 독고구검 초식으로 봉불평의 배꼽을 찔렀다. 이 역시 목숨을 내건 위험한 초식으로 보였지만, 실제로는 반격 방향이 워낙 기묘해 그의 검이 먼저 적의 배꼽을 찔러들어간 다음 적의 무기가 그의 몸에 닿게 되어 있었다. 간발의 차에 불과했지만 누가 뭐라 해도 선후가 분명했다.

봉불평은 단 1초로 적을 사지에 몰아넣을 수 있다 자신했으나 뜻밖에도 청년이 배를 노리고 반격하자 위험을 알아채고 재빨리 물러났다. 그런 다음 다시 호흡을 가다듬고 잇달아 일곱 번 검을 휘둘렀다. 그의 초식은 갈수록 속도를 더해 눈앞이 어지러울 정도였다.

이미 살아남겠다는 희망을 내던진 영호충은 꺼릴 것이 없어, 풍청양이 가르쳐준 다양한 검법은 물론이고 이따금씩 떠오르는 안쪽 동굴 벽에 그려진 검초까지 내키는 대로 펼쳐냈다. 어느새 70여 초가 지났지만 그와 봉불평의 검은 단 한 번도 부딪치지 않았다. 그의 검법은 수비와 공격 모두 정교하기 이를 데 없어, 보는 사람들은 현란한 검술에 현기증을 느끼면서도 속으로는 한결같이 찬탄을 쏟아냈다. 영호충은 기력이 달려 호흡이 가빠졌지만, 신묘한 초식은 끊임없이 이어졌고 여전히 변화무쌍했다. 봉불평은 그의 초식을 막을 길이 없어 검을 이리 찌르고 저리 베며 바삐 움직였으나, 상대가 힘으로 검을 맞부딪치려 하지 않는 이상 도무지 곤경에서 벗어날 수가 없었다.

구경꾼들의 눈에 봉불평의 검법은 마치 억지를 부리는 것처럼 보였고, 이 때문에 몇몇은 불만을 표출하기도 했다. 태산파의 한 도사가 소리 내 말했다.

"기종의 제자는 검법이 뛰어나고 검종의 사숙은 내공이 강하니 대체 어찌 된 일이지? 화산파의 기종과 검종이 뒤바뀌기라도 했나?"

봉불평은 얼굴이 시뻘게져 더욱더 속도를 올려 질풍처럼 검을 휘둘렀다. 그는 화산파 검종의 제일고수였고 검술에 있어서는 따를 자가 없었다. 반면 영호충은 기운이 빠져 몸을 움직이기도 힘들어서 그를 쓰러뜨릴 수 있는 기회를 몇 번이나 놓치기도 했지만, 아무래도 독고구검으로 적과 싸우는 것이 처음인지라 다소 소극적인 데다 검법에 익숙지 못해, 두 사람의 싸움은 쉽게 승부가 나지 않았다.

다시 30여 초가 지나자 영호충은 어렴풋이 깨달은 바가 있었다. 그가 마음대로 검을 휘두르면 적은 막지 못하고 허둥지둥했지만, 화산검법이나 안쪽 동굴 벽에 그려진 숭산파, 형산파, 태산파의 검법을 펼치면 적은 도리어 허점을 깨뜨리고 반격해오곤 했던 것이다. 봉불평이 검으로 연속 세 번 호를 그리는 바람에 하마터면 오른팔을 잘릴 뻔하기도 했다. 실로 위험천만한 순간이었지만, 그 찰나의 순간 풍청양의 목소리가 머리를 때렸다.

'네 검법에 초식이 없으면 적은 초식을 깨뜨릴 수 없다. 초식이 없는 것으로 초식이 있는 것을 깨뜨리는 것, 그것이야말로 검법의 최고 경지이니라.'

그때 그와 봉불평의 싸움은 어느덧 200초가 넘어가고 있었다. 싸움이 길어질수록 독고구검의 절묘함을 점차 깊이 깨달았고 덕분에 봉불평이 아무리 매서운 초식으로 공격해와도 단숨에 허점을 파악할 수 있었다. 그가 허점을 노리고 검을 내밀면 봉불평은 목숨을 구하기 위해 어쩔 수 없이 검을 거둬야 했다. 이렇게 계속 싸우자 영호충은 점점 자신감이 붙고, 풍청양이 말한 '초식이 없는 것으로 초식이 있는 것을 깨뜨리는' 비결도 터득했다. 그는 가볍게 기합을 내지르며 비스듬히 검을 내밀었다. 이는 그 어떤 초식도 아니었고, 심지어 독고구검 파검식의 검법도 아니었다. 검에는 힘이 전혀 실리지 않았지만, 검날이 이리저리 흔들려 영호충 자신조차 검을 찌르는 정확한 방향을 알지 못했다. 봉불평은 어리둥절했다.

'이게 무슨 초식인가?'

어떻게 깨뜨려야 좋을지 모르는 그는 부득이하게 검을 춤추듯 휘둘러 상반신을 수비했다. 본래 특별한 방향조차 없던 영호충의 검은 상대가 상반신을 수비하는 쪽으로 움직이자 영활하게 움직여 허리께를 찔렀다. 예상하지 못한 변초에 봉불평은 화들짝 놀라 재빨리 뒤로 세 걸음 물러났다. 영호충은 그를 쫓을 힘조차 없었다. 비록 내공은 한 푼 어치도 쓰지 않았지만 싸움이 길어지면서 검을 휘두르는 데 많은 힘을 소비해 기력이 많이 쇠해 있었던 것이다. 그는 저도 모르게 왼손으로 가슴을 문지르며 콜록콜록 기침을 했다.

쫓아오지 못하는 적을 가만히 내버려둘 봉불평이 아니었다. 그는 재빨리 앞으로 나아가며 쉭쉭쉭쉭, 네 번 검을 찔렀다. 검이 노리는 곳은 영호충의 가슴과 배, 허리, 어깨였다. 영호충은 손목을 쳐올려 검으로 봉불평의 왼쪽 눈을 찔러갔다. 놀란 봉불평은 또다시 세 걸음 물러나야 했다.

태산파의 도인이 다시 외쳤다.

"신기하군, 신기해! 저 검법은 실로 놀랍구나."

다른 사람들도 동의하듯 고개를 끄덕였다. 물론 그가 말한 '저 검법'은 봉불평의 검법이 아니라 영호충의 검법이었다. 이 말을 들은 봉불평은 속이 부글부글 끓어올랐다.

'나는 검종의 우두머리로서 화산파를 장악하러 왔다. 그런데 검법에서 기종의 꼬마에게 지면 화산파 장문인이 되겠다는 뜻은 수포로 돌아가고 또다시 산에 들어가 다시는 강호에 발을 딛지 못하게 될 것이다.'

이렇게 생각한 그는 이를 악물고 결심을 내렸다.

'이렇게 된 이상 더 이상 무엇을 숨길쏘냐!'

봉불평은 하늘을 향해 날카로운 기합을 지르더니, 비스듬히 앞으로 나아가며 깎아내리듯 검을 찔러갔다. 이 동작은 너무나도 날카롭고 빨라 대여섯 초식을 펼치기도 전에 윙윙 바람 소리를 냈다.

그의 움직임은 갈수록 빨라졌고 바람 소리도 점점 급해졌다. 이 '광풍쾌검狂風快劍'은 그가 중조산中條山에 은거하던 15년 동안 창안한 자랑스러운 검법으로, 초식이 빨라질수록 바람 소리가 강하게 나는 특징이 있었다. 그는 가슴에 크나큰 웅지를 품고 중조산을 떠나왔다. 단순히 화산파를 장악하는 것뿐 아니라 화산파의 장문인이 된 후 나아가 오악검파의 맹주가 되고자 하는 큰 꿈을 품을 수 있었던 것은 오로지 이 108식의 광풍쾌검 덕분이었다. 그 때문에 본시 이 검법을 함부로 사용할 생각은 없었다. 한 번 알려지면 밑천이 드러나 훗날 일류고수를 상대할 때 자신을 깨뜨리는 단서를 제공할 수 있기 때문이었다. 그러나 지금과 같이 달리는 호랑이의 등에 올라탄 양 위험한 상황에서는 더 이상 실력을 감출 수가 없었다. 이 자리에서 영호충을 쓰러뜨리지 못하면 체면이 땅에 떨어져 다시는 재기할 수 없을지도 몰랐던 것이다.

광풍쾌검은 과연 위력이 어마어마했다. 검날에서 솟아나는 검기가 점점 반경을 넓히자, 구경꾼들은 오슬오슬 한기를 느꼈고, 얼굴과 손은 칼바람에 에인 것처럼 따끔따끔해 저도 모르게 뒤로 물러났다. 싸우는 두 사람을 에워싼 원은 점점 커져 종국에는 직경이 너덧 장에 달하는 큰 원이 되었다.

숭산파와 태산파, 형산파의 여러 고수들은 물론이고 악불군 부부조차 봉불평을 다시 볼 수밖에 없었다. 그의 초식이 그만큼 정묘하고 뛰어난 데다 검에 어린 기운 또한 날카롭고 위력적이라 단순히 교묘한 초식으로 적을 제압하려는 것이 아니라는 사실을 알 수 있었기 때문이었다. 봉불평은 강호에서 무명이나 다름없었는데, 뜻밖에도 그의 검법은 강호 고수들이 혀를 내두를 정도로 놀라웠다.

말 탄 사람들이 든 횃불은 검기에 휩쓸려 팔락팔락 소리를 냈고, 검이 자아내는 바람 소리는 점점 더 커졌다. 지켜보는 사람들에게 영호충은 마치 거친 파도 위에 홀로 놓인 조각배처럼 가냘파 보였다. 광풍이 몰아치고 산처럼 높은 파도가 일어 한 번, 두 번, 힘차게 조각배를 때렸지만, 조각배는 파도에 오르락내리락하면서도 끝끝내 뒤집어지지 않고 버텼다.

봉불평이 급박하게 공격을 퍼부을수록 영호충은 풍청양이 가르쳐 준 검법의 정수를 차츰차츰 깨달아나갔고, 한 번 부딪칠 때마다 그 정묘함을 체득했다. 독고구검 초식의 변화를 철저하게 깨우치는 동안 자신감은 더욱 강해져, 당장 승리하는 데 급급해하기보다는 적이 펼치는 검초의 변화에만 집중했다.

광풍쾌검은 실로 빨라 108가지의 초식이 눈 깜짝할 사이에 지나갔다. 초식을 모두 펼치고도 영호충을 쓰러뜨리지 못하자 봉불평은 초조함을 이기지 못해 연신 노성을 터뜨리며 검을 비스듬히 질러 맹렬하게 공격했다. 이번에야말로 적이 검으로 가로막을 수밖에 없으리라 생각했다. 그가 목숨을 걸고 달려들자 영호충도 다소 두려움이 일어 더 이상 수비만 하지 못하고 검을 휘둘렀다. 쐐애액 소리와 함께 그의 검이 번개같이 날아들어 봉불평의 양팔과 양다리를 찔렀고, 땡강 소리가 나며 봉불평의 검이 바닥에 떨어졌다. 팔에 힘이 들어가지 않아, 비록 적의 몸을 찔렀지만 그리 심각한 상처는 아니었다.

봉불평은 창백해진 얼굴로 한숨 섞어 외쳤다.

"끝났구나, 끝났어!"

그는 정면과 육백, 탕영악 등을 돌아보며 두 손을 포개 들었다.

"숭산파 사형들은 좌 맹주께 전해주시오. 이 몸은 좌 맹주의 무거운 은혜에 몹시 감동했소. 허나… 허나 재주가 없어 명을 받들지 못하니 부끄럽기… 짝이 없구려."

그는 다시 한번 두 손을 모아 인사한 뒤 사당 밖으로 휘적휘적 나가다가 별안간 우뚝 멈추더니 외쳤다.

"이보게, 젊은이. 자네 검법에는 실로 탄복했네. 검법만으로 따지면 악불군도 자네 적수가 못 될 걸세. 부디 자네 이름과 검법을 가르친 고인이 누군지 알려주게. 그래야 이 봉불평도 깨끗이 승복할 수 있지 않겠나?"

"제 이름은 영호충이라 하며, 은사이신 악 선생의 대제자입니다. 선배님께서 양보해주신 덕에 요행히 이겼으니 부끄러울 따름입니다."

봉불평은 장탄식을 하며 천천히 어둠 속으로 사라졌다. 그가 남긴 탄식 소리에는 슬픔과 낙담이 짙게 깔려 있었다. 총불기도 어깨의 상처를 누르며 뒤를 따랐다.

정면과 육백, 탕영악 등 세 사람은 어쩔 줄 몰라 하며 서로를 쳐다보았다.

'우리 검법은 봉불평에게도 미치지 못하는데 저 영호충을 이길 수는 없다. 일제히 달려들어 난도질을 하면 죽일 수야 있겠지만, 각 문파의 고수들이 보는 앞에서 그런 짓을 할 수는 없지.'

그들은 똑같은 생각을 하고 서로 고개를 끄덕여 보였다. 정면이 낭랑하게 외쳤다.

"영호 현질, 자네의 고명한 검법에 눈이 새롭게 트이는 것 같구먼!

다음에 또 보세!"

곧이어 탕영악이 함께 온 사람들에게 말했다.

"그만 갑시다!"

그가 왼손을 휘둘러 말머리를 돌리고 옆구리를 걷어차자 말은 나는 듯이 밖으로 달려갔다. 나머지 사람들도 그 뒤를 쫓아 순식간에 어둠 속으로 모습을 감췄다. 다그닥거리는 말발굽 소리가 점점 멀어져가고, 이제 약왕묘에는 화산파 사람들과 복면인들만 남았다.

복면 노인이 허허 웃으며 입을 열었다.

"영호 소협, 소협의 고명한 검술에 우리 모두 탄복을 금치 못했소. 악불군의 무공은 소협에 비하면 훨씬 떨어지는구려. 이치대로라면 소협이 화산파 장문인이 되어야 마땅하오."

그는 잠시 영호충을 살피다 말을 이었다.

"소협의 정묘한 검법을 보았으니 우리가 알아서 물러나야겠으나, 이미 화산파에 죄를 지은 몸 훗날 무슨 꼴을 당할지 어찌 알겠소? 그러니 오늘 반드시 화근을 뿌리 뽑아 후환을 제거해야겠소. 다행히 소협이 상처를 입었으니 머릿수로 밀어붙이면 어쩔 수 없을 거요."

말을 마친 노인이 휘파람을 불자 복면인 열네 명이 그를 에워쌌다.

정면 일행이 떠나면서 들고 있던 횃불을 바닥에 던졌는데, 아직 꺼지지 않은 횃불이 겨우 하반신만 비출 뿐이어서 허리 위로는 아무것도 보이지 않았다. 열다섯 복면인이 쳐든 무기들이 어둠 속에서 번쩍번쩍 빛을 뿌리며 한 걸음 한 걸음 영호충에게 다가서고 있었다.

방금 봉불평과 악전고투를 벌인 영호충은 비록 내력 소모는 없지만 매우 지쳐 온몸이 땀에 흠뻑 젖어 있었다. 그가 화산파 검종 고수를 이

길 수 있었던 것은 오직 독고구검의 날카로운 초식으로 허점을 파고
들어 선기를 잡은 덕분이었다. 하지만 복면인들은 각기 쓰는 무기가
달랐고 펼치는 초식 또한 다양했다. 그들이 동시에 공격하면 무슨 수
로 하나하나 깨뜨릴 수 있겠는가? 더욱이 내공을 완전히 잃었으니 몸
을 날려 적의 공격을 피하기도 어려워, 열다섯 고수들의 포위 공격을
뚫고 나갈 방법도 없었다.

그는 길게 한숨을 내쉬며 저도 모르게 악영산 쪽을 돌아보았다. 죽
음을 앞둔 순간 마지막으로 악영산의 얼굴에서 위안을 찾고 싶어서였
다. 과연 그녀의 고운 두 눈동자는 초조하고 관심 어린 눈빛으로 그를
똑바로 응시하고 있었다. 영호충은 슬며시 기분이 좋아졌지만 그것도
잠시, 횃불에 비친 그녀의 새하얀 섬섬옥수가 어떤 남자의 손을 힘껏
움켜쥐고 있는 모습이 시야에 들어왔다. 시선을 옮겨보니 그 남자는
다름 아닌 임평지였다. 영호충은 가슴이 턱턱 막히고 투지가 저 멀리
달아나 당장이라도 검을 팽개치고 죽어버리고 싶었다.

복면인들은 그가 봉불평을 물리치며 보여준 놀라운 검법을 꺼려 아
무도 먼저 공격하려 들지 않고, 슬금슬금 다가오기만 했다.

영호충은 천천히 몸을 돌리며 그들을 하나하나 살폈다. 형형하게
번쩍이는 열다섯 명의 눈동자는 마치 맹수의 그것처럼 흉악하고 잔인
한 빛을 띠고 있었다. 별안간 그의 머릿속에 전광석화와 같은 생각이
스쳤다.

'독고구검 제8식 파전식은 암기를 깨뜨리는 방법이야. 적들이 화살
을 비처럼 퍼붓거나 수십 명이 각양각색의 암기를 동시에 던지더라도
이 초식을 펼치면 그 화살이나 암기를 모두 떨어뜨릴 수 있어.'

그 순간, 복면 노인의 일갈이 터졌다.

"다 함께 달려들어 베어라!"

영호충도 더 이상 생각할 여유가 없어 검을 쑥 뽑아 독고구검의 파전식을 펼쳤다. 검날이 파르르 떨리며 열다섯 명의 눈동자를 향해 날아들었다.

"으아악!"

"앗!"

"컥!"

가지각색의 비명 소리가 연달아 터지고, 곧이어 땡그랑, 챙강, 철컹하며 각종 무기들이 차례차례 땅에 떨어졌다. 열다섯 복면인의 서른 개 눈동자는 눈 깜짝할 사이 빠르디빠른 영호충의 검에 찔리고 말았다.

독고구검 파전식은 수백 개의 암기를 하나하나 쳐내는 것으로 본래는 명확한 순서가 있었지만, 영호충의 움직임이 워낙 빨라 마치 동시에 펼친 것만 같았다. 이 초식은 반드시 단번에 급소를 명중시켜야 했고, 조금이라도 흐름이 끊어지면 적의 암기에 당하는 수밖에 없었다. 영호충은 이 초식에 익숙지 않았지만 천천히 다가오는 적들의 눈을 찌르는 것은 아무래도 날아드는 암기를 떨어뜨리기보다 훨씬 쉬웠기 때문에, 서른 번 검을 휘둘러 삽시간에 서른 개의 눈동자를 명중시킨 것이다.

초식이 끝나자 그는 즉각 포위를 뚫고 나가 왼손으로 문기둥을 붙잡고 헉헉 숨을 들이켰다. 얼굴은 핏기 하나 없이 창백했고 몸은 힘이 빠져 똑바로 서 있기조차 힘들었다. 휘청휘청하던 그의 손에서 결국 검이 땡그랑 소리를 내며 바닥에 떨어졌다.

복면인들은 양손으로 눈을 가렸지만 손가락 사이로 피가 끊임없이 흘러나왔다. 땅에 엎드려 비명을 지르는 사람도 있었지만, 대부분은 진흙바닥을 데굴데굴 구르며 괴로워했다.

갑작스레 찾아온 어둠, 그리고 양쪽 눈에서 전해지는 찢어지는 듯한 통증에 복면인들은 놀라고 두려워 두 눈을 누른 채 비명을 질러대는 것 말고는 할 수 있는 일이 없었다. 한 사람이라도 정신을 똑바로 수습했더라면 재빨리 일어나 다시 공격하기만 해도 영호충을 피떡으로 만들 수 있다는 사실을 알아차렸을 것이다. 그러나 아무리 무공이 높은 사람이라도 느닷없이 눈을 찔려 앞을 보지 못하게 된 상황에서 무슨 수로 정신을 수습할 것인가? 하물며 다시 적을 공격할 생각은 꿈에서조차 할 수가 없었다. 그저 머리 잘린 파리처럼 어쩔 줄 몰라 우왕좌왕할 뿐이었다.

아슬아슬한 위기를 어렵사리 넘긴 영호충은 기쁨을 참지 못했으나, 바닥을 뒹구는 열다섯 명의 참혹한 모습을 보자 저도 모르게 두려움과 연민이 솟았다.

악불군 역시 놀라고 기뻐하며 말했다.

"충아, 저들의 다리 힘줄을 잘라 움직이지 못하게 해라. 무엇을 하는 자들인지 천천히 심문해보자."

"예? 예…."

영호충은 그렇게 대답하고 검을 다시 주웠지만, 조금 전 파전식을 펼칠 때 저도 모르게 내력을 끌어올린 바람에 몸이 후들후들 떨려 손아귀에 힘이 주어지지 않았다. 결국 두 다리가 푹 꺾여 바닥에 쓰러지고 말았다.

복면 노인이 외쳤다.

"모두 오른손으로 무기를 잡고 왼손으로 옆에 있는 사람의 허리띠를 잡아라! 그리고 차례로 나를 따라오너라!"

혼자서는 아무것도 할 수 없는 열네 명의 복면인들은 노인이 시킨 대로 일제히 바닥을 더듬어 손에 닿는 대로 무기를 찾아 들었다. 그러다 보니 두 개를 찾은 사람도 있고, 하나도 찾지 못한 사람도 있었다. 그들은 왼손을 뻗어 옆에 있는 사람의 허리띠를 잡아 동전꾸러미처럼 한데 엮인 채 노인을 따라 진흙길을 밟으며 비틀비틀 빗속으로 나아갔다.

화산파 사람들 중 악 부인과 영호충 외에는 모두 혈도가 막혀 움직일 수 없는 처지였다. 그러나 악 부인은 두 다리에 상처를 입어 걸음을 옮기지 못했고, 영호충은 탈진해 바닥에 쓰러져, 복면인들이 싸울 힘이 전혀 없다는 것을 알면서도 두 눈 뻔히 뜨고 떠나가는 것을 지켜볼 수밖에 없었다.

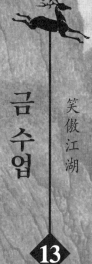

笑傲江湖

금수업

13

— 영호충은 녹죽옹이 가르쳐준 대로 〈벽소음〉을 연주해 보았다.
몇몇 음을 틀리고 지법도 서툴렀지만, 탁 트인 푸르른 하늘에 느껴지는 구름
한 점 없는 광활한 기상을 제법 흉내 낼 수 있었다.

싸늘하게 흐르는 정적 사이로 제자들의 거친 숨소리만이 빈틈을 채웠다. 별안간 악불군의 차가운 목소리가 정적을 깨뜨렸다.

"영호충 대협, 어서 내 혈도를 풀어주시오. 제발 좀 풀어달라 절이라도 해야겠소?"

영호충은 화들짝 놀라 떨리는 목소리로 대답했다.

"사부님, 그… 그게 무슨 말씀이십니까? 당장 풀어드리겠습니다."

그는 버둥거리며 일어나 휘청휘청 악불군에게 다가갔다.

"사… 부님, 어떤 혈도를 풀어드리면 됩니까?"

악불군은 지난번 화산 기슭에서 영호충이 일부러 자기 다리를 찔러 전백광을 살려주던 모습이 떠올라 노여움에 휩싸였다. 오늘도 똑같은 수법으로 복면인들을 풀어주고, 고의로 쓰러진 척하며 그들이 달아날 때까지 시간을 끌지 않았는가?

"필요 없다!"

그는 노한 음성으로 대답한 뒤, 자하신공을 운용해 막힌 혈도를 반복해서 때렸다. 적들에게 혈도가 막힌 이후 줄곧 내력을 사용해 혈도를 풀려고 해보았지만, 점혈을 한 힘이 워낙 강력할 뿐 아니라 막힌 혈도가 옥침혈과 단중혈, 대유혈, 견정혈, 지실혈 같은 중요한 혈자리라이 혈도를 지나지 못하는 자하신공의 위력이 크게 떨어져 여태 성공을 거두지 못한 터였다.

영호충도 어서 빨리 사부의 혈도를 풀어주고 싶었지만 도무지 기운이 없었다. 몇 차례인가 억지로 팔을 들어올리려 했더니 도리어 눈앞이 깜깜해지고 귓속이 윙윙 울려 하마터면 정신을 잃을 뻔했기에, 무력하게 악불군 앞에 쓰러져 그의 혈도가 풀릴 때까지 기다리는 것이 고작이었다.

악 부인 역시 바닥에 쓰러진 채 움직이지 못했다. 총불기와 싸울 때 홧김에 진기를 잘못 쓰는 바람에 온몸에 힘이 빠져 다리 상처를 지혈할 기력조차 없었다.

그러는 동안 날은 점점 밝아오고 비도 차츰 그쳤다. 쓰러진 사람들의 얼굴도 희미하게나마 서서히 드러났다. 악불군의 얼굴은 짙은 보랏빛으로 물들었고, 정수리에서는 하얀 김이 모락모락 피어오르고 있었다. 잠시 후 그가 힘찬 기합을 터뜨리며 막힌 혈도를 완전히 풀었다. 그는 벌떡 일어나 두 손을 이리저리 휘두르며 순식간에 모든 제자들의 혈도를 풀어주었다. 그런 다음 악 부인이 기운을 차릴 수 있도록 몸에 진기를 주입했다. 악영산도 황급히 일어나 어머니의 상처를 싸매주었다.

위태롭기 짝이 없던 간밤의 일도 마치 오래전에 벌어진 것처럼 아득하게 느껴졌다. 시대자와 고근명은 무참히 목이 떨어져나간 양발의 시체를 보고 눈물을 뚝뚝 흘렸고, 여제자들은 소리 내 흐느꼈다. 모두들 똑같은 생각을 하고 있었다.

'대사형이 놈들을 물리치지 않았다면 무슨 일이 벌어졌을지 생각만 해도 끔찍하구나.'

고근명은 진흙탕에 쓰러진 영호충에게 달려가 부축해 일으켰다. 악불군이 평소의 담담한 목소리로 물었다.

"충아, 그 복면인들은 누구냐?"

"저… 저는 모릅니다."

"그들과 아는 사이가 아니더냐? 얼마나 가까운 사이냐?"

영호충은 깜짝 놀라 떨리는 목소리로 대답했다.

"저… 저들 중 누구와도 만난 적이 없습니다."

"그렇다면 어찌하여 그들을 붙잡아두라는 내 명을 어기고 풀어주었느냐?"

"저… 저는 기운이 빠져 움직일 수 없었을 뿐입니다. 지, 지금도…."

말하다 말고 비틀거리는 모습이 혼자서는 서 있기도 힘든 상황이 분명해 보였다.

악불군은 코웃음을 쳤다.

"연기 한번 훌륭하구나!"

영호충은 이마에서 식은땀을 뚝뚝 흘리며 털썩 무릎을 꿇었다.

"어려서 고아가 된 저를 사부님과 사모님께서 거두어주시고 친아들처럼 아끼며 길러주셨습니다. 비록 못난 제자지만 사부님의 명을 거스른 적도, 사부님과 사모님을 속인 적도 없습니다."

"속인 적이 없다? 허, 그렇다면 그 검법은 대체 어디서 배웠더냐? 설마 꿈에 신령이 나타나 전수해주기라도 했느냐? 아니면 하늘에서 뚝 떨어지기라도 하더냐?"

영호충은 머리를 조아리며 대답했다.

"용서해주십시오, 사부님. 이 검법을 전수해주신 선배님께서 무슨 일이 있어도, 그 누구에게도 이 검법에 대해 발설하지 말라 당부하셨습니다. 사부님과 사모님께도 말씀드리지 말라 하셨습니다."

악불군은 냉소를 흘렸다.

"당연한 소리! 네 무공이 그 수준까지 진보했으니 어디 사부와 사모가 눈에 차겠느냐? 우리 화산파의 자질구레한 공력 따위로는 너의 그 대단한 신검神劍을 받아낼 수도 없을 터. 그 복면인들도 말하지 않더냐? 화산파의 장문 자리는 네가 차지해야 한다고 말이다."

영호충은 감히 무어라 대답하지도 못하고 땅에 머리를 조아릴 따름이었다. 머릿속에서 여러 가지 생각들이 어지럽게 명멸했다.

'풍 태사숙께 검법을 배운 일을 말씀드리지 않으면 사부님께서는 결단코 용서하지 않으실 거야. 그렇지만 남자라면 약속한 것은 반드시 지켜야 해. 전백광 같은 일개 채화음적도 도곡육선의 고문에 시달리면서도 끝끝내 태사숙의 행적을 밝히지 않았는데, 큰 은혜를 베푸신 태사숙을 이리 쉽게 저버릴 수는 없어. 사부님과 사모님을 향한 내 진실한 마음은 하늘이 아시니, 잠깐의 이 억울함은 견뎌야 한다.'

그는 엎드린 채 간절하게 말했다.

"사부님, 사모님. 명을 어기고자 하는 것이 아니라 실로 말씀드리기 힘든 고충이 있습니다. 나중에 그 선배님을 찾아가 사부님과 사모님께 자초지종을 설명해드려도 좋다는 허락을 받아오겠습니다. 그때가 되면 추호도 감추지 않고 모두 말씀드리겠습니다."

"오냐, 일어나거라!"

악불군의 말에 영호충은 두 번 더 머리를 조아리고 어렵사리 일어났지만, 다리에 힘이 풀려 다시 털썩 주저앉고 말았다. 마침 가까이 있던 임평지가 손을 내밀어 일으켜주었다.

그러나 악불군은 여전히 냉소 섞인 목소리로 말했다.

"검법만 고명한 줄 알았더니 연기 솜씨도 일류로구나."

영호충은 이러쿵저러쿵 대답하지 못하고 고개만 푹 숙였다.

'사부님은 내게 크나큰 은혜를 베푸셨어. 지금은 나를 오해해서 저렇게 말씀하시지만 훗날 사실을 명백히 밝히면 오해를 푸시겠지. 어젯밤 있었던 사건은 수상한 데가 많으니, 어찌 보면 의심하시는 것도 당연해.'

억울함에 가슴이 답답하고 괴로웠지만 사부를 원망하는 마음은 조금도 없었다.

악 부인이 부드러운 목소리로 말했다.

"어젯밤 충이의 신묘한 검법이 아니었다면 우리 화산파가 붕괴되는 것은 말할 필요도 없고, 우리 모녀도 처참하게 능욕을 당했을지 몰라요. 저 검법을 전수해준 선배님이 누구시든, 우리 모두 그분의 은혜를 입은 셈이지요. 그 복면인들의 내력은 앞으로 차차 알아내면 되지 않겠어요? 충이가 그런 자들과 교분이 있을 리가 없어요. 그자들은 분명 충이를 난도질해 죽이려 했고, 충이가 그들의 눈을 찔러 막은 것을 사형도 보시지 않았어요?"

그러나 넋이 나간 얼굴로 멍하니 하늘만 쳐다보는 악불군은 악 부인의 말을 제대로 들은 것 같지 않았다.

화산파 제자들은 불을 피우고 밥을 짓기 시작했고, 몇몇은 땅을 파서 양발의 시체를 묻었다. 식사를 끝내고 나서는 각자 봇짐에서 마른 옷을 꺼내 비에 흠뻑 젖은 옷을 갈아입었고, 준비가 끝나자 악불군을 바라보며 명을 기다렸다.

'이렇게 되었는데도 숭산으로 좌 맹주를 찾아가야 할까? 봉불평은 대사형의 검에 패해 물러났으니 화산파 장문인 자리를 넘볼 낯이 없을 텐데.'

그런 제자들의 생각을 읽었는지, 악불군이 악 부인을 돌아보며 물었다.

"사매, 이제 어디로 가야겠소?"

악 부인이 빙그레 웃으며 말했다.

"숭산으로 갈 필요는 없지만, 이왕 나왔으니 서둘러 돌아갈 이유도 없지요."

무시무시한 도곡육선 때문에 화산으로 돌아갈 엄두가 나지 않았던 것이다. 악불군도 고개를 끄덕였다.

"마침 급한 일도 없고 하니, 제자들의 견문도 넓힐 겸 강호를 주유하는 것도 좋겠구려."

"좋아요, 좋아!"

악영산은 손뼉을 치며 반가워하다가 문득 몇 시진 전에 죽은 양발이 떠올라 즐거워하기가 미안했던지 슬며시 손을 내렸다.

악불군은 미소를 지으며 말했다.

"산수를 유람한다니 네가 제일 좋아하는구나. 오냐, 이번에는 네 역성을 들어주마. 어디로 가고 싶으냐?"

말은 그렇게 했지만 그의 시선은 임평지를 향하고 있었다. 악영산이 생긋 웃으며 대답했다.

"아버지, 이왕 놀기로 했으면 보란 듯이 놀아야지요. 우리, 가능한 한 멀리 가요. 소림자 집에 가는 건 어때요? 둘째 사형과 함께 복주에 간 적은 있지만, 변장한 못난 얼굴 때문에 부끄러워서 밖에 나가 구경하는 건 꿈도 꾸지 못했다고요. 복주의 용안 열매는 크고 달대요. 그리고 유명한 귤이랑 용수나무랑 수선화도….'

악 부인이 고개를 저으며 딸의 말을 끊었다.

"여기서 복건성까지는 구만리 길인데 그만한 여비는 없단다. 그렇다고 개방이라도 된 양 구걸을 할 수는 없지 않겠니?"

그러자 임평지가 나섰다.

"사부님, 사모님. 여기서 며칠만 가면 하남성입니다. 제 외가가 낙양에 있으니 그리 가시는 건 어떻겠습니까?"

"그렇구나, 네 외할아버지이신 금도무적金刀無敵 왕원패王元霸 나리가 낙양에 계셨지?"

"부모님께서 세상을 하직하셨기에 외할아버지와 외할머니를 뵙고 상세한 이야기를 드리고 싶었습니다. 사부님과 사모님, 그리고 여러 사형, 사저들께서 왕림해주신다면 외할아버지께서도 영광으로 여기고 융숭히 대접해주실 겁니다. 그런 다음 천천히 유람하며 복건성 저희 집으로 가시지요. 제가 저희 표국 장사 지부에서 청성파가 훔친 금은보화를 되찾아놓았으니, 여비는… 걱정하지 않으셔도 됩니다."

본디 악 부인은 도실선을 찌른 뒤로 매일같이 도곡육선에게 사지가 찢기는 상상을 하며 불안에 떨었다. 사지가 찢겨 피범벅이 되어 바닥에 널브러진 성불우의 참혹한 모습을 떠올릴 때마다 간이 콩알만 해지고 밤만 되면 악몽에 시달리던 그녀는 남편이 임평지에게 눈길을 준 후 임평지가 복건으로 가자고 권하자, 가능한 한 멀리 가는 것이 좋다는 데 동의했다. 그녀와 남편은 평생 남쪽 지방에 간 적이 없었으니 복건 일대를 구경해도 나쁘지 않을 듯했다. 그녀가 생긋 웃으며 남편에게 말했다.

"사형, 소림자가 음식과 숙소까지 마련해준다니 공짜 밥이나 얻어먹어볼까요?"

악불군도 미소를 지었다.

"평지의 외조부이신 금도무적 왕 나리는 중원에서 명성이 자자해 줄곧 흠모해왔지만 인연이 닿지 않아 여태 만나뵙지 못했소. 게다가 복건성 천주泉州는 남소림사의 터전으로 예로부터 수많은 무림 고수들을 배출했으니, 낙양과 복건성에서 마음 맞는 친구들을 사귈 수 있다면 헛걸음은 아닐 거요."

사부가 복건성 유람을 결정하자, 제자들은 모두 기뻐해마지않았고 특히 임평지와 악영산은 서로 마주 보며 환하게 웃음을 지었다.

울적한 사람은 영호충뿐이었다.

'그 많은 지역을 놔두고 하필이면 낙양으로 가서 임 사제의 외할아버지를 만나고 머나먼 복건성까지 가시려 하다니…. 역시 소사매를 임 사제와 짝지어줄 생각이시구나. 낙양에서 집안 어른들을 뵙고 혼사를 결정지은 다음 복건성 임가 저택에서 혼례를 올리려 하겠지. 아버지 어머니도 없고 든든한 배경이 되어줄 친척도 없는 나 같은 천애고아를 어떻게 천하에 두루 지부를 가진 복위표국의 도련님에 비하겠어? 임 사제가 낙양에 가서 외할아버지와 외할머니를 뵙는 자리에 내가 따라갈 필요가 있을까?'

사제와 사매들이 양발의 죽음은 까맣게 잊고 신이 나 웃는 모습에 그는 더욱더 불쾌했다.

'오늘 밤 숙소를 구하면 밤중에 몰래 떠나자. 강아지같이 사람들을 졸졸 따라다니며 임 사제의 밥을 얻어먹고 임 사제의 돈을 쓰고 싶지는 않아. 더더구나 억지웃음을 지으며 소사매와 임 사제가 평생을 약속하는 장면을 축하해줄 수는 없어.'

일행이 길을 떠나자 영호충은 제일 뒤에 처져서 걸었다. 몸과 마음이 지칠 대로 지친 그는 점점 걸음이 느려져 일행과의 거리가 갈수록 벌어졌다. 정오 무렵 그가 길가 바위에 앉아 숨을 고르는데, 노덕낙이 종종걸음으로 다가와 말했다.

"대사형, 괜찮으십니까? 그 몸으로 걷기가 피곤하시지요? 제가 같이 기다리겠습니다."

"고맙네."

"사모님께서 앞마을에서 마차를 빌리셨으니 곧 모시러 올 겁니다."

그 말은 영호충의 마음을 쓰다듬는 한 줄기 따스한 기운 같았다.

'사부님은 나를 의심하시지만, 사모님은 여전히 잘해주시는구나.'

얼마 지나지 않아 나귀가 끄는 마차 한 대가 나타났다. 영호충이 마차에 오르자 노덕낙도 함께 올라 말동무가 되어주었다.

그날 밤 객잔에 투숙할 때에도 노덕낙은 그와 같은 방을 썼고, 이틀 내내 그에게서 한 발짝도 떨어지지 않으며 돌봐주었다. 영호충은 연약해진 자신을 보살펴주는 동문의 정에 크게 감동했다.

'노 사제는 다른 문파에 있다 늦게 입문했기 때문에 나보다 나이가 많아서 평소 자주 이야기를 나누지 않았는데, 내가 어려움에 처하자 이렇게 마음을 써주는구나. 말은 먼 길을 가야 그 힘을 알 수 있고, 사람은 오래 사귀어봐야 그 마음을 알 수 있다더니 그 말이 꼭 맞았어. 다른 사제들은 사부님 눈치만 보며 내게 말 한마디 걸지 못하는데… 아아, 여섯째 사제가 살아 있었다면 이렇지는 않았을 거야.'

사흘째 되는 날 밤, 그가 온돌 위에 누워 눈을 감고 명상을 하는데 사제 서기가 문가에 나타나 말했다.

"둘째 사형, 사부님께서 오늘 대사형에게 이상한 낌새가 없었는지 하문하셨어요."

노덕낙은 재빨리 '쉿' 하며 그의 입을 막은 뒤 소리 죽여 속삭였다.

"조용히! 저리 가거라!"

단 몇 마디에 영호충의 마음은 냉수를 끼얹은 듯 싸늘하게 식었다.

'사부님께서 둘째 사제를 시켜 나를 감시하다니… 정말로 내게 단단히 의심을 품으셨구나.'

서기가 발꿈치를 들고 살금살금 멀어지는 소리가 들리고, 노덕낙이 옆으로 다가와 영호충이 잠들었는지 살폈다. 부아가 치민 영호충은 벌떡 일어나 한바탕 따지고 싶었지만 곧 생각을 바꿨다.

'둘째 사제가 무슨 잘못이냐? 내키지 않아도 사부님의 명을 받들 수밖에 없겠지.'

그는 노기를 꾹꾹 눌러 참으며 깊이 잠든 척했다. 노덕낙이 발소리를 죽여 밖으로 나갔다.

노덕낙이 사부에게 가서 자신의 동태를 보고한다고 생각하자 영호충의 얼굴에 냉소가 피어올랐다.

'나는 양심에 부끄러운 일은 추호도 한 적이 없다. 어디 열 명이든 백 명이든 와서 밤낮 감시해보시지. 내가 떳떳한데 감시 따위야 두려

위할 필요도 없다!'

가슴 가득 차오르는 분노에 호흡이 가빠지고 또다시 기혈이 뒤집혀 통증이 찾아왔다. 베개 위에 엎드려 거칠게 숨을 헐떡이는 동안 반나절이 훌쩍 지났다. 겨우 통증이 가라앉자 그는 일어나 앉아 옷을 걸치고 신발을 신었다.

'사부님께서 나를 제자로 여기지 않으시고 도둑 취급을 하시는데 화산파에 남아 있는 게 무슨 의미가 있을까? 차라리 깨끗이 떠나자. 훗날 사부님께서 내 결백을 알아주셔도 그만, 알아주지 않으셔도 그만이야. 어떻게 하실지는 그분 마음이니까.'

바로 그때 창밖에서 나지막한 속삭임이 들려왔다.

"엎드려! 움직이지 마!"

또 다른 목소리가 소리 죽여 말했다.

"대사형이 일어나셨어."

소리를 죽인다고 죽였지만, 밤이 깊어 주위가 고요하고 영호충의 귀가 워낙 밝아 또렷하게 들을 수 있었던 것이다. 어린 사제 두 명이 그가 몰래 달아날까 봐 뜰에 엎드려 숨어 있다는 사실에 영호충은 뼈마디에서 우두둑 소리가 나도록 두 주먹을 힘껏 움켜쥐었다.

'이대로 떠나면 도둑이 제 발 저려 내뺐다는 말만 듣겠구나. 좋다! 그렇다면 일부러라도 여기 남아 너희가 어찌 나오는지 지켜보겠다.'

그는 이를 악물고 결심한 뒤 일부러 소리 높여 외쳤다.

"점소이! 술 가져오게, 술!"

한참을 소리소리 질렀더니 그제야 점소이가 술을 가지고 나타났다. 영호충은 술을 벌컥벌컥 마시고 흠뻑 취해 곤드레만드레가 되어 쓰러졌다. 이튿날 아침 일찍, 노덕낙이 나타나 그를 부축해 마차에 태워주었을 때도 그는 여전히 소리소리 질렀다.

"술 가져와! 술을 마셔야겠다!"

며칠 후, 화산과 일행은 낙양에 도착해 커다란 객잔에 방을 구했다. 임평지는 혼자서 외할아버지를 찾아갔고 악불군과 다른 사람들은 깨끗한 옷으로 갈아입고 기다렸다.

약왕묘에서의 싸움 후로 영호충은 진흙투성이가 된 옷을 갈아입지 않아 이날도 몹시 지저분한 행색이었고 술에 취해 눈빛도 게슴츠레했다. 악영산이 장포 한 벌을 가져와 말했다.

"대사형, 이걸로 갈아입어요, 네?"

"왜 내가 사부님의 장포를 입어야 하지?"

"조금 있으면 소림자의 외할아버지 댁에 가야 하잖아요. 그러니 이 옷으로 갈아입으세요."

"그 집에 가려면 곱게 단장하고 가야 하나?"

영호충이 퉁명스레 말하며 악영산의 차림을 훑어보았다.

그녀는 얇은 안감을 댄 비췻빛 비단 저고리에 연녹색 비단 치마를 입고, 얼굴에는 연지를 엷게 발랐으며, 머리는 잘 빗어 윤기가 잘잘 흐르고, 귀밑머리에는 진주 장식을 꽂아 맵시를 냈다. 설날에만 이런 차림을 하던 그녀가 오늘 새삼 공들여 꾸민 것을 보자 가슴 한구석이 쓸쓸해졌다. 비꼬는 말이 목구멍까지 올라왔지만 이런 사소한 일에 좀스럽게 굴면 안 된다는 생각에 억지로 삼켰다. 그의 불쾌한 눈빛에 기가 죽은 악영산이 머뭇머뭇 말했다.

"싫으면 갈아입지 않아도 돼요."

"새 옷은 불편해서 싫다!"

영호충이 대답하자 악영산은 한 번 더 권하지도 않고 휑하니 방을 나가버렸다.

문밖에서 쩌렁쩌렁한 목소리가 들려왔다.

"악 장문인께서 이 먼 곳까지 왕림하셨는데 마중 나가지도 못하다니, 실례가 이만저만이 아니외다!"

금도무적 왕원패가 몸소 객잔까지 찾아왔다는 사실에 악불군과 악 부인은 서로를 보며 환히 웃은 뒤 기쁜 마음으로 맞이하러 나갔다.

왕원패는 이미 일흔이 넘었지만, 얼굴에는 활력이 넘치고 턱 밑으로는 허연 수염이 가슴께까지 무성하게 자라 매우 정정해 보였다. 게다가 왼손에는 거위알만 한 금구슬 두 개를 들고 쩔걱쩔걱 굴리고 있었다. 강호에 철구슬을 쓰는 사람은 흔하지만 단철이나 강철로 만든 것이 태반인데, 왕원패의 것은 황금빛이 번쩍이는 금구슬이었다. 황금 구슬은 철구슬보다 족히 두 배는 무거울 뿐 아니라 재물을 과시하는 효과도 있었다.

악불군을 본 왕원패는 호쾌하게 껄껄 웃으며 말했다.

"이렇게 만나다니 일생의 영광이로소이다! 악 장문인의 명성이 강호에 짜하여 이 늙은이조차 10년 동안 단 하루도 우러러 그리지 않은 적이 없었소. 이렇게 낙양까지 발걸음을 하시다니, 실로 중원 무림의 홍복이올시다!"

말을 마치기도 전에 악불군의 오른손을 잡고 힘껏 흔드는 품이 누가 봐도 진심으로 기뻐해마지않는 모습이었다.

악불군도 웃으며 말했다.

"저희 부부는 각지를 유람하며 제자들의 견식을 넓혀주고 친구를 사귀고자 여정을 시작하게 되었는데, 가장 먼저 만나뵙고 싶었던 분이 바로 중원의 대협이신 금도무적 왕 나리십니다. 열 명이 넘는 불청객이 들이닥쳐 송구할 따름이나 너그러이 받아주십시오."

왕원패는 손을 내저으며 큰 소리로 말했다.

"악 장문인 앞에서 무슨 낯으로 금도무적이라는 말을 입에 담겠소? 누구든 그 말을 꺼내면 이는 이 왕원패를 칭찬하는 것이 아니라 도리어 부끄럽게 만드는 거요. 내 외손자를 거둬주어 은혜가 한량이 없소이다. 이제 화산파와 우리 금도문은 한집안이 되었으니 이런 체면치레는 그만합시다! 자자, 어서들 오시오. 한 해 동안 우리집에서 한 걸음도 나갈 생각일랑은 말아야 할 거요. 악 장문인, 짐은 이리 주시오. 이 늙은이가 들어드리리다."

"그 무슨 말씀이십니까?"

악불군이 황급히 거절하자 왕원패는 뒤에 선 아들들에게 외쳤다.

"백분伯奮, 중강仲强! 어서 악 사숙님과 사모님께 인사드리지 않고 무얼 하느냐?"

왕백분과 왕중강이 나란히 무릎을 꿇고 절을 올리자, 악불군 부부도 황급히 꿇어앉아 반례를 취했다.

"사숙이라는 말이 가당키나 하겠습니까? 평지가 제 제자고 두 분은 평지의 백부가 되시니 동년배로 칭해야 마땅합니다."

왕백분과 왕중강은 하남성 일대 무림에서 꽤 명성을 얻고 있는 인물들이었다. 무림에서 유명한 악불군이라 해도 절을 올리기에는 자존심이 허락지 않았으나 아버지의 불호령에 어쩔 수 없이 고개를 숙였는데, 다행히 악불군 부부가 반례를 하자 마음이 풀렸다. 서로 절을 하고 일어난 뒤 살펴보니, 두 형제는 누구랄 것 없이 키가 무척 컸고 왕중강은 좀 더 살집이 있었다. 두 사람 다 관자놀이가 불룩 솟고 손에는 힘줄이 불거져 내공과 외공 양쪽에 조예가 깊은 것이 분명했다.

악불군은 제자들을 향해 말했다.

"모두 와서 왕 나리와 두 분 사숙께 인사드려라. 금도문의 무공은 중원에 크게 위세를 떨치고 있고, 우리 화산파의 조사들께서도 항상 금도문을 높이 여기셨다. 오늘부터 왕 나리와 두 분 사숙의 가르침을 잘 새기면 큰 도움이 될 것이다."

"예!"

제자들이 입을 모아 대답하고 분분히 무릎을 꿇었다.

왕원패가 고개를 젖히며 껄껄 웃었다.

"이런, 이런, 이러면 쓰나!"

왕백분과 왕중강 역시 허리를 숙여 반례했다.

임평지가 나와 화산파 제자들을 한 명 한 명 외할아버지에게 소개했다. 손이 큰 왕원패는 아들들을 시켜 모두에게 환영 선물로 은자 마흔 냥씩을 주었다.

임평지가 악영산을 소개하자 왕원패는 얼굴에 미소를 머금고 악불군을 바라보았다.

"따님이 아주 훌륭하구려. 그래, 혼처는 정하셨소?"

악불군은 웃으며 고개를 저었다.

"혼처를 정하기에는 아직 나이가 어립니다. 더욱이 무가武家에서 태어나 길쌈 같은 것은 배우지도 않고 종일토록 검만 휘두르니 어느 집

귀한 자제가 저런 말괄량이를 데려가려 하겠습니까?"

"허허, 무슨 그런 겸손을? 하기야 보통 남자라면 장군 가문의 호랑이 같은 딸을 감히 쳐다보지도 못할 거요! 물론 여자의 몸이니 규방일은 조금 배워두어도 나쁠 것 없지."

왕원패는 그렇게 말하다가 갑자기 소리를 죽여 한숨을 쉬었다. 타향에서 세상을 떠난 딸이 생각나 그런가 보다 싶어 악불군은 즉시 웃음을 거두고 고개를 끄덕였다.

"옳은 말씀이십니다."

설설한 성품인 왕원패는 곧 딸을 잃은 슬픔을 억누르고 호탕하게 웃었다.

"따님이 용모와 재주를 겸비했으니, 마음에 쏙 드는 짝을 찾아주기가 쉽지 않겠구려."

그때 노덕낙이 영호충을 부축해 나왔다. 영호충은 휘청걸음으로 다가와 왕원패와 두 아들에게 절은 올리지 않고 깊이 읍만 했다.

"영호충이 왕 나리와 두 분 사숙께 인사드립니다."

"어찌 절을 올리지 않느냐?"

악불군이 눈을 찌푸리며 나무라듯 말했지만, 외손자로부터 영호충의 상태를 들은 왕원패는 허허 웃으며 손을 내저었다.

"몸이 불편한데 절은 무슨 절이오? 화산파의 내공은 오악검파 중에서도 으뜸이니 필시 주량도 으뜸일 거요. 자자, 어서 가서 큰 대접으로 열 잔씩 마시고 봅시다."

그가 악불군의 손을 잡아끌며 객잔을 나가자, 악 부인과 왕백분, 왕중강, 화산파 제자들도 뒤를 따랐다.

객잔 밖에는 벌써 타고 갈 마차와 말이 있어, 여자들은 마차를 타고 남자들은 말에 올랐다. 마차 휘장은 휘황찬란했고 말안장과 고삐도 진귀하기 그지없어 금도 왕가의 위세가 새삼스레 피부에 와닿았다.

일행은 곧 왕가의 저택에 도착했다. 거대한 저택 정면에는 붉은 칠을 한 대문이 우뚝 서 있고, 구리로 만든 큼직한 문고리 두 개는 어찌나 잘 닦았는지 얼굴이 비칠 만큼 번쩍번쩍했다. 문 앞에는 여덟 명의 장사가 두 팔을 옆구리에 딱 붙이고 엄숙한 얼굴로 지키고 있었다. 저택 안도 바깥과 다름없이 웅장했다. 들어서자마자 대들보에 걸린 크고 새까만 편액이 눈에 확 띄었는데, 여기에는 '견의용위見義勇爲(의를 보고 용감하게 나서다)'라는 글과 함께 하남성 순무의 낙관이 찍혀 있었다.

그날 밤, 왕원패는 악불군과 제자들을 위해 큰 잔치를 열었다. 낙양 무림의 저명인사들이 죄다 초청을 받아 왔고, 무림인 외에 지방 유지나 거상들도 적잖이 참석했다.

영호충은 화산파의 대제자로, 화산파의 남자들 중에서는 악불군 다음가는 지위였다. 그런 그가 남루한 차림에 기운 없는 얼굴을 하고 있자 모두들 여간 의아하지 않았지만, 무림에는 본디 기행을 즐기는 사람이 허다하고 개방의 고수들도 너덜너덜한 옷을 입고 다니기 일쑤였으니, 어마어마한 화산파의 대제자는 과연 남다른 데가 있구나 싶어 깍듯이 예의를 차렸다.

영호충은 두 번째 상석으로 안내되었고 왕백분이 마주 앉아 접대를 했다. 술이 세 순배 돌 때까지 영호충이 내내 무관심한 표정으로 물어도 대답조차 제대로 하지 않자, 왕백분은 그가 자신을 업신여긴다고 생각했다. 돌이켜보면 객잔에서 처음 만났을 때에도 제대로 절을 하지 않았고, 은자 마흔 냥의 선물도 고맙다는 인사말조차 없이 받아넣은 그가 아니던가? 슬며시 부아가 치민 왕백분은 무공 이야기가 나오자 에둘러 골탕 먹이기 위해 일부러 어려운 질문을 던져댔다.

하지만 영호충은 고개만 주억일 뿐 아무 대답도 하지 않았다.

기실 그는 왕백분에게 악감정이 있는 것이 아니라 호화찬란한 왕가와 가난뱅이에 불과한 자신의 처지가 마치 하늘과 땅처럼 멀게만 느껴져 기분이 울적한 것뿐이었다. 외가에 도착한 임평지는 촉에서 난비단으로 지은 장포로 갈아입었고, 그 덕분에 준수한 얼굴에 귀티가 더해져 어디를 가나 눈에 띄었다. 그 모습을 본 영호충은 절로 부끄럽고 초라한 기분이 들었다.

'소사매가 임 사제와 가까이 지내지 않고 나만 바라보며 돈 한 푼 없는 나를 따랐더라면 평생 고생만 했을 거야.'

오로지 악영산 생각만 하며 갈팡질팡하느라 왕백분이 무슨 말을 하는지는 자연히 귀에 들어오지도 않았다.

중원 무림에서는 너나없이 만나보고자 안달복달하는 왕백분이건만, 오늘은 제대로 된 적수를 만난 셈이었다. 평소 성격 같으면 벌써 상이라도 뒤집어엎었겠지만, 먼저 세상을 떠난 누이와 화산파를 지극정성으로 대하는 아버지 생각에 노기를 꾹꾹 누르며 계속 술을 권했다. 영호충은 잔이 채워지기 무섭게 비워 어느새 마흔 잔이 넘는 술을 마셨다. 본래 100잔을 마셔도 거뜬한 그였지만 내공을 잃은 뒤로 주량이 크게 깎인 데다 심사도 울적해 마흔 잔 만에 취기가 잔뜩 올랐다. 왕백분은 그런 모습을 보며 생각했다.

'세상 물정 모르는 놈. 내 외종질이 네놈 사제니 응당 사숙이나 아저

씨라고 불러 마땅한데, 입 꾹 다물고 제대로 부르지 않는 것은 둘째 치고 숫제 본체만체하는구나. 이 왕백분을 어찌 보는 것이냐? 오냐, 잔뜩 취하게 만들어 사람들 앞에서 톡톡히 망신을 주마.'

영호충은 벌써 취할 대로 취한 듯 눈이 풀려 흐리멍덩했다. 왕백분이 사람 좋은 척 웃으며 말했다.

"영웅은 젊다고 하더니, 역시 아우는 화산파의 대제자답게 무공도 훌륭하고 주량도 대단하구먼. 여봐라, 여기 영호 소협의 술잔을 큰 잔으로 바꿔드려라. 자 형제들, 한 잔씩 올리게."

왕가의 가솔들이 기다렸다는 듯이 다가와 술을 권하자, 평생 남이 주는 술을 거절한 적 없는 영호충은 곧바로 잔을 비웠다. 큰 잔으로 대여섯 잔을 더 마시자 술이 거나하게 오른 영호충은 허우적거리다 잔과 젓가락을 떨어뜨리고 말았다.

곁에 있는 사람들이 웃으며 말했다.

"영호 소협이 취하셨구려. 따뜻한 차를 마시면 정신이 들 거요."

"화산파 대제자가 그리 쉽게 취할 리야 있소? 자자, 아우, 드세!"

왕백분이 껄껄 웃으며 새 잔에 술을 가득 따랐다.

"취하긴 누가…? 건배!"

영호충은 혀 꼬부라진 소리로 오기를 부리며 술잔을 들고 꿀꺽꿀꺽 마셨지만, 태반이 입가로 줄줄 흘렀다. 별안간, 그의 몸이 기우뚱하며 배 속에 들어갔던 안주를 질펀하게 탁자 위로 토해냈다. 씹다 만 고기 조각과 술이 뒤섞인 토사물이 고약한 냄새를 풍기자 곁에 있던 사람들은 코를 감싸쥐고 멀찌감치 피했고, 왕백분은 냉소를 지었다.

수백 개의 눈동자가 영호충에게 쏟아졌다. 악불군 부부는 눈을 찌푸렸다.

'쯧쯧, 본데없이 이 많은 귀빈들 앞에서 추태를 보이다니.'

노덕낙과 임평지가 사람들을 헤치고 달려가 영호충을 부축했다.

"대사형, 방으로 모셔드리겠습니다."

임평지가 권했지만 영호충은 손을 휘휘 내저었다.

"취하지 않았다니까! 술… 술을 다오!"

"예예, 알겠습니다. 어서 술을 가져오너라!"

임평지가 하인들을 부르는 사이 영호충은 게슴츠레한 눈으로 그를 곁눈질하며 물었다.

"너는 소… 소림자가 아니냐? 소사매 곁에 있지 않고 왜… 왜 나를 붙들고 있느냐? 쓸데없이!"

노덕낙이 나지막이 속삭였다.

"대사형, 그만 들어가서 쉬시지요. 사람들 앞에서 이상한 말씀을 하시면 안 됩니다!"

영호충은 버럭 화를 냈다.

"이상한 말이라니? 사부님께서 나를 감시하라고 자네를 보내셨지? 그래, 무슨… 무슨 트집거리라도 찾았나? 없으면… 없으면 지어내기라도 해야지!"

노덕낙은 취한 그가 무슨 말을 할지 몰라 임평지에게 눈짓을 해 억지로 대청에서 데리고 나갔다.

아무리 수양이 깊은 악불군이라도 '사부님이 감시하러 보냈다'느니 '트집거리는 찾았냐'느니 하는 말에 안색이 변하지 않을 수 없었다.

왕원패가 허허 웃으며 사태를 수습했다.

"악 장문, 젊은이들이 취해서 하는 헛소리를 마음에 둘 것 없소이다. 자자, 술 한잔 받으시오!"

악불군은 억지웃음을 지었다.

"세상 물정 모르는 철부지다 보니 예의를 갖추지 못했습니다. 왕 나리께 면목이 없군요."

잔치가 파하자 악불군은 노덕낙에게 앞으로는 영호충을 따라다니는 대신 몰래 지켜보라고 분부했다.

그날 밤 왕원패는 두 아들을 시켜 악불군 부부를 서재로 청하고 문을 걸어잠근 뒤, 복위표국이 청성파에게 멸문당하고 딸과 사위가 여창해와 목고봉의 핍박을 받아 죽은 이야기를 꺼내며 어떻게 복수를 해야 할지 물었다. 악불군의 대답은, 청성파는 사람이 많고 오악검파도 내분이 벌어져 이대로는 싸워도 이길 가망이 없으니 훗날을 기약하자는 것이었다. 그때가 되면 화산파도 자기 일처럼 나서겠다는 말에 왕원패 부자와 임평지는 악불군 부부에게 진심으로 감사했다. 그들은 한밤중까지 이야기를 나누다가 헤어졌다.

한편, 취해 쓰러진 영호충은 다음 날 정오 무렵에야 겨우 깨어났으나 어젯밤에 무슨 일이 있었는지, 무슨 말을 했는지 전혀 기억하지 못했다. 깨질 듯이 아픈 머리를 부여잡고 일어났을 때 방 안에는 그 혼자였고 침구는 가지런히 정리되어 있었다. 방을 나가봐도 사제들이 한 사람도 보이지 않아 하인에게 물으니, 후원 연무장에서 금도문의 제자들과 함께 연공하고 있다는 대답이 돌아왔다.

'그런 자리에 끼어봐야 아무 의미도 없어. 바깥 구경이나 해야겠다.'

영호충은 망설이지 않고 저택 밖으로 나갔다.

한때 여러 왕조의 도읍지였던 낙양은 그 규모는 웅장했으나 시가지는 그리 번화한 편이 아니었다. 글공부를 많이 하지 않은 영호충은 지난 역사를 속속들이 알지 못해, 오랜 이야기를 품은 낙양성 안 숱한 명승고적들을 보는 둥 마는 둥 지나쳤다. 발길 닿는 대로 걷다가 어느 골목에 들어섰더니, 건달 일고여덟 명이 조그만 주막에 앉아 주사위 놀이를 하고 있었다. 그는 그들 틈에 비집고 들어가 어제 왕원패에게 받은 묵직한 보따리에서 은자를 꺼내 소리를 질러대며 노름을 했고, 저녁이 되어서야 곤드레만드레가 되어 돌아왔다.

　그는 잇달아 며칠 동안 건달들과 노름하고 술을 마셨는데, 처음 며칠은 운수가 좋은지 몇 번 땄지만 넷째 날에는 완패해 은자 마흔 냥을 송두리째 잃고 말았다. 건달들은 밑천이 떨어진 그를 더 이상 상대해주지 않았고, 그는 씩씩거리며 술을 시켰다. 점소이가 그를 흘끔거리며 물었다.

　"여보슈, 가진 돈을 탈탈 털렸는데 술값은 어쩔 거요?"

　"내일 갚을 테니 달아놓게."

　점소이는 고개를 저었다.

　"술 팔아서 남는 돈이 몇 푼이나 된다고 외상을 준단 말이오? 죽마고우라 해도 외상은 턱도 없수!"

　영호충은 버럭 화를 냈다.

　"돈이 없다고 감히 이 어르신을 깔보느냐?"

　점소이는 코웃음을 쳤다.

　"어르신이건 짚신이건 돈이 있으면 술을 팔되, 돈이 없으면 못 팔지."

　영호충 스스로도 꾀죄죄한 자기 몰골이 영락없는 거지꼴이라는 것을 인정하지 않을 수 없었다. 값나가는 물건이라고는 허리에 찬 검밖에 없어, 그는 검을 풀어 탁자에 휙 던졌다.

"이 검을 저당 잡히겠다."

건달 한 명이 돈을 더 따고 싶었는지 서둘러 일어났다.

"좋아! 내가 전당포에 다녀오지."

그가 검을 들고 사라지자 점소이가 술 두 병을 가져왔다. 영호충이 한 병을 비울 때쯤 건달이 은자 부스러기를 들고 돌아왔다.

"석 냥 너 푼이네."

그가 말하며 은자와 전당표를 내밀었다. 어림잡아 채 석 냥도 안 돼 보였지만 영호충은 두말없이 받아들고 다시 노름을 시작했다. 어스름이 질 무렵까지 그는 내리 졌고, 은자 두 냥이 자취를 감췄다.

영호충은 옆에 앉은 입비뚤이 진 씨에게 말했다.

"석 냥만 빌려주게. 이기면 갚아주지."

"지면 어쩌려고?"

"지면? 그럼 내일 갚지."

입비뚤이 진 씨가 킬킬 웃었다.

"돈 한 푼도 없는 놈이 어디서 돈을 구해? 마누라도 팔아치우려고? 아니면 누이동생이라도 있나?"

잔뜩 술이 취한 영호충은 홧김에 그의 따귀를 올려붙이고는, 탁자 위에 놓인 은자를 움켜쥐었다. 입비뚤이 진 씨가 소리소리 질렀다.

"어이쿠, 큰일 났다! 이놈이 강도짓을 한다!"

본래 한패인 건달들이 우르르 달려들어 영호충에게 주먹 세례를 퍼부었다.

내공을 잃고 수중의 검마저 전당포에 내놓은 영호충은 반항 한 번 못하고 쓰러져 건달들의 주먹질과 발길질을 고스란히 받았고, 눈두덩이와 코에는 금세 시퍼런 멍이 들었다.

그때, 다가오는 말발굽 소리가 들려왔다.

"썩 비켜라!"

말을 탄 사람이 채찍을 휘둘러 건달들을 쫓아내자, 그들 사이로 땅에 축 늘어진 영호충의 모습이 드러났다.

"어머, 대사형이잖아요?"

여자의 목소리가 귀를 때렸다. 다름 아닌 악영산의 목소리였다.

"제가 가보겠습니다!"

이렇게 말하는 남자는 임평지였다. 그가 말에서 뛰어내려 엎드린 영호충을 뒤집어보더니 놀란 목소리로 외쳤다.

"대사형! 아니, 어떻게 된 일입니까?"

영호충은 쓴웃음을 지은 채 고개를 가로저었다.

"어떻게 되긴? 술 취하고 노름에서 졌지!"

임평지가 황급히 그를 부축해 말에 태웠다.

임평지와 악영산이 탄 말 외에도 네 마리가 더 있었는데, 임평지의 사촌인 왕백분의 두 딸과 왕중강의 두 아들이 타고 있었다. 그들은 아침 일찍부터 낙양성 곳곳에 있는 사원들을 구경하고 이제야 돌아가는 길이었는데, 뜻밖에도 이런 후미진 골목에서 영호충이 여지없이 두드려맞는 장면을 목격한 것이다. 그들 네 사람은 어리둥절한 얼굴로 서로를 바라보았다.

'화산파는 오악검파 중 하나고, 할아버지께서 입에 침이 마르도록 칭찬하시는 명문정파잖아. 며칠 전 함께 연공할 때 보니 확실히 비범한 솜씨들이었는데, 저 영호충이라는 자는 화산파의 대제자라면서 시정잡배들조차 당해내지 못하다니, 어떻게 된 일이람?'

뚝뚝 흐르는 코피를 보면 봐주느라 그런 것 같지도 않았다.

영문을 몰라 하는 그들과 함께 왕원패의 집으로 돌아온 영호충은 며칠 후에야 겨우 몸이 회복되었다. 악불군 부부는 그가 건달들과 도박을 하고 싸움을 벌였다는 소식에 화가 나서 보러 오지도 않았다.

닷새째 되는 날, 왕중강의 막내아들 왕가구王家駒가 신바람 난 얼굴로 찾아왔다.

"영호 형님, 제가 대신 분풀이를 했습니다. 지난번 형님을 때린 놈들을 찾아내 흠씬 채찍질을 해주었지요."

그 일에 크게 마음 쓰지 않는 영호충이 담담하게 대꾸했다.

"그날은 내가 술이 취해 실수를 했소. 다 내 잘못이오."

"그럴 수야 없지요. 형님은 저희 집안 손님입니다. 우리 금도 왕가의 손님이 그런 화를 당했는데 어찌 가만히 있으란 말입니까? 톡톡히 갚아주지 않으면 남들이 우리 금도 왕가를 얕잡아봅니다."

내심 금도 왕가에 반감을 품고 있던 영호충은 왕가구가 마치 무림에서 권세가 하늘을 찌르는 대문파라도 되는 양 '우리 금도 왕가', '우리 금도 왕가'라고 하자 그만 퉁명스럽게 내뱉었다.

"건달 몇 명 상대하는 것이 금도 왕가의 일인가 보구려."

그 말을 입 밖으로 내기 무섭게 후회가 밀려와 사과하려고 했지만, 그보다 먼저 왕가구가 정색을 하며 말했다.

"영호 형, 말이 과하시군요. 그날 우리 형님이 놈들을 쫓아내지 않았다면 영호 형의 목숨이 지금까지 붙어 있었을 것 같습니까?"

영호충은 빙그레 웃으며 고개를 끄덕였다.

"하긴 그랬지! 이 한 목숨 살려주어 참 고맙소."

왕가구는 그 비웃음 섞인 말투에 더욱 화가 나 목소리를 높였다.

"화산파 장문인의 수제자라는 분이 낙양의 건달조차 다루지 못하시더군요. 남들이 알면 사문 덕에 헛이름만 났다고 수군댈 겁니다!"

모든 일에 흥미를 잃은 영호충은 그런 모욕조차 아무렇지 않았다.

"나는 본래 헛이름조차 없는 사람이니 수군댈 일도 없소."

그때 문밖에서 새로운 목소리가 들려왔다.

"여기서 영호 형과 무슨 이야기 중이냐?"

문 가리개가 걷히고 들어온 사람은 바로 왕중강의 큰아들 왕가준王家駿이었다. 왕가구가 씩씩거리며 말했다.

"형님, 제가 좋은 뜻으로 지난번 그 건달들을 찾아내 혼쭐을 내주었더니, 여기 이 영호 대협께서 괜한 짓을 했다며 나무라시지 뭡니까."

왕가준은 고개를 설레설레 저었다.

"네가 아직 몰라서 하는 말이다. 방금 악 사매에게 들으니 이 영호 형께서는 숨은 고수시더구나. 얼마 전 섬서성 약왕묘에서 검 한 자루로 열다섯 명이나 되는 일류고수의 눈을 찔러 맹인으로 만들어버리셨다니, 천하에 보기 드문 신묘한 검술이 아니냐! 하하하하!"

경망스러운 웃음소리로 보아 악영산의 이야기를 통 못 믿겠다는 뜻이 분명했다. 왕가구도 그를 따라 웃음을 터뜨렸다.

"그 일류고수들은 우리 낙양성의 건달보다 무예가 한참 떨어지는 모양입니다. 으하하하!"

영호충은 낯빛 하나 바꾸지 않고 히죽히죽 웃으며 의자에 오른쪽 무릎을 세우고 앉아 몸을 흔들흔들했다.

사실 왕가준은 백부와 아버지의 명으로 영호충에게 질문을 하러 온 길이었다. 왕백분과 왕중강은 손님에게 실례가 되지 않도록 예의 바르게 물어보라고 했지만, 그들 형제가 안중에도 없는 듯 오만하게 행동하는 영호충을 보자 부아가 치밀어 말이 좋게 나오지 않았다.

"영호 형, 내 물어볼 말이 있소."

왕가준의 목소리가 방 안을 쩌렁쩌렁 울렸다.

"말씀하시오."

"평지에게 들으니 고모와 고모부께서 세상을 뜨실 때 영호 형 혼자 임종을 지켰다고 하더구려."

"그렇소."

"고모와 고모부의 유언도 영호 형이 평지에게 전했소?"

"그렇소."

"그렇다면 고모부의 〈벽사검보〉는 어쨌소?"

그 한마디가 떨어지자 영호충이 벌떡 일어나며 큰 소리로 되물었다.

"뭐라고?"

왕가준은 그가 홧김에 주먹이라도 휘두를까 봐 한 걸음 물러서며 다시 말했다.

"고모부께서 〈벽사검보〉를 영호 형에게 맡기며 평지에게 전해달라 하지 않으셨소? 그런데 어쩌자고 여태껏 주지 않았소?"

제멋대로 떠들어대는 말에 영호충은 노여움을 견디지 못하고 몸을 부들부들 떨었다.

"〈벽사검보〉를… 내게 맡겼다고?"

목소리마저 떨리는 그를 보고 왕가준은 비웃음을 띠며 이죽거렸다.

"도둑이 제 발 저린다더니, 왜 그리 벌벌 떠시오?"

영호충은 노기를 눌러 참으며 대답했다.

"이 영호충은 이 집안의 손님이오. 지금 하신 말씀은 두 분의 할아버님과 영존의 뜻이오, 아니면 두 분의 뜻이오?"

"그냥 생각나서 물어본 것인데 뭘 그리 심각하게 구시오? 이 일은 할아버지나 아버지와는 무관하오. 허나 복주 임가의 벽사검법이 천하에 위명을 떨치는 고명한 검술임은 무림에서 모르는 사람이 없소. 고모부께서 갑작스레 유명을 달리하셨는데 그분의 보물이던 〈벽사검보〉의 행방이 묘연하니 친족으로서 마땅히 찾아보는 게 도리가 아니겠소?"

"임 사제가 내게 물어보라고 했구려? 어째서 직접 와서 묻지 않고?"

영호충이 묻자 왕가구가 의미심장하게 웃으며 대답했다.

"사제인 평지가 사형에게 그런 질문을 할 수 있을 것 같습니까?"

영호충은 냉소를 지었다.

"무시무시한 낙양의 금도 왕가가 뒤에 떡 버티고 있는데 못할 일이 어디 있소? 보시오, 지금도 이렇게 위협하고 있지 않소? 좋소, 가서 임 사제도 불러오시오."

"영호 형은 손님으로 와 계신데 위협이라니요? 천부당만부당한 말씀. 그저 궁금한 마음에 물어보았을 뿐입니다. 영호 형께서 대답해주시면 좋지만, 대답하기 싫다 하셔도 어쩔 수 없지요."

왕가구의 말에 영호충은 고개를 끄덕였다.

"대답하기 싫소! 이제 물을 말은 다 끝난 것 같으니 그만 가보시오!"

왕씨 형제는 눈짓을 주고받았다. 그가 이렇게 당당하게 거절할 줄은 예상하지 못한 모양이었다. 왕가준은 민망함을 감추려 헛기침을 하고는 슬며시 물었다.

"영호 형, 듣자니 영호 형이 단 일검에 고수 열다섯 명의 눈을 찔렀다 하더구려. 모르면 몰라도, 그렇게 신묘한 검법은 〈벽사검보〉에나 나오는 것이 아니겠소?"

그 순간, 영호충은 충격에 휩싸여 온몸에 식은땀이 흐르고 손이 부르르 떨렸다. 심장이 싸늘하게 식는 것 같았다.

'내가 본 파를 위기에서 구해냈는데도 사부님과 사모님, 사제와 사매들이 감사하기는커녕 의심쩍은 눈초리만 보내기에 어찌 저러나 했더니, 이제야 알겠다, 알겠어! 모두들 내가 임진남의 〈벽사검보〉를 꿀꺽했다고 생각한 거야. 독고구검이 무엇인지도 모르고, 풍 태사숙께 검법을 전수받은 사실을 밝히지도 않았으니, 자연히 〈벽사검보〉에서 배운 검법이라 생각했겠지. 풍 태사숙께 가르침을 받을 줄은 나 또한 생각조차 못했는데 다른 사람들은 오죽하겠어? 게다가 임진남 부부가 세상을 뜰 때 곁에는 나 한 사람밖에 없었으니, 숱한 무림 고수들이 탐내는 〈벽사검보〉는 분명 내 손에 있으리라 생각한 것도 이상한 일은 아니지. 하지만 여태껏 길러주신 사부님과 사모님, 친남매처럼 자란 소사매까지 나를 믿지 못하다니…. 하, 이 영호충을 어떻게 보고!'

이런 생각을 하자 그의 얼굴은 분노와 억울함으로 일그러졌다.

그 모습에 왕가준은 흡족한 듯이 빙긋 웃었다.

"내 말이 틀렸소? 〈벽사검보〉는 어디에 두었소? 우린들 좋아서 이러는 게 아니오. 허나 물건은 본래 주인에게 돌려주어야 하는 법이니, 그 검보는 평지에게 돌려주시오."

영호충은 고개를 저었다.

"나는 〈벽사검보〉를 본 적도 없소. 임 총표두 부부께서 청성파와 새북명타 목고봉에게 붙잡히신 적이 있으니 검보가 있었다면 그들이 벌써 가져갔을 거요."

"허허, 고모부께서 그 귀한 〈벽사검보〉를 어찌 몸에 지니셨겠소? 당연히 아무도 모르는 비밀 장소에 숨기고 돌아가시기 전에야 평지에게 전해달라고 영호 형에게 말씀하셨을 거요. 그런데 믿고 알려준 사람이 그만… 쯧쯧…."

왕가준이 말을 멈추고 혀를 차자 왕가구가 냉큼 외쳤다.

"그 사람이 몰래 빼돌릴 줄은 꿈에도 모르셨겠지요!"

영호충은 들으면 들을수록 노기가 치밀어 상대할 가치조차 없다고 생각했지만, 워낙 중대한 사안이라 오명을 쓰고 싶지는 않았다.

"임 총표두께 신묘한 검법이 담긴 비급이 있었다면 그분의 검술도 천하무적이었을 텐데, 어째서 청성파 제자 몇 명조차 당해내지 못하고 사로잡히셨겠소?"

"그… 그것은…."

왕가구는 할 말이 없어 우물쭈물했다. 좀 더 언변이 좋은 왕가준이 아우 대신 변명했다.

"세상일이 다 그렇게 단순하면 얼마나 좋겠소? 생각해보시오, 영호 형도 벽사검법을 배워 신통한 검술을 지녔지만 건달들에게 얻어맞지 않았소? 하하, 그런 것을 두고 영웅은 함부로 실력을 드러내지 않는다고들 하오만은, 영호 형의 행동은 조금 과했소. 당당한 화산파 대제자가 낙양의 건달조차 어찌 못해 이 꼴이 되었다고 하면 누가 믿겠소? 아마도 무슨 꿍꿍이가 있어 그랬다 생각할 거요. 영호 형, 이제 그만 인정하시오!"

평소 성격대로라면 두 눈 부릅뜨고 따졌을 영호충이지만, 그렇게 한들 온전히 혐의를 피할 수도 없는 일이었기 때문에 그럴 수가 없었다. 금도 왕가나 왕씨 형제들은 안중에도 없지만, 사부와 사모, 소사매에게까지 의심을 받는 것은 견딜 수가 없었다.

"이 영호충은 여태껏 〈벽사검보〉를 본 적도 없고, 임 총표두의 유언은 한 자도 빠짐없이 임 사제에게 전달했소. 이 말에 추호라도 거짓이 있으면 천벌을 받을 것이오."

그가 진지한 얼굴로 두 손을 모아 보이며 말했지만, 왕가준은 피식 웃었다.

"무림지보인 비급에 관한 중대한 일을 아무렇게나 하는 맹세로 대충 덮으려 해서야 되겠소? 세상 사람이 다 바본 줄 아시나 보구려."

영호충은 노기를 눌러 참으며 물었다.

"그럼 어찌하란 말이오?"

"실례지만, 우리 형제가 영호 형의 몸을 수색해보겠습니다."

왕가구가 일부러 뜸을 들이며 능글맞게 말했다.

"며칠 전 영호 형이 건달들에게 붙잡혔더라면 그자들도 영호 형을 안팎으로 샅샅이 뒤졌을 테지요."

"수색? 흥, 이 영호충을 좀도둑처럼 다루겠다는 거요?"

영호충이 냉소를 터뜨리며 싸늘하게 묻자 왕가준은 과장스럽게 손을 내저었다.

"무슨 그런 말씀을? 영호 형에게 〈벽사검보〉가 없다면 몸 수색을 좀 받은들 두려울 것이 어디 있소? 우리가 뒤져봐도 검보가 나오지 않으면 혐의를 벗을 수 있으니 좋지 않소?"

영호충은 고개를 끄덕였다.

"좋소! 그렇다면 임 사제와 악 사매를 불러와 증인으로 세워주시오."

왕가준은 자신이 자리를 비운 사이 혼자 남은 아우가 영호충에게 무슨 짓을 당할지 모르고, 두 사람이 함께 가면 영호충이 〈벽사검보〉를 숨길까 봐 두려워 그 방법이 마뜩치 않았다.

"단순한 몸 수색일 뿐이오. 양심에 비춰 부끄럽지 않다면 무엇 하러 자꾸 이런저런 핑계를 대는지 모르겠구려."

하지만 영호충은 추호도 물러서지 않았다.

'너희에게 몸 수색을 허락하는 까닭은 오로지 사부님과 사모님, 소사매 앞에 내 결백을 증명하기 위해서다. 너희 같은 자들이야 나를 믿건 안 믿건 눈 하나 깜짝할 것 같으냐? 소사매가 없으면 내게 손가락 하나도 대지 못하게 하겠다.'

그는 속으로 이렇게 다짐하며 말했다.

"두 분만으로는 내 몸을 수색할 자격이 없소!"

그가 끝내 거부하자 왕씨 형제는 그의 몸에 〈벽사검보〉가 있다고 확신했다. 아버지 앞에서 공을 세우고 싶기도 하고, 강호에서 소문이 자자한 〈벽사검보〉를 직접 보고 싶어 몸이 달았다. 자신들 손으로 〈벽사검보〉를 찾아내면 임평지도 차마 보여주는 것까지 거부하지는 못할 터였다. 영호충이 건달들을 뿌리칠 힘조차 없는 것을 두 눈으로 직접 확인한 왕가준은 제아무리 신묘한 검법을 터득했더라도 손에 검이 없는 지금이면 쉽게 제압할 수 있으리라 생각하고 아우에게 눈짓을 보내며 말했다.

"영호 형, 주는 술은 마다하고 벌주를 고집하시는구려. 자꾸 이러면 서로 좋을 것이 없소."

두 형제가 차츰차츰 영호충을 옥죄어왔다.

별안간 왕가구가 가슴을 쭉 펴고 와락 달려들었다. 영호충이 막으려고 손을 들자 왕가구는 큰 소리로 껄껄 웃어댔다.

"어이쿠, 이제 주먹질까지 하시는군요!"

그는 재빨리 몸을 돌려 영호충의 손목을 낚아챈 뒤 아래로 힘껏 잡아당겼다. 화산파의 대제자인 만큼 얼마간 솜씨가 있으리라는 생각에 최대한 힘을 가해 가전家傳 금나수법을 펼친 것이다. 적과 싸운 경험이 풍부한 영호충은 그가 다가올 때부터 잔뜩 경계를 돋우고 있었다. 손목을 붙잡히는 순간 팔을 반대로 꺾어 곧바로 반격할 생각이었지만, 이미 내공을 잃은 몸이 마음대로 움직여지지 않았다. 원하던 대로 팔을 반대로 돌리기는 했으나 힘이 주어지지 않았고, 도리어 우두둑 하고 팔목 뼈가 비틀어지는 소리와 함께 지독한 통증이 밀려들었다.

왕가구는 그의 오른팔을 탈골시킨 것도 모자라 왼팔마저 사정없이 비틀어 탈골시킨 다음 말했다.

"형님, 어서 뒈져보세요!"

왕가준이 영호충 앞으로 왼발을 뻗어 비각을 펼치지 못하게 한 뒤, 그의 품에 손을 넣어 안에 든 물건을 꺼냈다. 온갖 잡동사니들을 하나

둘 바닥에 던지고 나자 문득 얇은 서책 한 권이 손에 잡혔다. 왕씨 형제는 환호성을 내질렀다.

"여기 있었군, 여기 있었어! 고모부의 〈벽사검보〉다!"

부랴부랴 책을 펼쳐보니, 예상과 달리 첫 장에 '소오강호곡笑傲江湖曲'이라는 글자가 전서체로 쓰여 있었다.

글공부가 부족해 해서체만 겨우 뗀 왕씨 형제는 그 글자를 전혀 알아볼 수가 없어 당황했다. 다시 한 장을 넘기자 무엇인지 알 수 없는 괴상야릇한 기호들이 나타났다. 금이나 통소의 곡보를 본 적이 없는 두 사람은 이 책이야말로 〈벽사검보〉라고 확신해 입을 모아 외쳤다.

"〈벽사검보〉다, 〈벽사검보〉가 맞아!"

"아버지께 보여드리자."

왕가준이 곡보를 들고 밖으로 달려나갔고, 왕가구는 영호충의 허리를 힘껏 걷어차며 욕을 했다.

"더러운 도적놈!"

그러면서 침까지 탁 뱉고 나가자, 영호충은 분노로 가슴이 터질 것 같았지만 곧 마음을 바꿨다.

'저들이야 무지몽매하니 그렇다 쳐도 왕 나리와 저들의 아버지는 다를 것이다. 곡보라는 사실을 알고 당장 사죄하러 오겠지.'

꺾인 팔에서 전해지는 고통은 점점 더 견디기 어려워졌다.

'내공을 모두 잃고 길거리 건달들에게까지 당하는 처지가 되다니, 폐인이나 다름없구나. 이런 몸으로 살아남은들 무슨 의미가 있을까?'

그는 낙담해 침상에 털썩 누웠다. 이마에는 식은땀이 송송 맺히고 괴로움에 눈물도 뚝뚝 흘렀지만, 곧 돌아올 왕씨 형제에게 약한 모습을 보이기 싫어 재빨리 닦아냈다.

잠시 후, 발소리가 들리고 왕씨 형제가 종종걸음으로 나타났다. 왕가준이 냉소를 지으며 말했다.

"할아버지께서 부르신다, 어서 가자!"

"싫다! 직접 와서 사죄할 것이지, 왜 나를 부른단 말이냐?"

왕씨 형제는 큰 소리로 웃음을 터뜨렸다.

"할아버지께서 너 같은 도둑놈에게 사죄를 해? 꿈도 야무지구나! 가자, 어서!"

두 사람은 영호충의 허리춤을 잡고 침상에서 끌어내려 밖으로 데리고 나왔다.

"금도 왕가는 겉으로는 협객입네 하더니, 뒤에서는 이렇게 손님을 함부로 대하는구나. 비열한 놈들!"

영호충이 욕을 퍼붓자 왕가준이 대뜸 주먹을 휘두르는 바람에 그의 입술이 찢어졌다. 그럼에도 불구하고 영호충은 꿋꿋하게 욕설을 내뱉으며 왕씨 형제들에게 이끌려 후원 화청으로 들어갔다.

악불군 부부와 왕원패가 주인석과 객좌에 앉아 있고, 왕원패 아랫자리에는 왕백분과 왕중강이 앉아 있었다. 영호충은 그들을 보고서도 욕을 그치지 않았다.

"금도 왕가는 수치를 모르는 소인배들이다! 무림에 이렇게 더럽고 추악한 자들이 있을 줄이야!"

"충아! 닥치지 못하겠느냐!"

악불군이 얼굴을 굳히며 꾸짖었다.

사부의 꾸짖음에 영호충은 그제야 입을 다물고, 부릅뜬 눈으로 왕원패를 노려보았다.

왕원패가 손에 든 곡보를 내밀어 보이며 차분한 목소리로 물었다.

"영호 현질, 이 〈벽사검보〉는 어디서 났는가?"

영호충이 앙천대소仰天大笑했다. 그의 웃음이 그칠 기미가 없자 악불군이 또다시 꾸짖었다.

"충아, 웃어른이 질문하시는데 사실대로 대답하지 않고 무슨 무례한 짓이냐? 어디서 배운 예법이냐?"

영호충은 굴하지 않고 되물었다.

"사부님, 중상을 입어 힘이 없는 저를, 저 두 사람이 어찌 대했는지 아십니까? 흥, 그런 행동은 손님을 대하는 예법이란 말입니까?"

이 말을 들은 왕중강이 나섰다.

"귀빈을 대할 때는 우리도 반드시 예의를 지키네. 허나 자네는 죽어가는 사람의 부탁을 어기고 이 〈벽사검보〉를 차지했으니, 도둑질이나 다름없는 짓을 저질렀네. 우리 낙양 금도 왕가 같은 깨끗한 가문이 어찌 그런 자를 귀빈으로 여기겠나?"

"삼대가 입을 모아 그 책이 바로 〈벽사검보〉라고 하는데, 진짜 〈벽사검보〉를 본 적은 있소? 그것이 〈벽사검보〉인 줄은 어떻게 아시오?"

영호충이 냉랭하게 대꾸하자 왕중강은 당황했다.

"이 서책이 자네 몸에서 나왔고, 화산파의 무공 비급이 아니라는 것을 악 사형께서 확인해주셨으니 〈벽사검보〉가 아니면 무엇인가?"

영호충은 화가 머리끝까지 솟아 도리어 웃음이 났다.

"그렇게 우기려거든 마음대로 생각하시오. 부디 금도 왕가에서 천하무적의 벽사검법을 잘 익히시기 바라오. 앞으로 낙양 금도 왕가는 무림에서 손꼽는 검술 명가로 소문이 나겠구려, 하하하!"

듣고 있던 왕원패가 여전히 차분한 목소리로 물었다.

"영호 현질, 손자가 무례하게 군 일은 너무 마음에 두지 말게. 허물 없는 사람이 어디 있겠나? 허물을 알고 고치면 그보다 좋은 일도 없지. 우선 어긋난 뼈부터 맞추고 보세."

그가 일어나 영호충의 왼팔을 잡으려 하자 영호충은 뒤로 물러서며 버럭 외쳤다.

"됐습니다! 왕가의 위선 따위는 받고 싶지 않습니다."

왕원패는 어리둥절했다.

"위선이라니?"

"이 영호충은 연무장에 세운 나무토막이 아닙니다. 당신들 마음먹은 대로 부러뜨렸다 붙였다 하는 사람이 아니란 말입니다!"

영호충은 노기충천한 목소리로 외치고는 걸음을 옮겨 악 부인에게 다가갔다.

"사모님!"

그가 부르자 악 부인은 한숨을 쉬며 어긋난 뼈를 맞춰주었다.

영호충은 그녀에게 하소연했다.

"사모님, 저 서책은 칠현금과 통소의 곡보입니다. 일자무식인 자들이 곡보를 〈벽사검보〉라고 우기니 세상 사람들이 다 비웃을 일이지요."

"왕 나리, 그 서책을 제가 좀 보아도 될까요?"

악 부인이 묻자 왕원패는 선선히 책을 내밀었다.

"여기 있소이다."

악 부인은 책장을 넘겨보았지만 무슨 내용인지 알 수가 없었다.

"저도 곡보는 잘 모르지만, 검보는 얼마쯤 보아서 압니다. 이 책은 검보는 아닌 것 같군요. 왕 나리, 혹시 집안에 칠현금이나 퉁소를 연주할 수 있는 사람이 있습니까? 그 사람을 불러 확인해보시지요."

왕원패는 만에 하나 정말 곡보라면 금도 왕가의 체면이 바닥에 떨어지기 때문에 선뜻 대답하지 못했다. 그러나 할아버지가 무슨 생각을 하는지 모르는 단순한 왕가구가 큰 소리로 나섰다.

"할아버지, 장방에서 일하는 역易 선생이 퉁소를 불 줄 아니 불러오겠습니다. 이 서책은 틀림없는 〈벽사검보〉인데 곡보라니, 말이나 되는 소립니까?"

"무학 비급은 기록 방식이 매우 다양하다. 비밀을 지키기 위해 일부러 곡보처럼 써놓기도 하니, 그리 유별난 일도 아니지."

왕원패의 말에 악 부인이 다시 권했다.

"마침 퉁소를 부는 선생이 계시다니, 이 책이 검보인지 퉁소 곡보인지 확인해주실 수 있겠군요. 그 선생을 불러주십시오."

왕원패도 더 이상은 거절할 방도가 없어 왕가구를 시켜 역 선생을 데려왔다. 역 선생은 작고 비쩍 마른 50대 남자였는데, 턱 밑으로 수염이 듬성듬성 났고 옷차림은 깔끔했다. 왕원패가 그에게 물었다.

"역 선생, 이것을 좀 보게. 평범한 곡보인가?"

역 선생은 서책을 받아 몇 장 뒤적이더니 고개를 가로저었다.

"이런 것은… 못 보던 것입니다만…"

그는 좀 더 책장을 넘기다가 뒤쪽에 있는 퉁소 곡보를 보고 눈을 빛내더니, 들릴락 말락 가락을 흥얼흥얼하며 두 손가락으로 탁자를 두드려 박자를 맞췄다. 그렇게 한참을 흥얼거리던 그가 갑자기 고개를 갸웃했다.

"아니지, 이건 아니지!"

그리고 다시 곡보를 짚으며 소리를 높였다가 다시 낮게 깔며 흥얼거리더니 눈을 찌푸리며 말했다.

"세상에 이럴 수가…. 이, 이건… 시생으로서는 도저히 이해할 수가 없습니다."

왕원패의 얼굴에 희색이 떠올랐다.

"그 서책에 이상한 점은 없는가? 혹시 흔히 말하는 통소 곡보와 다르지는 않나?"

역 선생은 손가락으로 통소 곡보를 더듬어나가며 대답했다.

"보십시오. 여기서 궁음宮音을 내다가 갑자기 치음徵音으로 급격하게 바뀌는데, 이는 악곡의 원리에 크게 어긋날 뿐 아니라 통소로 불 수도 없습니다. 그리고 여기, 각음角音으로 변했다가 다시 우음羽音으로 이어지는 부분도 한 번도 보지 못한 가락입니다. 무얼 어떻게 해도 통소로는 이 곡을 연주할 수가 없습니다."

듣고 있던 영호충이 냉소를 터뜨렸다.

"당신이 불지 못한다고 해서 불 줄 아는 사람이 없는 것은 아니오!"

역 선생도 고개를 끄덕였다.

"그럴 수도 있지요. 허나 이 세상에 정말로 이 곡을 불 수 있는 사람이 있다면, 시생은 땅에 엎드려 경의를 표하겠습니다! 어쩌면… 어쩌면 성 동쪽에…."

갑자기 왕원패가 그의 말을 끊었다.

"아무튼 이 서책은 일반적인 곡보가 아니라는 말이지? 거기 쓰여 있는 내용은 당최 통소로는 연주할 수 없다는 게 아닌가?"

역 선생이 고개를 끄덕였다.

"그렇지요. 일반적인 곡보는 아닙니다. 아주 다릅니다. 시생의 실력으로는 연주할 수 없지만, 혹시 성 동쪽의…."

악 부인이 나서서 물었다.

"성 동쪽에 사시는 명인께서 그 곡을 불 수 있겠소?"

"그것은 시생도 보장할 수는 없습니다만… 성 동쪽에 사는 녹죽옹綠竹翁은 금도 타고 통소도 붑니다. 어쩌면 이 곡을 불 수 있을지도 모르지요. 그의 통소 연주는 시생보다 훨씬 뛰어납니다. 시생의 솜씨로는 그의 발꿈치도 따라갈 수 없으니 같이 논할 계제가 못 됩니다. 암, 못 되고말고요."

왕원패가 지지 않고 말했다.

"일반적인 곡보가 아니라면 분명 숨겨진 의미가 있을 것이다."

한마디도 하지 않고 상황을 지켜보던 왕백분이 그때서야 끼어들었다.

"아버지, 정주에 있는 팔괘도八卦刀의 사문육합도법四門六合刀法 역시 곡보 형태로 기록되어 있지 않았습니까?"

왕원패는 어리둥절했으나 곧 아들의 속내를 알아차렸다. 팔괘도의 장문인 막성莫星은 금도 왕가와 대대로 인척관계를 맺은 가까운 사이인데, 본디 그 팔괘도문에는 사문육합도법이라는 도법 따위는 없었다. 하지만 검술로 유명한 화산파가 다른 문파의 도법까지 꿰뚫고 있지는 못할 터이니, 아무리 악불군이라도 농간을 알아차리지 못할 것 같아 재빨리 고개를 끄덕이며 맞장구를 쳤다.

"옳거니! 몇 년 전에 막 형이 그런 이야기를 했지. 곡보에 도법과 검법을 기록하는 것은 아주 흔한 일이니, 전혀 이상할 것이 없다."

영호충은 여전히 냉소를 흘리며 물었다.

"그렇게도 흔해빠진 일이라면 왕 나리께서 한번 설명해주시지요. 그 곡보에 적힌 검법이 대체 어떤 모습입니까?"

왕원패는 장탄식을 하며 고개를 저었다.

"그것은…. 아아, 사위가 세상을 떠난 지금 이 곡보의 비밀을 아는 사람은 없을 걸세."

해명할 생각이라면 이 〈소오강호곡〉 곡보의 내력을 털어놓으면 그뿐이었지만, 하필이면 그 내력이 크나큰 사건과 잇닿아 있었다. 그 이야기를 하자면 부득불 형산과 막대 선생이 대숭양수 비빈을 죽인 일을 꺼내야 했고, 그러면 사부는 이 곡보가 마교 장로 곡양의 유품이라는 것을 알고 당장 없애버릴 것이 분명했다. 영호충은 차마 유정풍과 곡양이 죽어가면서 남긴 부탁을 저버릴 수가 없어 치미는 노기를 꾹꾹 누르며 말했다.

"역 선생께서 성 동쪽에 음률에 정통한 녹죽옹이라는 사람이 있다고 하시니, 차라리 이 곡보를 그 사람에게 보여주는 것이 어떻겠습니까?"

왕원패는 고개를 저었다.

"녹죽옹은 괴팍하고 미치광이 같은 사람일세. 그런 사람의 말을 어찌 믿겠나?"

악 부인이 다시 나섰다.

"이번 일은 명명백백하게 밝혀야 합니다. 충이도 저희 제자고 평지역시 저희 제자입니다. 저희로서는 어느 한 사람만 편들 수 없으니 누가 옳고 그른지 확인하려면 그 녹죽옹을 찾아가는 것이 좋겠군요."

단 한마디로 영호충과 금도 왕가의 분쟁은 쏙 빼고 영호충과 임평지의 충돌로 바꿔놓은 뒤, 그녀는 다시 역 선생에게 물었다.

"역 선생, 사람을 시켜 그 녹죽옹이라는 분을 모셔올 수 있겠소?"

"그 노인은 성질이 몹시 괴팍하여 일부러 찾아가도 내키지 않으면 문전박대 당하기 일쑤입니다. 반면 간섭하기로 마음을 먹으면 기어이 끼어들지요."

악 부인은 고개를 끄덕였다.

"꼭 우리 같은 성격이구려. 아마 그 녹죽옹이라는 분은 무림의 선배이실 거요. 사형, 우리도 아직 견문이 많이 부족한 것 같군요."

왕원패가 허허 웃으며 말했다.

"그 녹죽옹이라는 사람은 대나무 제품을 만들어 파는 공장工匠이라오. 대나무나 깎고 돗자리나 짜는 자가 어찌 무림인일 수 있겠소? 금과 퉁소를 좀 다룰 줄 알고 그림도 제법 그려 꽤 많은 사람들이 사곤 하여 근방에서는 자못 예술인 대우를 받고 있는 데다 사람들도 얼마간 존중해주기는 하오만."

"그런 인물이라면 낙양까지 와서 만나보지 않을 수 없지요. 왕 나리, 수고스러우시겠지만 저희를 그 우아한 공장에게 안내해주시지 않겠습니까?"

악 부인이 뜻을 굽힐 기미가 없자, 왕원패도 더는 거절하지 못하고 아들과 손자, 악불군 부부, 영호충, 임평지, 악영산과 함께 성 동쪽으로 향했다.

역 선생이 앞장서서 작은 거리를 건너고 또 건너 좁디좁은 골목으로 일행을 안내했다. 골목 끝에는 제법 큼직한 대나무 숲이 있는데,

불어오는 바람에 쐐아 소리를 내며 흔들리는 풍경이 실로 운치가 있었다.

골목으로 들어서자마자 누군가 금을 타는지 띠링띠링 하는 소리가 울려 고즈넉한 대나무 숲에 고상함을 더해주었다. 이 평온하고 고요한 곳은 마치 바깥의 낙양성과는 완전히 동떨어진 딴 세상 같았다.

악 부인이 속삭이다시피 말했다.

"녹죽옹이라는 분은 정말 삶을 즐길 줄 아시는군요."

그때 핑 하고 현이 끊어지는 소리에 이어 연주가 뚝 끊겼다. 노쇠한 음성이 사라진 금 소리를 대신해 들려왔다.

"귀빈께서 이 누추한 곳까지 어인 일이시오?"

역 선생이 앞으로 다가서며 말했다.

"녹죽옹, 기괴한 칠현금과 통소 곡보가 있어 한번 감정해주십사 하고 가져왔습니다."

"금과 통소의 곡보를 감정해달라? 허허허, 이 늙은 공장을 너무 치켜세우시는구려."

역 선생이 대답하기 전에 왕가구가 낭랑한 목소리로 끼어들었다.

"여기 금도 왕가의 왕 나리께서 와 계신다."

우쭐대며 할아버지의 명패를 들어올리는 품으로 보아, 낙양성의 유명인사인 할아버지라면 녹죽옹이 허겁지겁 달려나와 맞으리라 생각한 모양이었다. 그러나 예상과 달리 녹죽옹의 차가운 웃음소리가 들려왔다.

"흥, 금도건 은도건 이 늙은이의 쇠칼만 할까? 이 늙은이는 왕 나리를 만날 이유가 없고, 왕 나리도 이 늙은이를 찾아올 이유가 없소."

왕가구는 대뜸 화가 치밀었다.

"할아버지, 뭘 모르는 늙은이로군요. 저런 자를 만나 무엇 하겠습니까? 돌아가시지요!"

악 부인이 나서서 만류했다.

"이왕 여기까지 왔으니 녹죽옹께 곡보를 보여드리는 것이 좋겠습니다."

왕원패는 코웃음을 치며 역 선생에게 서책을 건넸다. 역 선생이 서책을 들고 대나무 숲으로 들어가자 곧이어 녹죽옹의 목소리가 들려왔다.

"음, 거기 내려놓으시오."

"녹죽옹, 그 서책이 정말 곡보입니까, 아니면 일부러 곡보처럼 기술한 무공 비급입니까?"

"무공 비급? 허허 우스꽝스러운 말씀 마시구려. 이 서책은 틀림없이 금의 곡보요. 어디 보자…."

곧이어 아취 있는 금 소리가 들려오기 시작했다. 영호충이 귀 기울여 들어보니 지난날 유정풍과 곡양이 연주한 곡이 분명했다. 그들은 떠났는데 곡만 남았다고 생각하니 절로 쓸쓸한 기분이 들었다.

오래지 않아 금 소리는 한층 높아져 마치 귀가 찢어질 듯 날카로운 소리를 내더니 별안간 핑 하고 현이 끊어지고 말았다. 그럼에도 불구하고 연주는 계속 이어져 더욱 높은 음을 냈고, 또다시 핑 하고 현이 하나 끊어져나갔다.

"으음, 참 이상야릇한 곡보로다. 잘 이해가 가지 않는구려."

왕씨 가족들은 그럼 그렇지 하는 얼굴로 서로서로 눈짓을 했다.

녹죽옹이 다시 말했다.

"퉁소 곡보를 좀 봅시다."

대나무 숲에서 퉁소 소리가 아련하게 흘러나왔다. 처음에는 듣기 좋은 가락으로 심금을 울렸지만, 갈수록 낮아지기 시작해 거의 들리지 않을 정도로 낮은 음을 불다가 마지막에는 숫제 흐느끼는 소리처럼 변해 몹시 귀에 거슬렸다. 녹죽옹은 탄식을 했다.

"역 선생, 선생도 퉁소를 즐기는 사람이니, 이렇게 낮은 음을 연주할 수 없다는 것은 잘 알 거요. 이 금과 퉁소 곡보는 곡보인 것은 확실하나 곡을 지은 사람이 장난을 좀 친 모양이오. 내 시간을 두고 연주해볼 터이니 그만 돌아가보시오."

"예."

역 선생이 대나무 숲에서 나오자 왕중강이 물었다.

"검보는 어찌했나?"

"검보라니요? 아, 그 서책 말씀이시군요! 녹죽옹이 자세히 연구해보겠다며 두고 가라 했습니다."

왕중강은 발을 동동 굴렀다.

"어서 가서 받아오게! 그 진귀한 검보를…! 수많은 무림인들이 노리고 있는 보물을 아무에게나 주다니!"

"예예, 알겠습니다."

역 선생이 황급히 다시 대나무 사이로 들어가는데 문득 녹죽옹의 목소리가 들려왔다.

"고모님, 어인 일로 나오셨습니까?"

왕원패가 낮은 목소리로 물었다.

"녹죽옹의 연배가 어찌 되는가?"

"일흔은 넘었고 곧 여든을 앞두고 있습니다."

역 선생의 대답에 사람들은 흠칫 놀란 표정을 지었다.

'여든 살 노인에게 고모까지 있다니… 저 할머니는 적어도 100살은 넘었겠군!'

여자가 조용하게 무어라고 대답하자 녹죽옹이 말했다.

"보십시오, 고모님. 칠현금의 곡보가 이상하기 짝이 없습니다."

여자가 다시 무어라고 말하더니 띵띵 땡땡 하는 소리가 들려왔다. 아마도 끊어진 현을 갈아끼운 모양이었다. 소리는 잠시 멈췄다가 조율을 하는 듯 다시 나지막이 울리더니, 곧이어 연주가 시작되었다. 시작 부분은 녹죽옹의 연주와 비슷했지만, 음이 높아지는 부분에 이르자 전혀 힘들이지 않고 훨씬 부드럽게 이어졌다.

영호충은 놀랍고 기뻐 저도 모르게 한 걸음 다가섰다. 그날 밤 곡양이 연주했던 음률이 아련하게 머릿속에 떠올랐다.

금 소리는 격앙되어 땡땡거리며 울리다가 별안간 부드럽고 우아해지는 등 변화가 몹시 컸다. 음률을 알지 못하는 영호충이지만 곡양의 연주와 가락은 같아도 그 느낌은 완연히 다르다는 것을 알 수 있었다. 노파의 연주는 평화롭고 차분해 듣는 사람도 마음 편히 감상할 수 있지만, 곡양의 연주는 마치 피가 끓는 듯 역동적이었던 것이다.

금 소리는 한참 동안 대나무 숲 주변을 휘감더니 어느 순간 차츰차츰 느려졌다. 마치 연주하는 사람이 금을 안고 먼 곳으로 걸어나가기라도 하듯 소리가 점점 멀어지는 듯하더니 마침내 훌쩍 떠나버린 듯 거의 들리지 않을 정도로 가느다란 소리만 남았다.

금 소리가 끊어질 듯 끊어질 듯 이어지는 가운데 낮디낮고 가늘디가는 통소 소리가 어렴풋이 들려오기 시작했다. 구성지게 주위를 휘감는 통소 소리는 점점 크고 강해져, 마치 연주하는 사람이 통소를 불며 느릿느릿 걸어오는 것 같았다. 맑고 영롱한 연주는 높아졌다 낮아졌다, 커졌다 작아졌다 하며 극단적으로 흔들리기를 몇 번 반복하다가 차츰차츰 낮아졌다. 몹시 낮고 가느다란 소리였지만, 한 음 한 음 똑똑히 구별할 수 있는 연주였다.

낮아진 통소 소리 사이로 마치 옥구슬이 구르는 듯 맑고 영롱한 소리가 섞여들었다. 그 소리는 한껏 힘을 뺐다가 다시 불쑥 솟으며 소리를 높여갔다. 퐁퐁 샘솟는 물소리인 듯하다가 바람에 쏴아 소리 내며 흔들리는 풀잎이 되었다가, 오색찬란한 꽃밭 위를 노니는 새들이 짹짹 운율을 맞춰 부르는 노랫소리로 변해갔다. 새들이 하나둘 떠나가고 봄빛이 스러지면서 꽃마저 지자, 후드득 하는 스산하고 쓸쓸한 빗소리가 빈 공간을 채웠다. 가랑비 같은 곡조는 아련하게 머물며 땅을 적시다가 이윽고 모두 그치고 사위는 쥐죽은 듯이 고요해졌다.

통소 소리가 멈추고도 한참 지난 뒤에야 사람들은 겨우 꿈에서 깨어난 듯 정신이 들었다. 왕원패와 악불군처럼 음률을 모르는 사람도 흠뻑 취할 정도였으니, 역 선생 같은 사람은 거의 넋을 잃다시피 했다.

악 부인이 아쉬운 듯 한숨을 쉬며 진심으로 칭찬했다.

"훌륭하구나, 훌륭해! 충아, 이게 무슨 곡이지?"

"〈소오강호곡〉이라고 합니다. 금과 통소 모두 저렇게나 능하시다니, 저 할머니의 솜씨가 실로 대단하군요."

"다들 저 곡보가 기묘하다고 하더니, 저렇게 능통한 분만 연주할 수 있는 곡이었구나. 너 역시 저리 아름다운 곡은 처음 들었을 거야."

"아닙니다! 이 곡보를 받은 날 들었던 곡은 지금보다 훨씬 아름다웠습니다."

"그럴 리가? 세상에 저 할머니보다 연주를 잘하는 사람이 있다는 말이니?"

악 부인이 놀란 목소리로 묻자 영호충이 설명해주었다.

"저 할머니보다 솜씨가 뛰어난지는 저도 잘 모르겠습니다. 하지만 그때는 두 사람이 각각 금을 타고 퉁소를 불며 합주를 해…."

그의 말이 끝나기 전에 대나무 숲 안에서 띠리링 하는 현울림과 함께 나지막한 여자의 목소리가 들려왔다. 몹시 낮아 잘 알아들을 수는 없었지만 이렇게 말하는 것 같았다.

"금과 퉁소의 합주라… 이 세상 어디에서 그런 사람을 찾을 수 있을까?"

녹죽옹이 낭랑하게 외쳤다.

"역 선생, 고모님께서 연주를 하셨으니 이 책은 금과 퉁소 곡보가 맞소. 그만 가지고 가시오!"

"예!"

역 선생이 두 손으로 곡보를 공손히 받쳐들고 나왔다. 뒤에서 녹죽옹의 목소리가 들려왔다.

"그 곡보에 적힌 곡은 보기 드문 진귀한 곡이니, 그런 신물神物을 아무에게나 넘기지는 마시오. 역 선생도 아직 솜씨가 부족하니 억지로 배울 생각은 접어두시오. 잘못하면 큰 화를 입을 수도 있소."

"예, 그래야지요! 제가 어찌 감히 이런 곡에 손을 대겠습니까!"

역 선생은 그렇게 대답하고 왕원패에게 곡보를 내밀었다.

자기 귀로 똑똑히 곡보를 연주하는 소리를 들은 왕원패는 그 자리에서 영호충에게 서책을 돌려주며 선선히 말했다.

"영호 현질, 미안하게 되었네!"

영호충은 냉소를 지으며 서책을 받아들었다. 마음 같아서는 한마디 톡 쏘아주고 싶었지만 악 부인이 그를 향해 고개를 젓자 꾹 참았다. 왕원패 일가는 들 낯이 없어 제일 먼저 그곳을 떠났고, 악불군도 곧 뒤따랐다. 하지만 영호충은 곡보를 소중히 든 채 넋이 나간 듯 그 자리에 서 있었다.

악 부인이 그를 불렀다.

"충아, 그만 돌아가자꾸나."

"저는 좀 더 있다가 가겠습니다."

"일찍 돌아오렴. 골절을 당했으니 함부로 힘을 쓰면 안 된다."

"예, 사모님."

일행이 모두 떠나자 골목은 쥐죽은 듯이 조용해져 이따금씩 불어오는 바람에 대나무잎 흔들리는 소리만 쏴아쏴아 들릴 뿐이었다. 영호충은 곡보를 펼치고 형산성 외곽에서 유정풍과 곡양이 퉁소와 금으로 합주하던 광경을 떠올렸다. 두 사람은 지음知音을 만나 이렇게 신비롭고 오묘한 곡을 만들어냈지만, 대나무 숲 안의 노파는 금과 퉁소를 자유자재로 다루면서도 그 훌륭한 곡을 홀로 연주할 뿐 함께 연주해줄 사람이 없으니, 이 세상에 〈소오강호곡〉 합주곡이 울려퍼지는 일은 다시는 없을 것 같았다.

영호충은 저도 모르게 한숨을 쉬었다.

'유정풍 사숙님은 정파의 고수고, 곡양 장로는 마교 사람이었어. 서로 걷는 길이 달라 불과 물 같은 관계인데, 음률 앞에서는 마음이 통해 지란지교를 맺고 세상에 다시없을 〈소오강호곡〉을 써내셨지. 손을 맞잡고 돌아가실 때 두 분 마음에는 그 어떤 후회도, 여한도 없었을 거야. 그러니 세상에 홀로 남아 사부님의 의심을 받고, 소사매에게 버림받고, 가장 아끼고 가까웠던 사제를 죽인 나보다야 훨씬 낫겠지.'

공연히 슬픔이 밀려와 눈물이 곡보 위로 뚝뚝 떨어졌다. 그는 곡보를 꽉 움켜쥔 채 소리 내 흐느꼈다.

그때, 대나무 숲 안에서 녹죽옹의 목소리가 들려왔다.

"젊은 친구, 어찌 눈물을 흘리시나?"

영호충은 재빨리 눈물을 훔치며 대답했다.

"제 처량한 신세와 이 곡을 쓴 선배님들의 죽음이 떠올라 그만 추태를 보였습니다. 방해가 되어 송구합니다."

그가 떠나려고 돌아서자 녹죽옹이 불러세웠다.

"이보게, 내 물을 것이 있으니 들어와서 이야기 좀 하려는가?"

조금 전 왕원패에게는 그토록 오만하고 무례하던 녹죽옹이 무명소졸에 불과한 자신을 이렇게 정중히 대하다니 뜻밖이었다.

"예, 어르신께서 물으시면 무엇이든 대답하겠습니다."

영호충은 공손히 말하며 대나무 숲으로 걸어들어갔다. 숲 안쪽에는 방이 왼쪽에 둘, 오른쪽에 셋 있는 다섯 칸짜리 대나무 집이 서 있었다. 오른쪽 작은 방에서 한 노인이 걸어나오며 웃는 얼굴로 말했다.

"젊은 친구, 이리 들어와 차나 한잔하시게."

녹죽옹은 허리가 약간 굽고 머리가 많이 벗겨져 정수리가 훤히 들여다보이는 노인이었다. 하지만 손발은 큼직큼직하고 기운이 왕성해 보였다. 영호충은 그에게 허리를 숙여 인사했다.

"인사드립니다. 저는 영호충이라 합니다."

녹죽옹은 껄껄 웃었다.

"나이 몇 살 더 먹었다고 그리 예의 차릴 것 없네. 어서 들어오게, 어서!"

영호충은 그를 따라 방으로 들어갔다. 탁자건 의자건 집 안을 꾸민 물건은 어느 하나 대나무 아닌 것이 없었다. 벽에는 먹으로 그린 대나무 그림이 걸려 있었는데, 힘찬 붓질로 서슴없이 찍어낸 나무줄기 사이로 군데군데 먹물이 튀어 가지가 제법 무성해 보였다. 소박한 대나무 탁자 위에는 요금瑤琴 하나와 통소 하나가 놓여 있었다.

녹죽옹이 도자기 찻주전자에서 옥빛 나는 차를 한 잔 따라 건넸다.

"드시게."

영호충은 두 손으로 잔을 받아 감사 인사를 했다. 녹죽옹이 물었다.

"젊은 친구, 그 곡보는 어디서 얻었나? 혹시 알려줄 수 있겠나?"

영호충은 멈칫했다. 이 곡보에 얽힌 이야기는 무척이나 은밀하고 비밀스러워 사부와 사모에게도 알리지 않았다. 하지만 유정풍과 곡양이 그에게 곡보를 준 까닭은 이 곡이 사라지지 않고 후세에 전해지기를 바라서였다. 녹죽옹과 그의 고모는 음률에 정통하고, 특히 노파는 그 곡을 감동적으로 연주하기도 했으니, 비록 젊은 나이는 아니지만 두 사람을 제외하면 이 세상에서 이 곡을 연주할 수 있는 사람을 찾기란 쉽지 않을 것이다. 그런 사람이 있다 하더라도 영호충 자신의 목숨이 얼마 남지 않았으니 인연이 닿지 않을 수도 있었다.

그는 잠시 고민하다가 결론을 내리고 말했다.

"이 곡을 쓰신 선배님들 중 한 분은 금을 타시고 다른 한 분은 퉁소를 부셨습니다. 두 분은 가까운 벗이 되어 이 곡을 지으셨지만, 큰 어려움을 만나 같은 때 세상을 뜨셨지요. 돌아가시기 전, 그분들은 이 곡보를 제게 주시며 이 곡이 실전되지 않도록 전인傳人을 찾아 전해달라 하셨습니다."

그는 여기서 잠깐 망설였지만 곧 다시 말했다.

"어르신 고모 되시는 분의 신운 넘치는 연주를 들었을 때, 저는 이 곡보가 진짜 주인을 찾았다고 생각했습니다. 부디 이 곡보를 할머니께 전해주십시오. 이제야 곡을 쓰신 분들의 부탁을 완수할 수 있게 되었습니다."

그러나 녹죽옹은 받지 않았다.

"우선 고모님의 뜻이 어떠신지 여쭤보아야 하네."

그러자 집 왼쪽 방에서 노파의 목소리가 들려왔다.

"영호 공자가 좋은 뜻에서 이 오묘한 곡을 선사한다 하니, 민망하기도 하지만 거절하는 것도 실례가 될 것 같구먼. 한데 그 곡을 쓰신 선배들의 높으신 이름을 알려줄 수 있겠는가?"

생각만큼 나이 든 목소리는 아니었다. 영호충은 공손히 대답했다.

"어르신께서 묻는데 어찌 숨기겠습니까? 이 곡을 쓰신 분은 바로 유정풍 사숙님과 곡양 장로십니다."

"아!"

노파가 몹시 놀란 듯 소리를 질렀다.

"그래, 바로 그 사람들이었군."

"두 분을 아십니까?"

노파는 즉각 답하지 않고 잠시 입을 다물었다가 말했다.

"유정풍은 형산파의 고수고, 곡양은 마교의 장로일세. 대대로 원수가 되어도 모자랄 그들이 어찌 함께 곡을 썼다는 말인가? 아무래도 이해가 가지 않는군."

노파의 모습을 직접 보지 못한 영호충이지만, 연주를 들어보면 고상하고 상냥한 할머니처럼 느껴져 누군가를 속이거나 배신할 사람은 아니라고 생각했다. 유정풍과 곡양의 내력을 아는 사람은 무림인이 분명했으므로, 그는 망설이지 않고 유정풍이 금분세수를 하게 된 이야기와 숭산파의 좌 맹주가 오악영기를 내려 이를 막는 바람에 유정풍과 곡양 모두 숭산파 고수의 장력에 당해 교외로 달아나 합주를 한 뒤 죽기 전에 자신에게 곡보를 맡긴 일을 소상하게 이야기했다. 하지만 막대 선생이 비빈을 죽인 이야기만은 입에 담지 않았다.

노파는 말없이 듣고만 있다가 영호충의 이야기가 끝난 뒤 물었다.

"그 서책은 틀림없는 곡보인데 왕원패는 어찌하여 무공 비급이라고 하는가?"

영호충은 이번에도 망설이지 않고 임진남 부부가 청성파와 목고봉의 손에 죽고 임종 전에 임평지에게 전해달라는 유언을 남겼는데, 왕 씨 형제가 그 일로 의심한다는 이야기를 털어놓았다.

"음, 그랬군."

노파는 잠시 입을 다물었다가 다시 물었다.

"그 이야기를 공자의 사부와 사모에게 말씀드렸다면 억울한 의심은 받지 않았을 게 아닌가? 나는 공자와는 아무런 인연도 없는 사람일세.

그런데 어찌 나에게 그 사실을 숨김없이 털어놓았는가?"

"그건 저도 잘 모르겠습니다. 아마도 선배님의 아름다운 연주를 들은 뒤 고상한 품격에 깊이 탄복하여, 사실을 말씀드려도 후환이 없으리라 생각해서일 겁니다."

"공자의 사부와 사모에게 그 이야기를 하면 후환이 걱정스럽다는 말인가?"

그 말에 영호충도 깜짝 놀라지 않을 수 없었다.

"그… 그런 뜻이 아닙니다. 다만 사부님께서 제게 의심을 품고 계시기 때문에… 아아, 그분의 잘못은 아니지만…."

노파가 화제를 돌렸다.

"공자의 목소리를 들으니 기운이 몹시 허해 도무지 젊은이답지가 않군. 대체 어찌 된 영문인가? 큰 병이라도 앓았나, 아니면 중상을 입었나?"

"심각한 내상을 입었습니다."

"죽 현질, 공자를 내 방 창가로 데려오시게. 맥을 좀 짚어봐야겠네."

"예."

녹죽옹은 영호충을 왼쪽 방 창가로 데려간 다음, 창에 늘어진 가느다란 대나무 발 밑으로 왼손을 뻗게 했다. 대나무 가리개 안쪽에 덧댄 얇은 면사 때문에, 영호충은 방 안쪽에 어른거리는 그림자만 볼 수 있을 뿐 노파의 이목구비까지 살피기는 힘들었다.

차가운 손가락 세 개가 왼팔 맥문에 닿았다. 잠시 맥을 읽던 노파가 놀란 목소리로 말했다.

"참으로 이상하군!"

그녀는 잠시 생각하더니 말했다.

"오른손도 이리 주게."

영호충의 양쪽 맥을 모두 짚어본 그녀는 무슨 생각을 하는지 한동안 말이 없었다.

영호충이 덤덤하게 웃으며 말을 꺼냈다.

"너무 염려하실 필요 없습니다. 제 목숨은 얼마 남지 않았으니 몸 상태가 어떻든 아무 상관도 없지요."

"목숨이 얼마 남지 않았다니, 무슨 뜻인가?"

"저는 실수로 사제를 죽였고, 사문의 보물인 《자하비급》도 저 때문에 사라졌습니다. 한시라도 빨리 비급을 되찾아 사부님께 돌려드리고 사제를 따라 죽을 생각뿐입니다."

"《자하비급》? 그 비급이야 별로 대단한 것도 아니니 차치하고… 그래, 사제는 어쩌다 죽였는가?"

영호충은 도곡육선이 그를 치료하려다 진기가 뒤섞여 내상을 입었고, 사매가 그를 위해 《자하비급》을 훔쳐다 주었지만 사부의 허락 없이 배우고 싶지 않아 비급을 읽어주는 육대유의 혈을 짚었는데 힘 조절을 못해 죽이게 된 일을 이야기했다.

듣고 난 노파가 말했다.

"공자의 사제는 공자 때문에 죽은 것이 아닐세."

영호충은 깜짝 놀랐다.

"저 때문이 아니라고요?"

"이렇게 진기가 뒤틀린 상태로는 결코 점혈로 사람을 죽일 수 없네. 공자의 사제는 다른 사람이 죽인 거야."

영호충은 어리둥절해하며 중얼거렸다.

"그렇다면 대체 누가 여섯째 사제를 죽였을까…?"

"비급을 훔친 사람이 반드시 공자의 사제를 죽였다고 할 수는 없지만, 많든 적든 그 일과 관계있는 것만은 분명하네."

영호충은 마치 가슴을 짓누르던 돌덩이가 사라진 것 같아 길게 한숨을 내쉬었다. 육대유의 시체를 발견한 그날, 단중혈을 살짝 눌렀을 뿐인데 목숨을 잃었다는 것이 도무지 믿기지가 않았다. 마음 한구석에서는 육대유가 자기 손에 죽은 것이 아니라고 생각했지만, 결과적으로 자신 때문에 죽었으니 남아대장부로서 책임을 미룬다는 말을 듣고 싶지 않아 자잘한 변명도 하지 않았을 뿐이었다. 그즈음 그는 악영산과 임평지의 사이를 눈치채고 상심과 낙담에 빠져 그 어떤 일에도 흥미를 느끼지 못해 오로지 죽을 생각에 사로잡혀 있었다. 그런데 노파의 말을 듣고 보니 참기 힘든 비분이 솟구쳤다.

'복수! 복수를 해야 한다! 반드시 여섯째 사제의 복수를 할 테다!'

속으로 마구 외쳐대는 그의 귀에 또다시 노파의 목소리가 들려왔다.

"공자는 몸속에 여섯 갈래 진기가 서로 충돌하고 있다 했으나, 내 보기에는 여섯이 아니라 여덟 갈래였네. 어찌 된 노릇인가?"

영호충은 웃음을 터뜨리며 불계 화상의 치료 때문에 벌어진 일을 이야기해주었다. 노파도 웃음 섞인 목소리로 말했다.

"공자는 타고난 성격이 밝아 맥이 뒤죽박죽되었어도 전혀 속상해하는 것 같지 않군. 내가 금으로 곡을 하나 연주할 테니 들어보겠는가?"

"선배님의 보살핌에 감격할 따름입니다."

노파의 방에서 고요한 금 소리가 울리기 시작했다. 이 곡은 꿀처럼 부드럽고 여인의 탄식 소리처럼 아련해, 마치 꽃잎 위로 떨어지는 아침이슬이나 버들가지를 흔드는 새벽바람처럼 가볍고도 편안하게 마음을 어루만졌다.

얼마 지나지 않아 영호충은 눈꺼풀이 무겁게 내려앉는 것을 느끼고 억지로 눈을 부릅떴다.

'졸면 안 돼. 선배님께서 금을 타시는데 꾸벅꾸벅 졸다니, 얼마나 불경한 짓이냐?'

하지만 몸은 그의 뜻대로 따라주지 않았고, 힘차게 진군해오는 수마睡魔를 이겨낼 도리가 없어 마침내 눈꺼풀이 닫히고 몸이 스르르 바닥으로 늘어져 깊은 잠에 빠졌다. 꿈속에서 어렴풋이 부드러운 금 소리가 들렸고, 따스하고 상냥한 손길이 머리를 쓰다듬어주었다. 마치 사모의 품에 안겨 어리광을 부리던 어린 시절로 돌아간 것 같았다.

그로부터 한참이 지나고 금 소리가 멎자 영호충은 곧바로 깨어났다. 그는 허둥지둥 몸을 일으키고 부끄러움에 얼굴을 붉히며 말했다.

"죄송합니다. 선배님의 고상한 연주를 듣고 잠들어버리다니, 부끄러워 몸 둘 바를 모르겠습니다."

노파가 조용히 말했다.

"자책할 것 없네. 내가 방금 연주한 곡은 본디 수면을 유도하는 음률이라네. 공자 몸속의 진기를 가라앉힐 요량이었으니, 한번 운기를 해보게나. 답답한 느낌이 다소 가시지 않았는가?"

영호충은 기쁜 마음으로 고개를 숙였다.

"감사합니다, 선배님."

가부좌를 틀고 앉아 운기를 해보니 여전히 서로 충돌하는 여덟 갈

래 진기가 느껴졌지만, 지난번처럼 가슴이 후끈거리면서 지독한 구역
질이 일어나지는 않았다. 그러나 잠시 운기조식을 하자 머리가 금세
어지러워져 휘청거리며 바닥에 쓰러졌다. 녹죽옹이 황급히 다가와 그
를 부축해 오른쪽 방으로 데려갔다.

노파가 말했다.

"도곡육선과 불계 대사는 공력이 깊어 내 얕은 솜씨로는 그들이 심
어놓은 진기를 다스릴 수가 없군. 공연히 공자만 고생스럽게 만들어서
미안하네."

영호충은 황급히 고개를 저었다.

"무슨 말씀이십니까, 그 연주 덕분에 훨씬 좋아졌습니다."

문득 녹죽옹이 붓에 먹을 찍어 종이에 글을 써내려갔다.

'그 곡을 전수해달라고 하게. 그러면 자네 몸도 좋아질 것일세.'

그 글을 본 영호충은 퍼뜩 정신이 들어 말했다.

"감히 청하건대 그 곡을 제게 전수해주실 수는 없겠습니까? 제가
직접 익혀 천천히 몸을 보신해보려 합니다."

녹죽옹이 잘했다는 표정으로 흐뭇하게 고개를 끄덕였다.

노파는 곧바로 대답하지 않고 잠시 망설이다 물었다.

"자네 연주 실력이 어떠한가? 한 곡 타보겠나?"

그 말에 영호충은 얼굴이 벌게져 고개를 숙였다.

"저는 금을 배운 적이 없어 아무것도 모릅니다. 선배님의 아름답고
고상한 연주에 너무 깊이 빠져든 나머지 터무니없는 부탁을 드렸습니
다. 부디 용서해주십시오."

그는 일어나 녹죽옹에게 길게 읍하고 작별 인사를 했다.

"이만 물러가겠습니다."

"잠시 기다리게. 공자에게서 신묘한 곡을 선사받고 보답할 것이 없어 마음이 무거운데, 공자의 내상이 깊은 것을 알고도 이대로 보내기에는 불안함이 가시지 않는군. 죽 현질, 자네가 내일부터 영호 공자에게 금 타는 법을 가르치게. 혹여 영호 공자가 참을성이 있고 낙양에 오래 머물게 된다면… 그때는 내 〈청심보선주淸心普善咒〉를 전수해주어도 좋겠지…."

노파의 목소리는 갈수록 가늘어져 마지막 한마디는 거의 들리지 않았다.

다음 날 아침 일찍부터 영호충은 골목 끝 대나무 숲을 찾아가 금을 배우기 시작했다. 녹죽옹은 초미금焦尾琴(후한 말 음악가 채옹이 타다 남은 오동나무로 만든 칠현금)을 꺼내 그에게 음률을 가르쳤다.

"음률에는 모두 열두 가지 음계가 있는데, 바로 황종黃鐘, 대려大呂, 태주太簇, 협종夾鐘, 고선姑洗, 중려中呂, 유빈蕤賓, 임종林鐘, 이칙夷則, 남려南呂, 무역無射, 응종應鐘이 그것일세. 예로부터 전해지는 음계고, 일설에는 황제黃帝(중국 신화에 나오는 제왕으로 중국의 시조)께서 영륜伶倫에게 음률을 지으라 명하시자, 영륜이 봉황의 울음소리를 듣고 열두 음계를 만들었다고 하지. 요금은 현이 모두 일곱 줄로 궁, 상, 각, 치, 우 다섯 음을 연주할 수 있고, 첫째 현이 황종, 셋째 현이 궁조일세. 여기서 궁조가 무엇인고 하니, 바로 만각慢角, 청상淸商, 궁조宮調, 만궁慢宮, 유빈蕤賓이라 하는 다섯 가지 음조 중 하나일세."

그런 다음 각각의 음계와 음조를 상세히 설명해주었다.

영호충은 음률에 문외한이었지만 천성이 총명해 한 번에 모두 알아들었다. 녹죽옹은 몹시 기뻐하며 금을 퉁기는 지법指法을 알려주고 짧은 곡인 〈벽소음碧霄吟〉을 가르쳤다. 영호충은 반복해서 익힌 다음 금을 타기 시작했다. 몇몇 음을 틀리고 지법도 서툴렀지만, 마음속에 '벽소'라는 글자를 떠올리며 연주하자 탁 트인 푸르른 하늘에서 느껴지는 구름 한 점 없는 공활한 기상을 제법 흉내 낼 수 있었다.

곡이 끝나자 건넛방에서 듣고 있던 노파가 가볍게 감탄하며 말했다.

"영호 공자는 아주 총명하군. 그렇게만 하면 아마도 오래지 않아 〈청심보선주〉를 연주할 수 있겠네."

"고모님, 영호 형제는 오늘 처음 금을 배우고도 〈벽소음〉을 연주했고, 기상 또한 이 어리석은 조카보다 낫습니다. 금이란 마음을 연주하는 것이라고들 하니, 영호 형제의 마음이 깊고 너그럽기 때문인 듯합니다."

영호충은 감사 인사로 고개를 숙였다.

"과찬이십니다. 언제쯤이면 저도 선배님처럼 〈소오강호곡〉을 연주할 수 있을지 모르겠군요."

노파는 놀란 목소리로 물었다.

"공… 공자는 〈소오강호곡〉을 연주하고 싶은가?"

영호충은 얼굴을 붉히며 대답했다.

"어제 선배님께서 연주하시는 금과 통소 곡을 듣고 몹시 흠모하게 되어 그만 욕심을 내고 말았습니다. 녹죽 선배님께서도 연주하시지 못하는 것을 제가 무슨 수로 손댈 수 있겠습니까?"

노파는 한참 동안 말이 없다가 나지막하게 중얼거렸다.

"공자가 금을 탈 수 있다면 물론 좋겠지⋯."

목소리가 점점 낮아지더니 마지막에는 가벼운 탄식으로 변했다.

이렇게 하여 잇달아 스무 날 동안 영호충은 매일같이 아침 일찍 대나무 집을 찾아 금을 배우고 저녁 무렵에나 돌아갔다. 점심도 그곳에서 먹었는데, 채소와 두부밖에 없는 단출한 식단이었지만 생선과 고기가 푸짐한 금도 왕가의 음식보다 훨씬 맛깔스러웠다. 더욱이 이곳에서는 항상 밥과 함께 좋은 술이 곁들여졌다. 녹죽옹의 주량은 그저 그랬으나 가져오는 술은 늘 상등품이었다. 그는 술에 도통해, 천하에 널리 알려진 미주美酒의 역사며 햇수, 산지까지 훤히 꿰뚫고 있었다. 덕분에 영호충은 여태 듣도 보도 못한 술 이야기를 들으며 금뿐 아니라 술에 대해서도 배웠고, 술에도 학문이 있어 검술이나 음악 못지않게 깊고 많은 의미가 담겨 있음을 깨달았다.

녹죽옹이 만든 대나무 공예품을 팔러 나갈 때면 영호충은 대나무 발을 사이에 두고 노파에게 직접 가르침을 받았다. 배우는 시간이 길어질수록 그는 곧 금에 대해 여러 가지 의문점이 생겼고, 녹죽옹이 대답해줄 수 없는 문제는 노파가 친히 풀어주곤 했다.

하지만 영호충은 한 번도 노파의 얼굴을 보지 못했다. 노파의 맑고 부드러운 목소리는 명문가의 천금소저千金小姐라고 해도 믿을 정도여서, 뒷골목 누추한 집에 사는 노부인이라고는 도저히 믿을 수가 없었지만, 아마도 어려서부터 음악을 가까이한 덕에 고상한 기운을 길러 목소리조차 늙지 않은 모양이라고 생각할 뿐이었다.

어느 날 영호충이 물었다.

"할머니, 곡양 선배님께서는 이 〈소오강호곡〉이 혜강이 연주하던

〈광릉산〉에서 나온 것이고, 그 〈광릉산〉은 섭정이 한왕을 암살하려던 일을 노래한 것이라 했습니다. 한데 할머니께서 연주하시던 〈소오강호곡〉은 따스하고 경쾌해 암살 장면과는 무척 달랐습니다. 어째서 그런지 알려주십시오."

"그 곡에서 느껴지는 따스함은 섭정의 누이 마음일세. 그들 남매는 정이 깊었고, 섭정이 죽은 뒤 그 누이가 손수 그 시체를 수습해 장사를 지내고 아우의 이름을 후세에 널리 전했지. 연주에서 그 감정의 차이까지 느끼다니, 공자는 음률에 재능을 타고난 모양일세."

그녀는 잠시 생각하더니 목소리를 낮춰 말했다.

"공자와 내가 좀 더 함께 있을 수 있다면, 공자도 언젠가는 그 〈소오강호곡〉을 연주할 수 있게 되겠지…. 허나 과연 인연이 될는지…."

며칠간 이곳에서 금을 배우며 노파의 따스하고 친절한 보살핌을 받은 영호충은 그녀가 나이가 많아 오래 살지 못하고, 그 자신도 남은 목숨이 길지 않아 짧디짧은 인연으로 끝날지 모른다는 생각에 마음이 울컥했다.

"할머니께서 무병장수하시고 저도 가능한 한 오래 살아 할머니의 가르침을 받을 수 있으면 정말 좋겠습니다."

노파가 한숨을 폭 쉬고는 부드럽게 말했다.

"인생은 무상하고 인연은 기약하기 어려운 법이지. 〈소오강호곡〉은 〈광릉산〉과는 다소 다른 부분이 있다네. 섭정이 칼을 꺼내 한왕에게 달려들 때에는 곡조도 따라 스산해지고, 섭정이 한왕을 죽인 뒤 무사들에게 목숨을 잃을 때는 음이 최고조에 이르렀다가 또다시 높아져 현이 끊어지게 된다네. 반면 퉁소 소리는 낮게 깔려 죽 현질도 불지 못하는 소리를 내는데, 그것은 바로 섭정의 최후를 의미한다네. 그 후 금과 통소가 경쾌하고 발랄한 곡조를 연주하는 것은, 비록 협사俠士는 죽었으나 그 기상은 길이길이 남아 달이 가고 해가 지나도록 협사와 협녀들이 강호를 소오笑傲한다는 뜻이라네. 그리고 이 세상에 협의 정신이 살아 있기에 뒷부분에는 가득 핀 꽃처럼 화사한 곡조가 이어지는 것일세. 역사에 따르면, 섭정이 죽인 사람은 한왕이 아니라 그 재상인 협루俠累지만, 깊이 따질 필요는 없겠지."

영호충은 알겠다는 듯이 무릎을 탁 쳤다.

"정말 좋은 말씀입니다, 할머니. 덕분에 저도 깨우침을 얻었습니다. 앞으로 열 배, 백 배 억울함을 당하고 좌절을 겪어도 절대 굴하지 않겠습니다."

노파는 아무 대답 없이 금을 퉁겨 신나는 곡을 연주했다.

며칠 후에 그녀는 〈유소사有所思〉라는 새로운 곡을 가르쳐주었다. 한시漢時에 나오는 오래된 노래로, 운율이 구성지고 부드러운 곡이었다. 노파의 연주를 몇 번 듣고 나자 영호충은 따라서 연주하기 시작했다. 문득 악영산과 허물없이 어울리며 함께 뛰어놀던 어린 시절이 눈앞에 떠오르고, 폭포 속에서 함께 연검하던 모습, 사과애에 식사를 가져다주던 모습들이 차례차례 뇌리를 스쳤다. 그때까지만 해도 소사매는 그에게 몹시 다정했지만, 임평지가 등장한 후로 나날이 태도가 차가워졌다. 기분이 쓸쓸해지자 그의 연주도 따라 어두워졌고, 느닷없이 복건성 민요 가락으로 변했다. 바로 악영산이 절벽을 내려가면서 불렀던 그 노래였다. 그는 화들짝 놀라 손을 우뚝 멈췄다.

노파가 부드럽게 말했다.

"처음에는 곧잘 연주하더니 곡에 깊이 빠져 감정이 동한 모양이군. 옛일이라도 떠올린 모양이지? 한데 어째서 갑자기 복건성 민요가 끼어들었는가?"

솔직하고 활달한 영호충은 이 일을 오랫동안 마음속에 묻어두어 답답하던 차에, 한 달 가까이 다정하게 대해준 노파의 따스한 목소리에 참지 못하고 악영산을 연모해왔다는 사실을 고백했다. 한번 말을 꺼내자 이야기는 주체할 수 없이 이어져, 종국에는 노파를 친할머니나 어머니, 혹은 누나처럼 여기고 그간의 시시콜콜한 사건들을 죄다 털어놓았다. 이야기를 끝내고 나자 그제야 부끄러운 마음이 들어 그는 고개를 숙이며 말했다.

"할머니, 제가 쓸데없는 이야기를 주절댔습니다. 어쩌자고 이런…."

노파가 조용히 대답했다.

"인연이란 강요할 수 있는 것이 아닐세. 짚신도 짝이 있다는 옛말이 있듯, 지금은 실의에 빠졌어도 훗날 더 좋은 짝을 만나게 될 거야."

영호충은 큰 소리로 말했다.

"저는 언제까지 살 수 있을지 모르는 몸이니, 짝을 만나 가정을 이루기는 어려울 겁니다."

노파는 아무 말 없이 금의 현을 퉁기기 시작했다. 바로 〈청심보선주〉였다. 영호충은 곧 몽롱하게 잠이 들었다.

얼마 후 노파가 연주를 멈추고 말했다.

"이제부터 이 곡을 가르쳐주겠네. 아마도 열흘이면 충분히 배울 수 있을 거야. 앞으로 매일 이 곡을 연주하면 잃은 내공을 되찾지는 못해도 몸은 훨씬 좋아질 것일세."

"감사합니다."

노파는 탄주법을 가르치기 시작했고 영호충은 열심히 배우고 익혔다.

그 후 나흘이 지나고 닷새째 되는 날, 영호충이 금을 배우러 집을 나서는데 노덕낙이 종종걸음으로 쫓아와 말했다.

"대사형, 사부님께서 내일 이곳을 떠나자고 하십니다."

영호충은 깜짝 놀랐다.

"내일? 나는 아직….'

'아직 곡을 다 배우지 못했다'는 말이 입술 언저리까지 나왔다가 쑥 들어갔다. 노덕낙이 말했다.

"사모님께서 내일 일찍 출발할 수 있게 짐을 미리 싸두라고 분부하셨습니다."

영호충은 고개를 끄덕이고는 서둘러 녹죽옹의 집을 찾아가 노파에게 말했다.

"할머니, 내일 낙양을 떠나게 되었습니다."

노파도 놀랐는지 한참 동안 말이 없다가 비로소 입을 열었다.

"그렇게 빨리…? 아직 〈청심보선주〉를 다 배우지 못했잖은가?"

"저도 그러고 싶지 않습니다만, 사부님의 명입니다. 낙양에는 손님으로 찾아왔으니 남의 집에 눌러살 수는 없지요."

"그도 그렇지."

노파는 그렇게 말하고는 평소와 다름없이 탄주법을 가르쳤다.

영호충은 오랫동안 그녀와 가까이 지내는 동안 직접 얼굴을 본 적은 없지만, 목소리나 연주만으로도 그녀가 자신에게 몹시 관심을 기울이며 가족처럼 가깝게 여긴다는 것을 느낄 수 있었다. 다만 담백한 성격 탓인지 이따금 관심 어린 말을 건네다가도 곧 화제를 돌리곤 했고, 그가 그 사실을 알아차리는 것을 원치 않는 것 같았다.

본디 이 세상에서 영호충과 가장 가까운 사람은 악불군 부부와 악영산, 그리고 육대유였다. 이제 육대유는 세상을 떠났고 악영산은 오로지 임평지에게만 마음을 쏟고 있는 데다 악불군 부부는 그에게 의심을 품고 있으니, 영호충이 진짜 가족처럼 느끼는 사람은 녹죽옹과 노파 두 사람뿐이었다. 그날 그는 녹죽옹에게 화산에 돌아가지 않고 이곳에 남아 금과 퉁소를 배우고 죽공예를 익히겠다는 말을 몇 차례나 하려다 말았다. 악영산의 모습이 떠오를 때마다 도저히 이대로 그녀를 떠나보낼 수 없었기 때문이었다.

'소사매가 나를 모른 척해도 함께 있으면 매일 그녀를 볼 수는 있어. 뒷모습밖에 볼 수 없다 해도 소사매를 보고 그 목소리를 들을 수 있다면 충분해. 소사매가 모른 척해도 아무 상관없어.'

그렇게 생각한 영호충은 어스름이 질 때쯤 녹죽옹과 노파와 헤어지기 아쉬운 마음을 안고 노파의 창문 앞에 섰다. 그가 엎드려 절을 하자 대나무 발 너머에서도 노파가 마주 절하는 모습이 어렴풋이 비쳤다.

"내 공자에게 금을 가르친 것은 자네가 선물한 〈소오강호곡〉에 대한 보답일세. 한데 어째서 이렇게 예를 차리는가?"

"선배님의 보살핌이 어찌 금을 가르쳐주신 것뿐이겠습니까? 그 깊은 정 영원히 잊지 않겠습니다. 오늘 이렇게 헤어지면 언제 다시 뵙고 아름다운 연주를 들을 수 있을지 모르겠습니다. 허나 제 목숨이 붙어 있다면 반드시 다시 찾아뵙겠습니다."

영호충은 그렇게 말했지만 문득 이런 생각이 들었다.

'두 분은 연세가 지긋하시니 앞으로 얼마나 더 사실지 알 수 없어. 다음에 낙양을 찾아와도 만나뵙지 못할지도 몰라.'

아침이슬처럼 허무한 사람의 인생을 생각하자 저도 모르게 목이 메었다.

노파가 말했다.

"영호 공자, 떠나기 전에 공자에게 권할 말이 있네."

"예, 말씀하십시오. 반드시 마음 깊이 새기겠습니다."

영호충이 말했지만 노파는 무슨 생각을 하는지 오래도록 말이 없었다. 아주 한참의 시간이 흐른 다음에야 비로소 그녀가 입을 열었다.

"강호는 위험하기 짝이 없는 곳일세. 공자는 성격이 선하고 인자하니 부디 어딜 가나 몸조심하게."

"예."

영호충은 슬픔을 꾹 눌러 참으며 일어나 녹죽옹과 작별했다. 떠나는 그의 뒤로 왼쪽 방에서부터 아련한 금 소리가 들려오기 시작했다. 〈유소사〉였다.

다음 날, 악불군 일행은 왕원패 부자와 작별하고 배에 올라 낙수洛水를 따라서 북쪽으로 올라갔다. 왕원패는 아들과 손자를 이끌고 뱃나루까지 배웅을 나왔고, 술안주와 여비도 두둑이 챙겨주었다.

왕가준과 왕가구 형제가 영호충의 팔을 부러뜨린 이후로 영호충은 그들과 단 한마디도 하지 않았고, 작별하는 동안에도 여전히 눈을 부릅뜨고 금도 왕가 따위는 안중에도 없다는 듯이 뻣뻣하게 고개를 세운 채 바라보기만 했다. 악불군은 이런 제자 때문에 몹시 난처했지만, 고집 센 성격을 잘 알기에 어쩔 도리가 없었다. 억지로 왕원패에게 절을 하게 하면 사부의 명을 어긴 적 없는 영호충은 당연히 그 명을 따르겠지만, 훗날 금도 왕가를 찾아가 소란을 피우기라도 하면 일이 더 커질까 봐 차마 그렇게 하지는 못하고 몸소 왕원패에게 재삼 사과하며 영호충의 무례한 태도를 보아넘겼다.

영호충은 왕가에서 악영산을 위해 준비한 큼직큼직한 상자와 보따리들을 싸늘한 눈길로 바라보았다. 하인과 하녀들이 차례차례 배에 올라 선물을 바치면서, 이것은 노부인이 가는 길에 드시라고 싸준 것이라는 둥, 저것은 큰 부인이 여행길에 갈아입으라고 마련한 것이라는 둥, 요것은 작은 부인이 배에서 쓰라고 준비한 것이라는 둥 마치 가족처럼 악영산을 살뜰하게 챙겼다. 악영산은 기뻐하며 연신 감사 인사를 했다.

"어머나, 저더러 이렇게 많이 먹으라는 거예요?"

그때, 시끌시끌한 뱃전으로 남루한 옷을 입은 노인이 터벅터벅 올라왔다.

"영호 도령!"

녹죽옹을 알아본 영호충은 황급히 그에게 달려가 허리를 숙였다. 녹죽옹이 말했다.

"고모님께서 비록 보잘것없는 물건이지만 이것을 영호 도령에게 선물하라고 하셨다네."

그가 두 손으로 받쳐든 것은 하얀 꽃이 찍힌 남색 천으로 싼 기다란 물건이었다. 영호충은 허리를 깊이 숙이며 받았다.

"선배님께서 이렇게 아껴주시니 감사한 마음으로 받겠습니다."

그가 다시 길게 읍하자, 왕가준과 왕가구 형제는 남루한 노인에게 저토록 공손한 그가 강호에 이름을 떨치는 자기 할아버지는 아는 척도 하지 않는다는 사실에 분기탱천했다. 악불군 부부와 화산파 제자들만 아니라면 그 자리에서 영호충에게 달려들어 속이 풀릴 때까지 흠씬 두들겨주었을 것이다.

선물을 건넨 녹죽옹이 뱃머리에서 물러나 나루터로 이어진 널빤지에 내려서자, 두 형제는 눈짓을 주고받으며 좌우로 길을 나눠 녹죽옹에게 다가갔다. 양쪽에서 어깨를 툭 치기만 해도 하잘것없는 노인네는 강 속으로 고꾸라질 것이 뻔했다. 뱃나루 부근은 물이 얕아 빠져 죽지는 않겠지만, 영호충의 체면을 깎아내리기에는 충분했다. 그들의 움직임을 본 영호충이 당황한 목소리로 외쳤다.

"선배님, 조심하십시오!"

그는 두 사람을 막기 위해 재빨리 손을 뻗었지만, 공력을 잃은 몸으로는 두 사람을 붙잡을 수조차 없었고, 설사 붙잡았다 해도 막아낼 힘이 없었을 것이다. 초조해 어쩔 줄 모르는 그의 시야에 녹죽옹에게 부딪쳐가는 왕씨 형제의 모습이 들어왔다.

"멈춰라!"

왕원패가 버럭 소리를 질렀다. 낙양에 터를 잡고 가업을 일으킨 그는 보통 무림인과는 입장이 달랐다. 어린 손자들이 힘만 믿고 쇠약한 노인을 죽이기라도 하면 관부에서 원인을 추궁할 것이고, 그렇게 되면 무슨 후환이 닥칠지 모를 일이었다. 하지만 안타깝게도 그는 선실에서 악불군과 이야기를 하던 중이라 때맞춰 도우러 갈 수가 없었다.

퍽 하는 소리와 함께 왕씨 형제의 어깨가 녹죽옹에게 부딪쳤다. 바로 그 순간, 두 사람은 무엇에 맞은 듯 휙 뒤로 튕겨오르더니 첨벙첨벙 물보라를 일으키며 강물로 떨어졌다. 녹죽옹의 몸이 마치 탱탱하게 바람을 넣은 가죽공 같아서 부딪치는 순간 뒤로 튕겨난 것이었다. 노인은 마치 아무 일도 없는 것처럼 본래의 휘청걸음으로 뭍에 내려섰다. 왕씨 형제가 물에 빠지자 뱃전은 금세 소란스러워졌고, 뱃사람들이 황급히 물에 들어가 두 사람을 끌어냈다. 때는 이른 봄이고 아직 날이 풀리지 않아 물은 얼음장처럼 차가웠다. 물질을 못하는 왕씨 형제는 배부를 정도로 강물을 들이마셨고, 낭패한 몰골로 추위에 이를 딱딱 부딪쳤다. 왕원패가 눈을 휘둥그레 뜨며 살펴보니, 놀랍게도 두 손자의 양팔이 모두 부러져 있었다. 왼쪽 팔은 어깨뼈가 부러지고 오른팔은 손목뼈가 어긋나, 얼마 전 두 사람이 영호충의 팔을 부러뜨렸을 때와 똑같은 모습이었다. 두 사람은 고통을 호소하며 마구 욕지거리를 내뱉었지만, 우습게도 팔은 허리 옆에서 힘없이 덜렁거리고 있었다.

아들들이 당하자 왕중강은 휙 하니 몸을 날려 녹죽옹 앞을 가로막았다. 녹죽옹은 보통 노인들처럼 허리를 구부정하게 수그리고 고개를 숙인 채 느릿느릿 그를 향해 걸어오고 있었다. 왕중강이 대뜸 소리를 쳤다.

"어디서 오신 분이기에 낙양 금도 왕가에 시비를 거시오?"

녹죽옹은 들은 척도 하지 않고 계속해서 왕중강을 향해 천천히 다가가기만 했다. 배 위에 있는 사람들의 시선이 두 사람에게 쏠렸다. 녹죽옹이 한 걸음 한 걸음 다가가자 왕중강은 두 팔을 살짝 들어 길 가운데를 막았다. 두 사람의 거리는 차츰차츰 가까워져, 한 장에서 다섯

자, 다섯 자에서 세 자로 줄어들었다. 녹죽옹이 한 걸음 더 나아가자 왕중강이 대갈을 터뜨렸다.

"물러나시오!"

그의 양팔이 힘차게 녹죽옹의 등으로 떨어졌다.

뜻밖에도 왕중강의 양손 손가락이 녹죽옹의 등뼈에 닿는 순간, 그의 우람한 몸은 허공으로 붕 떠올라 몇 장 밖으로 날아가는 것이었다. 이를 본 사람들이 비명을 질렀다. 허공에 떠올랐던 왕중강은 빙글빙글 돌다가 천천히 아래로 떨어졌다.

두 사람이 멀리서부터 힘껏 달려와 부딪쳤다면 그중 한 명이 튕겨 나도 그리 이상한 일은 아니었다. 하지만 왕중강은 똑바로 서 있는 상태였고, 천천히 다가가던 녹죽옹이 별안간 그를 튕겨낸다는 것은 결코 쉽지 않은 일이어서, 악불군과 왕원패 같은 고수들도 녹죽옹이 무슨 수법으로 왕중강을 몇 장 밖으로 튕겨냈는지 전혀 알 수 없었다.

왕중강은 떨어지면서 균형을 잡아 민망한 모습만은 면했기 때문에 무공을 모르는 사람들은 그가 경공을 펼쳐 스스로 날아오른 줄로만 생각했다. 왕가의 하인들이나 가마꾼들은 과연 둘째 나리의 무공은 일류 중의 일류라며 박수갈채를 보냈으나, 왕중강의 얼굴이 하얗게 질리고 이마에서 식은땀이 흐르는 것을 보자 서로 눈치를 보며 우물쭈물 입을 다물었다. 자세히 보니 왕중강의 두 팔 역시 아들들과 다름없이 아래로 축 늘어져 있었다.

녹죽옹이 힘 한번 들이지 않고 두 손자의 팔을 부러뜨렸을 때부터 왕원패는 흠칫 놀랐다. 적의 팔을 부러뜨리는 것쯤이야 그 자신도 충분히 할 수 있었지만, 그러기 위해서는 기합을 넣어 양껏 힘을 써야 했다. 저 노인처럼 아무도 눈치채지 못할 만큼 빠르게 움직일 수는 없었다. 그런데 그 뒤로 아들마저 두 팔이 부러진 채 나가떨어지자 입을 떡벌린 채 놀라움을 감추지 못했다. 둘째 아들은 그의 무공을 이어받아 칼 쓰는 솜씨는 말할 것도 없고, 권각과 내공도 제법 갖춰 젊은 시절의 그와 거의 비슷한 수준에 올라 있었다. 살짝 부딪친 것만으로 그런 아들을 멀리 튕겨내고 두 팔까지 부러뜨릴 정도의 실력을 갖춘 고수는 지금껏 살아오면서 단 한 번도 본 적이 없었다.

그는 황급히 아들을 불렀다.

"중강, 그만 돌아오너라!"

왕중강은 고통을 참고 억지로 뱃머리로 뛰어올라 침을 뱉으며 욕을 했다.

"저 더러운 늙은 놈이 사술을 쓴 것이 분명합니다!"

왕원패가 어긋난 아들의 뼈를 맞춰주며 나지막하게 물었다.

"몸은 어떠냐? 내상을 입지는 않았느냐?"

왕중강이 고개를 젓자 왕원패는 속으로 가만히 헤아려보았다. 자신의 실력으로는 저 노인을 상대할 수 없고, 악불군이 도와주면 이기더라도 떳떳하지 않으니 차라리 모른 척 넘어가는 것이 상책일 듯했다. 유유자적 멀어지는 녹죽옹의 모습을 보는 그의 마음은 무엇인지 모를 이상한 기분으로 가득 찼다.

'저 노인은 영호충의 친구다. 손자 녀석들이 영호충의 팔을 부러뜨리자 부자 세 명에게 이자까지 붙여 갚아준 것이겠지. 낙양에서는 둘째가라면 서러운 이 왕원패가 노년에 이런 꼴을 당할 줄이야!'

그동안 왕백분은 두 조카의 뼈를 맞추고 축축하게 젖은 두 사람을 가마에 태워 집으로 돌려보냈다.

왕원패가 악불군에게 시선을 돌리며 말했다.

"악 장문인, 저자는 대체 누구요? 나이가 드니 눈이 어른어른해서 저런 고수가 누군지도 못 알아보겠구려."

악불군은 영호충을 돌아보았다.

"충아, 저 사람은 누구냐?"

"저분이 바로 녹죽옹입니다."

왕원패와 악불군은 동시에 탄성을 터뜨렸다. 지난번에 찾아갔을 때는 안으로 들어가지 못하고 녹죽옹의 목소리만 들었고, 금도 왕가에서 유일하게 녹죽옹의 얼굴을 아는 역 선생은 문 앞에서 작별 인사를 하고 이곳까지 따라오지 않았기 때문에 아무도 알아보지 못했던 것이다.

악불군은 영호충이 든 남색 천을 가리키며 다시 물었다.

"그가 준 것이 무엇이냐?"

"저도 모르겠습니다."

영호충이 대답하며 천을 풀어내자 요금 하나가 모습을 드러냈다. 낡고 오래된 금의 한 귀퉁이에는 전서체로 '연어燕語'라는 글자가 새겨져 있었다. 금 위에는 서책이 한 권 놓여 있었는데, 겉면에 쓰인 제목은 바로 '청심보선주'였다. 영호충은 가슴이 따스해지는 것을 느끼며 저도 모르게 감탄사를 내뱉었다.

악불군이 그의 얼굴을 살피며 물었다.

"왜 그러느냐?"

"선배님께서 이 금뿐만 아니라 곡보까지 써주셨습니다."

곡보는 잠화소해체簪花小楷體(조그맣게 쓰는 해서체)로 가득했고, 탄주법 외에도 각종 지법과 현법, 금을 타는 요결 등이 상세하게 기술되어 있었다. 종이가 구김 없이 빳빳하고 먹물을 진하게 머금은 것을 보면, 노파가 방금 완성해서 보낸 것이 분명했다. 영호충은 친가족처럼 아껴 주는 노파의 마음씨에 몹시 감동해 저도 모르게 눈물을 글썽였다.

왕원패와 악불군이 보아도 서책의 내용은 온통 금에 대한 것뿐이었다. 〈소오강호곡〉에서도 본 이상야릇한 글자들도 몇 군데 있어 슬며시 의심이 일기는 했으나 이러쿵저러쿵 캐묻지 못했다.

"녹죽옹이라는 사람은 무림 고수면서 그간 본모습을 숨기고 있었구나. 충아, 저 사람이 어느 문파 사람인지 아느냐?"

악불군은 영호충이 안다 해도 사실대로 대답하지 않으리라 생각했지만, 워낙 놀라운 무공을 지닌 사람이라 묻지 않을 수가 없었다. 과연 영호충은 고개를 저었다.

"저는 저분께 금을 배웠을 뿐, 무공을 익히신 분인지는 전혀 몰랐습니다."

악불군 부부는 왕원패와 왕백분, 왕중강에게 두 손을 모아 인사한 뒤 닻을 올려 북쪽으로 출발했다. 왕원패 역시 녹죽옹이 다시 찾아와 소란을 일으킬까 두려워 흥이 식고 마음이 불안해 황급히 자리를 떴다.

배가 10여 장쯤 흘러가자 화산파 제자들은 방금 있었던 일에 대해 떠들기 시작했다. 녹죽옹의 무공이 신비막측하다고 칭찬하는 사람도 있었고, 임평지와 악영산의 눈치를 보며 녹죽옹의 무공은 보잘것없는데 왕씨 형제가 경계하지 않다가 당했고, 왕중강은 늙고 가난한 노인네와 같은 무리로 비치기 싫어서 스스로 멀리 피한 것뿐이라고 하는 사람도 있었다. 하지만 왜 가만히 있던 팔이 부러졌느냐는 질문에는 대답할 방법이 없었다.

영호충은 사제와 사매들의 논의에 끼지 않고 후미에 앉아 곡보만 뒤적였다. 곡보에 적힌 대로 현을 짚어보면서도, 사부와 사모가 놀랄까 봐 흉내만 내고 실제로 현을 퉁겨 소리를 내지는 못했다.

악 부인은 녹죽옹의 기이한 모습과 고강한 무공이 떠올라 심사가 복잡해 순풍을 타고 빠르게 나아가는 뱃전으로 나아가 경치를 구경했다. 얼마 후, 남편의 목소리가 귓가에 들려왔다.

"그 녹죽옹이라는 자가 어느 문파 사람인 것 같소?"

그녀 역시 남편에게 묻고 싶었던 질문이었기 때문에 되물었다.

"사형 생각은 어떠세요?"

악불군은 고개를 저었다.

"행동이 기괴하고 손발을 움직이지도 않은 채 왕씨 부자를 몇 장 밖으로 날려보냈으니, 아무래도 정파의 무공은 아닌 것 같소. 왕씨 부자의 팔을 부러뜨린 것은 지난번 충이가 그들에게 똑같이 당했기 때문이겠지. 그자는 틀림없이 충이의 복수를 하러 온 것이오."

악 부인은 고개를 끄덕였다.

"충이를 무척 마음에 들어 하는 것 같지만, 일부러 금도 왕가와 싸우러 온 것은 아닐 거예요."

악불군은 한숨을 쉬었다.

"이 일은 이대로 마무리되면 좋겠구려. 혹여 왕 나리가 평생 쌓아온 명성이 무너질까 걱정이오."

그는 잠시 생각에 잠겼다가 다시 말했다.

"우리가 비록 물길로 가고는 있으나… 여전히 경계는 풀지 말아야 하오."

"누군가 이 배를 건드릴지도 모른다는 말씀인가요?"

악불군은 고개를 저었다.

"그날 밤 우리를 공격한 열다섯 명의 복면인이 누군지, 어찌하여 우리를 공격했는지 지금까지도 전혀 밝혀진 바가 없지 않소? 우리는 훤히 드러나 있고 적은 숨어 있으니 앞으로의 여정이 평안하지만은 않을 것이오."

화산파를 다스리기 시작한 이래 단 한 번도 이토록 크게 꺾여본 적이 없는 그였다. 앞으로 더 많은 어려움이 닥칠 것을 짐작했지만, 적이 누군지, 무슨 음모를 꾸미고 있는지 조그마한 단서조차 찾아내지 못했고 선수를 쳐서 공격할 수도 없어 마음이 심히 불안하기만 했다.

그들 부부는 제자들에게 밤낮으로 단단히 경계하라고 당부했지만, 그들이 탄 배가 공현鞏縣 부근에서 강으로 접어들어 순조롭게 동쪽으로 내려가는 동안 아무런 사고도 일어나지 않았다. 낙양에서 멀어지면 멀어질수록 사람들은 점차 마음을 놓기 시작했고 경계도 해이해져갔다.

笑傲江湖

술잔론

◆ 14

― 조천추가 품에 손을 쑥 넣어 술잔 하나를 꺼냈다. 부드럽고 반질반질하게
광택이 나는 술잔은 과연 양지옥으로 만든 백옥잔이었다.
그는 계속해서 품 안에 있는 술잔을 하나씩 하나씩 꺼내 놓았다.

배가 다음 목적지인 개봉開封에 가까워지자 악불군 부부와 제자들은 개봉의 무림인들에 대해 이야기꽃을 피웠다.

"개봉은 큰 성이나 강호인들은 많지 않다. 개봉에 기반을 둔 화華 노표두나 해海 노권사, 예중삼영豫中三英도 무공이나 명성이 아주 높다고는 할 수 없지. 공연히 번잡하게 찾아다닐 것 없이 명승지만 구경하고 떠나도록 하자."

악불군의 말에 악 부인이 미소를 지으며 말했다.

"개봉에는 아주 유명한 인물이 살고 있는데 잊으셨나 보군요."

"아주 유명한 인물이라고? 누구를… 말하는 것이오?"

악 부인은 생긋 웃었다.

"한 명을 치료하면 한 명을 죽이고, 한 명을 죽이면 한 명을 치료하여 치료를 하든 살인을 하든 반드시 그 수를 맞춘다는 사람이 누구일까요?"

악불군이 알겠다는 듯 빙그레 웃었다.

"살인명의殺人名醫 평일지平一指 말이구려. 하긴 아주 유명한 인물이지. 하지만 워낙 괴팍한 인물이니 우리가 찾아가도 만나주지 않을 수도 있소."

"물론 그럴지도 모르죠. 하지만 충이의 내상에 차도가 없고 기왕 개봉까지 왔으니 그 유명한 살인명의를 한번 찾아가보기는 해야 하지 않겠어요?"

악영산이 의아한 목소리로 끼어들었다.

"어머니, '살인명의'가 무슨 뜻이에요? 살인을 하는 사람이 어떻게 명의가 될 수 있죠?"

악 부인이 미소 띤 얼굴로 말했다.

"평일지라는 사람은 무림의 괴… 아니, 기인인데, 죽은 사람도 살려낼 만큼 고명한 의술 덕에 아무리 무거운 병을 앓는 사람도 그가 손을 대면 반드시 낫는다고들 한단다. 하지만 성격이 괴팍해서 세상 사람의 수는 하느님과 염라대왕이 정해놓았다고 생각하지. 그래서 너무 많은 사람을 살려주어 죽는 사람의 수가 줄어들면 염라대왕의 눈 밖에 나서 훗날 죽어 저승에 갔을 때 괴롭힘을 당할까 봐 겁이 나기 시작한 거야."

그녀의 이야기에 제자들은 와자그르르 웃음을 터뜨렸다.

"그래서 한 사람을 살리면 반드시 한 사람을 죽여서 산 사람의 수를 맞추겠다고 맹세했단다. 물론 수가 맞으려면 어떤 이유로든 한 사람을 죽이면 반드시 한 사람을 살려야 하기도 하지. 소문에는 그의 집 대청에는 '한 명을 치료하면 한 명을 죽이고, 한 명을 죽이면 한 명을 치료해, 치료를 하든 살인을 하든 반드시 그 수를 맞춘다'라고 쓰인 족자가 걸려 있다는구나. 그렇게만 하면 하느님도 사람을 함부로 죽였다며 노하지 않을 것이고, 염라대왕도 사람을 함부로 살려 저승의 질서를 어지럽혔다며 따지지 않으리라 했다지."

제자들이 다시금 웃음을 터뜨렸다.

"참 재미있는 의원이네요. 그런데 평일지라니, 왜 그렇게 이상한 이름을 지었을까요? 혹시 손가락이 하나뿐이에요?"

악영산이 묻자 악 부인은 고개를 저었다.

"그런 것 같지는 않구나. 사형, 혹시 그가 왜 그런 이름을 쓰는지 알고 계세요?"

악불군이 대답했다.

"평 의원의 열 손가락은 아주 무사하다. '일지'라는 이름을 쓰는 까닭은 그가 치료를 하거나 살인을 할 때 오로지 한 손가락만 쓰기 때문이다. 사람을 죽일 때는 손가락만 까딱해도 충분하고, 사람을 치료할 때는 손가락으로 맥을 짚기만 하니, 그렇게 불릴 만도 하지."

"아, 그랬군요. 그러면 점혈 수법이 대단하겠군요?"

악 부인이 물었다.

"나도 잘은 모르겠소. 평 의원과 직접 싸운 사람은 손꼽을 정도로 적소. 그의 고명한 의술은 강호에 널리 알려져 있으니 무림의 고수들이 어찌 모르겠소? 살아생전 무슨 일을 당할지 모르는 강호인들이 이르든 늦든 언젠가는 평 의원을 찾아가야 할 터인데, 누가 감히 싸움을 걸어 밉보이려 하겠소? 더욱이 부득이한 경우가 아니면 쉽사리 그에게 치료를 청할 수가 없으니, 치료할 때 정말 한 손가락만 쓰는지도 아는 사람이 많지 않소."

"그건 무엇 때문이에요?"

악영산이 끼어들어 묻자 악불군이 대답했다.

"무림인들이 치료를 청하면, 병이 나은 뒤 반드시 그가 지정한 사람을 죽여 세상 사람 수를 맞추겠다는 맹세를 시키기 때문이다. 아무

관계도 없는 사람이면 눈 딱 감고 죽일 수 있을지도 모르나, 치료받은 사람의 절친한 친구, 혹은 부모나 자식이라면 얼마나 입장이 난처하겠느냐?"

뭇 제자들은 고개를 주억거리며 말했다.

"정말 유별난 분이군요."

악영산은 소리 높여 영호충을 불렀다.

"대사형, 아무래도 치료를 부탁하러 가면 안 될 것 같아요."

줄곧 뒤쪽 선창에 기대 괴팍한 살인명의 평일지의 이야기를 듣고 있던 영호충은 그녀의 한마디에 빙그레 웃으며 말했다.

"하긴 그렇군! 내상을 치료해준 대가로 소사매를 죽이라고 하면 큰일이지."

화산파 제자들이 큰 소리로 웃음을 터뜨렸고, 악영산도 웃으며 말했다.

"그 사람은 나와 아무런 원한도 없는데 왜 나를 죽이라고 하겠어요?"

그녀는 고개를 돌려 아버지에게 물었다.

"아버지, 평 의원은 착한 사람이에요, 나쁜 사람이에요?"

악불군은 조용히 대답했다.

"변덕스럽고 정사의 구분이 또렷하지 않으니 좋은 사람이라고는 할 수 없으나, 나쁜 사람이라고도 할 수 없다. 듣기 좋게 말하자면 기인이고 나쁘게 말하자면 괴인이지."

"강호에 떠도는 소문은 약간씩 과장되기 마련이잖아요. 이왕 개봉에 왔으니 한번 만나보고 싶어요."

악영산의 말에 악불군과 악 부인은 약속이나 한 듯 외쳤다.

"말도 안 되는 소리!"

부모의 심각한 표정에 세상 물정 모르는 악영산마저 흠칫 놀랐다.

"왜 그러세요?"

"무슨 화를 당할지도 모르는데, 네가 그런 사람을 어찌 만나겠다는 것이냐?"

"그냥 한번 보는 것뿐인데 화를 당하다니요? 제 몸이 아파 치료해 달라는 것도 아닌데 무슨 일이 있겠어요?"

딸이 여전히 심각성을 깨닫지 못하자 악불군은 얼굴을 굳히며 엄하게 말했다.

"우리는 산천유람을 온 것이지, 소동을 일으키러 온 것이 아니다."

아버지의 노기를 알아차린 악영산은 더 이상 대꾸하지 않았지만, 살인명의 평일지에 대한 호기심은 한층 깊어졌다.

배는 다음 날 진시辰時(7~9시)경 개봉 나루에 닿았으나, 나루터에서 성까지는 제법 거리가 있었다.

악불군이 미소 띤 얼굴로 말했다.

"여기서 멀지 않은 곳에 대대로 우리 악씨 집안의 자랑거리가 되어 온 장소가 있다. 그곳에는 가보지 않을 수 없겠지."

악영산은 손뼉을 쳤다.

"저도 알아요! 주선진朱仙鎭이죠? 우리 조상이신 악붕거岳鵬擧(송나라 명장인 악비) 할아버지께서 금나라의 올출兀朮을 대파하셨던 곳이요!"

무학을 배우는 사람 중 금나라에 대항해 국토를 지켜낸 악비岳飛를 존경하지 않는 자는 없었다. 주선진은 지난날 악비가 금나라의 군대를 크게 깨뜨린 장소였으니 화산파의 제자들도 꼭 가보고 싶어 했다.

악영산이 제일 먼저 뭍으로 뛰어내리며 외쳤다.

"어서 가요, 어서! 주선진부터 들렀다가 개봉성에 들어가 점심을 먹자고요."

일행이 차례차례 배에서 내렸지만, 영호충은 앉은 자리에서 꼼짝하지 않았다. 악영산이 그를 불렀다.

"대사형, 안 가세요?"

내공을 잃은 뒤로 늘 기운이 없고 피곤하기만 한 영호충은 움직이는 것도 귀찮아 모두들 놀러 나간 뒤 홀로 〈청심보선주〉나 연습할 생각이었다. 특히 임평지가 악영산 옆에 딱 붙어 있는 모습이 눈에 거슬려 더욱더 배에 남고 싶어졌다.

"기운이 빠져서 움직일 수가 없어."

그가 말하자 악영산은 고개를 끄덕였다.

"알겠어요. 배에서 쉬고 계시면 개봉성에서 좋은 술 몇 근 사다 드릴게요."

임평지와 나란히 먼저 간 사람들을 쫓아가는 악영산의 모습에 영호충은 마음이 시큰시큰했다. 〈청심보선주〉를 배워 내상을 치료한들 무슨 의미가 있을까? 금을 배운들 무슨 의미가 있을까? 출렁출렁 동으로 흐르는 황하의 탁류를 멀거니 바라보노라니, 인생의 쓴맛도 저 강물처럼 끝없이 밀려오겠구나 싶어 가슴이 저며왔다. 감정이 흔들리는 바람에 절로 내공이 동하자, 단전에 칼로 후벼파는 듯이 지독한 통증이 찾아들었다.

다정하게 주변 경치를 돌아보며 속닥속닥 이야기를 나누는 악영산과 임평지는 영호충의 기분과는 완전히 달라 보였다.

그들을 지켜보던 악 부인이 남편의 소매를 잡아끌며 속삭였다.

"산이와 평이는 아직 어리니, 이런 산길에서야 저렇게 붙어다녀도 상관없지만 큰 거리에서는 보기에 좋지 않아요. 우리가 늘 함께 있어야겠어요."

악불군은 빙그레 웃으며 말했다.

"그럽시다. 다행히 우리는 더 이상 젊지 않으니 이렇게 붙어다녀도 괜찮겠구려."

남편의 농에 악 부인은 쿡쿡 웃고는 속도를 올려 딸의 곁으로 갔다.

네 사람은 행인들에게 방향을 물으며 주선진으로 향했다.

저 너머에 마을이 희미하게 보일 즈음, 일행은 길가에 선 커다란 사당에 도착했다. 사당 문 위에는 '양장군묘楊將軍墓'라는 금색 글자가 쓰여 있었다. 악영산이 외쳤다.

"아아, 저도 알겠어요! 여긴 양재흥楊再興(악비와 함께 금나라에 대항해 싸운 송나라 장수) 장군을 기리는 사당이에요! 소상하小商河로 길을 잘못 들어 금나라 병사의 활에 맞아 돌아가셨지요."

악불군은 고개를 끄덕였다.

"네 말대로다. 나라를 위해 몸을 바친 양 장군의 기개를 우러르지 않을 수야 있겠느냐? 들어가서 참배하고 가자꾸나."

다른 제자들은 훨씬 뒤처져 있었기 때문에 그들은 기다리지 않고 먼저 안으로 들어갔다.

양재흥의 신상은 얼굴을 하얗게 칠하고 몸에는 은갑을 걸쳐 위용이 넘쳤다. 악영산은 신상을 바라보며 속으로 중얼거렸다.

'참 잘생긴 장군이잖아!'

그러면서 비교해보려는 듯 옆에 있는 임평지를 흘끔거렸다.

바로 그때, 사당 밖에서 누군가의 목소리가 들려왔다.

"양장군묘라면 당연히 양재흥의 사당이지!"

그 목소리를 듣는 순간, 악불군 부부는 안색이 싹 변해 재빨리 검자루를 움켜쥐었다. 또 다른 목소리가 들려왔다.

"세상에 양씨 성을 가진 장군이 얼마나 많은데 왜 하필 양재흥이야? 후산금도後山金刀 양 영감일 수도 있고, 양육랑이나 양칠랑일 수도 있잖아?"

세 번째 사람이 말했다.

"양가장楊家將(송나라 때 요나라와 대적하여 싸운 양씨 가문의 장수들)이라 해도 양 영감이나 양육랑, 양칠랑이 아니라 양종보楊宗保나 양문광楊文廣일지 누가 알아?"

"양사랑은 왜 안 돼?"

누군가 묻자 처음 말했던 사람이 대답했다.

"양사랑은 오랑캐에게 투항했으니 같은 사당에 모실 리가 없어."

"내가 넷째라서 오랑캐에게 투항했다고 놀리는 거지, 엉?"

"넷째란 것만 빼면 너랑 양사랑이 무슨 상관이야?"

"그러는 너는 다섯째잖아. 양오랑은 오대산에서 출가했는데 너는 왜 아직도 스님이 안 된 거야?"

"내가 스님이 되면 너는 오랑캐에게 투항해야 해!"

악불군 부부는 첫마디를 들었을 때부터 도곡육선이라는 것을 알아차리고 딸과 임평지에게 손짓해 함께 신상 뒤로 몸을 숨겼다. 악불군 부부는 신상 왼쪽, 악영산과 임평지는 오른쪽이었다.

도곡육선은 끝나지 않는 입씨름만 해댈 뿐, 좀처럼 들어와서 확인해보려 하지 않았다. 악영산은 속으로 웃음을 터뜨렸다.

'저렇게 다툴 필요가 어디 있담? 양재홍인지 양사랑인지 들어와서 보면 되잖아?'

그들의 대화에 귀를 기울이던 악 부인은 모두 다섯 사람이라는 것을 확인했다. 역시 한 사람은 그날 그녀의 손에 죽은 모양이었다. 원수는 대나무다리에서 만난다고 했던가. 그녀와 남편은 그들의 복수를 피해 화산을 떠났는데, 멀리 개봉 부근에서 마주치게 될 줄은 생각조차 하지 못한 일이었다. 비록 그들에게 발각되지는 않았지만 곧 다른 제자들이 도착하면 계속 숨어 있을 수만은 없어, 악 부인은 초조함을 감추지 못했다.

여전히 너 한마디 나 한마디 하며 떠들어대던 도곡오선 중 누군가가 큰 소리로 외쳤다.

"이 사당에 모신 사람이 누군지 들어가서 확인하자!"

말이 끝나기 무섭게 다섯 사람이 우르르 들어왔고, 누군가 소리를 질렀다.

"아하, 이것 봐! '양공楊公 재홍의 상'이라고 되어 있으니 당연히 양재홍이라고!"

셋째인 도지선이었다.

도간선이 퉁을 주었다.

"잘 봐. '양공재'라고 되어 있지 '양재홍'이라고 되어 있지는 않잖아. 이제 보니 양 장군이라는 사람 이름이 공재였구나. 음, 양공재, 양공재라… 좋아, 아주 좋은 이름이야."

도지선이 부아가 치미는지 버럭 소리를 질렀다.

"분명히 양재홍인데 양공재는 무슨 양공재야?"

"여기 분명히 '양공재'라고 되어 있잖아?"

"그럼 '흥의상'은 무슨 뜻이야?"

도근선이 묻자 도엽선이 태연하게 대답했다.

"흥이란 기쁘고 즐겁다는 뜻이지. 그러니까 흥의상은 아주 기쁘고 즐거운 신상이라는 말이야. 죽은 뒤에 누가 이런 사당까지 지어줬으니 양공재라는 녀석이 기쁘고 즐거운 건 당연하잖아."

"맞아, 맞아!"

도간선이 맞장구쳤다.

"내가 양칠랑을 모신 사당이라고 했잖아. 역시 내 생각이 맞았어. 이 도화선은 선견지명이 있다니까."

도화선의 말에 도지선이 심통을 부렸다.

"양재홍 사당인데 양칠랑은 또 무슨 소리야?"

도간선도 똑같이 심통맞은 소리로 끼어들었다.

"양공재 사당인데 양칠랑은 또 무슨 소리야?"

"셋째 형, 양재홍이 몇 째게?"

도화선이 여유만만하게 묻자 도지선은 고개를 저었다.

"몰라."

"양재홍은 일곱째야. 그러니 양칠랑이지. 둘째 형, 그럼 양공재는 몇 째게?"

도간선은 재빨리 변명했다.

261

"예전에는 알았는데 지금은 깜빡 잊었어."

"하지만 나는 기억하고 있지."

도화선이 자랑스레 말했다.

"양공재도 일곱째야. 그러니 당연히 양칠랑이지."

도근선이 끼어들었다.

"이 신상이 양재홍이라면 양공재일 수는 없고, 양공재라면 양재홍일 수는 없어. 그런데 어째서 양재홍이면서 또 양공재가 될 수 있지?"

"큰형이 몰라서 그래. 여기 있는 '재再' 자를 잘 보라고. '재'는 '또'라는 뜻이니 한 사람에 또 한 사람을 더해 두 사람이라는 뜻이야. 그래서 이 신상은 양공재이면서 양재홍인 거야."

그의 설명에 나머지 네 사람은 일제히 고개를 주억였다.

"음, 일리가 있군."

도지선이 불쑥 말했다.

"이름에 '재' 자가 있으면 또 한 사람을 더한다는 뜻이라고? 그럼 양칠랑은 이름에 '칠' 자가 있으니 아들이 일곱이겠군!"

도근선이 물었다.

"이름에 '천千' 자가 들어가면 아들이 천 명이고, '만萬' 자가 들어가면 아들이 만 명이야?"

도곡오선의 대화는 점점 본질에서 멀어지고 있었고, 악영산은 터져 나올 뻔한 웃음을 몇 차례나 억지로 참아야 했다.

또다시 한바탕 말싸움이 이어진 다음에야 간신히 도간선이 화제를 바꿨다.

"양칠랑님, 양칠랑님. 우리 여섯째만 살려주신다면 몇 번이라도 절을 올릴게요. 자자, 절부터 받으세요."

그가 신상 앞에 무릎을 꿇고 머리를 조아렸다. 그의 기도를 들은 악불군 부부는 안도의 표정으로 서로 눈짓을 주고받았다.

'보아하니 검을 맞은 괴인이 목숨을 잃지는 않았구나.'

도곡육선은 내력을 추측하기 어려운 괴인들이었고, 그런 자들과는 가능한 한 원수를 맺고 싶지 않았던 것이다.

도지선의 목소리가 들려왔다.

"여섯째가 죽으면 어쩌지?"

도간선이 화난 목소리로 외쳤다.

"그럼 신상을 때려부수고 그 위에 오줌을 눌 테다!"

도화선이 퉁을 주었다.

"양칠랑의 신상을 때려부수고, 그 위에 오줌을 누거나 똥을 싼들 무슨 소용이 있어? 그런다고 죽은 여섯째가 살아 돌아오지도 않을 텐데! 공연히 헛절만 했잖아!"

도지선은 고개를 끄덕였다.

"일리 있는 말이야. 절을 하기 전에 여섯째가 나을지 어떨지 확실히 물어보자. 낫는다면 절을 하고 낫지 않는다면 오줌을 누어야지."

도근선이 끼어들었다.

"나을 병이면 절을 하지 않아도 나을 테니 절을 할 필요가 없고, 낫지 않을 병이면 오줌을 누지 않아도 낫지 않을 테니 오줌을 눌 필요도 없어."

도엽선도 끼어들었다.

"여섯째가 낫지 않으면 오줌을 누지 않는다고? 그러면 방광이 터져 죽을 텐데?"

별안간 도간선이 대성통곡을 했다.

"여섯째가 죽으면 우리 모두 똥오줌도 못 누고 방광이 터져서 죽는 구나!'

다른 네 사람도 따라서 엉엉 울기 시작했다.

잠시 후, 도지선이 큰 소리로 웃음을 터뜨렸다.

"이것 봐. 만약 여섯째가 죽지 않으면 공연히 헛울음만 한 셈이니 우리 손해야! 자자, 일단 확실하게 물어보자. 그런 다음 울어도 늦지 않아."

도화선이 통을 주었다.

"말이 이상하잖아. 만약 여섯째가 죽지 않으면 '그런 다음 울어도 늦지 않다'는 말은 틀렸어."

다섯 사람은 또다시 말싸움을 벌이며 사당에서 멀어져갔다.

그들이 떠나자 악불군은 악 부인에게 말했다.

"그자의 생사는 우리에게도 중대한 문제니 내가 가서 살피고 오겠소. 사매, 당신은 아이들을 데리고 여기서 기다리시오."

"사형 홀로 험지에 보낼 수는 없어요. 저도 함께 가겠어요."

악 부인이 그렇게 말하며 먼저 밖으로 나갔다. 매번 어려움을 만날 때마다 부부가 함께 해결해온 그들이었으니, 그녀가 이렇게 나오면 만류할 수 없다는 것을 알아차린 악불군은 두말없이 따라나섰다.

사당 밖으로 나오자 저 멀리 오솔길을 따라 산모롱이를 돌아가는 도곡오선이 보였다. 두 사람은 가까이 접근하지는 못하고 멀리서 뒤를 밟았다. 다행히 도곡오선이 가는 내내 큰 소리로 말싸움을 한 덕에 멀리서도 위치를 가늠할 수 있었다. 오솔길을 따라 키 큰 버드나무 10여 그루를 지나자 조그만 개울가에 몇 칸짜리 기와집이 나타났고, 도곡오선은 시끌시끌 떠들면서 그 안으로 들어갔다.

악불군이 조용히 말했다.

"집 뒤로 돌아갑시다."

두 사람은 경공을 펼쳐 오른쪽으로 1리 정도 빙 돌아 기와집 후원에 서 있는 버드나무 뒤로 몸을 숨겼다.

바로 그때 도곡오선이 일제히 노성을 터뜨렸다.

"으악! 저자가 여섯째를 죽였다!"

"가… 가슴을 갈라놓았구나!"

"죽고 싶어 환장한 놈이다!"

"똑같이 가슴을 갈라놓을 테야!"

"아이고, 여섯째야! 이렇게 참혹하게 죽다니…. 이제 우리는 오줌도 못 누고 방광이 터져 너를 따라 죽겠구나!"

악불군 부부는 깜짝 놀라 서로를 바라보았다.

'대체 누가 그자의 가슴을 갈랐을까?'

두 사람은 손짓을 주고받은 뒤 허리를 숙이고 창가로 다가가 창틈으로 안을 들여다보았다.

방 안을 밝힌 일고여덟 개의 등불 아래로 커다란 침상 하나가 보였다. 침상에는 벌거벗은 남자가 누워 있었고, 누군가 그 가슴을 해부해 새빨간 피가 줄줄 흐르고 있었다. 두 눈을 휘둥그레 뜬 남자는 죽은 지 오래된 것 같았는데, 바로 화산에서 악 부인의 검에 찔린 도실선이었다. 도곡오선은 침상을 둘러싸고, 그 앞에 있는 작고 마른 남자에게 삿대질을 하며 소리소리 질러댔다. 작고 마른 남자는 머리가 무척 크고 코밑에는 쥐수염을 길렀는데, 작은 몸에 붙은 커다란 머리가 균형을 잡기가 어려운 듯 이리 흔들 저리 흔들 하는 모습이 몹시 우스꽝스러웠다. 그의 두 손에는 막 흐른 피가 잔뜩 묻어 있었고, 한쪽 손에 든 눈부시게 번쩍이는 단도에도 핏자국이 낭자했다. 그는 눈을 똑바로 뜨고 도곡오선을 응시하다가 한참 후에야 비로소 낮은 목소리로 입을 열었다.

"구린내 나는 헛소리는 끝났나?"

도곡오선이 입을 모아 소리쳤다.

"오냐! 이제 네가 헛소리를 해보시지. 구린내가 나는지 안 나는지?"

"검을 맞아 반죽음이 된 이자를, 너희는 금창약만 발라 천 리 먼 곳에 있는 내게 치료를 부탁하러 왔지. 하지만 얼마나 늑장을 부리며 왔는지 벌써 상처가 굳고 경맥도 막혔다. 목숨을 구할 수는 있지만 경맥이 망가져 무공을 모두 잃고 하반신이 마비되어 걸을 수도 없는데, 그런 폐인을 살려서 어디에 쓰려고?"

도근선이 발을 쾅쾅 굴렀다.

"개똥밭에 굴러도 저승보다 이승이 좋다잖아!"

그러자 작고 마른 남자는 버럭 화를 냈다.

"내 손에 들어온 환자인데 완벽하게 치료하지 못해 폐인으로 만들면 내 체면이 어찌 될까? 흥, 관두자, 관둬! 나는 모르는 일이니 당장 저 시체를 데리고 가버려! 에이, 화나 죽겠군, 화나 죽겠어!"

도근선이 슬그머니 물었다.

"화나 죽겠다면서 왜 아직 안 죽어?"

작고 마른 남자가 눈을 부릅뜨고 그를 노려보며 찬바람 쌩쌩 이는 목소리로 말했다.

"벌써 네놈 때문에 화가 나서 죽었다. 어째서 안 죽었다고 생각하는 거지?"

그러자 도간선이 끼어들었다.

"여섯째를 살릴 능력도 없으면서 가슴은 왜 갈라놓은 거야?"

작고 마른 남자는 여전히 차갑게 대꾸했다.

"내 별호가 뭐지?"

"흥, 네놈의 빌어먹을 별호는 살인명의잖아!"

악불군 부부는 가슴이 철렁해 또다시 서로를 바라보았다.

'저 괴상하게 생긴 자가 그 유명한 살인명의구나. 하긴, 천하의 의술을 논할 때 첫손 꼽는 자가 바로 평일지니, 저 괴인들이 다친 형제를 평일지에게 데려온 것도 당연하다.'

평일지는 싸늘하게 대꾸했다.

"내 별호가 살인명의인데, 사람 하나 죽이는 것이 무슨 대수냐?"

도화선이 나섰다.

"사람 죽이는 게 뭐가 대단해? 나도 할 줄 안다고! 그런데 네놈은 죽이기만 하고 살리지도 못하는데 '명의'라고 불리잖아!"

"내가 사람을 살리지 못한다고? 흥, 저 반죽음이 된 놈의 가슴을 열고 경맥을 이어붙이면, 내공이든 외공이든 다치기 전과 완전히 똑같은 상태로 회복할 수 있다. 그게 바로 살인명의의 솜씨지!"

그 말에 도곡오선은 몹시 기뻐하며 입을 모아 외쳤다.

"이제 보니 우리 여섯째를 살리던 중이었구나! 우리가 오해했어."

도근선이 재빨리 말했다.

"그… 그런데 왜 가만히 있어? 여섯째의 가슴에서 피가 계속 흐르잖아. 이대로 두면 늦을지도 몰라."

평일지는 차갑게 그를 쏘아보았다.

"살인명의가 나냐, 너냐?"

"물론 너지. 그건 왜 물어?"

"살인명의는 난데 늦은지 빠른지 네가 어찌 알지? 게다가 나는 이미 저놈의 가슴을 열고 치료를 하던 중이었는데, 괴물 같은 너희가 뛰어들어 떠들어대는 통에 이리 되지 않았느냐? 양장군묘에 가서 반나절을 보내고, 우장군묘와 장장군묘에도 들러 놀고 오라 했더니, 왜 이렇게 빨리 돌아온 것이냐?"

"어서 치료부터 해. 지금 떠들어대는 사람은 우리가 아니라 너잖아."

평일지는 그를 흘끔 노려보더니 대뜸 소리를 질렀다.

"바늘과 실!"

그 갑작스러운 외침에 도곡오선은 물론이고 악불군 부부마저 깜짝 놀랐다. 비쩍 마르고 키가 큰 여인이 방으로 들어와, 말 한마디 없이 들고 온 나무 쟁반을 탁자 위에 내려놓았다. 마흔 살가량 된 여인은 넓적한 얼굴에 귀는 커다랗고 눈은 푹 꺼졌으며, 안색은 핏기 하나 없이 창백했다.

평일지가 말했다.

"너희는 저놈을 살려달라고 나를 찾아왔고, 내 규칙도 확실히 들었겠지?"

"그래, 벌써 맹세도 했잖아. 네가 명령만 하면 그 사람이 누구든 간에 두말없이 가서 죽여줄게."

"그럼 됐다. 아직은 누구를 죽일지 정하지 못했으니 결정되면 말해 주지. 지금부터 한마디도 하지 말고 그 자리에 고분고분 서 있기만 해라. 입만 뻥긋하면 이놈이 죽든 말든 상관하지 않을 테니까."

도곡육선은 어려서부터 같이 먹고 같이 자며 한시도 입을 다물고 있던 적이 없었고, 심지어 꿈에서조차 말싸움을 할 정도였다. 그렇기에 갑자기 말을 하지 못하게 되자 터져나올 것 같은 수만 마디의 말을 꾹꾹 눌러 삼키며 멀뚱멀뚱 서로를 바라보았다. 한마디라도 하면 여섯째의 목숨이 끊어지겠다 싶어 숨소리를 죽인 것은 물론, 실수로 방귀라도 뀔까 봐 조심조심했다.

평일지는 쟁반에 놓인 커다란 바늘에 투명하고 굵은 실을 꿰어 도실선의 열린 가슴을 꿰매기 시작했다. 그의 손가락은 홍당무처럼 짧고 뭉툭했지만 움직임은 더할 나위 없이 민첩해, 바늘이 피부 위를 나는 듯 스치자 순식간에 아홉 치 길이의 상처가 봉해졌다. 그는 여러 가지 자기병에서 약가루와 약물 등을 꺼내 능숙하게 상처에 바르고, 도실선의 입을 열어 각종 약물을 흘려넣었다. 그런 다음 젖은 수건으로 환자의 몸에 묻은 피를 닦았다. 비쩍 마르고 키 큰 여인은 줄곧 옆에 서서 바늘이나 약을 건네주었는데 꽤 익숙한 솜씨였다.

평일지는 나란히 선 도곡오선을 흘끗 바라보았다. 그들은 말을 하고 싶어 입이 근질거리는지 하나같이 입을 오물거리고 있었다.

"살아나려면 아직 멀었다. 완전히 살아난 뒤에 말을 하도록!"

다섯 명은 민망한 얼굴로 다시금 입을 꾹 다물었다. 평일지는 '흥' 하고 코웃음을 치며 옆에 놓인 의자에 앉았고, 여인이 바늘과 실, 칼

등을 갈무리해 나갔다.

악불군 부부는 창밖에서 숨을 죽이고 결과를 기다렸다. 방 안이 쥐 죽은 듯 고요해 바깥에서 약간의 움직임이라도 있으면 즉각 발각될 수 있기 때문이었다.

아주아주 오랜 시간이 흐른 뒤, 이윽고 평일지가 의자에서 일어나 도실선에게 다가가더니 정수리에 있는 백회혈을 힘껏 때렸다. 여섯 사람이 동시에 '앗' 하고 비명을 질렀다. 그중 다섯은 입 다물고 서 있던 도곡육선 오형제였고, 나머지 한 사람은 놀랍게도 인사불성이 되어 누워 있던 도실선이었다.

도실선은 비명을 지르기 무섭게 발딱 일어나 앉으며 욕을 했다.

"이 썩어질 놈, 왜 머리를 때리고 그래?"

평일지도 지지 않고 화를 냈다.

"이 썩어질 놈, 내가 진기로 백회혈을 뚫지 않았다면 네놈이 이렇게 빨리 깨어났을 것 같으냐?"

"이 썩어질 놈, 내가 빨리 깨어나든 늦게 깨어나든 네놈이 무슨 상관이야?"

"이 썩어질 놈, 네놈이 늦게 깨어나면 이 살인명의의 솜씨가 형편없다는 소리를 듣지 않겠느냐! 게다가 네놈이 내 침상에 늘어지게 누워 있는 꼴도 보기 싫다!"

"이 썩어질 놈, 그렇게 보기 싫으면 가면 될 거 아니냐? 누가 못 갈 줄 알고?"

도실선은 우두둑우두둑 소리를 내며 일어나 방에서 걸어나갔다. 나머지 오형제도 그 모습을 보고 놀라고 기뻐하며 쪼르르 뒤를 따랐다.

악불군 부부 역시 속으로 놀라움을 감추지 못했다.

'평일지의 의술도 대단하지만 내공도 보통이 아니구나. 백회혈을 툭 때렸을 뿐인데 그사이 내공을 온몸에 주입해 정신을 차리게 만들다니.'

두 사람이 잠시 기다리는 동안 도곡육선은 멀리 사라지고 평일지도 일어나 다른 방으로 건너갔다. 그제야 악불군이 부인에게 손짓을 보냈고, 두 사람은 발소리를 죽여 조용조용 그곳에서 벗어났다. 기와집에서 열 장 정도 떨어진 곳에 이르러서야 속도를 높여 달리며, 악 부인이 말했다.

"저 살인명의의 내공은 정말 대단하더군요. 하지만 하는 행동을 보면 소문대로 괴팍하기 짝이 없어요."

"도곡육괴가 이곳에 있으니 개봉도 안전하지 않소. 그들과 부딪히지 않도록 서둘러 떠납시다."

악 부인은 말없이 입을 다물었다. 그녀의 삶에서 최근 몇 달은 평생 잊기 힘든 억울한 나날이었다. 오악검파 중 하나인 화산파 장문 자리에 있는 남편이건만, 그들 부부는 지금 화산에서 달아나 세상을 떠돌고 있었다. 세상이 넓고 넓다지만 마음 편히 몸 둘 곳조차 없었다. 서로 못하는 이야기가 없던 악불군 부부였으나 이 화제만큼은 서로를 난처하게 만들까 봐 일부러 피해왔는데, 다행히 도실선이 죽지 않고 살아났다는 사실이 약간이나마 위안이 되었다.

두 사람이 양장군묘에 도착해보니, 악영산과 임평지, 노덕낙 등은 후전後殿에서 기다리고 있었다.

"배로 돌아가자!"

악불군이 명을 내리자 도곡육선이 이곳에 있는 것을 아는 제자들은 이유도 묻지 않고 서둘러 길을 나섰다. 사공에게 배를 띄우라고 말하는 사이, 갑자기 도곡오선의 외침 소리가 들려왔다.

"영호충! 영호충! 어디 있어?"

악불군 부부와 화산파 제자들의 안색이 싹 변했다. 도곡오선이 종종걸음으로 나루터를 향해 달려오고 있었다. 도실선을 뺀 다섯 명 외에도 평일지가 함께 있었다. 악불군 부부를 발견한 도곡오선은 환호성을 지르며 우르르 달려와 일제히 배 위로 뛰어올랐다.

악 부인은 즉시 검을 뽑아 공력을 실어 도근선의 가슴을 찌르려 했지만, 악불군이 자기 검을 뽑아 아내의 검을 내리눌렀다.

"경거망동하지 마시오!"

그가 소리 죽여 말했다. 뱃머리로 올라오는 도곡오선의 무게에 배가 출렁출렁했다.

도근선이 큰 소리로 외쳤다.

"영호충, 어디 숨었어? 왜 안 나오는 거야?"

영호충은 버럭 화를 냈다.

"당신들을 겁내는 것도 아닌데 숨긴 왜 숨는단 말이오?"

바로 그때, 배가 또 한 번 출렁이며 또 한 사람이 올라왔다. 바로 살인명의 평일지였다.

악불군은 속으로 신음을 흘렸다.

'우리가 배에 돌아오기 무섭게 저자가 나타나다니, 혹시 우리가 창밖에서 엿보고 있었다는 것을 알아차렸나? 도곡육괴만 해도 버거운

272

상대인데 저런 무서운 인물까지 더해졌으니 오늘 이 개봉에서 우리 부부가 목숨을 잃을지도 모르겠구나.'

평일지의 목소리가 낭랑하게 들려왔다.

"영호 공자가 어느 분이시오?"

몹시 예의를 차린 말투였다. 영호충이 천천히 뱃머리로 나아가 대답했다.

"제가 영호충입니다. 어디서 오신 귀한 분이신데 저를 찾으십니까?"

평일지는 그를 아래위로 찬찬히 살핀 뒤 말했다.

"부탁을 받고 영호 형제를 치료하러 왔소."

평일지가 영호충의 팔을 잡아 식지로 맥을 짚어보더니, 두 눈썹을 추켜세웠다.

"으응?"

그는 고개를 갸웃하며 한참 더 맥을 살피다가 천천히 눈을 찡그렸다.

"어허…."

그러고는 고개를 들고 왼손으로 머리를 마구 긁적이며 중얼거렸다.

"기괴하군, 기괴해!"

한참이 지난 뒤 그는 영호충의 다른 쪽 팔을 잡아 맥을 짚어보고는 고개를 설레설레 저었다.

"정말 기괴하군. 평생 보지 못한 증상이오."

기다리다못한 도근선이 물었다.

"무엇이 이상하다는 거야? 이 친구가 심맥을 다쳐서 우리가 내공을 주입해 치료했단 말이야."

도간선도 끼어들었다.

"자꾸 심맥 심맥 하는데, 다친 곳은 심맥이 아니라 폐라고. 내가 진기로 폐에 있는 경맥을 뚫어준 덕분에 지금까지 살아 있는 거야."

도지선과 도엽선, 도화선 등도 질세라 나서서 각자의 의견과 자랑을 늘어놓기 시작했다.

평일지가 버럭 소리를 질렀다.

"헛소리, 다 헛소리다!"

도근선도 화를 참지 못하고 소리를 질렀다.

"누가 헛소리를 한다는 거야?"

"당연히 너희 놈들이지! 영호 형제의 몸속에 있는 강한 진기 두 갈래는 아마도 불계 화상의 것일 테고, 나머지 약한 진기들은 필시 멍청한 너희 형제가 주입한 것일 테지."

악불군 부부는 놀란 눈으로 서로를 바라보았다.

'역시 대단하구나. 충이의 몸속에 여덟 갈래 진기가 있는 것은 알아차릴 수도 있지만, 맥만 짚어보고 그 내력까지 파악하다니 놀라운 일이다.'

도근선이 분노 어린 목소리로 외쳤다.

"어째서 우리 진기가 약하고 대머리 불계의 진기가 강하다는 거야? 분명 우리가 더 강하다고!"

평일지는 냉소를 지었다.

"흥, 부끄러운 줄 알아야지! 불계의 진기가 너희 여섯 놈의 진기를 억누르고 있는데 설마 너희보다 약할라고? 불계 그 늙은이도 무공은 강하지만 견식이 부족해서 탈이지. 썩어질 놈의 멍청이 같으니라고!"

도화선이 슬며시 손가락을 내밀어 맥을 짚는 척 영호충의 오른손

손목에 가져갔다.

"내가 맥을 짚어보니 역시 도곡육선의 진기가 불계 화상의 진기를 억누르… 아얏!"

그가 갑자기 벌레에게 손가락을 물리기라도 한 듯 비명을 지르며 손을 뗐다.

"어이쿠, 빌어먹을…!"

도화선의 욕지거리와 함께 평일지의 흡족한 웃음소리가 배 안을 울렸다. 배 안에 있는 사람들은 그가 상승의 내공을 영호충의 몸으로 전달해 도화선을 깜짝 놀라게 했다는 사실을 알 수 있었다.

한바탕 웃고 난 평일지가 다시 정색을 하며 말했다.

"너희는 선실에서 입 다물고 가만히 기다려라!"

"우리는 우리고 너는 너야. 우리가 왜 네 명령을 들어야 해?"

도엽선이 따지자 평일지는 차갑게 대꾸했다.

"누구든 내가 정한 사람을 죽이겠다고 맹세했지?"

"그래, 네가 정한 누군가를 죽여주겠다고 했지, 네 명령을 따르겠다고 하지는 않았어."

도지선의 대답이었다. 평일지는 싸늘하게 대답했다.

"그럼 마음대로 하시지. 하지만 내가 만약 도곡육선 중 도실선을 죽이라고 한다면 어떨까?"

도곡오선이 입을 모아 소리를 질러댔다.

"그럴 수는 없어! 방금 네 손으로 살려주고 왜 우리더러 죽이라는 거야?"

"너희 입으로 내게 맹세하지 않았느냐?"

"맞아. 네가 우리 형제인 도실선을 살려주면 누구든 네가 원하는 사람을 죽여주겠다고 약속했어. 그 사람이 누구든 두말없이 따르겠다고 말이야."

"그래, 그랬지. 그래서 내가 너희 형제를 살려주었느냐, 아니냐?"

"살려줬어!"

도화선이 소리를 쳤다.

"그럼 도실선은 사람이냐, 아니냐?"

"물론 사람이지, 설마 귀신이겠어?"

이번에는 도엽선이었다.

"아주 좋아. 그럼 나는 너희에게 한 사람을 죽이라고 명령할 수 있고, 그 사람이 바로 도실선이라면?"

도곡오선은 서로 눈치만 볼 뿐 아무 말도 하지 못했다. 예상 밖의 일이지만 도무지 반박할 논리가 없었던 것이다.

평일지가 그런 그들을 보며 말했다.

"그렇게나 도실선을 죽이고 싶지 않다면 방법은 있지. 자, 내 말을 들을 테냐, 안 들을 테냐? 선실에 들어가서 입 꾹 다물고 소란도 피우지 말고 고분고분 기다려라."

도곡오선은 연신 고개를 끄덕이며 선실에 들어가 두 손을 무릎 위에 가지런히 얹고 단정하게 앉았다. 실로 보기 힘든 점잖은 모습이었다.

주위가 조용해지자 영호충이 말했다.

"평 선배님, 선배님께서는 의술을 베푸실 때 사람을 살린 후 그 사람을 시켜 다른 사람을 죽이는 규칙이 있다고 들었습니다."

"그렇소, 확실히 그런 규칙이 있소."

"저는 다른 사람을 죽이고 싶지 않으니, 선배님의 치료를 받지 않겠습니다."

평일지는 '허' 하고 황당한 웃음을 지으며 또다시 머리부터 발끝까지 영호충을 샅샅이 살폈다. 마치 희귀한 골동품이라도 감상하는 듯한 눈빛이었다.

한참 후, 그가 다시 말했다.

"무엇보다 공자의 상태가 워낙 위중해 내 힘으로도 치료할 수가 없고, 설령 치료한다 해도 규칙을 실행하는 것은 다른 사람이 해주기로 했으니 공자가 직접 나설 필요가 없소."

악영산의 사랑을 잃은 후로 도무지 삶의 재미를 느끼지 못하던 영호충이었지만, 죽은 사람도 살려낸다는 명의의 입에서 자신의 병을 치료할 수 없다는 말을 듣자 괴롭고 서글픈 마음이 들었다.

악불군 부부는 이번에도 같은 생각을 하며 서로를 바라보았다.

'대체 어떤 사람이기에 살인명의가 직접 환자를 찾아오도록 만들었을까? 그자는 충이와 무슨 관계일까?'

평일지가 말했다.

"영호 공자, 공자의 몸속에 있는 여덟 갈래 진기는 제거할 수도, 녹여 없앨 수도, 굴복시킬 수도, 억누를 수도 없어 몹시 까다롭소. 내 귀찮아서 대충 살핀 것이 아니라, 본디 이런 증상은 진기와 관계가 있어 침이나 뜸, 약은 아무 효험이 없소. 의술을 베푼 이래 이런 증상은 보다보다 처음이구려. 내 힘으로는 어쩔 도리가 없으니 참으로 부끄러울 뿐이오."

그는 품에서 자기병을 꺼내 주홍색 환약 열 알을 손바닥에 털었다.

"이 진심이기환鎭心理氣丸은 귀한 약재를 넣어 어렵게 만든 약이오. 열흘에 한 번 한 알씩 먹으면 100일은 살 수 있을 것이오."

영호충은 두 손으로 약을 받으며 고개를 숙였다.

"감사합니다."

평일지는 돌아서서 나루로 내려서려다가 다시 고개를 돌렸다.

"이 병에 두 알이 더 있는데 모두 주겠소."

영호충은 고개를 저었다.

"그렇게 아끼시는 것을 보니 정말 귀한 약인가 봅니다. 저야 어차피 죽을 몸, 열흘이나 보름 더 살아본들 무슨 의미가 있겠습니까? 남겨두셨다가 다른 사람을 구할 때 쓰십시오."

평일지는 다시 한번 영호충을 살피다가 한숨을 쉬었다.

"생사를 마음에 두지 않는 것이야말로 진정한 대장부의 기상이지! 그랬구나, 그랬어. 어쩐지…. 아아, 안타깝다, 안타까워! 내 부끄러워서 어쩔꼬!"

그는 커다란 머리를 절레절레 흔들며 나루로 뛰어내린 뒤 빠른 걸음으로 떠나갔다.

그렇게 오가는 동안 그는 화산파 장문인 악불군에게는 눈길조차 주지 않았다. 악불군은 그 태도가 몹시 불쾌했지만, 선실에 남아 있는 무시무시한 괴물들을 쫓아내는 것이 먼저였다. 도곡오선은 좌선하는 스님처럼 손가락 하나 까딱하지 않고 앉아 있었다. 뱃사공에게 배를 띄우라고 하자니 저 괴물들과 함께 가야 하고, 그렇다고 기다리자니 저들이 언제까지 앉아만 있을지 알 수가 없었다. 혹여 갑자기 발작해 누군가를 해치거나, 도실선을 찌른 일로 악 부인에게 복수를 하겠다고

덤벼들지도 모를 일이었다.

그들이 성불우를 찢어발기는 참상을 두 눈으로 똑똑히 본 노덕낙과 악영산 등은 아직도 그 광경을 떠올릴 때마다 소름이 끼쳐, 눈동자만 데굴데굴 굴릴 뿐 선실 쪽으로는 시선을 돌릴 엄두도 내지 못했다.

영호충이 선실로 들어가 물었다.

"이보시오들, 여기서 무얼 하는 거요?"

"아무것도 하지 않고 고분고분히 앉아 있는 거야."

도근선이 대답했다.

"우리는 이제 떠나야 하니 그만 배에서 내려주시오."

"평일지가 우리더러 선실에 조용히 앉아서 소란 피우지 말고 있으라고 했어. 안 그러면 우리 형제를 죽이겠대. 그래서 꼼짝도 하지 못하고 이렇게 앉아 있는 거라고."

영호충은 웃음을 참을 수가 없었다.

"평 의원께서는 진작에 떠나셨으니 이제 움직여도 되오!"

도화선이 고개를 저었다.

"안 돼, 안 돼! 만에 하나 그자가 우리가 움직이는 것을 보면 큰일 나."

그때, 나루 저편에서 쉰 목소리가 울려퍼졌다.

"사람 같지도 않은 다섯 괴물들이 어디로 갔지?"

"우리를 찾는 것 같아."

도근선이 속삭이자 도간선은 고개를 저었다.

"우리라니? 우리가 사람 같지도 않은 괴물이란 말이야?"

쉰 목소리가 다시 들려왔다.

"여기 사람 같지 않은 괴물 한 명이 더 있다. 방금 평 의원이 살려낸

자인데 필요 없느냐? 필요 없으면 황하에 던져 자라 밥이 되게 하겠다."

그 한마디에 도곡오선은 벌떡 일어나 우르르 나루터로 달려갔다. 평일지가 도실선을 치료할 때 돕던 여인이 들것을 든 왼팔을 쭉 뻗은 채 서 있었다. 들것에는 도실선이 누워 있었다. 그 여인은 큰 병을 앓는 사람처럼 얼굴에서 생기라고는 찾아볼 수 없었지만, 힘은 무척 센지 100근이나 나가는 도실선과 들것까지 한 손에 들고도 전혀 무거운 기색이 없었다.

도근선이 황급히 외쳤다.

"당연히 필요하지! 누가 필요 없대?"

도간선도 외쳤다.

"어째서 우리를 사람 같지 않은 괴물이라고 부르는 거야?"

들것에 누워 있던 도실선도 덧붙였다.

"맞아. 당신 얼굴이나 보라고. 우리에 비하면 당신이 더 사람보다 괴물에 가깝잖아."

본래 도실선은 평일지가 영단묘약을 먹이고 경맥을 잇고 백회혈에 진기까지 주입해 걸을 수 있게 되었지만, 아무래도 피를 너무 많이 흘려 얼마 가지 못하고 혼절해 쓰러졌고, 마침 곁에 있던 중년 부인이 그런 그를 들것에 실어 데려간 것이었다. 덕분에 상태는 위중했지만 입은 살아서, 기회를 잡자마자 그 부인에게 시비를 붙여댔다.

부인은 차갑게 말했다.

"평 의원이 가장 두려워하는 것이 무엇인지 아느냐?"

도곡육선이 입을 모아 물었다.

"몰라, 그게 뭐야?"

"바로 마누라다!"

도곡육선은 큰 소리로 웃음을 터뜨렸다.

"세상 두려울 것 없이 날뛰는 평일지가 마누라를 두려워한다고? 으하하하, 정말 우습구나!"

그러나 부인은 여전히 냉랭했다.

"무엇이 우습다는 거지? 내가 바로 그 마누라다!"

그 말이 떨어지기 무섭게 도곡육선의 웃음소리가 뚝 그쳤다. 부인이 말을 이었다.

"내가 분부만 하면 그는 무조건 듣게 되어 있다. 내가 누군가를 죽이라고 하면, 분명 너희를 시켜 그자를 죽이겠지."

"그럼, 그럼, 당연한 말씀! 평 부인, 우리가 누굴 죽여줄까?"

부인의 시선이 선실 쪽으로 날아들어 악불군을 지나 악 부인, 악영산 그리고 화산파 제자들에게로 차례차례 옮겨갔다. 그 시선을 받은 사람들은 누구랄 것도 없이 모골이 송연해져 부르르 몸을 떨었다. 저 못생기고 핏기 하나 없는 부인이 누군가를 지목하는 순간, 도곡오선이 즉각 그 사람을 갈기갈기 찢어놓으리라는 사실을 모두 똑똑히 알고 있었다. 악불군 같은 고수조차 그 독수를 피할 수 없었다.

부인은 천천히 시선을 거두고 다시 도곡육선을 쏘아보았다. 여섯 형제는 잔뜩 긴장해 심장이 콩닥콩닥 뛰었다. 부인이 한숨을 쉬면 도곡육선은 냉큼 '예, 예' 하고 대답했고, 코웃음을 치면 냉큼 '아이고, 그럼, 그럼' 하고 고개를 끄덕였다.

마침내 부인이 말했다.

"아직은 죽일 사람이 생각나지 않는군. 그나저나 평 의원에게 듣자니 저 배에 영호충이라는 공자가 있는데 아주 존경할 만한 사람이라지. 이제부터 그 공자가 죽을 때까지 열심히 시중을 들도록 해라. 그 공자가 시키는 대로 따르고!"

도곡육선은 눈살을 찌푸렸다.

"죽을 때까지?"

"그래, 죽을 때까지. 하지만 100일밖에 살지 못하는 목숨이지. 그 100일 동안만이라도 그가 시키는 대로 해라."

영호충이 100일밖에 살지 못한다는 말에 도곡육선은 얼굴을 활짝 폈다.

"100일 정도라면 어려울 것도 없지."

"평 선배님의 호의에 감격할 따름입니다. 하지만 제가 어찌 도곡육선의 보살핌을 받을 수 있겠습니까? 그분들이 배에서 내리시면 이만 작별할까 합니다."

평 부인은 감정이 전혀 나타나지 않는 얼음장 같은 얼굴로 대답했다.

"평 의원에게 들으니 영호 공자의 내상은 이 멍청이들의 작품이라더구려. 이놈들이 영호 공자의 목숨을 해치고 평 의원조차 치료할 수 없는 상처를 입혀 체면이 크게 깎인 데다 영호 공자를 부탁한 분께도 죄송하게 되었다 했소. 그러니 이 멍청이들을 단단히 혼내줄 수밖에! 본래는 저들이 한 맹세대로 형제를 죽이게 하려 했지만, 관대하게 영호 공자의 시중을 드는 선에서 끝내기로 한 거요."

그녀는 여기서 잠시 뜸을 들였다가 다시 말했다.

"이 멍청이들이 영호 공자의 말을 듣지 않는 것을 평 의원이 알면 즉시 저들 중 한 명의 목숨을 취할 것이오."

도화선이 황급히 말했다.

"영호 형의 몸이 우리 때문에 저렇게 되었으니 우리가 시중들어야지, 암 그렇고말고. 대장부는 은원을 분명히 해야 하는 거야."

도지선도 맞장구를 쳤다.

"남아대장부라면 친구를 위해 칼을 맞으라 해도 사양하지 않는 법인데, 친구를 돌보는 것쯤이야 당연하잖아?"

도실선이 말을 받았다.

"나도 보살핌이 필요한 환자니, 영호 형과 서로서로 돌봐주면 더할 나위 없이 좋지."

도간선도 고개를 끄덕였다.

"하물며 겨우 100일이잖아. 기한도 짧아."

도근선이 무릎을 탁 쳤다.

"옛말에 친구가 어려움에 처하면 천 리를 마다 않고 달려가 돕는다고 했어. 우리 여섯 형제 눈앞에서 불공평한 일이 벌어지면 그 자리에서 칼을 뽑아…."

평 부인은 떠들어대는 그들을 흰자위로 매섭게 흘겨보고는 획 돌아섰다.

도지선과 도간선이 들것 양쪽을 들고 배에 올랐다. 도근선 등 다른 형제들도 뒤따라오며 외쳤다.

"자, 출발하자, 출발!"

그들을 떼어내지 못하게 되자 영호충은 어쩔 수 없이 좋은 말로 다독였다.

"도곡육선, 나를 따라가는 것은 좋지만 사부님과 사모님께는 공손히 예의를 갖춰야 하오. 그것이 내 첫 번째 분부요. 그렇게 하지 않으면 절대 여러분의 시중을 받지 않겠소."

도엽선이 제일 먼저 대답했다.

"우리 도곡육선이 점잖은 군자들이라는 사실은 세상이 다 알아. 영호 형의 사부와 사모는 물론이고 제자나 그 제자의 제자가 있어도 공손히 예의를 갖출 거야."

그가 '점잖은 군자'라고 자칭하자 영호충은 억지로 웃음을 참으며 악불군에게 다가갔다.

"사부님, 도곡육선 형제들이 동행하려 하는데 어떻게 생각하십니까?"

악불군의 눈에도 그들이 당장은 화산파에 해를 입힐 뜻이 없어 보였지만, 같은 배를 타기에는 심복지환心腹之患이 될까 두려웠다. 그러나 쫓아낼 방도가 없을뿐더러, 저들이 무공은 강해도 머리는 단순해서 지혜롭게 상대하면 적절히 대처할 수 있을 것 같기도 했다.

"음, 함께 가도 무방하나 내 본디 조용한 것을 좋아하니 저들이 끊임없이 입씨름하는 소리는 듣고 싶지 않구나."

도간선이 재빨리 대답했다.

"악 선생, 그 말씀은 틀렸어요. 사람이 세상에 날 때 왜 입을 달고 났겠어요? 요 입이라는 것은 먹을 때만 쓰는 것이 아니라 말을 할 때도 쓰는 거라고요. 그리고 귀는 왜 있겠어요? 바로 남의 말을 들으라고 있는 거지요. 조용한 것만 좋아하면 하늘이 좋은 뜻으로 내려준 입과 귀를 허비하는 거라고요."

저 말에 대답하는 순간 다른 형제들이 일제히 한마디씩 하며 한참 동안 헛소리를 할 것임을 악불군도 잘 알고 있었다. 힘으로도 이길 수 없지만 말로는 더욱더 이길 수 없는 자들이었으므로, 그는 그저 빙그레 웃기만 하고 뱃사공을 돌아보았다.

"사공, 출발하세!"

도엽선이 포기하지 않고 다시 말했다.

"악 선생, 사공에게 출발하자고 할 때 당신도 소리를 내지 않았어요? 조용한 것이 그리 좋다면 손짓으로 가자고 했어야지요."

도간선이 그 말을 받았다.

"뱃사공은 고물에 있고 악 선생은 선실에 있는데 손짓이 보이겠어? 쓸데없는 짓이지."

도근선도 끼어들었다.

"고물에 가서 손짓을 할 수도 있잖아?"

도화선이 퉁을 주었다.

"만약에 뱃사공이 손짓을 알아보지 못하고 '출발하자'를 '배를 뒤집어라'라고 오해하면 어떡해?"

그들이 떠드는 사이 뱃사공이 닻을 올려 배가 천천히 나아가기 시작했다.

악불군 부부는 약속이나 한 듯 똑같은 생각을 하며 영호충과 도곡육선을 번갈아 바라보다가 다시 서로 눈짓을 주고받았다.

'평일지는 누군가에게 충이를 진맥해달라는 부탁을 받았다고 했지. 화산파 장문인은 안중에도 없으면서 화산파의 일개 제자에게만 공손하게 대하는 것을 보면 부탁한 사람이 무림에서 꽤 높은 지위에 있는 것 같은데, 대체 누가 그자에게 충이를 부탁했을까? 불계 화상을 '썩어질 놈의 멍청이'라 불렀으니 불계 화상의 부탁은 아니겠군.'

예전 같았으면 영호충을 불러 꼬치꼬치 물었을 테지만, 지금은 사제 간에 메우기 힘든 틈이 있는 것 같아, 역시 아직은 직접 물어볼 때가 아니라고 생각했다.

한편, 강호에서 의술로는 따라갈 사람이 없다는 평일지의 입에서 영호충의 병을 치료할 방법이 없고 앞으로 100일밖에 살지 못한다는 말을 듣자 악 부인은 가슴이 미어질 것 같아 눈물을 흘렸다.

순풍을 받은 배는 물길을 타고 빠르게 나아가, 그날 저녁 난봉蘭封에서 멀지 않은 나루터에 도착했다. 사공은 배를 세우고 밥을 지었고, 사람들은 둘러앉아 저녁 식사를 했다. 그때 기슭에서 낭랑한 목소리가 울렸다.

"말씀 좀 묻겠습니다. 화산파의 영웅들께서 배에 계십니까?"

악불군이 대답하기도 전에 도지선이 냉큼 나섰다.

"도곡육선과 화산파 영웅들이 이 배에 있다. 무슨 일이냐?"

그 사람은 기쁜 목소리로 말했다.

"그것 참 잘되었습니다. 여기서 기다린 지 벌써 하루 밤낮이 지났습니다. 자자, 어서 가져오너라."

기슭에 세운 천막 안에서 10여 명의 대한들이 손에 손에 붉은 칠을 한 상자를 들고 두 줄로 걸어나왔다. 아무것도 들지 않은 남색 장삼을 입은 남자가 배 가까이 다가와 허리를 숙이며 말했다.

"저희 주인께서 영호 소협의 몸이 편찮다는 소식을 듣고 몹시 걱정하셨습니다. 몸소 오셔서 인사드리고자 하셨으나 도저히 시간이 나지 않아 소인에게 비합전서를 보내 보잘것없는 예물이라도 드리라 하셨으니, 부디 받아주십시오."

대한들이 하나둘 배에 올라 10여 개의 상자를 이물 쪽에 내려놓았다.

영호충은 의아한 목소리로 물었다.

"주인이 어느 분이십니까? 이토록 후한 선물을 어찌 그냥 받을 수 있겠습니까?"

남색 장삼의 남자는 공손히 말했다.

"영호 소협께서는 복이 많으시니 반드시 건강을 되찾으실 겁니다. 부디 몸조심하십시오."

그는 깊이 읍한 뒤 대한들을 이끌고 물러갔다.

'누가 보낸 선물인지 모르겠군. 참 이상한 일이야.'

일찌감치 궁금해서 어쩔 줄 모르던 도곡오선이 우르르 몰려왔다.

"일단 열어보자."

열 개의 손이 단숨에 상자를 열어젖히자, 정성을 담아 만든 간식이 차례차례 모습을 드러냈다. 훈제 닭다리 같은 안주부터 인삼, 녹용, 제비집, 흰목이버섯 등 몸보신에 좋은 진귀한 약재들이 상자마다 그득했고, 마지막 상자 두 개에는 여비로 쓰라고 준 듯 조그마한 금괴와 은괴가 꽉꽉 차 있었다. 말로는 '보잘것없는 예물'이라고 했으나 실로 귀하디귀한 선물이었다.

도곡오선은 당과와 꿀에 절인 과일, 생과일 등을 꾸역꾸역 입에 넣으며 외쳤다.

"맛있다, 맛있어!"

영호충은 상자를 이리저리 뒤져보았지만, 글 한 자투리, 문양 하나 없어 누가 보낸 선물인지 추측할 단서조차 얻지 못했다. 그는 악불군에게 말했다.

"사부님, 저도 어찌 된 영문인지 도무지 모르겠습니다. 선물을 보낸 사람이 악의가 있는 것 같지는 않고, 장난을 친 것 같지도 않습니다."

그러고는 간식을 옮겨담아 사부와 사모에게 바친 다음 사제와 사매들에게도 나누어주었다.

도곡육선이 맛있게 먹고도 아무 탈 없는 것을 보고 음식에 독이 없는 것을 확신한 악불군이 영호충에게 물었다.

"네 강호 친구들이 이 부근에 살고 있느냐?"

영호충은 잠시 생각해본 후 고개를 저었다.

"이 부근에는 없습니다."

그때 말발굽 소리가 요란하게 울리며 말 여덟 필이 강가로 달려왔다.

"화산파의 영호 소협이 여기 계시오?"

도곡육선이 반갑게 소리쳤다.

"여기 있다, 여기! 또 무얼 가져왔느냐?"

"폐방의 방주께서 영호 소협이 난봉에 도착하셨다는 소식을 듣고, 평소 술을 즐기신다는 말에 일부러 오래 묵은 좋은 술 열여섯 단지를 구해 보내셨소. 영호 소협께서 뱃길을 가는 동안 즐겨주시기 바라오."

과연 가까이 다가온 여덟 필의 말안장에는 양쪽으로 술단지가 둘씩 매달려 있었다. 술단지에는 '최상품 공주貢酒'나 '묵은 분주汾酒', '소흥 장원홍狀元紅'이라는 글자들이 쓰여 있었고, 단지마다 각각 이름이 달랐다.

주렁주렁한 술단지를 보자 영호충은 그 무엇보다 기뻐하며 뱃머리로 나아가 두 손을 포개 보였다.

"식견이 얕아 알아뵙지 못하는 것을 용서하십시오. 귀 방은 어느 방파며 오신 분의 존성대명은 어찌 되십니까?"

남자는 시원하게 웃었다.

"방주께서는 영호 소협 앞에서 결코 이름을 거론하지 말라 신신당부하셨소. 보잘것없는 선물인데 무슨 낯으로 폐방의 이름을 댈 수 있겠소?"

그가 왼손을 휘젓자, 말에 탄 기수들이 술단지를 풀어 뱃머리에 옮겨놓았다.

악불군은 선실 안에서 그들을 꼼꼼히 살폈다. 모두 힘세고 날랜 장한들로 한 손에 술단지를 하나씩 들고 가뿐하게 배에 올랐는데, 출중한 무공을 지니지는 않았지만 익힌 무공은 서로 달라 한 문파 출신이라기보다 같은 방에 속해 있다는 말에 믿음이 갔다. 장한들은 열여섯 개의 술단지를 뱃머리에 내려놓고 영호충에게 인사한 뒤 돌아갔다.

영호충이 웃으며 말했다.

"사부님, 정말 이상한 일입니다. 누가 이 많은 술을 보내 장난을 치는 것일까요?"

악불군은 생각에 잠긴 표정으로 대답했다.

"전백광이나 불계 화상이 아니겠느냐?"

"맞습니다. 늘 예상 밖의 행동을 하는 사람들이니 그럴지도 모르겠군요. 이보시오, 도곡육선! 술이 잔뜩 생겼는데 마시겠소?"

도곡육선은 헤벌어지게 웃으며 입을 모아 대답했다.

"그럼, 그럼! 당연히 마셔야지! 준 걸 왜 안 마셔?"

도근선과 도간선이 각각 술단지 하나씩을 들고 마개를 벗겼다. 술을 따르자 향긋한 술 냄새가 코를 찔렀고, 향기에 취한 도곡육선은 영호충에게 인사조차 없이 꿀꺽꿀꺽 술잔을 비웠다.

영호충도 한 잔을 따라 악불군에게 바쳤다.

"사부님, 한 잔 드시지요. 술이 아주 좋아 보입니다."

악불군이 눈썹을 살짝 찌푸리며 망설이는 사이 노덕낙이 말했다.

"사부님, 조심하셔야 합니다. 보낸 사람이 누군지도 모르는데 무엇이 들었을지 어찌 알겠습니까?"

악불군은 고개를 끄덕였다.

"충아, 역시 조심하는 것이 좋겠구나."

하지만 달콤한 술 향기를 이기지 못한 영호충은 웃으며 대답했다.

"저는 곧 죽을 몸이니 술에 독이 들었다 해도 별 상관없습니다."

그는 두 손으로 잔을 들고 단숨에 비운 다음 소매로 입가를 훔치며 탄성을 질렀다.

"좋구나, 좋아!"

그때 나루터에서 누군가가 외쳤다.

"좋구나, 좋아!"

소리 나는 쪽을 바라보니 버드나무 아래 낡은 장삼을 걸친 가난뱅이 서생이 찢어진 부채를 팔랑팔랑 흔들며 배에서 실려오는 술 향기에 코를 킁킁대고 있었다.

"과연! 좋구나, 좋아!"

영호충이 웃으며 그에게 말을 건넸다.

"노형, 술맛도 보지 않고 좋은 술인지 어찌 아시오?"

"술 향기를 맡으니 62년 묵은 삼과두분주三鍋頭汾酒가 분명하거늘,

좋은 술인지 어찌 모를 수 있겠소?"

녹죽옹의 세심한 가르침 덕에 주도酒道를 깊이 익힌 영호충도 이 술이 60년 넘은 삼과두분주라는 사실을 알고 있었지만, 정확히 62년 묵은 술이라고 짚어내기에는 무리가 있었다. 그는 서생이 짐짓 말꾀를 부린다고 생각하며 빙긋 웃었다.

"노형만 괜찮으시다면 배에 올라 몇 잔 맛보는 것이 어떻겠소?"

서생은 고개를 절레절레 흔들었다.

"귀하와 나는 인연이 닿은 적 없는 생면부지가 아니오? 우연히 지나다 술 향기를 얻어맡은 것만도 실례거늘 무슨 낯으로 술까지 얻어마시겠소? 아니 되오, 결코 아니 되오!"

영호충은 웃으며 다시 권했다.

"사해四海가 모두 형제라 했고, 노형의 말을 들으니 술에 있어서만큼은 이 몸보다 선배인 듯하니, 사양 말고 어서 오르시오. 내 사부이신 악 선생과 사모이신 악 부인도 함께 계시오."

서생이 날짱날짱 다가와 깊숙이 읍했다.

"아아, 화산파의 영웅들이셨구려! 반갑소이다! 시생의 성은 '조상'할 때 쓰는 '조祖'인데, 한밤중에도 닭이 울면 일어나 칼춤을 추며 무예를 단련했다는 조적祖逖 장군이 바로 시생의 먼 조상이올시다. 이름은 천추만세 오래오래 살라고 천추千秋라 하외다. 귀하의 존성대명을 여쭤도 되는지?"

영호충이 시원스레 대답했다.

"이 몸의 성은 복성인 '영호'이고, 이름은 '충'이라고 하오."

"성도 좋고 이름도 훌륭하구려! 당나라 때 재상을 지낸 영호초令狐楚

291

와 영호현令狐絢이라는 훌륭한 인물이 있지 않소!"

서생은 감탄사를 터뜨리며 널빤지를 건너 뱃전으로 올라왔다.

영호충은 빙그레 웃으며 생각했다.

'공짜 술을 먹을 수 있는데 무엇인들 나쁠까?'

그는 술 한 잔을 따라 조천추에게 내밀었다.

"한 잔 드시오!"

가까이 온 조천추는 쉰 살가량 된 듯했는데, 얼굴이 누렇게 뜨고 코끝이 벌건 주부코에 눈동자마저 흐릿했다. 수염은 가닥을 셀 수 있을 만큼 듬성듬성 자라 있었고, 찌든 때로 덮인 옷이며 손톱마다 새까맣게 낀 때 때문에 몹시 지저분해 보였다. 게다가 빼빼 마르고 살집이 없는데도 배는 불룩하게 솟아 괴이한 모습이었다.

조천추는 영호충이 내민 잔을 받지 않고 탄식을 했다.

"영호 형, 술은 참 좋으나 걸맞은 술잔이 없구려. 아아, 어찌 이리도 안타까울꼬!"

"여행 중이라 이런 질그릇밖에 없으니 부족하나마 이렇게라도 드시오."

조천추는 고개를 절레절레 저었다.

"천부당만부당한 말씀! 술잔을 이렇게 대충 때우면 깊고도 깊은 주도의 의미를 잃어버리는 것이오. 술을 마실 때는 필히 잔에도 정성을 기울여 마시는 술에 꼭 맞는 잔을 써야 하오. 분주에는 옥잔이 없어서는 아니 되오. 당나라 사람들도 '옥그릇 가득 술 따르면 호박 빛처럼 고와라'라고 노래하지 않았소? 옥잔과 옥그릇이야말로 술의 빛깔을 돋보이게 하는 잔이라오."

"그렇구려."

영호충이 고개를 끄덕이자 조천추는 또 다른 술단지를 가리키며 말했다.

"저 술은 관외의 백주白酒인데 맛은 비할 데 없이 훌륭하지만 향기가 옅은 것이 흠이오. 그러니 쇠뿔잔에 따라 마셔야 그 산뜻한 맛을 느낄 수 있소. 옥잔은 술의 빛깔을 더해주고 쇠뿔잔은 술의 향을 더해준다는 옛사람들 말이 추호도 틀림없소이다."

낙양에서 녹죽옹을 가까이하며 천하의 유명한 술의 역사와 맛, 빚는 법과 보관하는 법을 골고루 배운 영호충이었지만, 술잔에 대해서는 깜깜절벽이었기 때문에 조천추의 자신만만한 설명에 빠져들어 저도 모르게 고개를 끄덕였다.

"포도주를 마실 때는 응당 야광잔을 써야 하오. 옛사람들은 시에서 '포도주 야광잔 가득 따라 음미하는데 말 위의 비파가 가자가자 우는구나'라고 읊었소이다. 포도주는 여인네 같은 붉은색이라 우리 같은 남자가 마시기에는 다소 남사스러우나, 야광잔에 담으면 피처럼 새빨갛게 보여 마치 피를 마시는 것처럼 느껴진다오. 악무목岳武穆(악비)도 이렇게 읊었소. '웅지를 품어 오랑캐의 살을 뜯고, 웃고 떠들며 흉노의 피를 마신다.' 아아, 이 얼마나 호기로운 말이오!"

영호충은 연신 고개를 끄덕였다. 책을 많이 읽지 않은 그는 조천추가 인용한 시구들의 의미는 깊이 깨닫지 못했지만, '웃고 떠들며 흉노의 피를 마신다'는 것은 확실히 호기가 넘치는 구절이라 듣기만 해도 속이 후련했다.

조천추의 손가락이 다시 다른 술단지를 가리켰다.

"저것은 고량주로 역사가 가장 오랜 술이오. 우임금 시절 의적儀狄이 술을 만들었는데, 우임금이 마셔보고 몹시 달아 고량주라는 이름을 지어주었다오. 영호 형, 세상 사람들은 보는 눈이 좁고 얕아 우임금이 물을 다스려 후세를 이롭게 했다고 칭송하오만, 대관절 물을 다스린 일이 무에 그리 대단하오? 우임금의 진정한 공로가 무엇인지 아시오?"

영호충과 도곡육선이 입을 모아 대답했다.

"술!"

"바로 그렇소이다!"

조천추가 대답하자 그를 포함한 여덟 사람은 약속이나 한 듯 큰 소리로 웃음을 터뜨렸다.

조천추가 말을 이었다.

"고량주에는 필히 청동잔을 써야 그 예스러운 맛을 음미할 수 있소. 이렇게 쌀로 빚은 술은 고급 중에서도 고급이고 술맛도 으뜸이지만, 단맛이 부족하고 다소 싱거우니 큰 잔으로 벌컥벌컥 마셔야 제격이라오."

"이 몸은 거친 무부고 배움도 부족해 술과 잔 사이에 그렇게도 깊은 관계가 있는 줄 전혀 몰랐소."

조천추는 영호충의 말에 고개를 끄덕이고는, '백초미주百草美酒'라 쓰인 술단지를 두드리며 계속해서 설명했다.

"이 백초미주는 100가지 풀을 캐다 좋은 술에 넣어 만들었기 때문에, 술 향기가 맑고 시원해 봄날 꽃길을 걷는 것과 같소. 왕왕 향기만 맡고도 취하는 사람이 있을 정도라오. 백초미주는 덩굴잔에 담아 마셔야 하오. 100년 묵은 고목 덩굴을 깎아 만든 잔이야말로 백초미주의 향기를 더욱 짙게 만들어준다오."

"100년 묵은 고목 덩굴이라면 구하기가 무척 어렵지 않겠소?"

영호충이 말하자 조천추는 정색을 했다.

"영호 형, 어찌 그런 생각을 하시오? 100년 묵은 술이 100년 묵은 고목 덩굴보다 훨씬 더 구하기 어렵소이다. 생각해보시오. 100년 묵은 고목 덩굴은 저 야산이나 골짜기에 가면 어떻게든 찾을 수 있지만 100년 묵은 술은 누구나 마시고 싶어 하고 한 번 마시면 사라지는 것이오. 덩굴잔은 천 잔, 만 잔을 마셔도 멀쩡하지 않소?"

"그렇구려. 이 몸이 아직 모르는 것이 많으니 부디 잘 가르쳐주시오."

악불군은 조천추의 말을 주의 깊게 듣고 있었는데, 과장된 부분도 있지만 아주 일리 없는 이야기는 아니었다. 하지만 도지선과 도간선이 백초미주를 탁자에 줄줄 흘리며 마셔대는 모습을 보면 도무지 진귀한 술로 보이지 않았다. 음주를 그리 즐기지 않는 악불군이지만 코에 스며드는 향긋하고 달콤한 술 향기만으로도 상등품이라는 것을 알 수 있었기 때문에 도곡육선이 그 술을 마구 낭비하는 모습이 못내 안타까웠다.

그러는 동안에도 조천추의 말은 계속되었다.

"소흥 장원홍은 오래된 도자기잔이 필요하오. 북송 시대 도자기도 좋지만, 오호십육국 시대의 도자기는 더 좋고, 오월국 용천에서 만든 청자야말로 최고라오. 하지만 구하기가 무척 어렵다 보니 그럭저럭 남송 시대 도자기잔을 쓰게 되는데 아무래도 맛이나 분위기가 처지고, 원나라 도자기잔은 거칠고 투박해서 쓸 수가 없소. 저기 있는 이화주는 맛보았소? 저 술은 비취잔에 마셔야 하오. 백낙천白樂天(당나라의 시인 백거이)은 〈항주춘망杭州春望〉이라는 시에서 '붉은 소매 비단 잣는 솜씨 뽐내고, 푸른 깃발 이화주 파는 주막 보이나니'라고 노래했소. 서호 기슭에 있는 항주의 주막에서 이 이화주를 산다고 생각해보시오. 주막 옆 한 그루 감나무에서는 연지분 같은 분홍 꽃잎이 팔락팔락 떨어지고, 주막 여주인의 붉디붉은 능삼 자락이 화로 위를 섯돌아치는데, 주막 앞에 꽂은 녹수보다 푸르른 깃발이 백설보다 흰 그 피부를 환히 비추지 않겠소! 아아, 그 붉고 푸름의 조화가 이화주를 어찌나 맛깔스럽게 만드는지! 그리고 저 옥로주, 저 옥로주는 반드시 유리잔에 따라야 제맛이오. 옥로주에는 구슬같이 자잘한 기포가 있어 투명한 유리잔으로 마셔야 그 아름다움을 제대로 즐길 수 있다오."

"펑펑! 헛대포 놓는 소리 요란하네요!"

비웃음 섞인 여자의 목소리가 들려왔다. 두 손을 귀에 대고 귀를 기울이며 과장된 표정으로 외친 사람은 바로 악영산이었다.

악불군이 딸을 타일렀다.

"산아, 함부로 굴지 마라. 조 선생께서 도리에 맞는 말씀을 하고 계시지 않느냐."

악영산은 입을 삐죽였다.

"도리에 맞는 말씀이요? 흥을 돋우려고 술 몇 잔 마시는 것쯤 누가 뭐래요? 하지만 밤낮 종일토록 마셔대면서 주도니 뭐니 쓸데없는 생각이나 하고 있는데, 그런 사람을 어떻게 영웅호한이라 하겠어요?"

조천추는 고개를 저으며 대답했다.

"낭자의 말은 옳지 않소이다. 한고조 유방은 영웅이 틀림없지 않소?

그가 잔뜩 취해 검으로 흰 뱀을 베지 않았다면 어찌 수백 년 한나라의 기틀을 세울 수 있었겠소? 번쾌樊噲(한고조 유방의 장수)는 또 어떻소? 저 홍문의 연회에서 번 장군은 방패 위에서 돼지고기를 자르고 말술을 들이켜 주군을 구해냈으니 어찌 장사라 하지 않을 수 있겠소?"

영호충이 웃으며 말을 받았다.

"선생께서는 술도 잘 아시고 영웅호한 이야기도 잘 아시는구려. 술이 없으면 기쁨도 없다고 했는데, 어째서 좋은 술을 눈앞에 두고 맛보지도 않으시오?"

"내 이미 말했듯, 좋은 잔이 갖추어지지 않으면 좋은 술을 낭비할 뿐이외다."

도간선이 냉큼 끼어들었다.

"저, 저 허풍선이 좀 봐. 세상에 비취잔이니 야광잔이니 하는 게 어디 있담? 있다손 쳐도 겨우 한두 벌 정도일 텐데 누가 그걸 다 가지고 다녀?"

"주도를 즐기는 고상한 선비라면 마땅히 갖추고 있는 것이 바로 술잔이오. 당신들같이 게걸스럽게 먹기만 하는 사람들이야 질그릇을 쓰든 뒤웅박을 쓰든 무슨 상관이 있겠소?"

도엽선이 질세라 물었다.

"그러는 당신은 고상한 선비란 말이야?"

"구태여 따지자면 많지도 적지도 않게 딱 3푼 정도는 고상함을 갖춘 사람이외다."

도엽선은 큰 소리로 웃어젖혔다.

"그럼 방금 말한 여덟 가지 술잔 중에 몇 가지나 갖고 있어?"

"많지도 적지도 않게 여덟 가지 모두 딱 한 벌씩 가지고 있소."

"허풍대왕 납셨구나, 허풍대왕!"

도곡육선은 입을 모아 외쳐댔다.

"내기할까? 당신이 정말 여덟 가지 술잔을 가지고 있으면 내 입으로 하나씩 하나씩 씹어 먹겠다! 만약 없으면 어쩔 테냐?"

도근선이 기세 좋게 묻자 조천추는 고개를 끄덕이며 대답했다.

"좋소, 만약 내게 술잔이 없으면 여기 있는 질그릇을 하나씩 하나씩 씹어 먹겠소!"

도곡육선이 신이 나서 외쳐댔다.

"좋아, 좋아! 어디 무슨 수로…."

채 한마디가 떨어지기도 전에 조천추가 품에 손을 쑥 넣어 술잔 하나를 꺼냈다. 부드럽고 반질반질하게 광택이 나는 술잔은 과연 양지옥으로 만든 백옥잔이었다. 도곡육선은 눈을 휘둥그레 뜨고 말문이 막힌 채 조천추가 품에서 술잔을 하나씩 하나씩 꺼내놓는 모습을 지켜볼 수밖에 없었다. 비취잔과 쇠뿔잔, 덩굴잔, 청동잔, 야광잔, 유리잔, 그리고 오래된 도자기잔이었다. 여덟 가지 술잔을 모두 꺼낸 뒤에도 조천추는 계속해서 황금빛으로 번쩍이는 금잔, 정교하게 조각한 은잔, 화려한 무늬를 새긴 돌잔, 그리고 상아로 만든 잔, 호랑이 이빨을 깎아 만든 잔, 소가죽으로 만든 잔, 대나무 잔, 박달나무 잔 등 크고 작은 술잔들을 꺼내놓았다.

모두들 놀란 입을 다물지 못했다. 저 가난뱅이 서생의 품에 저토록 진귀한 술잔이 들어 있을 줄 누가 짐작이나 했겠는가?

조천추는 의기양양하게 도근선을 바라보았다.

"어떻소이까?"

도근선은 질린 얼굴로 고개를 끄덕였다.

"내가 졌다. 저 잔들을 먹겠다."

그가 덩굴잔을 들어 우두둑 하고 반쪽을 내더니 작은 쪽을 입에 넣고 와그작와그작 씹어 삼켰다. 도근선이 정말로 덩굴로 만든 술잔을 먹어치우자 사람들은 더욱더 놀랐다. 도근선이 다시 쇠뿔잔으로 손을 뻗자 조천추가 황급히 왼손을 내밀어 그의 손목을 붙잡았다. 도근선이 오른손으로 조천추의 손목을 붙잡으려 했지만, 조천추가 중지로 그의 손바닥을 힘껏 때리는 바람에 놀라 손을 거뒀다.

"왜 이래?"

"그 놀라운 위에 깊이 탄복했소이다. 술잔을 다 먹은 것으로 칩시다. 정말로 다 먹어치우면 내 술잔이 아깝지 않소!"

사람들이 왁자그르르 웃음을 터뜨렸다.

도곡육선을 몹시 두려워하던 악영산이었지만, 가까이 지내보니 사납게 굴지도 않고 말이나 행동이 익살맞아 친근하게 느껴지기 시작해 큰맘 먹고 도근선에게 질문을 던졌다.

"이봐요, 덩굴잔 맛이 어때요? 맛있어요?"

도근선은 쩝쩝 소리를 내며 혀로 입가를 핥더니 인상을 구겼다.

"맛있기는? 쓰다, 써!"

조천추도 인상을 구기며 말했다.

"당신이 내 덩굴잔을 먹는 바람에 대사大事를 그르쳤소. 아아, 덩굴잔이 사라졌으니 무엇으로 백초미주를 마실꼬? 아쉬운 대로 나무잔을 써야겠구나."

그는 품에서 수건을 꺼내 반만 남은 덩굴잔을 한 번 닦은 뒤, 같은 수건으로 꺼내놓은 박달나무 잔을 꼼꼼히 닦기 시작했다. 그 수건은 시커멓고 눅눅해서 닦을수록 더 더러워져 차라리 닦지 않는 편이 나을 지경이었지만, 그는 굴하지 않고 한참을 닦은 뒤 잔을 내려놓고 여덟 가지 잔을 나란히 세웠다. 금잔과 은잔 등 다른 잔들은 다시 그의 품으로 들어갔다. 그는 분주와 포도주, 소흥주 등 여덟 가지 술을 각각의 잔에 따르고 길게 한숨을 쉬며 영호충에게 말했다.

"영호 형, 이 여덟 잔을 차례대로 비우시오. 이 몸도 여덟 잔을 마실 테니, 그런 다음 지금까지 영호 형이 마신 다른 술과 어떻게 다른지 찬찬히 품평해봅시다."

"좋소!"

영호충은 나무잔을 들어 단숨에 들이켰는데, 갑자기 배 속에서 화끈한 기운이 느껴져 흠칫 당황했다.

'술맛이 왜 이렇게 괴상하지?'

조천추는 그의 표정을 보고 말했다.

"이 술잔들은 술 마시는 사람에게는 보물 중의 보물이오만, 처음에는 술맛이 익숙지 않아 간이 작은 사람들은 첫 잔만 마시고 둘째 잔에는 손도 대지 못하오. 여태껏 여덟 잔을 다 마신 사람은 손에 꼽을 정도라오."

그 말이 영호충을 자극했다.

'설사 독이 있다 해도 어차피 오래 살지 못하는 목숨인데 독살당하면 또 어때? 이대로 겁쟁이가 될 수는 없지.'

그는 아무 말 없이 연거푸 두 잔을 꿀꺽꿀꺽 마셨다. 두 번째 잔은 몹시 썼고 세 번째 잔은 떨떠름해서 도무지 진귀한 미주라고 느껴지지 않았다. 네 번째 잔을 들었을 때 별안간 도근선이 비명을 질렀다.

"아이고, 이거 왜 이래? 배 속에 불이 난 것처럼 펄펄 끓는다!"

조천추가 빙그레 웃으며 말했다.

"내 덩굴잔을 반이나 삼켰으니 배앓이는 당연한 결과라오. 덩굴은 쇠처럼 딱딱한데 억지로 배 속에 넣는다고 소화가 되겠소? 어서 설사약을 넉넉히 먹어 빼내시오. 내버려두었다가는 살인명의 평일지에게 부탁해 배를 갈라 꺼내야 할지도 모르오."

영호충은 속으로 가만히 고개를 끄덕였다.

'저 술잔에 분명 꿍꿍이가 있어. 도근선이 먹은 덩굴은 딱딱해서 복통을 일으킬 수는 있지만 배 속이 불에 타는 것처럼 뜨거워질 리가 없지. 좋아, 대장부는 목숨을 초개처럼 여긴다 했으니 통쾌하게 죽으면 그뿐이다. 독약은 독할수록 좋겠지.'

이렇게 생각한 그는 망설임 없이 고개를 젖히고 다음 잔도 털어넣었다.

갑자기 악영산의 목소리가 들려왔다.

"대사형, 마시지 마세요. 술잔에 독이 있을지도 모르잖아요. 지난번 대사형이 우리를 공격한 자들을 모두 장님으로 만들었으니 그들이 몰래 복수를 하려 들 거예요."

영호충은 쓸쓸하게 미소를 지었다.

"여기 계신 조 선생은 시원시원한 영웅호한이시니 나를 암살하실 리가 없다."

그러나 마음 깊은 곳에서는 술에 독이 있어 마시다가 죽기만을 바라고 있었다. 그가 시체가 되어 악영산의 발치에 쓰러지면 악영산은 조금이나마 슬퍼해줄까?

그는 그런 생각을 하며 다시 두 잔을 더 마셨다. 여섯째 잔은 시큼하고 짭짤한 데다 고약한 냄새까지 나 '미주'는커녕 그냥 '술'이라고 불러주기도 아까울 정도였다. 술이 들어가는 순간, 그는 저도 모르게 눈을 살짝 찡그렸다.

도간선은 한 잔 한 잔 술을 마시는 영호충을 보자 자기도 마시고 싶었는지 슬그머니 나섰다.

"나머지는 내가 마셔줄게."

그가 일곱째 잔으로 손을 뻗었지만, 조천추가 찢어진 부채로 그의 손등을 내리치며 웃는 얼굴로 말했다.

"순서대로 마십시다, 순서대로. 한 사람이 연달아 여덟 잔을 다 마셔야 술의 참맛을 알게 되오."

그의 부채질에 힘이 잔뜩 실려 있는 것을 깨달은 도간선은 맞았다가 뼈가 부러질까 봐 재빨리 손을 물려 부채를 잡아채며 외쳤다.

"그래도 내가 먼저 마실 테야. 어쩔래?"

조천추의 부채는 접힌 상태였으나 도간선의 손가락이 닿기 무섭게 좌악 펼쳐지며 손가락을 튕겨냈다. 갑작스러운 변화에 도간선은 화들짝 놀라 황망히 손을 움츠렸지만 부채 끝에 닿은 손가락이 얼얼해 비명을 지르며 물러났다.

조천추가 말했다.

"영호 형, 어서 나머지 잔도 비우시오."

영호충은 아무 생각 없이 남은 두 잔도 마셨다. 조금 전처럼 지독한 냄새는 나지 않았지만, 한 잔은 목구멍을 칼로 도려내는 듯 따가웠고, 다른 한 잔은 약 냄새가 진동해 술이라기보다는 세상에서 가장 진한 약보다 한층 진한 약 같았다.

도곡육선은 괴상하게 일그러지는 그의 표정을 보고 몹시 호기심이 동해 물어댔다.

"여덟 잔을 다 마시니까 어때? 응?"

조천추가 영호충 대신 끼어들었다.

"여덟 잔을 모두 마시면 감미롭기가 이루 말할 수 없소이다. 옛글에도 그리 나와 있소."

"옛글은 무슨? 허튼소리 집어치워!"

도간선의 외침이 떨어지는 순간, 그것이 무슨 암호라도 되는지 갑작스레 도곡육선 중 네 명이 달려들어 조천추의 팔다리를 하나씩 잡았다. 그들의 움직임은 마치 지옥에서 불쑥 솟아난 귀신처럼 빠르고 괴상해 아무리 무공이 뛰어난 조천추도 꼼짝없이 붙들리고 말았다.

도곡육선이 성불우를 찢어 죽인 장면을 목격했던 화산파 사람들이 저도 모르게 비명을 내질렀다.

허공에 뜬 조천추는 무슨 생각을 했는지 큰 소리로 외쳤다.

"술에 독이 들었는데 해약이 필요하지 않소?"

조천추를 붙잡았던 도곡사선은 배가 터지도록 술을 마신 뒤라 '술에 독이 들었다'는 한마디에 그 자리에 우뚝 멈춰섰다. 조천추는 네 사람이 멈칫한 틈을 놓치지 않고 와락 외쳤다.

"방귀 나온다, 방귀!"

바로 그때, 도곡사선은 조천추를 잡은 손이 스르르 미끄러지는 느낌이 들었다. 펑 하는 굉음과 함께 선실 천장에 커다란 구멍이 뚫리더니 조천추의 몸이 그 틈으로 휙 사라졌다. 도근선과 도지선의 손은 허공만 붙잡고 있었고, 도화선과 도엽선의 손에는 구린내 나는 버선과 진흙으로 축축해진 신발만 덩그러니 남아 있었다.

빠르기라면 도곡오선도 남부럽지 않았기 때문에 순식간에 나루터로 몸을 날렸건만, 조천추는 어디로 갔는지 흔적조차 찾을 수가 없었다. 조천추를 뒤쫓기 위해 경공을 펼치려는데, 갑자기 길 저편에서 누군가의 외침이 들려왔다.

"조천추 이 개망나니 같은 놈, 어서 내 약을 내놓아라! 한 알이라도 사라지면 네놈 껍질을 벗겨 살덩이를 잘게 다져놓을 테다!"

그 사람은 소리소리 지르며 나루터로 달려오고 있었다. 조천추를 욕하는 소리에 동질감을 느낀 도곡오선은 이렇게 마음에 쏙 드는 사람이 누군가 싶어 잠시 걸음을 멈추고 그쪽을 돌아보았다.

그런데 뜻밖에도 둥글넓적한 고깃덩이가 씩씩거리며 굴러오고 있었다. 가까이 왔을 때에야 겨우 그 고깃덩이가 사람이라는 사실을 알 수 있었지만, 그 사람은 너무 땅딸막하고 뚱뚱해서 사람이라고 부르기가 민망할 정도였다. 목은 어디로 갔는지 큼직하고 넓적한 머리통이 두 어깨에 바로 붙어 있었고, 태어났을 때 누군가 망치로 힘껏 두들기기라도 했는지 눈, 코, 입이 양쪽으로 쩍 벌어진 모양이어서 보는 사람마다 속으로 웃음을 금치 못했다.

'평일지도 작지만 목과 허리는 있는데, 저자는 등과 배에 뒤룩뒤룩 살이 찌고 손발도 생기다 만 것처럼 짤막해서 팔꿈치 위로는 아예 없는 것 같구나.'

그 사이 고깃덩이 같은 사람은 배 가까이 다가와 짤따란 두 팔을 활짝 펼치며 노기충천한 목소리로 물었다.

"조천추 그 개망나니가 여기 있소?"

도근선이 웃으며 대답했다.

"그 개망나니는 벌써 달아났다. 내빼는 솜씨가 보통이 아니던데 그렇게 데굴데굴 굴러와서는 절대로 못 따라잡을걸."

그 사람은 조그만 눈으로 도근선을 흘겨보며 코웃음을 치고는 다시 와락 소리를 질렀다.

"내 약! 내 약!"

짤따란 두 다리로 힘껏 발을 구르자 고깃덩이 같은 그의 몸이 어느새 선실로 뛰어들었다. 그는 코를 킁킁거리며 주위를 둘러보다가 탁자로 다가갔다. 텅 빈 술잔을 들고 냄새를 맡던 그의 얼굴에서 갑작스레 핏기가 싹 가셨다. 본래도 보기 흉한 얼굴이었지만 핏기가 가시자 말로는 표현할 수 없을 만큼 기괴한 모양이 되었는데, 누가 봐도 몹시 낙담하고 상심한 표정이 분명했다. 그는 나머지 술잔들도 일일이 코로 가져가 냄새를 맡고는 그때마다 '내 약! 내 약!' 하며 소리를 질러댔다. 그의 손에 들어가는 잔이 하나하나 늘어날수록 그의 얼굴은 마음이 아파 지켜보기조차 힘들 정도로 일그러졌다. 마침내 그가 바닥에 털썩 주저앉으며 통곡을 하기 시작했다.

도곡오선이 호기심을 참지 못하고 그를 빙 둘러싸며 물었다.

"왜 우는 거야?"

"조천추가 괴롭혀?"

"울지 마. 우리가 그 개망나니를 찾아 찢어 죽여줄게. 그럼 화가 풀릴 거야."

그 사람은 엉엉 울며 말했다.

"그놈이 내 약을 술에 섞어 다 마셔버렸소! 그 개망나니를 죽여도 이제… 이제 아무 소용이 없소."

그 말을 듣는 순간 영호충은 흠칫 놀랐다.

"약이라니? 무슨 약 말이오?"

그 사람은 눈물을 뚝뚝 흘리며 대답했다.

"내 12년이라는 시간을 들여 천년인삼과 복령, 영지버섯, 녹용, 하수오, 영지, 웅담, 삼칠초, 사향 등등 진귀하디진귀한 약초들을 채집해다가 아홉 번 찌고 말리기를 반복해 죽은 사람도 되살린다는 속명팔환續命八丸 여덟 알을 만들었소. 그런데 그 죽일 놈의 조천추가 그 약을 훔쳐 술에 타 마셔버렸단 말이오!"

영호충은 놀라움을 금치 못해 다시 물었다.

"여덟 알의 맛이 서로 같소?"

"어떻게 같을 수가 있겠소? 냄새가 고약한 것도 있고 쓴 것도 있고 먹으면 배 속이 활활 끓는 것도 있고 목구멍을 난도질하는 것처럼 따가운 것도 있소. 하지만 그 속명팔환을 모두 먹으면 아무리 심각한 내상이나 외상을 입어도 마치 아무 일도 없었던 것처럼 살아날 수 있소."

그의 말이 끝나자 영호충은 무릎을 탁 치며 외쳤다.

"큰일이군, 큰일이야! 조천추가 그 약을 훔친 이유는 스스로 먹으려던 것이 아니라… 바로…."

고깃덩이 같은 사람이 눈을 동그랗게 떴다.

"바로?"

"바로 술에 섞어 내게 먹이기 위해서였소. 나는 술에 그렇게 진귀한 약이 들어 있는지는 전혀 몰랐고, 오히려 독이 들었나 보다 했소."

그 사람이 버럭 화를 냈다.

"독? 독이라고? 이런 빌어먹을! 그러니까 당신이 내 속명팔환을 먹었다, 이 말이오?"

"조천추가 그 약을 술잔 여덟 개에 나눠 넣고 술을 따라 내게 먹였소. 분명히 쓴 것, 냄새가 고약한 것, 배 속이 활활 타는 것, 그리고 목구멍을 난도질하듯 따가운 것도 있었지만, 약이 들어 있다는 사실은 전혀 몰랐소."

그 사람은 두 눈을 부릅뜨고 영호충을 노려보았다. 둥글넓적한 얼굴에 겨우 드러난 근육들이 부들부들 떨렸다. 그렇게 한참을 노려보던 그가 느닷없이 괴성을 지르며 영호충에게 달려들었다. 심상치 않은 그의 표정에 잔뜩 경계를 돋우고 있던 도곡오선 중 네 명이 그의 몸이 뛰어오르기 무섭게 번개처럼 움직여 팔다리를 낚아챘다.

"해치지 마시오!"

영호충이 황급히 외쳤지만, 신기하게도 도곡사선에게 붙잡힌 그의 팔과 다리가 잔뜩 움츠러들어 마치 몸 전체가 공처럼 둥글둥글해졌다. 도곡사선도 의아했는지 기합을 넣으며 그의 팔다리를 힘껏 잡아당겼는데, 놀랍게도 팔다리가 몸에서 쑥쑥 자라나듯 길게 늘어나기 시작했다. 마치 껍질 속에 숨긴 네 발을 쭉 뻗는 거북이 같았다.

"해치지 마시오!"

영호충이 다시 한번 외치자 도곡사선은 손에서 힘을 뺐고, 그의 팔다리는 다시 스르르 오므라들어 공처럼 둥글어졌다. 들것에 누워 있던 도실선이 신나는 목소리로 외쳤다.

"신기하다, 신기해! 그게 무슨 무공이지?"

도곡사선이 다시 힘주어 당기자 그의 팔다리가 한 자쯤 늘어났고, 보고 있던 악영산과 다른 여제자들은 참다못해 웃음을 터뜨렸다.

도근선이 말했다.

"이봐, 우리가 당신 팔다리를 길게 잡아당겨줄게. 훨씬 보기 좋은 모습이 될 거야."

"아이쿠, 큰일 났다!"

그 사람의 갑작스러운 외침에 도곡사선은 어리둥절했다.

"뭐가 큰일 나?"

그 순간 손에 힘이 풀리자, 그의 팔다리가 순식간에 오므라들며 도곡사선의 손아귀에서 빠져나갔다. 뒤이어 쾅 하는 굉음과 함께 선실 바닥에 커다란 구멍이 뚫리고, 그는 구멍을 통해 황하 깊숙한 곳으로 달아나버렸다.

사람들의 비명 소리 사이로 강물이 퐁퐁 새어들어오기 시작했다.

악불군이 외쳤다.

"모두 짐을 챙겨 나루터로 내려가거라!"

배 바닥에 뚫린 구멍은 직경이 넉 자는 될 정도로 커서 물이 들어오는 속도가 무척 빨랐다. 눈 깜짝할 사이 선실은 무릎이 잠길 정도로 물이 들어찼다. 다행히 배가 강가에 정박해 있었던 덕분에 사람들은 무사히 뭍으로 내려설 수 있었다. 졸지에 배를 잃은 뱃사공은 울상을 지으며 어쩔 줄을 몰라 했다.

영호충이 그런 뱃사공에게 말했다.

"걱정 말고 값을 알려주시오. 곱절로 물어주겠소."

그러면서 그는 망망한 강물을 돌아보았다.

'조천추와 나는 아무런 관계도 없는데 어째서 그 진귀한 약을 훔쳐 내게 먹였을까?'

진기를 끌어올렸더니, 단전이 불타는 듯 뜨거워졌지만 여전히 여덟 갈래 진기들이 서로 충돌해 쉽사리 기를 한곳에 모을 수가 없었다.

笑傲江湖

투약

15

━ 베개에 기대어 누워 있는 소녀의 얼굴은 핏기라고는 찾아볼 수 없었고,
이불 위로 늘어진 석자 가까운 길이의 머리칼은 노랗게 빛이 바래 있었다.
나이는 열일곱이나 열여덟쯤 돼 보였고, 얼굴은 제법 고왔다.
소녀는 나지막이 '아버지!'하고 불렀지만 눈은 뜨지 않았다.

노덕낙이 재빨리 다른 배를 구해 짐을 부렸고, 영호충은 누가 보냈는지 모르는 은자로 구멍 뚫린 배를 물어주었다. 악불군은 부근에 내력을 알 수 없는 기인들이 많고 괴상망측한 일이 누차 벌어지자 한시라도 빨리 이곳을 떠나는 편이 낫겠다고 생각했지만, 날이 어둑어둑해지고 물살이 거센 탓에 배를 띄우기가 쉽지 않아 어쩔 수 없이 정박한 배에서 밤을 보내기로 했다.

　눈앞에서 두 번이나 사람을 놓친 것은 도곡육선에게는 몹시 드문 일이었다. 여섯 형제는 서로 네 잘못입네 하고 책임을 피해가려 떠들어댔으나 아무리 좋은 말을 보태고 꾸며도 이미 놓친 사람을 되돌려놓을 수는 없어, 결국 낙담한 얼굴로 한동안 묵묵히 술만 마시다가 조용히 잠을 청했다.

　선실에 누운 악불군은 철썩철썩 나루터를 때리는 물소리를 들으며 생각에 잠겼다. 얼마나 시간이 지났을까, 기슭으로 조용한 발소리가 희미하게 들려오기 시작했다. 배 쪽으로 점점 가까워지는 발소리였다. 악불군은 벌떡 일어나 창문 틈으로 밖을 내다보았다. 달빛 아래로 빠르게 달려오는 두 사람이 보였다. 그중 한 사람이 오른손을 쳐들자 그들은 배에서 몇 장 떨어진 곳에 멈춰섰다. 그들이 아무리 작은 소리로 말해도, 자하신공을 쓰면 청력이 몹시 예민해져 먼 곳의 미세한 소리까지 들을 수 있었다. 예상대로 그중 한 명이 말했다.

"바로 저 배일세. 얼마 전에 화산파의 늙은이가 배를 구하는 것을 보고 덮개에 표시를 해두었으니 틀림없네."

또 다른 사람이 대답했다.

"알겠습니다. 가서 제 사백께 보고드립시다. 그런데 사형, 우리 백약문百藥門이 언제부터 화산파와 척을 지게 되었을까요? 제 사백께서는 무엇 때문에 화산파의 움직임을 방해하려 하시는 겁니까?"

'백약문'이라는 말에 악불군은 깜짝 놀라 몸을 부르르 떨었다. 그 탓에 정신이 흐트러지고 자하신공의 효력이 줄어들어 말소리가 부분 부분 끊겨서 들렸다.

"방해가 아니… 제 사백께서는 은혜를 입은 분께 부탁을 받고 소식을… 결코 그런 것이…."

그렇잖아도 작은 목소리였는데 끊기기까지 하자 무슨 말인지 알아들을 수가 없었다. 악불군이 다시 정신을 모아 귀를 기울였을 때에는 그들은 이미 돌아서 떠난 뒤였다.

'우리가 어쩌다 백약문과 사이가 틀어졌을까? 저들이 말하는 제 사백은 필시 백약문의 장문인 제초선諸草仙일 것이다. 그는 '독불사인毒不死人'이라는 별호를 가진 독의 대가가 아닌가? 독으로 사람을 해치는 일은 누구든지 할 수 있으나, 그자의 독에 당하면 칼로 난도질하고 벌레에게 물어뜯기는 듯한 고통만 겪고 마음대로 죽을 수도 없어 부득불 그 명을 따를 수밖에 없다고 했다. 백약문은 운남 오선교五仙教와 더불어 강호에서 양대 독문으로 불리는 곳이다. 오선교보다는 다소 못하다는 말이 있지만 그래도 결코 얕볼 만한 곳은 아니야. 제초선은 누군가

의 부탁을 받고 우리를 감시하는 모양인데 부탁한 자가 누굴까?'

곰곰이 생각해보니 그럴 만한 사람은 둘뿐이었다. 검종 봉불평이거나 지난번 영호충이 눈을 멀게 한 열다섯 명 중 누군가일 것이었다.

그때, 깊은 고민에 잠긴 그의 귓가에 나지막한 여자의 목소리가 들려왔다.

"대관절 너희 집에 〈벽사검보〉라는 것이 있는 거야, 없는 거야?"

바로 딸 악영산의 목소리였다. 함께 있는 사람이 임평지라는 것은 보지 않아도 알 수 있었다. 목소리가 들리는 방향으로 보아 두 사람은 어느새 배를 떠나 강기슭에 가 있었다. 악불군은 어떻게 된 일인지 알아차렸다. 요즈음 딸과 임평지는 나날이 정이 깊어졌는데, 낮에는 사람들이 놀릴까 봐 차마 드러내지 못하고 한밤중에야 남몰래 만나는 것이 분명했다. 자하신공은 내공 소모가 많아 평소에는 쓸데없이 운용하지 않는 악불군이지만, 오늘 밤은 적이 다가오는 소리를 듣고 행적을 살피기 위해 펼쳤다가 적의 목소리는 물론이고 딸의 밀회까지 알게 된 것이었다.

임평지가 대답했다.

"몇 번 보여드린 것처럼 벽사검법이라는 것은 있습니다. 하지만 검보는 정말 없습니다."

"그럼 너희 외할아버지와 외삼촌들은 어째서 대사형이 그 검보를 숨겼다고 의심하는 거야?"

"그분들이 의심한 것이지, 제가 의심한 것이 아닌데 어떻게 알겠습니까?"

"흥, 참 착하기도 하네. 남들은 네 핑계로 대사형을 의심하는데 너는 추호도 의심하지 않았다고?"

임평지는 한숨을 푹 쉬었다.

"우리 집안에 그런 신묘한 검보가 있었다면, 복위표국이 청성파에게 그런 치욕을 당하고 속절없이 멸망하지는 않았겠지요."

"그렇기는 하지. 그런데 왜 너희 외할아버지와 외숙들이 대사형을 의심할 때 해명하지 않았어?"

"아버지와 어머니께서 남기신 유언을 제 귀로 직접 듣지 못했으니, 해명하고 싶어도 해명할 수가 있어야지요."

"역시 너도 대사형을 의심하고 있었구나."

"그런 말은 제발 하지 마십시오. 대사형이 아시면 사이만 나빠질 뿐입니다."

악영산은 냉소를 터뜨렸다.

"어쩜 이렇게도 가식적이람! 의심하려면 하고, 의심하지 않으려면 깨끗이 물러나야지. 나라면 일찌감치 대사형에게 대놓고 물어봤을 거야."

그녀는 잠시 입을 다물었다가 다시 말했다.

"넌 우리 아버지와 성격이 꼭 닮았어. 두 사람 다 대사형이 몰래 검보를 빼돌렸다고 의심하면서…."

"사부님도 대사형을 의심하십니까?"

임평지가 그녀의 말을 자르며 황급히 묻자 악영산은 날카롭게 비웃었다.

"사부님'도'라고? 역시 너도 의심하고 있었구나? 말했다시피 너랑 아버지는 성격이 아주 똑같아. 속으로는 온갖 꿍꿍이를 품고서 입으로는 한마디도 하지 않으니."

바로 그때, 화산파가 빌린 배와 나란히 정박해 있던 다른 배 안에서 쩌렁쩌렁한 외침이 터져나왔다.

"부끄러움도 모르는 것들! 어디서 허튼 수작질이냐! 영호충 같은 영웅호걸에게 똥 닦는 종이로도 쓰지 않을 네놈들의 검보가 왜 필요하겠느냐? 뒤에서 수군수군 험담이나 하는 놈들은 노부가 결코 용서할 수 없다!"

어찌나 커다란 소리인지 수십 장 밖에서도 또렷하게 들려 강가에 있는 배의 승객들이 자다 깬 것은 말할 것도 없고 숲속에서 곤히 잠든 새들마저 놀라 찍찍거리며 우짖기 시작했다. 말이 끝나기 무섭게 배 안에서 큼지막한 그림자 하나가 튀어나와 임평지와 악영산을 향해 쏜살같이 날아들었다. 검을 가져오지 않은 두 사람은 재빨리 방어 자세를 취하며 권각을 펼칠 준비를 했다.

커다란 외침 소리로 보아 내공이 무척 깊은 듯했고, 날아드는 속도나 움직임은 외공에도 깊은 조예를 갖췄다는 사실을 말해주고 있었다. 이를 알아차린 악불군은 그가 딸을 공격하려는 것을 보고 다급한 마음에 소리를 질렀다.

"잠깐! 멈추시오!"

그의 몸이 휙 하고 창을 빠져나가 기슭으로 날아갔지만, 땅에 내려서기도 전에 거대한 그림자는 양손에 각각 임평지와 악영산의 목덜미를 붙잡고 저 앞으로 달려가기 시작했다. 깜짝 놀란 악불군은 오른발로 땅을 짚고 진기를 운용해 빠르게 뒤를 쫓는 동시에 손에 든 검으로 백홍관일을 펼쳐 상대의 등을 찔렀다.

상대는 몸집이 거대한 만큼 발걸음의 폭도 놀라우리만치 넓어, 한

발 성큼 내딛는 것만으로도 악불군의 검이 빗나가고 말았다. 악불군은 또다시 중평검中平劍 초식을 펼쳤지만, 거인이 한 발 더 내딛자 또다시 허공만 찔렀다.

"조심하시오!"

악불군은 높이 기합을 내지르며 청풍송상清風送爽 초식으로 빠르게 검을 찔렀다. 검끝이 거인의 등에 닿으려는 순간, 옆에서 느닷없이 거센 바람이 일며 누군가 손가락 두 개로 그의 눈을 찔러왔다.

그들이 서 있는 강둑길 끝에는 촘촘히 들어선 집들이 달빛을 가려 어두컴컴했다. 악불군은 적이 누군지 확인하지도 못한 채 검을 휘둘러 반격했다. 적은 머리를 숙이고 앞으로 짓쳐들어오며 복부에 있는 중완혈을 공격했고, 악불군이 비각을 올려차자 이번에는 공처럼 데굴데굴 굴러 뒤로 돌아가 등을 때렸다. 돌아설 틈이 없었던 악불군은 손목을 꺾어 재빠르게 뒤쪽을 찔렀지만, 적은 어느새 몸을 피하며 앞으로 훌쩍 날아와 주먹으로 가슴을 때리려 했다. 적이 맨손으로 검을 상대하면서도 움츠러들지 않고 연거푸 공격을 해대자, 악불군은 슬며시 자존심이 상해 검을 빙글빙글 돌리다가 재빨리 들어올려 적의 이마를 찔렀다. 적은 번개같이 손가락을 내밀어 검신을 힘껏 때렸다. 악불군의 검은 방향이 약간 어긋났지만 찔러가는 기세는 여전했다. 쐐액 소리와 함께 적이 쓰고 있던 모자가 벗겨지고 반들반들한 대머리가 드러났다. 적은 다름 아닌 출가한 승려였던 것이다. 검에 살짝 긁혔는지 머리칼 하나 없는 머리에서 새빨간 피가 주르륵 흘렀다.

승려는 양발을 힘껏 굴러 나는 듯이 달아났다. 악영산을 납치한 거인과는 정반대 방향이었기 때문에 악불군은 차마 그를 쫓을 수가 없었다. 그사이 악 부인이 검을 들고 달려왔다.

"산이는 어떻게 되었어요?"

그녀가 초조한 목소리로 묻자 악불군은 왼손으로 거인이 사라진 방향을 가리켰다.

"저쪽이오. 쫓읍시다!

부부는 황급히 뒤를 쫓았지만, 얼마 가지 않아 갈림길이 나타났다. 주위를 살폈으나 그 거인이 어느 쪽으로 갔는지는 실마리조차 찾을 수가 없었다. 악 부인은 다급한 마음에 발을 동동 굴렀다.

"어쩌죠? 이제 어떡하면 좋아요?"

"산이를 데려간 자는 충이의 친구니 아마도… 그 아이를 해치지는 않으리라 생각하오. 돌아가서 충이에게 물어보면 단서를 얻을 수 있을 것이오."

악 부인은 고개를 끄덕였다.

"그렇군요. 산이와 평이가 충이를 모욕했다고 외치는 소리를 저도 들었어요. 도대체 무슨 영문인지 모르겠군요."

악불군은 한숨을 쉬며 대답했다.

"이번에도 〈벽사검보〉 때문이오."

두 사람이 배로 돌아가자 영호충을 비롯한 제자들이 모두 강가에 나와 걱정스러운 얼굴로 기다리고 있었다. 악불군과 악 부인이 선실로 영호충을 불러 물어보려는데, 강 언덕 쪽에서 누군가 소리쳤다.

"여기 악불군에게 보내는 글이 있소!"

노덕낙 등 제자들이 검을 뽑아 들고 언덕으로 달려갔다. 얼마 후 노덕낙이 선실로 들어와 보고했다.

"사부님, 소리친 사람은 사라지고 이 천 조각만 돌멩이 밑에 놓여 있었습니다."

악불군은 그가 내미는 천 조각을 받아 살펴보았다. 아무렇게나 찢어낸 옷자락에 피로 비뚤비뚤하게 글씨를 써내려간 것이었다.

오패강五霸岡에서 네놈 딸자식을 돌려주마.

악불군은 악 부인에게 천 조각을 넘겨주며 차분한 목소리로 말했다.
"그 화상이 쓴 글이오."
악 부인이 떨리는 목소리로 물었다.
"누… 누구의 피일까요?"
"걱정 마시오. 내가 그자의 머리에 상처를 입혔소."
악불군은 부인을 위로한 뒤 뱃사공에게 물었다.
"여기서 오패강까지 가려면 얼마나 걸리오?"
"오패강은 동명집東明集에서 하택荷澤이 있는 동쪽으로 조금 더 간 곳에 있습지요. 바로 하남과 산동의 경계입니다요. 뱃길로 동와상銅瓦廂과 구혁집九赫集을 지나면 동명집이 나오는데 내일 아침 일찍 배를 띄우면 해 질 녘쯤 도착할 겁니다요."
악불군은 말없이 고개를 끄덕였다.
'오패강에서 산이를 돌려준다니 가지 않을 수는 없다. 허나 그곳에 적이 몇 명이나 있을지 모르고 산이까지 그들 손아귀에 있으니 가더라도 이길 방도가 없겠구나.'
그가 결심을 하지 못하고 망설이는데 나루터에서 시끄러운 소리가 들려왔다.

"어미젖도 못 뗀 도곡육귀야! 이 종규鍾馗(역귀를 쫓는 중국의 신) 할아범이 귀신을 잡으러 왔느니라!"

이런 말을 듣고 가만히 있을 도곡육선이 아니었다. 다쳐서 꼼짝할 수 없는 도실선은 고래고래 욕을 퍼붓기 시작했고, 나머지 다섯 사람은 일제히 몸을 날려 나루터로 달려갔다. 외친 이는 머리에 뾰족한 모자를 쓰고 손에는 흰 깃발을 들고 서 있다가 그들이 다가오자 홱 몸을 돌려 달아나며 외쳤다.

"도곡육귀는 간이 쥐새끼만 해서 절대 쫓아오지 못할걸!"

도근선 등은 노성을 터뜨리며 광란에 빠져 뒤를 쫓았다. 외친 이는 경공이 제법이라 순식간에 멀리 사라졌고 도곡오선도 뒤따라 어둠속으로 모습을 감췄다.

그 소란에 악불군과 제자들도 모두 나루터로 내려갔다. 도곡오선이 사라진 곳을 바라보던 악불군이 별안간 큰 소리로 외쳤다.

"조호이산계調虎離山計다! 모두 배로 돌아가거라!"

일행이 배로 올라가는 동안 언덕에서 둥글둥글한 그림자가 데굴데굴 굴러와 영호충의 멱살을 움켜쥐었다.

"이리 따라와!"

바로 고깃덩이 같던 그 땅딸막한 뚱보였다. 그의 손에 붙잡힌 영호충은 반항할 힘조차 없어 속수무책이었다. 그때, 날카로운 외침과 함께 누군가 선실에서 와락 뛰쳐나와 고깃덩이 같은 사람에게 비각을 날렸다. 다름 아닌 도지선이었다. 본디 형제들과 함께 언덕으로 달려가던 그였지만, 혼자 배에 남은 도실선이 빌어먹을 '종규 할아범'에게 잡혀가기라도 할까 봐 곧바로 아우를 지키러 돌아왔다가 고깃덩이 같은 사람이 영호충을 낚아채자 도우러 나선 것이었다.

고깃덩이 같은 사람은 영호충을 놓아주고 훌쩍 뛰어올라 선실로 들어가더니, 오른발을 높이 들어 도실선을 짓밟으려는 자세를 취했다. 도지선은 기겁을 하며 외쳤다.

"아우를 건드리지 마!"

고깃덩이가 대꾸했다.

"흥, 누구를 건드리든 내 마음이다! 네놈이 어쩔 테냐?"

도지선은 나는 듯이 선실로 돌아가 들것째로 도실선을 안아들었다. 도지선을 유인할 목적이었던 고깃덩이는 그 틈을 타 다시 나루터로 돌아가 영호충을 붙잡아 어깨에 들쳐메고 번개처럼 달려갔다. 도지선은 어쩔 줄을 몰라 했다. 평일지가 영호충을 잘 돌보라고 명령했는데, 영호충이 붙잡혀가는 것을 두 눈 뻔히 뜨고 보기만 한다면 나중에 무슨 말로 변명할 것인가? 평일지가 펄펄 뛰며 도실선을 죽이라고 명령하면 그야말로 낭패였다. 하지만 대항할 힘이 없는 도실선을 버려두고 떠났다가 적이 습격해오면 그것도 큰일이었다. 갈팡질팡하던 도지선은 결국 두 팔로 도실선을 단단히 끌어안은 채 고깃덩이를 쫓아가기 시작했다.

악불군이 악 부인에게 말했다.

"제자들을 지켜주시오. 내가 가서 살펴보겠소."

악 부인은 고개를 끄덕였다. 강적이 숨어 지켜보고 있는 지금, 두 사람이 모두 배를 떠나면 제자들이 위험에 처하리라는 것은 불 보듯 뻔한 일이었다.

고깃덩이 같은 사람의 경공은 도지선만 못했지만, 영호충을 어깨에 메고 전력 질주하는 그와 달리 도실선의 상처가 덧날까 봐 팔로 감싸 안고 조심조심 달리는 도지선으로서는 도무지 그를 따라잡을 수 없었다. 악불군이 경공을 펼쳐 달려가자 곧 도지선의 뒷모습이 보였다. 도지선은 당장 영호충을 내려놓지 않으면 가만두지 않겠다고 고래고래 소리를 지르는 중이었다.

그에게 안긴 도실선은 몸을 움직일 수는 없어도 멀쩡한 입을 가만히 두기 싫었는지 끝도 없이 도지선과 말다툼을 해댔다.

"셋째 형, 다른 형들이 없는데 저놈을 붙잡아도 셋째 형 혼자 무얼 하겠어? 가만두지 않겠다는 말은 엉터리 협박일 뿐이라고."

도지선이 반박했다.

"엉터리 협박이라도 놈이 겁을 먹어 붙잡힐 수도 있잖아. 그러니 안 하느니보다 낫지."

도실선은 고개를 저었다.

"저놈 달리는 솜씨가 제법이고 멈출 기색도 없으니, '겁을 먹어 붙잡힌다' 중에서 '붙잡힌다'는 빼야지."

도지선도 고개를 저었다.

"지금 당장은 멈출 기색이 없어도 조금 있으면 멈출 거야."

도실선은 그래도 우겼다.

"그건 멈춰세운 것이지, 붙잡은 게 아니야. 그러니 '겁을 먹어 붙잡힌다'가 아니라 '겁을 먹어 멈춘다'라고 해야지."

"하여간 '겁을 먹는다'는 맞잖아."

팔로 아우를 안고 입으로는 주절주절 떠들어대면서도, 도지선의 두

발은 잠시도 멈추지 않았다.

이들은 일렬로 줄을 서서 동북쪽으로 달려갔다. 길이 점점 험해지는 가 싶더니 어느새 산길로 접어들었다. 악불군은 더럭 의심이 들었다.

'그 둥글넓적한 사람이 산속에 고수를 매복시켰다가 우리를 유인해 대거 공격이라도 하면 위험하기 짝이 없겠구나.'

그가 걸음을 늦추며 잠시 망설이는 사이, 고깃덩이 같은 사람은 영호충을 들쳐메고 언덕 위 기와집으로 달려가 담을 훌쩍 넘었다. 악불군은 주위를 샅샅이 살핀 다음에야 다시 그 뒤를 쫓았다.

도지선은 도실선을 안고 뒤따라 담을 넘었다가 갑자기 비명을 내질렀다. 함정에 빠진 것이 분명했다. 악불군이 담장으로 다가가 귀를 기울여보니 도실선의 목소리가 들려왔다.

"내 그럴 줄 알고 조심하라고 했잖아. 이것 좀 보라고. 쳐놓은 그물에 제 발로 들어간 물고기 신세가 되었으니, 이제 어쩔 거야?"

도지선이 또박또박 따졌다.

"첫째, 물고기는 발이 없으니 제 발로 걸어들어갈 수 없어. 그리고 둘째, 네가 언제 나더러 조심하라고 했어?"

"어렸을 때 남의 집 정원에 열린 석류 따먹으러 같이 갔을 때 기억 안 나? 그때 내가 조심하라고 했잖아?"

"30년도 지난 일이잖아. 그게 오늘 이 일과 무슨 상관이야?"

"당연히 상관이 있지. 그때도 셋째 형이 조심하지 않고 나무에서 떨어지는 바람에 주인에게 붙잡혀 실컷 얻어맞았잖아. 큰형과 둘째 형, 넷째 형이 온 다음에야 겨우 놈들을 깨끗이 쓸어버렸지. 지금도 마찬가지야. 셋째 형이 조심하지 않은 바람에 이렇게 붙잡혔으니까."

"붙잡히면 또 어때? 이번에도 큰형과 둘째 형이 오면 놈들을 깨끗이 쓸어버리지 뭐."

고깃덩이 같은 사람이 싸늘하게 내뱉었다.

"귀신 같은 놈들, 곧 죽을 몸인데도 남을 찢어 죽일 생각만 하는구나. 정신 사나우니 입 다물어라."

곧이어 짝짝 하는 시원한 마찰음이 들려왔다. 고깃덩이 같은 사람이 도지선과 도실선의 뺨을 차례대로 올려붙인 모양이었다. 놀란 두 사람은 공연히 한 대 더 얻어맞을까 봐 입을 다물었다.

한참 동안 기다려도 담장 안쪽에서 아무 소리도 들리지 않자, 악불군은 담장을 빙 둘러 살펴보았다. 마침 담장 옆으로 대추나무 한 그루가 서 있어 그 위로 뛰어올라 내려다보니, 담장에서 한 장 정도 떨어진 곳에 조그마한 기와집이 서 있었다. 도지선이 담을 뛰어넘자마자 그물에 걸렸다면, 아무래도 집과 담장 사이에 기관이 설치된 듯했다. 그는 울창한 대추나무 잎 사이에 몸을 숨기고 자하신공을 운용해 집 안의 소리에 귀를 기울였다.

고깃덩이 같은 사람은 영호충을 의자에 앉히고 낮은 음성으로 물었다.

"조천추 그 도둑놈과 무슨 관계냐?"

"오늘 처음 만난 사람인데 무슨 관계가 있겠소?"

고깃덩이 같은 사람이 버럭 화를 냈다.

"여기까지 와서도 가짓부리를 늘어놓는구나! 내 손에 들어온 이상 참혹하게 죽을 줄 알아라."

영호충은 빙그레 웃었다.

"심혈을 기울여 만든 영단묘약이 어쩌다 내 배 속으로 들어왔으니 이렇게 화를 내는 것도 당연하오. 하지만 그 영단묘약은 아무래도 별로 영험하지 않은 것 같소. 먹은 후에도 아무런 효험이 없으니 말이오."

고깃덩이 같은 사람은 그 말에 더욱 펄펄 뛰었다.

"효험이 그렇게 빨리 나타나는 약이 어디 있느냐? 병이 찾아올 때는 산사태와 같고, 병이 물러갈 때는 거북이와 같다는 말이 괜히 있는 것이 아니다. 그 약은 열흘이나 보름이 지나야만 차차 효과가 나타나는 것이다!"

"그렇다면 한 보름 정도 기다려봅시다!"

고깃덩이 같은 사람은 눈을 부라리며 소리쳤다.

"헛소리 집어치워라! 네놈이 내 속명팔환을 훔쳐 먹었으니 살려둘 수 없다!"

영호충은 또다시 빙그레 웃었다.

"나를 죽이면 내 목숨은 사라지겠지만, 당신의 속명팔환도 그 효과를 증명하지 못하게 되오."

"네놈을 죽이는 것과 속명팔환은 아무런 상관이 없다!"

영호충은 아쉬운 듯 한숨을 쉬었다.

"좋소, 죽이려거든 어서 죽이시오. 좌우간 나는 힘이 빠져 반항할 수도 없소."

"흥, 단칼에 죽고 싶은 모양인데 어디 그리 마음대로 될 줄 아느냐? 샅샅이 조사한 뒤에 죽지도 살지도 못하게 해주겠다. 빌어먹을, 그 조천추라는 놈은 이 어르신의 수십 년 지기였다! 갑자기 이렇게 뒤통

수를 때린 데에는 그만한 까닭이 있겠지. 화산파 따위는 우리 황하노조黃河老祖 눈에 한 푼어치도 못 되는 놈들이다. 그러니 겨우 화산파 제자인 네놈 때문에 내 속명팔환을 훔쳤을 리가 없는데, 도대체 무슨 까닭인지 알 수가 없단 말이다!"

그는 혼자 흥분해 발을 쾅쾅 구르며 화를 냈다. 영호충이 말했다.

"귀하의 별호가 황하노조였구려. 미리 알아보지 못해 실례가 많았소이다."

고깃덩이 같은 사람은 화가 나 으르렁거렸다.

"무슨 말 같지도 않은 소리냐? 나 혼자 무슨 수로 황하노조가 되겠느냐?"

"혼자서 못할 까닭이라도 있소?"

"황하노조는 본래 노씨 성과 조씨 성을 가진 두 사람을 이르는 말이다! 그런 것도 모르다니 정말 멍청한 놈이구나. 이 노인 노두자老頭子와 조상 조천추가 황하 연안에 살고 있어서 황하노조라는 별호가 생겨난 것이다."

영호충은 의아한 듯 물었다.

"그런데 왜 한 사람은 노인老人이고 한 사람은 조상祖上이오?"

"허, 보고 들은 것이 한참 모자란 놈이군. 세상에 노씨 성과 조씨 성이 있다는 사실도 모르느냐? 내 성이 '노'고 이름이 '인', 자字가 '두자'기 때문에 사람들이 나를 노인이나 노두자라고 부르는 것이고…."

영호충은 참지 못하고 킥킥거리며 물었다.

"설마 조천추는 성이 조고 이름이 상이오?"

"그렇지."

고깃덩이 같은 노두자가 고개를 끄덕이다가 갑자기 눈을 동그랗게 떴다.

"아니, 네놈은 조천추의 이름도 몰랐구나. 그렇다면 정말 그놈과 아무 관계가 없나? 아니야, 그럴 리가? 네놈이 조천추의 아들이 아니란 말이냐?"

영호충은 더욱더 큰 소리로 웃었다.

"내가 어떻게 그 사람 아들이 될 수 있겠소? 그의 성은 조고 내 성은 영호인데 맞는 구석이 없지 않소?"

"그것 참 이상하다…. 내가 오로지 보물 같은 딸아이를 치료하기 위해 훔치고 속이며 온갖 노력 끝에 겨우 구한 약재로 속명팔환을 만들었는데, 제 아들을 구하는 것도 아니면서 조천추가 어쩌자고 그걸 훔쳐 네놈에게 먹였을까?"

노두자의 중얼거림에 영호충은 깜짝 놀랐다.

"이제 보니 그 약이 따님의 병을 치료할 약이었구려. 그런 약을 내가 먹어버렸으니 정말 미안하게 되었소. 따님이 무슨 병을 앓고 있는지 모르지만, 살인명의 평 의원을 찾아가보는 것이 어떻겠소?"

노두자는 침을 퉤퉤 뱉었다.

"설마하니 개봉에 사는 이 노두자가 치료하기 힘든 병이 생기면 평일지를 찾아가라는 말을 모르겠느냐? 하지만 그자에게는 한 사람을 치료하면 한 사람을 죽여야 한다는 규칙이 있지. 그자가 규칙을 내세워 딸을 치료해주지 않을까 봐 그자 마누라의 일가 다섯 명을 모조리 죽여버렸더니 그제야 내 딸을 진맥하더군. 그러고는 어미 배 속에 있을 때부터 괴질을 얻었다며 속명팔환을 만들어 먹이라는 처방을 내렸지. 그렇지 않고서야 내가 그런 영단묘약 만드는 법을 무슨 수로 알아냈겠느냐?"

영호충은 들을수록 이해가 가지 않았다.

"평 의원에게 따님을 진맥해달라면서 처가 사람들은 왜 죽였소?"

"쯧쯧, 이렇게 멍청한 놈도 다 있구나. 평일지는 본래도 원수가 많지 않은데, 특히 요 몇 년 사이 그의 환자들이 모두 찾아내 죽여버려 하나도 남아 있지 않다. 사실 평일지가 가장 미워하는 사람은 바로 그 장모인데, 마누라가 무서워 제 손으로 장모를 죽이지도, 남을 시켜 죽이지도 못했지. 이 어르신은 그자와 동향이고 같은 무림인이기도 하니 그 마음을 왜 모르겠느냐? 그래서 대신 손을 써준 것이다. 장모 일가를 모두 죽였더니 평일지는 뛸 듯이 기뻐하며 정성껏 내 딸을 진맥해주었지."

영호충은 고개를 끄덕였다.

"그랬구려. 그나저나 당신의 영단묘약이 아무리 영험해도 내 병에는 소용이 없는 것 같소. 따님의 병세는 어떻소? 다시 약을 만들어야 하지 않겠소?"

노두자는 버럭 쏘아붙였다.

"내 딸은 길어야 1년밖에 살지 못해. 어느 세월에 그 영단묘약을 다시 만들어 먹인다는 말이냐? 이제 어쩔 수 없다. 최후의 수단에 희망을 거는 수밖에."

그는 동아줄을 가져와 영호충의 손발을 의자에 단단히 묶고 윗옷을 벗겨 가슴이 드러나게 했다. 영호충이 의아한 듯 물었다.

"뭘 하는 거요?"

노두자는 흉악한 웃음을 지으며 대답했다.

"곧 알게 될 테니 서두르지 마라."

그는 영호충이 앉은 의자를 통째로 들고 방 두 칸을 지나 솜으로 지은 가리개를 늘어뜨린 어느 방으로 들어갔다. 안으로 들어서자 답답할 만큼 더웠다. 방 안 창문은 틈 사이사이이마다 풀솜을 틀어막아 통풍이 전혀 되지 않았고, 방 한가운데에는 커다란 화로를 피워 열기가 후끈후끈한 데다 침상에는 휘장까지 길게 늘어뜨려 찬 공기가 들어갈 틈이 전혀 없었다. 방 안은 열기 외에도 짙은 약 냄새가 가득했다.

노두자는 영호충이 앉은 의자를 침상 앞에 내려놓고 휘장을 걷으며 다정하게 말했다.

"착한 우리 불사不死야, 오늘은 좀 어떠냐?"

영호충은 호기심에 귀를 쫑긋 세웠다.

'응? 노두자의 딸 이름이 '불사'인가? 성까지 붙이면 노불사로구나. 아하, 딸이 어머니 배 속에 있을 때부터 괴질을 얻었다더니 일찍 죽을까 봐 불사라는 이름을 지어준 모양이군. 늙어도 죽지 않는다는 노불사라, 아주 복이 넘치는 이름이야. 저 여자아이도 이름 첫 글자가 '불'자니 사부님과 같은 항렬이겠는걸?'

이렇게 생각하자 자꾸만 웃음이 났다.

그러나 베개에 기대 누워 있는 소녀를 보는 순간 웃음이 싹 사라졌다. 핏기라고는 찾아볼 수 없는 얼굴에, 이불 위로 늘어진 석 자 가까운 길이의 머리칼은 드물게도 노랗게 빛이 바래 있었다. 소녀의 나이는 열일곱이나 열여덟쯤 돼 보였고, 얼굴이 무척 고운 데다 꼭 감은 두 눈의 속눈썹도 길었다.

"아버지!"

소녀는 힘없는 목소리로 노두자를 불렀지만 눈은 뜨지 않았다.

"불사야, 너를 위해 준비한 속명팔환이 완성되었단다. 이제 약을 먹자꾸나. 먹고 나면 병이 싹 가셔서 벌떡 일어나 뛰어놀 수 있단다."

소녀는 그다지 관심이 없는 듯 들릴락 말락 대답만 할 뿐이었다. 그녀의 위중한 상태를 보자 영호충은 더욱 미안했다.

'노두자가 딸을 정말 사랑하고 아낀 나머지 저런 거짓말로 위로하는구나.'

노두자는 딸을 부축해 일으키며 말했다.

"앉아서 약을 먹으려무나. 어렵게 얻은 약이니 쏟아버리면 안 된다."

소녀가 천천히 일어나 앉자 노두자는 푹신한 베개 두 개를 딸의 등에 받쳐주었다. 그사이 스르르 눈을 떠 앞에 있는 영호충을 발견한 소녀는 몹시 의아한 얼굴로 눈 한 번 깜빡이지 않고 그를 바라보며 물었다.

"아버지, 저… 저 사람은 누구예요?"

노두자가 미소를 지으며 대답했다.

"저자 말이냐? 저자는 사람이 아니라 약이란다."

소녀는 이해할 수 없다는 표정이었다.

"약이라고요?"

"그래, 약. 속명팔환은 약성이 너무 강해서 우리 딸이 직접 먹기엔 무리야. 그러니 먼저 저자에게 먹이고 너는 그 피를 마시는 것이 훨씬 좋은 방법이지."

"피를 마신다고요? 그러면 저 사람이 아플 텐데요. 좋… 좋지 않은 방법 같아요.”

“저자는 멍청해서 아픈 줄도 몰라.”

소녀는 또다시 들릴락 말락 한 소리로 대답하며 눈을 감았다.

영호충은 놀라고 화가 나 한바탕 욕을 퍼부어주려다 마음을 바꿨다.

‘몰랐다고는 해도 내가 그 약을 먹는 바람에 저 낭자는 목숨을 잃게 되었다. 어차피 더 살고 싶은 생각도 없으니 내 피로 저 낭자를 살릴 수 있다면 망설일 이유가 있을까?’

그는 쓸쓸한 미소를 지으며 아무 말도 하지 않았다.

영호충이 한마디라도 하면 아혈을 짚으려고 잔뜩 벼르고 있던 노두자는 의외로 태연한 그의 태도에 어리둥절했다. 물론 악영산에게 실연당해 실의에 빠진 영호충의 마음을 노두자가 알 턱이 없었다.

조금 전 강가에서 악영산과 임평지를 잡아간 거인이 워낙 크게 소리를 질렀기 때문에, 영호충 역시 두 사람이 남몰래 자신의 험담을 했다는 사실을 알고 있었다. 게다가 그들이 강가 언덕에서 밀회하는 장면을 두 눈으로 똑똑히 확인한 뒤로는 삶의 의미 자체를 완전히 잃어, 죽고 사는 것은 그의 관심에서 아련하게 멀어져버린 것이었다.

노두자가 슬며시 물었다.

“이제 네놈의 심장을 갈라 뜨거운 피를 내 딸에게 먹일 것이다. 두렵지 않으냐?”

영호충은 무덤덤하게 대답했다.

“무엇이 두렵다는 거요?”

노두자가 곁눈질로 살펴보니 그의 말대로 두려운 기색은 찾아볼 수 없었다. 노두자는 다시 말했다.

"심장에서 피를 뽑으면 너는 죽은 목숨이다. 미리 경고했으니 나중에 원망 마라."

그래도 영호충은 빙그레 웃을 뿐이었다.

"누구나 언젠가는 죽기 마련이오. 몇 년 일찍 죽으나 몇 년 늦게 죽으나 무슨 차이가 있겠소? 내 피로 낭자의 목숨을 구할 수 있다니 그보다 기쁜 일도 없소. 한 목숨 헛되이 버리기보다 누군가에게 도움이 된다면 얼마나 보람 있는 일이오?"

영호충은 그렇게 말하며, 부고를 전해들은 악영산이 눈물을 흘리기는커녕 '죽어도 싸군요!' 하고 냉정하게 내뱉는 모습을 상상하고 몹시 상심했다.

노두자는 그런 줄도 모르고 엄지를 척 치켜세우며 그를 칭찬했다.

"과연 죽음을 초개같이 여기는 대장부로구나! 안타깝지만 네 피가 없으면 내 딸의 목숨이 위험하니 어쩔 수 없다. 이 사랑스러운 딸만 아니라면 당장 풀어주었을 텐데."

그는 화로에서 뜨거운 김이 모락모락 나는 물을 한 그릇 뜬 뒤, 수건을 물에 흠뻑 적셔 영호충의 가슴을 닦았다.

바로 그때, 바깥에서 조천추의 외침이 들려왔다.

"노두자, 어서 문을 열게나! 불사에게 줄 선물을 가져왔네!"

노두자는 눈을 잔뜩 찡그리며 오른손에 든 칼로 적신 수건을 반으로 잘라 영호충의 입에 쑤셔넣었다.

"선물이라니?"

그가 칼을 내려놓고 문을 열어 조천추를 맞아들였다. 조천추가 황급히 말했다.

"이보게, 노두자. 내게 감사할 준비나 하게. 상황이 급박한데 자네가 보이지 않기에 우선 내 손으로 영호 공자에게 속명팔환을 먹였네. 자네가 알았더라면 아마 두 손으로 그 약을 바쳤을 테지만, 그런다고 해서 영호 공자가 쉽게 복용했겠나?"

"어디서 그런 헛소리를…?"

노두자가 버럭 화를 내자 조천추는 그의 귀에 대고 조용히 속삭였다. 듣고 있던 노두자가 펄쩍 뛰며 소리를 질렀다.

"그런 일이 있었다고? 나… 나를 속이는 것은 아니겠지?"

"속이긴 누가 속인다고 그러나? 내가 두 번 세 번 확인했네. 자네와 내가 벗으로 지낸 지 벌써 수십 년인데 서로의 마음을 어찌 모르겠나? 내가 이번에 한 일도 자네 마음에 꼭 들 걸세."

노두자는 발을 쾅쾅 구르며 대답했다.

"아무렴, 마음에 들고말고! 이런 빌어먹을 놈!"

조천추가 고개를 갸웃하며 물었다.

"마음에 든다면서 빌어먹을 놈은 또 웬말인가?"

"자네가 한 일은 마음에 들지만, 나 자신은 빌어먹을 놈이라 한 말일세!"

노두자의 대답에 조천추는 또다시 고개를 갸웃했다.

"자네가 왜 빌어먹을 놈인가?"

노두자는 그를 끌고 딸의 방으로 들어가더니 영호충을 향해 머리를 조아리며 말했다.

"아이고, 영호 공자! 소인이 우둔한 나머지 큰 죄를 지었습니다. 조천추가 때맞춰 찾아왔기 망정이지, 만에 하나 영호 공자를 죽이기라도 했다면 이 노두자의 살을 한 점 한 점 저며내 장을 담근다 해도 크나큰 죄를 씻지 못했을 겁니다!"

그는 그렇게 말하며 연신 머리를 조아렸지만, 수건으로 입이 틀어막힌 영호충은 말이라고 할 수도 없는 신음 소리만 뱉어낼 뿐이었다.

조천추가 황급히 그의 입에서 수건을 빼내며 물었다.

"아니, 영호 공자, 어쩌다 이렇게 되었소?"

영호충은 그 말에 대답하지 않고 노두자를 향해 말했다.

"어서 일어나시오. 자꾸 이러면 내 입장이 난처하오."

"영호 공자께서 제 은인과 깊은 인연이 있는 줄도 모르고 크게 실례를 범했으니 소인은 죽어 마땅합니다! 멍청해도 정도가 있지, 이렇게 멍청한 짓을 하다니! 소인에게 죽어가는 딸 100명이 있다 한들 영호 공자의 피 한 방울도 흘리게 할 수는 없지요."

조천추가 눈을 휘둥그레 뜨며 물었다.

"노두자, 대체 무엇 때문에 영호 공자를 이렇게 묶어두었나?"

"아이고, 다 내가 멍청해서 벌어진 일일세. 제발 그만 좀 묻게나."

노두자가 애원했지만 조천추는 끈질기게 캐물었다.

"뜨거운 물과 날카로운 칼까지… 대체 어찌 된 일인가?"

갑자기 노두자가 두 손으로 자기 뺨을 철썩철썩 때렸다. 본래부터 토끼 엉덩이처럼 토실토실하던 뺨이 매서운 손길에 바람을 불어넣은 공처럼 퉁퉁 부어올랐다.

영호충이 어리둥절한 얼굴로 말했다.

"대체 어떻게 된 일이오? 나는 도무지 영문을 모르겠으니 두 분께서 좀 가르쳐주시오."

노두자와 조천추는 허둥지둥 그를 묶은 동아줄을 풀며 말했다.

"술 한잔하면서 이야기합시다."

영호충은 침상에 기대앉은 소녀를 흘끔 바라보았다.

"따님의 병세는 괜찮겠소?"

노두자는 고개를 설레설레 저었다.

"예, 큰일은 없을 겁니다. 설사 큰일이 있다 한들, 휴우…."

그는 무슨 말을 해야 좋을지 모르는 것처럼 더듬거리며 영호충과 조천추를 대청으로 안내해 술을 따르고 돼지고기 안주를 내왔다. 그가 공손하게 두 손으로 술잔을 들어 영호충에게 건배를 청하자 영호충은 단숨에 잔을 비웠다. 특별하달 것 없는 술이었지만, 낮에 조천추가 건넨 술보다는 열 배, 스무 배는 맛이 좋았다.

노두자가 입을 열었다.

"영호 공자, 소인이 늙고 어리석어 큰 죄를 범했습니다. 이거, 참… 무어라 용서를 빌어야 할지…."

그가 무슨 말로 사죄해야 할지 몰라 벌게진 얼굴로 우물거리자 조천추가 나섰다.

"영호 공자는 마음이 넓은 분이니 자네를 탓하지 않으실 걸세. 게다가 자네의 속명팔환이 효과가 있어 영호 공자의 몸이 좋아진다면 도리어 공로를 세운 셈이 아닌가?"

"공로라니… 가당치도 않은 말 말게. 따지고 보면 다 자네 공이지."

조천추는 빙그레 웃었다.

"자네의 속명팔환을 훔쳐 불사에게 미안할 따름일세. 몸보신이라도 하라고 인삼을 좀 가져왔네."

그가 바닥에 내려놓았던 대바구니의 뚜껑을 열고 인삼을 한 움큼 내어놓았다. 굵직굵직한 인삼들은 무게가 족히 여덟 근은 나갈 듯 묵직했다.

"아니, 이 많은 인삼이 어디서 났는가?"

노두자가 눈을 휘둥그레 뜨며 묻자 조천추는 너털웃음을 터뜨렸다.

"그야 물론 약재상에게서 얻었지. 잠시 빌려왔네."

노두자도 따라서 허허 웃었다.

"유비가 형주를 빌리는 꼴이니, 언제 갚을지 까마득하겠구먼."

노두자는 무척 즐거운 척했지만 살짝 찌푸린 미간에는 여전히 근심이 묻어 있었다. 이 모습을 본 영호충이 말했다.

"두 분은 내 병을 치료하려는 좋은 마음에 하신 일이겠지만, 한 분은 나를 속였고 한 분은 나를 납치해 꽁꽁 묶었으니 모욕도 이런 모욕이 없소."

노두자와 조천추는 벌떡 일어나 연신 읍하며 사과했다.

"영호 공자, 우리가 죽을죄를 지었습니다. 무슨 처벌이든 달게 받을 테니 명만 내리십시오."

"좋소. 그렇다면 내 질문에 대답해주시오. 두 분이 나를 이렇게 끔찍이 보살피는 것은 대체 누구 때문이오?"

그의 질문에 노두자와 조천추는 당황스러운 얼굴로 서로를 흘끔흘끔 바라보았다. 노두자가 입을 열었다.

"그… 그… 그건…."

조천추가 재빨리 말했다.

"공자도 이미 알고 있을 것입니다. 그분의 성함을 우리가 어찌 감히 입에 담을 수 있겠습니까?"

"이 몸은 정말 모르오."

영호충은 고개를 저으며 두 사람의 얼굴을 살폈다.

'혹시 풍 태사숙님의 부탁인가? 아니면 불계 대사? 전백광? 설마 녹죽옹? 아니, 그런 것 같지는 않아. 풍 태사숙님이라면 이 사람들이 벌벌 떨 만도 하지만, 은거하신 지 몇십 년이 지났고 아무에게도 행적을 발설하지 말라 다짐까지 받으셨으니 구태여 이런 일을 명령하실 리가 없지. 불계 대사나 전백광, 녹죽옹은 성격이 털털해서 이런 일을 꾸밀 사람이 아니고.'

조천추가 말했다.

"영호 공자, 그 질문만은 결코 대답할 수가 없습니다. 우리 두 사람을 단칼에 죽인다 해도 어쩔 수 없지요. 짐작 가는 사람이 있을 터인데 어찌하여 기어코 우리 입으로 말하라는 겁니까?"

단단히 결심한 듯한 말투로 보아 아무리 어르고 달래도 답을 들을 수 있을 것 같지 않았다.

"좋소. 두 분이 이렇게 입을 꾹 다무니 도무지 화가 풀리지 않는구려. 노 형, 노 형이 나를 의자에 꽁꽁 묶었을 때 얼마나 놀랐는지 아시오? 나도 당한 대로 두 분을 의자에 꽁꽁 묶어야겠소. 심사가 틀리면 예리한 칼로 두 분의 심장을 파낼지도 모르니 조심하시오."

노두자와 조천추는 서로를 마주 보았다가 고개를 끄덕였다.

"공자가 원한다면 결코 저항하지 않겠습니다."

노두자가 의자 두 개와 일고여덟 개의 동아줄을 가지고 오자, 두 사람은 스스로 자기 발을 의자 다리에 단단히 묶고 두 손을 뒤로 가지런히 모았다.

"자, 묶으시지요."

말로 하지는 않았지만 두 사람은 같은 생각을 하고 있었다.

'정말 우리를 묶어놓고 칼질을 하지는 않겠지. 놀래주려고 한 농담일 거야.'

그러나 예상과 달리 영호충은 동아줄로 두 사람의 양팔을 등 뒤로 힘껏 묶은 뒤 노두자가 내려놓았던 칼을 들었다.

"나는 내공을 잃어 점혈을 할 수가 없소만, 두 분이 진기를 써서 반항할지도 모르니 칼자루로 두 분의 혈도를 눌러두어야겠소."

말을 마친 그가 칼을 뒤집어 잡고 칼자루로 두 사람의 환도혈, 천주혈, 소해혈을 힘껏 때렸다. 일이 예상 밖으로 흘러가자 노두자와 조천추는 불안한 표정으로 서로 마주 보았다. 영호충이 무슨 생각으로 이러는지 짐작조차 가지 않았다.

"여기서 잠시 기다리시오."

영호충은 영문을 모르는 두 사람을 내버려두고 돌아서서 대청을 나갔다. 그리고 칼을 든 채 노불사의 방을 찾아가 문 앞에 서서 헛기침을 했다.

"노… 어험, 흠. 낭자, 몸은 좀 괜찮소?"

'노 낭자'라고 부를 생각이었지만, 이팔청춘인 소녀를 두고 '늙은 낭자'라는 뜻으로 부르기가 민망해 재빨리 얼버무린 것이었다. 소녀는 대답 없이 신음만 흘릴 뿐이었다.

영호충은 두툼한 솜 가리개를 걷고 방으로 들어갔다. 소녀는 여전히 베개에 기대앉은 채였고, 반쯤 잠이 들었는지 두 눈이 살짝 감겨 있었다. 영호충은 그녀에게 두어 걸음 다가갔다. 소녀의 얼굴은 안이 들여다보일 듯 투명해 노르스름한 피부 밑으로 푸른 힘줄이 도드라지고 혈관 속에 흐르는 피의 움직임마저 느껴질 정도였다. 방 안은 바늘 떨어지는 소리 하나 없이 조용했다. 바람 소리조차 들리지 않았다. 그녀의 몸속에 있는 붉은 피는 방울방울 굳어가고 가냘픈 숨은 호흡을 하면 할수록 약해지는 것 같았다.

그 모습을 보자 영호충은 연민과 미안함을 감출 수 없었다.

'아버지 덕분에 살아날 수 있었는데 내가 약을 가로채는 바람에 목숨을 잃게 되었구나. 나는 어차피 죽을 몸이니 며칠 더 살아봐야 무슨 의미가 있을까?'

그는 방 안에 있는 도자기 그릇을 탁자 위로 옮기고 그 위로 왼팔을 쭉 내밀었다. 들고 있던 칼로 손목을 긋자 새빨간 피가 샘물처럼 솟아나 그릇 속으로 떨어져내렸다. 노두자가 퍼다 놓은 물에서 아직도 연기가 모락모락 피어오르는 것을 보자, 그는 칼을 내려놓고 상처 위로 뜨거운 물을 조금씩 부었다. 피가 응고되어 빨리 멎는 것을 막기 위함이었다. 큼지막한 그릇에는 순식간에 피가 가득 고였다.

짙은 피 냄새를 맡고 스르르 눈을 뜬 소녀는 영호충의 손목에서 철철 흐르는 피를 보고 깜짝 놀라 비명을 질렀다.

영호충은 피로 가득 찬 그릇을 소녀의 입가로 내밀며 상냥하게 말했다.

"어서 드시오. 이 핏속에 영약이 섞여 있으니 낭자의 병을 치료할 수 있소."

소녀는 도리질을 쳤다.

"싫… 싫어요. 안 마실래요."

피를 한 사발이나 흘린 영호충은 머리가 핑핑 돌고 기운이 쭉 빠져서 있기도 힘들었다.

'이 낭자가 무서워서 이 피를 마시지 않으면 공연히 아까운 피만 버리겠구나.'

이렇게 생각한 그는 재빨리 칼을 들고 으름장을 놓았다.

"시킨 대로 하지 않으면 이 칼로 죽여버리겠소."

예리한 칼이 목에 와닿자, 겁을 집어먹은 소녀는 어쩔 수 없이 한 모금 한 모금 피를 마시기 시작했다. 비위가 상해 몇 차례나 구역질이 올라와 힘겨웠지만 영호충의 손에서 번쩍이는 칼을 보자 차마 토할 수도 없었다.

그녀가 그릇을 비우는 동안 손목의 상처가 점점 아무는 것을 보자, 영호충은 속으로 가만히 헤아렸다.

'저 한 그릇에는 속명팔환의 약효가 10분의 1도 들어 있지 않을 거야. 대소변으로 빠져나간 것도 많을 테니, 내가 쓰러질 때까지 피를 뽑아서라도 더 마시게 해야겠군.'

그는 다시 오른쪽 손목을 그어 피를 그릇에 채운 뒤 소녀에게 내밀었다. 소녀는 눈을 찡그리며 애원했다.

"제… 제발 이러지 말아요. 정말 더는 못해요."

"못해도 해야 하오. 자, 어서!"

소녀는 억지로 몇 모금 더 들이키고는 한참 동안 숨을 헐떡였다.

"대… 대체 왜 이러시는 거예요? 자꾸 이러면 당신 몸에도 좋지 않아요."

소녀의 말에 영호충은 쓴웃음을 지었다.

"내 몸이 어찌 되든 상관없소. 낭자만 좋아지면 충분하오."

도지선과 도실선은 노두자가 쳐놓은 그물에 빠져 옴짝달싹도 하지 못했다. 벗어나려고 발버둥을 치면 칠수록 그물이 조여들어 아예 손가락 하나 까딱하기도 힘들 정도였다. 몸은 움직일 수 없지만 오감은 더욱 예민해지고 입놀림 역시 빨라졌다. 영호충이 노두자와 조천추를 묶자 도지선은 그가 두 사람을 죽이리라 예측했고, 도실선은 그가 제일 먼저 자기들을 풀어주리라 예측했다. 그 일로 한참 동안 쓸모없는 입씨름을 해댔지만, 뜻밖에도 영호충이 소녀의 방으로 건너가는 바람에 두 사람의 예측은 보란 듯이 빗나갔다. 소녀의 방은 문이 꼭꼭 닫히고 창틈까지 틀어막혀 말소리가 잘 들리지 않았다. 도지선과 도실선, 악불군, 노두자, 조천추 모두 심후한 내력을 가지고 있었지만 영호충이 소녀의 방에서 무엇을 하는지 통 알 수가 없어 그저 상상의 나래만 폈다. 별안간 날카로운 소녀의 비명 소리가 들리자, 그들 다섯 사람은 약속이나 한 듯 안색이 싹 변했다.

도지선이 말했다.

"영호충 같은 대장부가 처녀 방에서 무얼 하는 거지?"

도실선이 대꾸했다.

"잘 들어봐! 저 처녀가 겁에 질려 덜덜 떨며 '싫어요!' 하고 소리쳤고, 영호충은 '시킨 대로 하지 않으면 이 칼로 죽여버리겠다!' 하고 협박했어. '시킨 대로 하지 않으면'이라니, 대체 저 처녀에게 뭘 하라고 했을까?"

"협박을 하는데 뭐 좋은 일이겠어? 아마 마누라가 되라고 우기는 모양이야."

"으하하하, 우습다, 우스워! 땅딸보의 딸이라면 바닥에 굴러다니는 호박처럼 둥글넓적할 것이 분명해. 영호충은 어쩌자고 그런 여자를 마누라로 삼으려는 것이람?"

도실선이 웃어대자 도지선이 말했다.

"호박이든 수박이든 각자 취향이 있는 거야! 영호충이 뚱뚱한 여자 취향이라 둥글넓적한 여자만 보면 혼이 쏙 빠지는지도 모르잖아?"

도실선이 비명을 질러댔다.

"으아악! 조용히 하고 들어봐! 여자가 애원하고 있어. '제발 이러지 말아요. 더는 못해요'라고 하는데?"

"정말이네. 영호충 저 녀석, 억지로 일을 성사시킬 모양인데? '못해도 해. 어서, 어서!' 하고 말이야."

"어서 하라고? 대체 뭘 어서 하라는 말이야?"

"너는 마누라를 얻은 적도 없는 숫총각이니 당연히 모르지!"

"그러는 형은 마누라를 얻어봤어? 뻔뻔하기는!"

도실선이 퉁을 주었지만 도지선은 여전히 뻔뻔하게 대답했다.

"내가 마누라 얻은 적 없는 걸 알면서 무엇 하러 물어?"

"이봐, 노두자! 노두자! 영호충이 네 딸을 억지로 마누라 삼으려고 해! 저러다 죽을지도 모르는데 가만히 있을 거야?"

도지선이 아우에게 입을 삐죽였다.

"네가 왜 나서? 저 뚱보 여자가 죽을지 안 죽을지 어떻게 알아? 세상에 마누라가 되는 여자가 얼마나 많은데, 마누라가 된다고 죽으면 다른 여자들은 왜 안 죽었겠어? 게다가 저 여자 이름이 '노불사'인데 죽기는 왜 죽어?"

의자에 묶이고 혈도가 막힌 노두자와 조천추는 방에서 들려오는 비명과 애원 소리에 어쩔 줄 몰라 하며 서로를 바라보았다. 그런 데다 밖에서 들려오는 도곡이선의 떠들썩한 입씨름이 그들의 의심에 부채질을 해댔다.

조천추가 말했다.

"노두자, 저 일은 막아야 하네. 영호 공자가 저렇게 호색할 줄은 몰랐군. 저러면 무슨 불똥이 떨어질지 모르는데…."

"아아, 우리 불사가 망가지는 것이야 그렇다 쳐도, 저러면… 저러면 그분께 죄송해서 어쩌나?"

"쉿, 들어보게. 불사가 영호 공자에게 정을 느낀 모양일세. '자꾸 이러면 당신 몸에도 좋지 않아요'라고 하는군. 영호 공자는 뭐라고 했지? 자네 들었나?"

"'내 몸은 상관없소. 낭자만 좋으면 되오'라고 했네. 이런 젠장! 저 두 사람, 대체 어쩌자고…."

노두자는 버럭 화를 냈지만 조천추는 껄껄 웃었다.

"축하하네, 정말 축하하네!"

"축하는 무슨 축하?"

"왜 이리 화를 내는가? 좋은 사위를 얻었으니 마땅히 축하를 받아야지!"

노두자는 낄낄 웃는 조천추를 향해 으르렁댔다.

"허튼소리 말게! 이 사실이 그분 귀에 들어가면 자네와 내 목이 무사히 붙어 있을 것 같나?"

이렇게 말하는 그의 목소리에는 두려움이 진하게 묻어 있었다.

"하긴, 그렇지!"

웃음을 멈추고 고개를 끄덕이는 조천추의 목소리도 다소 떨렸다.

담장 밖 나무 위에 몸을 숨긴 악불군은 자하신공을 끌어올리기는 했으나 거리가 멀어 단편적인 부분만 들을 수 있었다. 영호충이 소녀를 위협할 때는 방으로 뛰어들어 저지하려 했으나 곧 생각을 바꿨다. 영호충을 포함한 저 일행이 하나같이 신비하고 괴이한 인물이라 무슨 함정을 파놓고 기다리고 있을지 모르는 노릇이고, 저런 사람들을 상대할 때는 경거망동하기보다는 조용히 상황을 지켜보는 편이 나을 것이었기 때문이었다. 도곡이선과 황하노조의 대화를 들어보니, 영호충이 유리한 입장을 이용해 소녀에게 무례한 짓을 하는 모양이었다. 황하노조의 말대로 아버지를 닮아 뚱뚱하고 못생긴 소녀가 순결을 바친 남자에게 정을 느끼는 것은 이상한 일이 아니었다. 평소 풍류호색한 영호충의 성격을 잘 아는 악불군은 저도 모르게 고개를 설레설레 저었다.

그때 소녀가 또다시 외쳤다.

"아… 안 돼요. 피가 이렇게 많이… 제발 부탁이에요."

별안간 담장 밖에서 또 다른 사람이 소리쳤다.

"노두자, 도곡사귀는 깨끗이 따돌렸네!"

누군가 획 하고 담장을 뛰어넘어 집으로 들어갔다. 손에 흰 깃발을 들고 도곡사선을 유인했던 남자였다. 노두자와 조천추가 의자에 묶인 것을 보자 그는 깜짝 놀랐다.

"아니, 어찌 된 일인가?"

곧 그의 오른손에 휘황찬란하게 번쩍이는 비수가 나타났고, 팔을 휘두르기 무섭게 황하노조의 손발을 묶은 동아줄이 끊겨나갔다.

방 안에서 또다시 여자의 비명이 터졌다.

"그… 그만, 이제 더 이상은 못해요!"

두려움에 가득한 그 목소리에 남자는 다시금 깜짝 놀랐다.

"불사의 목소리 아닌가?"

그가 소녀의 방으로 달려가자 노두자가 그의 팔을 붙잡아 만류했다.

"들어가지 말게!"

남자는 어리둥절해하며 걸음을 멈췄다. 때마침 그물에 갇힌 도지선의 목소리가 들려왔다.

"저런 땅딸보가 영호충 같은 사위를 얻다니, 덩실덩실 춤이라도 춰야지."

도실선이 따졌다.

"영호충은 살날이 얼마 남지 않았다고. 죽을락 말락 하는 사위를 얻게 생겼는데 춤은 무슨 춤?"

"저 여자도 곧 죽을 텐데, 뭐. 부부가 똑같이 죽을락 말락 하니 천생연분이군."

"죽을 목숨은 누구고, 죽다 말 목숨은 또 누굴까?"

"그것도 몰라? 당연히 영호충이 죽고 여자는 죽다 말겠지. 이름이 노불사인데 죽을 리가 있어?"

도지선의 설명에 도실선이 반박했다.

"꼭 그렇지는 않아. 이름대로 된다는 법이 어디 있어? 세상 사람들이 모두 노불사라는 이름을 쓰면 죽는 사람이 아무도 없게? 그러면 무공을 배워서 어디다 써먹어?"

두 형제가 옥신각신하는 사이 방에서 쿵 하고 무언가 넘어지는 소리가 들렸다. 소녀가 자지러지게 비명을 질렀다. 목소리는 작아도 놀람과 두려움이 가득 담긴 목소리였다.

"아버지! 아버지!"

딸의 부름을 들은 노두자가 허둥지둥 방 안으로 뛰어들어가니, 영호충은 바닥에 쓰러져 있고 그릇 하나가 그의 가슴 위에 뒹굴고 있었다. 그릇은 온통 핏빛으로 물들었고, 침상에 기대앉은 딸의 입가에도 핏자국이 비쳤다. 조천추와 흰 깃발을 든 남자도 뒤따라 들어와 영호충과 소녀를 번갈아 바라보았지만, 도무지 어찌 된 노릇인지 알 수가 없었다.

소녀가 떨리는 목소리로 말했다.

"아버지, 저 사람이 자기 피를 두 그릇이나 뽑아 억지로… 억지로 마시게 했어요. 더 뽑으려다 저… 저렇게…."

노두자는 까무러칠 듯이 놀라 황급히 영호충을 일으켜 앉혔다. 영호충의 두 손목은 길게 찢어져 아직도 새빨간 피가 줄줄 흐르고 있었다. 노두자는 금창약을 찾으러 황급히 대청으로 나갔으나, 혼이 달아날 만큼 놀란 나머지 자기 집 문설주에 머리를 박는 바람에 머리에는 혹이 나고 문틀은 비스듬히 찌그러지고 말았다. 쿵쾅거리는 소리에 그가 영호충을 두드려패고 있다고 착각한 도지선이 놀라 외쳤다.

"어이, 노두자! 영호충은 우리 도곡육선의 친구니 때리지 마. 영호충을 때려죽이면 도곡육선이 네 뚱뚱한 몸을 갈기갈기 찢어줄 거야!"

도실선이 고개를 내저으며 끼어들었다.

"틀렸어, 틀렸어!"

"틀리긴 뭐가 틀려?"

도지선이 도실선에게 물었다.

"비쩍 마른 사람이면 갈기갈기 찢어줄 수 있지만, 저렇게 뚱뚱한 비곗덩어리는 갈기갈기 찢는 것이 아니라 덩이덩이 떼어낼 수밖에 없다고."

노두자가 가져온 금창약을 영호충의 손목에 바르고 가슴께의 혈도를 한참 동안 주무르자, 영호충은 서서히 정신이 들었다. 노두자는 놀라기도 하고 감격스럽기도 해 떨리는 소리로 말했다.

"영호 공자, 어… 어떻게 이런… 제가 분골쇄신하며 모셔도 이 은혜를… 휴…."

조천추가 대신 말했다.

"영호 공자, 노두자가 공자를 묶은 것은 오해에서 비롯된 일이건만 어찌 진심으로 생각하십니까? 이러면 노두자의 입장이 난처해집니다."

영호충은 빙그레 웃었다.

"내 내상은 영단묘약으로도 치료할 수 없소. 조 형께서 호의로 노 형의 속명팔환을 내게 먹이셨지만, 실은 좋은 약을 낭비한 셈이오. 부디 저 낭자의 병이 낫기를 바랄 뿐이오…."

여기까지 말하고 나자 피를 너무 많이 흘린 그는 견디지 못하고 또 다시 혼절했다.

노두자는 그를 안아 자기 방 침상에 눕힌 뒤 근심 가득한 얼굴로 중얼거렸다.

"이제 어쩐다? 어쩌면 좋을까?"

조천추가 다가왔다.

"영호 공자는 피를 너무 많이 흘려 목숨이 위험하네. 우리 셋이 힘을 합쳐 진기를 주입하는 것이 어떻겠나?"

"암, 그래야지."

그는 영호충을 살짝 일으키고, 오른 손바닥을 등에 있는 대추혈에 갖다 댔다. 그러나 진기를 끌어올리는 순간, 뜻밖에도 몸이 부르르 떨리고 앉아 있던 의자가 와지끈 소리를 내며 부러져버렸다.

도지선이 낄낄 웃으며 소리쳤다.

"영호충의 내상은 우리 여섯 형제가 상처를 치료하겠다고 진기를 주입하다가 생긴 거야. 저 땅딸보가 우리 흉내를 내면 영호충의 상태는 더 심각해져서 아무도 못 고칠걸!"

"방금 와지끈하는 소리가 났어. 저 땅딸보가 영호충에게 내력을 주입하다가 뭔가 망가뜨린 모양인데, 영호충의 내공은 우리 내공이나 마찬가지니 저 땅딸보가 우리 도곡육선에게 쓴맛을 본 셈이지! 아하하하, 좋다, 좋아!"

노두자는 한숨을 푹 쉬었다.

"아아, 영호 공자가 이대로 깨어나지 않는다면, 내 손으로 내 목을 베는 수밖에 없네."

돌연, 깃발을 들었던 남자가 목소리를 높여 외쳤다.

"대추나무 위에 계신 분은 화산파 장문인 악 선생이 아니시오?"

악불군은 흠칫 놀랐다.

'내가 있는 것을 이미 알고 있었구나.'

깃발을 들었던 남자가 다시 말했다.

"악 선생, 멀리서 오셨는데 들어와서 인사라도 합시다."

몹시 민망해진 악불군은 들어가면 불리하다는 것을 알면서도 더 이상 나무 위에 숨어 있을 수가 없었다. 남자가 계속 말했다.

"악 선생의 수제자 영호 공자가 혼절했으니 살펴보기는 하셔야 하지 않겠소?"

악불군은 어흠 헛기침을 하고 몸을 날렸다. 그의 몸은 한 장가량 되는 공간을 훌쩍 뛰어넘어 물방울이 똑똑 떨어지는 처마 밑 회랑에 내려섰다. 노두자가 방에서 나와 두 손을 포개 들어 인사했다.

"어서 들어오시오, 악 선생."

"제자의 안위가 걱정스러워 결례를 범했소이다."

악불군이 말하자 노두자는 고개를 저었다.

"다 이 몸의 죄요. 아아, 만약… 만에 하나…."

별안간 도지선이 큰 소리로 끼어들었다.

"걱정 마! 영호충은 안 죽어."

노두자의 눈동자가 기쁨으로 출렁였다.

"그걸 어찌 아느냐?"

"영호충 나이가 당신이나 나보다 훨씬 어리잖아?"

"그렇지. 그게 왜?"

"나이가 많은 사람이 먼저 죽을까, 적은 사람이 먼저 죽을까? 당연히 나이 많은 사람이 먼저 죽겠지. 당신이 아직 살아 있고 나도 안 죽었는데 영호충이 왜 죽겠어?"

무슨 좋은 방법이라도 있는 줄 알았던 노두자는 그 헛소리에 우거지상을 지었다. 도실선이 그 표정을 보고 덧붙였다.

"내게 아주 좋은 방법이 있어. 다 같이 머리를 쥐어짜서 영호충에게 다른 이름을 지어주는 거야. 영호불사라든가…."

악불군은 그를 무시하고 방 안으로 들어갔다. 혼절해 누운 영호충을 보며 그는 가만히 생각했다.

'여기서 자하신공을 쓰지 않으면 저들이 우리 화산파를 깔보겠구나.'

이렇게 생각한 그는 자하신공을 끌어올리고, 사람들이 얼굴에 어린 보랏빛 기운을 보지 못하도록 침상 쪽으로 고개를 돌린 채 영호충의 대추혈에 손바닥을 갖다 댔다. 영호충의 몸속에 진기가 뒤엉켜 있다는 사실을 잘 알기에, 억지로 힘을 쓰지 않고 진기를 조금씩 조금씩 천천히 흘려넣다가 반탄력이 느껴지면 살짝 손을 떼고 잠시 기다렸다가 다시 주입했다. 과연 얼마 지나지 않아 영호충이 서서히 정신을 차렸다.

"사… 사부님, 오셨군요."

노두자 등 세 사람은 별로 힘들이지 않고 영호충을 깨운 악불군의 재주에 크게 감탄했다.

악불군은 속으로 가만히 생각했다.

'이곳은 오래 머물 곳이 못 된다. 배에 있는 사매와 제자들이 어떻게 되었을지 모르니 서둘러 떠나야겠다.'

그가 두 손을 포개며 말했다.

"여러분께서 베푼 감당키 어려운 은혜 잊지 않겠소. 허나 이만 가보아야겠구려."

"암, 암, 가셔야지! 영호 공자의 몸이 나으면 우리가 공손히 모셔다드리려 했는데 보아하니 그럴 필요가 없겠구려. 우리가 저지른 무례는 다 잊어주시오."

"무례랄 것이 어디 있소이까?"

악불군이 말하며 방 한쪽에 서 있는 남자를 쳐다보았다. 불꽃처럼 형형하게 번쩍이는 그 남자의 눈동자를 보자 그는 무슨 생각을 했는지 그쪽을 향해 두 손을 모으며 말했다.

"귀하의 존성대명이 어찌 되시는지 여쭈어도 되겠소?"

조천추가 싱긋 웃으며 끼어들었다.

"아아, 악 선생께서 꾀 없는 야묘자夜貓子 계무시計無施를 몰라보셨구려."

그 말에 악불군은 심장이 덜컹했다.

'야묘자 계무시? 천성이 괴팍하고 시력이 무척 좋은데, 선행과 악행을 가리지 않아 정사의 구분이 모호하다는 그자? 꾀 없는 계무시라고 불리지만 실제로는 꾀가 많고 영리해 몹시 무서운 인물이라 들었는데, 노두자의 일행일 줄이야.'

그는 그렇게 생각하면서도 두 손을 모으며 인사했다.

"계 선생의 크나큰 이름은 익히 들었는데 오늘 운 좋게 만나뵙게 되었구려."

계무시는 보일락 말락 미소를 지었다.

"오늘은 이곳에서 만났으나 내일 오패강에서도 만나게 될 거요."

악불군은 또다시 심장이 덜컹했다. 초면에 이것저것 캐묻기가 민망하지만, 납치된 딸 걱정에 묻지 않을 수가 없었다.

"이 몸이 무림동도들에게 무슨 죄를 지었는지 모르겠구려. 귀한 분들이 계신 곳을 지나는데 인사를 올리지 않은 것은 확실히 실례가 많았소. 어느 친구분이 내 딸과 제자를 데려가셨는지, 계 선생께서 아시면 알려주시기 바라오."

계무시는 빙그레 웃으며 얼버무렸다.

"그런 일이 있었소? 나는 모르는 일이오."

계무시에게 딸의 행방을 물은 것만으로도 화산파 장문인의 체면이 크게 깎였는데, 그가 거절하자 더욱 초조하고 답답했다. 하지만 더 물을 수도 없어 겉으로는 아무렇지 않은 듯 말했다.

"늦은 밤에 결례가 많았으니 이만 떠나겠소이다."

그가 영호충을 부축해 일으키는데, 갑자기 노두자가 두 사람 사이에 끼어들어 영호충을 안아들었다.

"영호 공자는 내 손으로 모셔왔으니 내 손으로 모셔다드리는 것이 마땅하오."

그는 얇은 이불로 영호충의 몸을 덮고는 성큼성큼 밖으로 나갔다.

도지선이 외쳤다.

"이봐, 그물에 잡힌 물고기 두 마리는 어쩔 거야?"

"음…."

노두자는 망설였다. 본래 호랑이는 잡기는 쉬워도 놓아주기는 어렵다고 하지 않았던가? 두 사람을 풀어주었다가 도곡육선이 한꺼번에 찾아와 복수를 하려 들면 몹시 골치 아프겠지만, 그들을 인질로 잡고 있으면 나머지 네 사람도 함부로 굴지 못할 터였다.

영호충이 그 마음을 읽고 말했다.

"노 형, 두 사람을 풀어주시오. 도곡이선, 당신들도 황하노조를 찾아와 복수하거나 소란을 피울 생각은 접고, 서로 화해하고 친구가 되도록 하시오. 어떻소?"

도지선이 투덜거리며 말했다.

"우리 두 사람만으로는 복수할 수도 없다고."

"그러면 도곡이선뿐만 아니라 도곡육선도 똑같이 하는 조건이오."

이번에는 도실선이 대답했다.

"복수는 하지 않아도 되지만, 화해하고 친구가 되라는 건 말도 안 돼. 내 목이 떨어져도 절대 못해."

그 말에 노두자와 조천추도 똑같은 생각을 하며 코웃음을 쳤다.

'영호 공자의 얼굴을 보아 내버려두는 것이지, 너희가 두려워서 그러는 줄 아느냐?'

영호충이 뻗대는 도실선에게 물었다.

"이유가 뭐요?"

"우리 도곡육선은 황하노조와 아무 원한도 없어. 본래부터 적이 아니었단 말이야. 적도 아니고 사이가 나쁜 것도 아닌데 어떻게 '화해'할 수가 있어? 다시 말하자면, 그냥 친구가 되는 것은 어렵지 않지만 화해하고 친구가 되는 것은 절대로 못해."

도실선의 설명에 사람들은 인상을 풀고 큰 소리로 웃음을 터뜨렸다.

조천추가 다가가 그물 매듭을 풀어주었다. 사람의 머리칼에 누에고치실과 순금실을 섞어 짠 이 그물은 칼이나 검으로도 끊을 수 없을 만큼 무척 튼튼해서, 한번 빠지면 발버둥을 칠수록 더 세게 조여들어 다른 사람의 도움 없이는 나올 수 없는 무시무시한 것이었다.

도지선은 벌떡 일어나 바지를 내리고 그물에 오줌을 갈겼다. 조천추가 어리둥절해하며 물었다.

"무… 무슨 짓이오?"

353
15. 투약

"이 빌어먹을 그물에 오줌이라도 싸야 내 분이 풀릴 거 아니야?"

이렇게 해서 일곱 사람은 나란히 강가 나루터로 돌아갔다. 저 멀리 검을 든 노덕낙과 고근명이 뱃머리를 단단히 지키고 선 모습이 보이자, 악불군은 아무 일도 없는 것을 확신하고 마음을 놓았다.

노두자는 영호충을 선실로 데려가 내려놓고 더할 나위 없이 공손한 태도로 읍했다.

"공자의 하늘을 찌르는 의리에 몸 둘 바를 모르겠습니다. 오늘은 이만 물러가지만 오래지 않아 다시 만나게 될 겁니다."

오는 내내 불편하게 몸이 뒤흔들린 영호충은 정신이 오락가락해 그가 한 말을 귀담아듣지도 못하고 고개만 주억거렸다. 악 부인과 제자들은 고깃덩이 같은 노두자가 처음 왔을 때와는 달리 깍듯하게 예의를 차리자 어리둥절했다.

노두자와 조천추는 도근선 일행이 돌아올까 봐 두려웠는지, 곧바로 악불군에게 작별 인사를 했다.

도지선이 조천추에게 손을 흔들며 외쳤다.

"조 형, 잠깐 기다려."

"무슨 일이오?"

"이거!"

별안간 도지선이 몸을 둥글게 말고 조천추의 가슴으로 냅다 부딪쳐 갔다. 갑작스럽기도 했고 도지선의 움직임이 빠르기도 해서, 조천추는 피할 겨를 없이 재빨리 내공을 끌어올려 몸을 단단하게 보호했다. 두 사람이 부딪치는 순간 쨍그랑, 와장창, 우지끈 하는 소리가 어지럽게 귀를 때렸고, 도지선은 어느새 몇 장 밖으로 달아나 신나게 웃기 시작했다.

"아앗!"

조천추가 비명을 지르며 품 안에 손을 넣었지만, 부스러기와 깨진 그릇 조각만 가득했다. 금잔이니 은잔이니 청동잔이니 남김없이 찌그러지거나 부서진 것이었다. 그는 안타깝고 화가 나 부서진 파편들을 도지선에게 마구 던졌다. 도지선은 이미 알고 있었던 것처럼 요리조리 피하며 외쳤다.

"영호충이 우리더러 화해하고 친구가 되라고 했으니 안 들을 수가 있어야지. 그러니 우선 적이 된 후에 화해해서 친구가 되려는 거야."

궁핍한 처지에도 불구하고 수십 년간 공들여 모은 술잔들이 도지선의 일격에 모조리 박살났으니 그 누군들 참을 수 있을까? 우르르 달려들어 도지선을 때려눕히려던 조천추였지만, 그 말을 듣는 순간 우뚝 멈추고 억지웃음을 지어 보였다.

"그렇군, 화해하고 친구가 되라고 했으니 그리해야지!"

그리고 노두자, 계무시와 함께 돌아서서 떠나갔다.

영호충은 몽롱한 와중에도 악영산의 안위가 걱정되어 도지선에게 부탁했다.

"저 사람들에게 소사매… 소사매를 해치지 말라고 해주시오."

"알았어."

도지선이 고개를 끄덕이고 다시 외쳤다.

"어이, 친구들! 노두자! 야묘자! 조천추! 영호충이 자기 보물단지인 소사매를 해치지 말래!"

저 멀리 걸어가던 세 사람은 그 목소리를 듣고 걸음을 멈췄다. 노두자가 돌아보며 외쳤다.

"영호 공자의 명인데 누가 거역하겠소?"

그런 다음 세 사람은 소리를 낮추고 잠시 이야기를 나누더니 다시 멀어져갔다.

악불군은 악 부인에게 노두자의 집에서 벌어진 일을 이야기해주었다. 그러는 동안 강가가 시끌시끌해지고 도근선 일행이 돌아왔다.

도곡사선이 흰 깃발을 든 사람을 잡아다 사지를 찢어주었다며 허풍을 떨자, 도실선은 낄낄거리며 비꼬았다.

"어유, 대단하다, 대단해! 형님들 정말 멋진데?"

도지선도 참지 못하고 나섰다.

"사지를 찢어 죽인 자의 이름이 뭔지 알아?"

"죽은 사람의 이름을 알아서 뭐 하게? 그러는 너는 알아?"

도간선이 되묻자 도지선은 자랑스럽게 대답했다.

"나야 당연히 알지. 성은 계, 이름은 무시, 별호는 꾀 없는 야묘자라는 사람이라고."

도엽선이 손뼉을 쳤다.

"성도 멋지지만 이름도 아주 잘 지었는걸! 우리 도곡육선에게 붙잡혔을 때 빠져나갈 꾀를 내지 못하고 사지가 찢어져 죽을 것을 미리 알고 그런 이름을 지었나 봐."

"야묘자 계무시의 무공은 떠돌이 잡배들과는 다르지. 아주 보기 드문 사람이야!"

도실선의 비꼬는 말을 제대로 알아듣지 못한 도근선이 고개를 끄덕이며 거들었다.

"맞아, 무시무시한 사람이지. 경공이 그 정도니 도곡육선을 만나지 않았더라면 무림 제일의 경공 고수가 되었을 거야."

"경공은 그렇다 치고, 사지가 찢어졌는데도 멀쩡하게 걸어다닐 정도니 보통이 아니지. 방금 여기 서서 한참 동안 말도 했다니까."

도근선 등 네 사람은 거짓말이 들통났는데도 태연스레 놀란 표정을 지었다. 도화선이 물었다.

"계무시가 그런 기문 무공을 익힌 줄은 몰랐는걸. 무공이란 바다처럼 깊이를 알 수 없는 것이라 하더니 역시 대단하군, 대단해!"

도간선도 덧붙였다.

"찢어진 사지를 모아 붙이고 평소대로 걸어다니는 것은 화령위정대법化零爲整大法이라고 들었어. 오래전에 실전된 무공인데 계무시가 그걸 배웠다니, 역시 무림에는 기인들이 많다니까. 다음에 만나면 친구로 삼아야겠어."

악불군과 악 부인은 사랑하는 딸이 납치되었는데 상대가 누군지도 몰라 걱정이 이만저만이 아니었다. 무림에 이름을 날리는 화산파가 황하 근방에서 이런 망신을 당했으니, 제자들이 겁을 집어먹고 사기가 꺾일까 봐 차마 내색할 수도 없었다. 부부는 단둘이서만 의심스러운 일들에 대해 이야기를 나누며 속만 태웠고, 덕분에 커다란 배 안에는 도곡육선의 허풍 소리만 요란하게 울렸다.

한 시진쯤 지나고 하늘이 희끄무레 밝을 무렵, 발소리가 들리더니 가마 두 채가 강가에 모습을 드러냈다. 앞선 가마의 가마꾼이 낭랑하게 외쳤다.

"영호 공자께서 악 낭자를 놀래지 말라 하셨다 들었습니다. 저희 주인께서 경솔하게 악 낭자를 데려가셨으니 영호 공자께 사죄드립니다."

네 명의 가마꾼은 가마를 내려놓고 배를 향해 인사한 뒤 물러갔다.

가마 안에서 악영산의 목소리가 들려왔다.

"어머니! 아버지!"

악불군 부부는 놀라고도 기뻐하며 달려가 가마의 휘장을 걷었다. 사랑하는 딸은 다리의 혈도가 짚여 움직이지 못할 뿐 다친 곳 없이 무사했다. 다른 가마에는 임평지가 타고 있었다. 악불군은 딸의 환도혈과 척중혈, 위중혈을 눌러 막힌 혈도를 풀어주고 물었다.

"그 사람은 누구였느냐?"

"덩치가 산만 한 그 사람 말이죠? 그… 그 사람은…."

악영산은 말을 잇지 못하고 울 것처럼 입을 삐죽였다. 악 부인이 딸을 부드럽게 끌어안고 선실로 데려갔다. 자리를 잡고 앉자 악 부인이 나지막이 물었다.

"그 사람이 괴롭히던?"

어머니의 다정한 목소리에 악영산은 와락 울음을 터뜨렸다. 악 부인은 몹시 놀랐다.

'정파 사람이 아닌 듯했는데, 설마 그자 손에 잡혀 능욕이라도 당한 건 아니겠지?'

그녀는 불안한 마음으로 딸을 달랬다.

"왜 그러니? 어미에게 말해보렴."

악영산은 말없이 울기만 했다.

그런 딸의 반응에 더욱 놀란 악 부인은 차마 사람 많은 곳에서 캐묻지 못하고 딸을 눕히고 이불을 덮어주었다. 흐느끼던 악영산이 갑자기 통곡을 하며 소리쳤다.

"어머니, 덩치가 산만 한 그 사람이 제게 욕을 했어요. 흐흐흑!"

악 부인은 그제야 가슴을 누르던 돌덩이를 내려놓은 것처럼 안도의 숨을 푹 쉬며 말했다.

"욕을 좀 들었다고 이렇게 울 필요는 없단다."

악영산은 엉엉 울며 하소연했다.

"그 커다란 손을 때릴 것처럼 휘두르며 겁을 주었다고요."

"그래, 그래. 다음에 만나면 우리가 먼저 욕을 하고 겁을 주자꾸나."

악 부인이 웃으며 딸을 달랬지만 악영산은 속이 풀리지 않는 모양이었다.

"나는 대사형 험담을 하지도 않았어요. 소림자도 마찬가지고요. 그런데 그 사람은 마구 행패를 부리면서, 자기가 제일 싫어하는 것이 남들이 영호충의 험담을 하는 소리를 듣는 것이라잖아요. 그건 나도 싫다고 그랬더니, 그자는 자기가 싫어하는 짓을 하는 사람을 삶아 먹는다고 으름장을 놓았어요. 그러면서 허연 이를 드러내며 겁을 주었다고요. 으흐흑!"

"참 나쁜 사람이구나. 충아, 그 덩치 큰 사람이 대체 누구니?"

영호충은 반쯤 의식을 잃은 상태로 희미하게 대답했다.

"덩치 큰 사람이라니요? 저… 저는…."

그때 악불군의 도움으로 혈도가 풀린 임평지가 선실로 들어와 대화에 끼어들었다.

"사모님, 그 덩치 큰 사람과 화상은 정말 사람고기를 먹었습니다.

겁주려고 하는 소리가 아닙니다."

악 부인은 깜짝 놀랐다.

"그자들이 사람고기를 먹는다고? 네가 어떻게 알았지?"

"그 화상은 〈벽사검보〉에 대해 한참 동안 물었는데, 도중에 품에서 뭔가를 꺼내 우적우적 소리를 내며 먹더군요. 그러다가 제게 내밀며 한번 맛보겠느냐고 묻기에 자세히 보니… 바로 사람 손이었습니다."

악영산이 비명을 질렀다.

"왜 나에게 말하지 않았어?"

"놀라 기절하실까 봐 말할 수가 없었어요."

듣고 있던 악불군이 고개를 끄덕였다.

"아아, 이제야 알겠구나. 그들은 막북쌍웅漠北雙熊이다. 덩치가 큰 사람은 피부가 희고, 화상은 피부가 검지 않더냐?"

"맞아요, 아버지. 그 사람들을 아세요?"

악불군은 고개를 저었다.

"알지는 못한다. 새외의 막북에는 백웅白熊과 흑웅黑熊이라 불리는 유명한 도적이 둘 있다는 말을 들었을 뿐이다. 흰 곰이 덩치 큰 사람이고 검은 곰이 화상이지. 보통 사람들은 막북쌍웅을 만나도 재물만 빼앗기면 그뿐이지만, 표물을 운반하는 표사들이 그의 손에 잡히면 삶아 먹기도 한다더구나. 무공을 익힌 사람은 근육이 탄탄하고 질겨 훨씬 많이 씹어야 한다지."

악영산은 비명을 지르며 귀를 막았다.

악 부인이 말했다.

"사형도 참, 사람고기는 많이 씹어야 한다니요? 그런 구역질 나는 말씀은 무엇 하러 하세요?"

악불군은 빙그레 웃고는 말을 돌렸다.

"막북쌍웅이 장성 너머로 들어온 적은 없다고 들었는데, 어째서 황하 부근에 나타났는지 모르겠구려. 충아, 너는 막북쌍웅을 어떻게 알게 되었느냐?"

영호충은 어리둥절했다.

"막북쌍웅이요?"

사부가 앞서 한 말을 귀담아듣지 못한 영호충은 '쌍웅'의 곰 '웅' 자를 영웅 '웅' 자로 잘못 알아듣고 멍한 표정으로 대답했다.

"저는 모르는 사람입니다."

갑자기 악영산이 따지듯이 물었다.

"소림자, 그 화상이 준 손을 먹었어, 안 먹었어?"

"당연히 안 먹었지요."

임평지가 대답했다.

"안 먹었다니 다행이다. 한 입이라도 먹었다면 앞으로 다시는 아는 체도 하지 않았을 거야."

선실 밖에 있던 도간선이 끼어들었다.

"세상에서 제일 맛있는 것이 바로 사람고기지. 소림자는 분명히 먹어놓고 아니라고 시치미를 떼는 거야."

도엽선도 거들었다.

"먹었고말고. 안 먹었으면 왜 여태껏 숨기다가 이제 와서 말한담?"

집안이 큰 화를 당한 뒤로 신중에 신중을 기해 말하고 행동해온 임평지는 두 사람이 떠드는 소리에 당황해서 무슨 말을 해야 좋을지 몰랐다.

도화선이 알겠다는 듯이 나섰다.

"저거 봐, 아무 말도 안 하잖아. 말이 없는 것은 묵인이라는 뜻이지. 악 낭자, 소림자는 사람고기를 먹고도 아니라고 잡아떼는 것을 보니 믿을 만한 사람이 아닌 것 같아. 그런데도 시집을 갈 거야?"

도근선도 맞장구를 쳤다.

"저런 사람과 혼인을 하면, 나중에 다른 여자와 놀아나고서도 집에 와서는 시치미 뚝 떼고 앉아 있을걸."

"그보다 더 무서운 게 뭔지 알아? 한번 사람고기에 맛을 들이면 끊을 수가 없어. 나중에 자다가 한밤중에 우적우적 먹는 소리가 나면서 손가락이 아프기 시작할 거야. 잠에서 깨어나면 어떻게 되었게? 바로 소림자가 당신 손가락을 씹어 먹고 있을걸."

"악 낭자, 손가락 발가락을 다 합쳐도 스무 개밖에 안 돼. 소림자가 매일매일 하나씩 씹어 먹으면 스무 개는 순식간에 사라질 거야."

도곡육선은 화산파 꼭대기에서 영호충을 만난 뒤 그를 친구로 여기고 있었다. 쓸데없이 입씨름하는 것을 즐겼지만 아주 지능이 없는 것은 아니어서, 일찍이 영호충이 악영산에게 연심을 품고 있지만 보답을 받지 못하는 사실을 눈치채고, 임평지가 실수를 하자 이때다 싶어 두 사람을 갈라놓으려고 달려든 것이었다.

악영산이 귀를 막은 채로 외쳤다.

"쓸데없는 말 말아요! 안 들을래요, 안 들어!"

도근선이 더욱 목소리를 높였다.

"악 낭자, 소림자에게 시집가도 그리 나쁠 건 없어. 대신 기문 무공을 하나 배워야 해. 당신 인생에 아주 중요한 무공이니까 기회를 놓치면 나중에 두고두고 후회할 거야."

악영산은 관심이 담긴 그 목소리에 슬며시 마음이 동했다.

"그게 무슨 무공인데요?"

"야묘자 계무시가 익힌 화령위정대법이야. 만에 하나 소림자가 당신 귀와 코, 손가락, 발가락을 모두 먹어치워도 그 무공만 있으면 겁낼 거 없어. 소림자 배를 갈라 귀와 코, 손가락, 발가락을 꺼낸 다음 다시 붙이면 돼."

笑傲江湖